KB048531

이상한 —— 어른들

부순영 장편소설

이상한
어른들

차례

이상한
어른들

바다는 다 기억할 것이다.

내가 매일 슬픔을 퍼다 놓았으니.

나의 세상,
딱 창문만큼의 크기

이곳은 우주일까. 눈앞엔 끝없는 어둠이 펼쳐져 있다. 만약 어딘가 다른 조도를 지닌 작은 점 같은 빛이라도 있었다면 이 어둠의 시작과 끝을 알 수도 있었겠지만, 지금 여기에선 그 무엇도 발견할 수 없으니 난 어둠의 근원을 알 수가 없다.

'아니, 이런 검은색이 있다고?'

뭐라 말로 표현할 수 없는 짙은 어둠이다.

눈앞에 펼쳐진 어둠은 너무나도 깊어 칠흑과도 같았다. 터널 속 암흑이라기엔 조금 더 빛이 나는 것이, 가만 보니 광채가 있는 것 같기도 하다. 나는 마치 중력의 영향을 받지 않는 존재처럼 둥둥, 둥둥 떠 있다. 분명, 나는 떠 있었다.

'이곳은 우주인가 아니면 엄마의… 자궁 안?'

난 알 수 없는 곳에 떠 있고, 지금 내 몸은 그 어디에도 접촉하고 있지 않다. 여기에 땅이라는 것이 있는지도 모르겠다. 하지만 추락할까 걱정되진 않는다.

'여긴 어디일까? 난 대체… 무얼 하고 있는 거지?'

물속을 휘젓듯 천천히 움직여보지만, 손끝엔 어느 하나 잡히지 않는다. 나는 그렇게 방향도 목적도 잃은 채 그저 정처 없이 떠돌고 있을 뿐이다.

'그래… 잠시라도 이렇게 둥실거리자. 그동안 나는 너무나 지쳤으니까.'

어딘지 모르겠지만, 이제 와 그건 중요치 않다. 지금은 그저 아무 생각 없이 둥둥 떠 있고만 싶을 뿐이다.

현재 나는 어떻게 살고 있는가, 제대로 살고 있는가, 스스로에게 던지는 수많은 질문에 아무런 대답도 못 한 채, 아니, 답을 못 한 것은 이미 답을 한 거나 마찬가지겠지만, 어쨌든 분명한 것은 나는 어릴 적 내가 그려왔던 삶을 살지 못하고 있다는 거다. 이러고 싶진 않았는데 말이다. 정말이지 지금 내 모습은 분명 내가 꿈꾸던 삶이 아니다.

나는 도무지 살 수가 없었다. 가끔 세상의 모든 생물과 무생물, 아주 사소한 것들로부터 많은 것들이 느껴졌다. 삶이 힘겨울수록 깊이 생각하게 되는 탓에 일상 속 마주하는 모든 것들에 의미를 부여하고 또 서러워지기 시작했다.

'그냥 이렇게… 눈감아도 좋지 않을까. 그래, 나쁘진 않지. 아무 고통 없이 사라지는 거야. 이 어둠 속에서. 그렇다면 지구상에 나란 존재는 어디로 가는 거지?'

가끔 고단해질 때면 나는 눈을 감고 싶었다. 그냥 내려 감는 것이 아닌 아주 감아버리는 것, 세상을 등져버리는 것, 완전히 소멸하는 것, 그런 것 말이다. 그럴 때면 문득 나의 부재에 대해 누가 슬퍼할까 싶었다. 나는 무엇을 두고 있기에 지금 이 세상, 여길 떠나지 못하고 있는 걸까.

-둥실둥실

내 삶은… 어디로 가는 걸까. 이렇게 빈둥거리다가 그냥… 먼지처럼 사라지는 걸까.

내 앞에 쏟아지는 수많은 질문들이 대기 속에 흩어져 있다. 나는 그저 멍하니 아무것도 알 수 없는 공간에 존재할 뿐, 사실 지금이 너무 편해서 쏟아지는 질문 따위는 집어치우고 눈뜨고 싶지 않았다.

그리고 나는 눈을 떴다.

25살에 공무원 시험을 준비했다. 아직도 자신의 꿈이 무언지 모르는 질서 없는 청춘에 확고한 목표를 가진 것만으로도 이미 무언가 이룬 것 같았다. 그리고 그 세월이 어느덧 8년, 지금 난 좁은 방안의 33살이 되었다. 삐걱거리는 낡은 의자 위에 힘을 빼고 기대앉아, 고개를 돌려 낡은 창문을 바라본다. 창문 밖 세상에는 봄, 여름, 가을, 겨울, 계절의 풍경이 지나간다.

언젠가부터 그랬다. 공부에 매진하던 열정의 시기를 넘긴 후, 나는 이렇게 가만히 앉아 생각에 빠지는 일이 늘어났다. 멍하니 창밖을 바라보는 것, 계절을 느낄 수 있는 유일한 방법이다. 나는 사소한 모든 것들에 의미를 부여하고, 또 많은 것들로부터 감정을 전달받는 감수성이 매우 뛰어난 사람이었다. 하지만 수험 생활은 그런 게 아니었다. 감정을 덜어내는 것, 아니, 없애는 것. 그게 바로 올바른 수험 생활의 시작이었다. 이건 도무지 나와 맞지 않는 세계다. 이런 일상을 벗어나기 위해 나는 내 안의 감정을 뭉개야만 했다, 모른 척해야만 했다, 그것이 바로 내 앞에 떨어진 우선적인 과제였다.

창문 밖에는 사계절이 지나간다. 나는 그대로인데 말이다. 물론 남들은 이해하지 못할 거다. 크지도 않은 딱 창문만큼의 네모난 구멍에서 어떻게 계절을 느끼냐고. 하지만 나는 안다. 그 미세한 차이를. 계절마다 창문 밖의 하늘이 다르고, 냄새가 다르고, 전달되는 온도가 다르다.

'창이… 조금 기울어진 것 같은데….'

창문을 한참 바라보다 좌우로 천천히 고개를 기울여 본다.

'집을 저렇게 아무렇게나 짓는다고? 평행을 맞추지도 않고?'

오랫동안 공부하다 보면 이상한 곳에서 예민해진다.

'정말 성의 없네….'

창문은 말도 안 되는 곳에서 비뚤어진 것이 꼭 내 인생인 것만 같았다. 언제부턴가 완벽하지 않은 것, 맘대로 생겨먹은 것들을 보면 자연스레 내 인생을 갖다 붙이게 되었다.

'너도 참… 불쌍하구나.'

특히 이 낡고 부실한 집을 볼 때면 그랬다.

어두운 방, 몇 해의 곰팡이가 쌓여 얼룩진 벽지, 알 수 없는 천장 무늬와 묘하게 비뚤어진 창문이 있는 방. 나에게 보이는 세상은 딱 저 창문 크기만큼의 세상. 유리창을 깨 삭막한 공간을 벗어나고 싶다가도 '내가 어떻게….' 창문 밖에 나가 무얼 할 수 있을지 몰라 두려움이 가로막았다.

도무지 어떻게 해야 할지를 모르겠다. 더 너른 세상으로 가고 싶어 창문 안에서 공부하다 어느새 갇혀버린 삶, 나와는 상관없이 잘도 흘러가는 세상, 창가에 멈춰선 내 인생이 애처로웠다. 하는 일마다 잘 된 것이 있었나, 가만히 생각해 본다. 이런, 나쁜 생각을 해서 그런지 숨이 턱-하고 막혀 왔다. 그렇게 나는 이러지도 저러지도 못하는 삶을 살고 있었다.

항상 무슨 일이건 고비가 있었다. 그러다 조금 살겠다 싶으면 일은 언제고 틀어졌다. 마치 그 모습은… 네모난 어항 속, 이제 막 헤엄치며 나아가려 하면, 그런 나를 확 잡아채 물 밖으로 내동댕이치며 던져버리는 것 같았다. 숨쉬기 어려워 깔딱거리는 나를 보며 구해달라고, 빨리 되돌려 놓으라고 하염없이 아가미만 깔딱거리고 있는 나를 보며 그저 가만히, 가만히,

신은 내려다본다.

그가 보기엔 재미난 녀석인지 단숨에 내 숨통을 끊어버리지도 않고 딱 죽

지 않을 만큼만 죽기 직전까지만 지켜보다 다시 물 안으로 집어 넣어준
다.

길지도 짧지도 않은 인생, 내 인생은 늘 그랬다. 아주 어릴 때부터 엄
마는 내게 말했다. 크게 웃지 말라고 했다. 크게 웃어 버리면 그날엔 무슨
일이 생긴다고 했다. 그리고 그날엔 꼭, 무슨 일이 생겼다. 여러 번 채찍
질 당하다 보면 비슷한 손짓만으로도 움찔거리며 눈치 보는 사람이 된다.
그게 사람이다. 그런 게 사람이다. 나는 그렇게, 빛을 잃어가는 어른이 되
고 있었다.

*

꽤 밝은 낮인데도 어두운 집.
소란스럽게 뛰어가는 소리와 함께 이내 곧 집안에는 구역질 소리가 울
려 퍼진다.

낡고 냄새나는 화장실. 열심히 빛을 내는 주황빛 전구, 하얀색 타일, 반
복되는 벽의 무늬가 욕실에 가득 차 있다. 기다랗게 좁은 화장실 끝에 있
는 변기 하나, 그 속에 얼굴을 처박고 한참을 그렇게 헛구역질을 하고 나
서야 힘겹게 고개를 들었다. 왼손을 뻗어 차가운 벽을 짚으며 팔 하나에
온몸을 지탱하고 있다. 속이 뒤집히는 것 같은데, 결국 난 아무것도 뱉어
내지 못했다. 차가운 벽에 기댄다. 그리고 그 순간, 모든 것이 정리되었
다.

'나는… 이곳을 벗어나야 한다.'

"사하야! 빨리 챙겨서 병원으로 온나."

다급한 목소리다. 엄마는 당장이라도 울음이 나올 것 같았지만, 그 어느 때보다 참고 있었다.

"…병원? 무슨 일 있나?"

차분히 말했지만, 가슴이 철렁 내려앉았다.

"느그 아빠… 마지막 인사해야 한다니까…."

집안에 굵직굵직한 안 좋은 일이 있을 때마다 들었던 내가 가장 두려워하는 목소리. 어지러웠다. 듣는 순간 쓰러질 것만 같았다.

"택시 타고 빨리 병원으로 온나!"

엄마의 말에 나는 선생님께 상황을 말씀드리고 서둘러 나왔다.

매일 아침 거의 빠지지 않고 일기예보를 보면서도 이상하게도 오늘은 챙겨 보지 못했다. 가랑비도 아닌 이런 폭우에 말이다. 한심스러웠다. 순간, 오늘 조각조각의 모든 상황들이 나의 완벽한 불운을 위한 것처럼 느껴졌다. 하지만 쏟아지는 비 따위에 머뭇거릴 시간도, 우산을 찾아 기웃거릴 여유도 없었다. 나는 학교 운동장을 가로질러 세차게 뛰었다. 이날 따라 광활한 운동장이 더 넓게 느껴졌다. 굵은 빗줄기가 정신없이 떨어지며 시끄러운 소리를 내고 있어, 그 소란스러움에 나는 미친 듯이 울 수 있었다.

그동안 서러웠다. 모든 게 겁났다. 누군가 나에게 소리 내어 울어도 괜찮다고 해주기만 한다면, 나는 금방이라도 울 수 있었다. 그런데 그 말을, 지금 이 비가 해주는 것 같았다. 나는 통곡하듯 엉엉 소리 내며 달렸다. 그동안 내 속엔 너무 많은 것들이 쌓여 있었던 것 같다. 나는 그것들을 모두 게워내듯 소리쳐 울어버렸다.

겁 많은 강아지가 크게 짖듯이, 고작 고등학생밖에 되지 않는 것이 세상일 다 감당할 수 있는 것 마냥 어쩌나 용감한 척을 해댔던지. 이제껏 괜찮다며, 별일도 아니라며, 나를 속여 왔던 모든 것들이 울음으로 쏟아져 나왔다. 오빠에 대한 원망은 이젠 증오가 되어 피어올랐다.

"개자식! 야 이- 개자식아!!"

거세게 고함질러버린 나는 운동장 한가운데에 멈춰 무릎을 잡고 고개를 숙였다.

'이 모든 건 다 그 인간 때문이야. 오빠 때문이라고!'

오빠를 찾아 뺨을 후려 버리고 싶었다.

제 몸 하나 추스르지 못해 주위의 멀쩡한 사람들을 파멸로 밀어 버리고, 우리가 꿈꾸던 모든 걸 다 망쳐버린 인간, 쓰레기 같은 인간. 나는 내 인생을 망가뜨려서라도 그 인간을 찾아 죽여 버리고만 싶었다.

쏟아지는 빗줄기 사이로 악한 마음을 가눌 수가 없어 그 기세에 스스로가 놀랄 정도였다. 몰랐다. 내 안에 이런 못돼먹은 생각을 품을 수 있는 공간이 있었는지를.

비는 멈추지 않고 세차게 내려 눈앞이 잘 보이지 않았다. 너무 두려웠다. 이러다 모든 상황 속에 나만 덩그러니 남겨질까 봐, 이 세상에 나 혼자만… 남겨질까 봐. 집에서 소리 내 한 번을 울지 못했던 것도, 그렇게 싫었던 반장을 해왔던 것도, 모두 다… 모두 다 날 위한 것이 아니었다. 아빠 엄마를 위해서였다. 오로지 귀한 나의 두 사람, 부모님을 위해서. 그게 내가 할 수 있는 최선이라고만 여겼었다.

'지켜야 해. 아빠 엄마 모두! 할 수 있는 모든 걸 다 걸어서라도…. 그래야 난 내 삶을 버틸 수 있어.'

짧은 순간에 어쩜 그리도 많은 생각과 감정이 존재할 수 있었는지. 그리고 달리기를 멈춘 순간, 어느새 학교 정문 입구였다.

비탈진 거리, 어두운 길 위에서 어떻게 택시를 타야 할지를 고민했다. 이곳은 택시가 지나다닐 만한 거리가 아니었다. 그저 멍하니 기다리는 것 말고는 별다른 수가 떠오르지 않았다. 나는 비를 맞으며 가만히 서 있었다. 그때, 저 멀리 문 닫은 가게의 창문들이 반사된 빛에 조금씩 밝아져 오고 있었다.

'차가 오고 있어!'

그리고 조금 뒤, 저 멀리 하나의 불빛이 올라온다.

'제발 택시여라, 제발…!'

나는 두 손을 모으고 뚫어져라 쳐다보았다. 밝아졌던 가게 창문은 다시 어두워지고, 그 불빛은 점점 내게로 가까워졌다. 택시였다.

'택시라니…!'

거친 빗줄기 사이로 택시 한 대가 다가온다. 나는 발을 동동 구르며 재빨리 손을 저었다.

'오, 신이시여! 감사합니다! 정말 감사합니다!'

택시는 멈출까 말까 고민하는 것처럼 속도를 늦추며 천천히 다가왔다. 하지만 위태롭게 비를 맞고 있는 학생을 쉽게 지나칠 순 없었으리라. 온몸이 젖은 채로 병원으로 가달라는 말에, 착한 기사는 무언가 사명감이라도 생긴 듯 아무 말 없이 스스로를 재촉하며 빠르게 차를 몰았다.

나는 어릴 때부터 택시를 타지 않았다. 늘 약속 시간보다 한참을 먼저 챙겨 나오는 사람이라 택시라는 건 내겐 그다지 필요 없는 교통수단이었다. 뒷좌석에 앉아 빠르게 올라가는 미터기 숫자를 흘끔흘끔 훔쳐보고 있자면 속이 타들어 가는 것이, 택시는 여유 있는 사람들이 쓰는 교통수단이라고만 여겼었다. 하지만 오늘은 택시를 탔다. 내 돈 주고 탄 첫 번째 택시다. 하필 이런 이유로, 아니 이런 이유는 돼야 가능했던 거다.

두꺼운 빗방울이 창문을 때리며 투둑투둑 둔탁한 소리를 내고 있다. 어두운 밤, 창 너머엔 아무것도 보이지 않지만, 멍한 눈은 창밖을 향해 있었다. 꿈이길 바랐다. 이 모든 것이.

'이렇게 허무하게… 떠나간다고?'

주위엔 부모님이 안 계신 친구들이 종종 있었다. 다들 입 모아 생각지도 못한 순간들이었다고 했다. 마지막 인사를 나눌 틈도 없이 그냥 그렇게, 자신들의 삶 속에서 사라졌다고 한다. 그 말을 들었을 때만 해도 그 감정은 내가 겪어본 적 없는 너무 아득한 감정이라 나와는 전혀 상관없을 거로만 생각했다. 나는 왠지, 운명이 그렇게 도와줄 것 같았다.

'아빠가 내 인생에서 이렇게 사라진다고? 아니야… 내게 그런 일이 일어날 리 없어.'

나는 지금 모두가 말한 그 기약 없는 이별의 때에 놓인 걸까.

효력 없는 생각을 하는 사이, 택시는 감사하게도 병원 앞에 도착해 주었다. 나는 다급히 택시를 빠져나와 응급실로 빠르게 달려갔다.

'엄마를 찾아야 한다. 엄마!'

불안에 떨고 있을 엄마부터 찾아야 했다.

응급실에 들어서며 내 발걸음은 조금씩 느려졌다. 정말 오기 싫었던 곳, 지긋지긋한 곳. 점점 느껴지는 병원의 냄새와 저마다의 애처로움과는 완전히 분리된 것처럼 바쁘게 돌아가는 건조한 분위기가 난 정말 싫었다. 주변엔 큰 사고라도 있었는지, 안은 혼잡스럽기만 하다. 곳곳에 있는 핏자국과 울부짖는 사람들의 목소리, 그사이에 낯익은 한 사람이 보였다.

－아빠.

아빠였다. 침대가 있을 자리가 아닌 것 같은, 벽도 아닌 어중간한 공간에 버려지듯 떡하니 놓여있는 침대. 그 위에 아빠가 있었다. 나는 머뭇거리며 천천히 다가갔다.

'아빠…? 아빠가 왜 여기 있지…?'

이곳의 혼돈과는 상관없이 아빠는 눈을 감은 채로 하얗게 누워있었다. 그 모습이 왜 그렇게도 작고 초라해 보였을까.

"아빠… 아빠가 왜 여기 있어…."

나는 병원까지 왔음에도 불구하고 끝없이 현실을 부정하고 있었다. 온몸이 축축한 채로.

"왔나."

어느새 엄마가 와 있다.

"어떻게 된 거고. 의사 만났나?"

엄마는 내 물음엔 대답할 정신이 없어 보인다. 그러다 갑자기 아빠는 상체를 들썩거리며 구토하기 시작했고, 엄마는 간호사에게 건네받은 봉지를 펼쳐 들고 토사물을 받아내고 있었다.

순간, 냄새가 번졌다. 비 오는 날, 폭우가 주는 습한 공기와 물비린내가 섞여 역한 냄새가 났다. 엄마는 안쓰러워하는 표정으로 글썽거리며 혼자 아무렇지 않게 토를 받아내고 있었다. 그렇게 몇 차례 반복되는 상황에 이대로는 안 되겠다 싶어 주위를 둘러봤지만, 주변엔 온통 우리와 같은 환자들뿐, 아빠를 구해 줄 의사는 보이지 않는다.

"저… 저기… 저희 아빠 아까부터 토하고 그러는데, 아무것도 안 해주고 봐주지도 않고! 우리 진짜 급해요! 도와주세요. 제발….”

나는 이리저리 왔다 갔다 하며 내 눈에 가장 의사처럼 보이는 사람들의 팔을 붙잡고 울먹이며 호소했지만, 간호사도 의사도 그저 하나의 물체를 보듯이 흘긋 보고는,

"기다리세요.”

잡은 팔을 떼어 버리고 지나갔다.

순간 나의 가슴에서 무언가 끓어오르기 시작했다. 이러다 잘못되면 이 사람들은 늘 그래 왔던 것처럼 아빠 얼굴 위로 흰 천을 끌어 올리며,

－사망하셨습니다. 저희로서는 최선을 다했습니다.

영안실로 옮겨줄 게 뻔했다.

아니다! 지금 이럴 때가 아니다. 바보처럼 앉아 있을 수만은 없다. 이렇게 가만히 있을 거면 애초에 병원에 오지도 않았을 것이다!

정신 나간 사람처럼 고함이라도 질러야겠다 싶었지만, 큰소릴 낸 적이 없어서인지 시도하기도 전부터 심장이 쿵쾅거리기 시작했다. 하지만 이런 주저함이 아빠를 놓치게 할 수도 있었다.

'그래! 미친 짓이라도 하자!'

그때, 한 남자가 나타났다. 그는 아빠의 상태를 찬찬히 살펴보고 있었다. 시선이 고정된 나는 천천히 그의 곁으로 다가갔다.

50대로 보이는 남자는 170cm 정도의 키에 통통한 체격, 조금 비뚤어진 매부리코 위에 금테 안경이 얹어져 있었다. 남자는 아빠를 몇 차례 살펴보다, 조금 전 간호사에게 다가가 알 수 없는 말을 내뱉었다. 그러자 간

호사는 의아하다는 눈빛으로 멀리 의사로 보이는 한 사람을 데려왔다. 달라진 간호사의 반응, 일반인과는 다르다 생각한 걸까. 일순간 나도 모르게 번지는 불쾌감에 적잖이 당황스러웠다. 그들의 무례하고도 불쾌한 태도가 아무것도 할 수 없는 나를 더욱 초라하게 만들었다. 다가온 의사는 아빠의 눈동자를 까뒤집어 보고는 알약 하나를 처방한다.

"하… 일단 이곳에선 안 될 것 같습니다. 지금 여긴 차트도 없고, 환자분에 대한 자세한 정보도 없는데, 이 환자 같은 경우는 급하다고 저희가 자체적으로 아무거나 처방할 수 없어요. 검사하려면 꽤 시간도 걸리고요. 우선 급한 약 하나는 드렸습니다. 보호자 분? 아까 다른 병원 말씀하시던데, 어디지요? 저희가 트랜스퍼 하겠습니다." 의사는 말했다.

'아니, 옮겨야 한다는 말을 왜 지금에서야 하지? 알약은 왜 이제 서야 주고?'

내가 아무리 전문가가 아니라지만, 정신없는 와중에서도 하나부터 열까지가 다 못마땅하고 의심스러웠다. 하지만 이 사람들과 멱살 잡고 싸울 때가 아니었다.

"미래병원! 미래병원으로 이송해주세요! 빨리요!"

이곳 환자와 보호자들은 하나같이 자신들이 급하다며 절절하게 호소하고 있다. 의료진은 원활한 진행을 위해 이런 분위기에 담담해져야 한다.

나는 바보가 아니다. 우리만 돌봐주지 않는다고 화가 난 게 아니다. 지금 내가 정말 기분 나쁜 건 무관심처럼 보이는 무심함. 그들의 기분 나쁜 담담함을 말하는 것이다. 마치 내가 모르는 것들을 자신들은 알고 있다는 느낌, 그들이 가진 정보를 하나의 권력으로 여기듯 애처롭게 기다리고 있는 보호자에게 아무 설명도 않고서 눈을 깔고 내려다보고 있는 것 같은,

그런 냉담함을 받았기 때문이다. 다시는 여기에 오지 않겠노라 의미 없는 다짐을 했다. 어차피 개의치도 않겠지만 말이다.

병원에서는 트랜스퍼를 준비해주었고, 앰뷸런스에는 엄마가 타고 나는 따로 이동해서 가겠다고 했다. 축축한 바닥, 빈틈없던 하늘의 비는 언제 그랬냐는 듯이 모두 다 그쳐, 내리는 것이라고는 가게 천막과 간판에서 떨어지는 빗방울이 전부였다. 나는 등에 메고 있던 가방을 내려놓았다. 그리고 안쪽 깊숙한 주머니에 손을 넣어 반듯하게 모아놓은 천 원짜리들을 꺼내 쥐고, 병원 앞 모퉁이에 있는 자그마한 슈퍼로 걸어갔다.

"이거… 얼만데요?"

소쿠리에 담긴 과일을 가리키며 가게 안쪽을 보았다.

"귤은… 한 다라이에 2천 원, 사과는 3천 원."

티브이를 보던 할머니는 뒤뚱거리며 느리게 걸어 나왔다.

"귤하고 사과하고 한 다라이씩 주세요. 아니, 아니, 그건 상했잖아요. 상한 거 하나라도 섞이면 안 돼요."

시장이라면 더 많이 줄 텐데, 아쉬운 눈으로 이리저리 보았지만, 지금은 그럴 여유가 없었다.

과일을 받아 들고 병원 앞에 쭈그려 앉아 봉지에 손을 넣었다. 과일 상태를 보기 위해서다. 다행히 문제는 없다. 나는 자리에서 일어나 다시 병원으로 들어갔다. 그리고 좀 전에 도와주었던 남자, 그 아저씨에게로 걸어갔다. 남자는 누군가의 보호자인 듯 어느 침대 옆에 앉아 있었다. 나는 그 앞에 서서 길게 늘어진 검은 봉지를 내밀며, 허리를 숙이고 인사를 했다.

"아까는… 감사했습니다."

아저씨는 의아해하다 나를 알아보았는지 곱슬거리는 머리를 매만지며 당황해한다.

"아이… 고마워요. 난 한 것도 없는데 뭘 이런 걸 다….'

남자는 일어서서 두 손으로 봉지를 건네받았다.

"지금 다른 병원으로 가봐야 해서요….'

고개 숙여 다시 한번 더 인사를 하고는 재빨리 병원을 빠져나왔다.

'배워야 한다…. 사람이 많이 배우고 그래야 무시당하지 않고 사는 거다.' 나는 또 병원으로 간다.

'이건 내 하루가 아닐 거야. 정말….'

나는 지금이 싫었다. 지금에게서 도망치고 싶었다. 현실을 회피하는 사이, 택시는 병원 앞에 도착했다. 평소 아빠가 다니는 병원이었다.

"환자 분과 보호자 분, 성함이 어떻게 되시죠?"

"환자 백휘광, 배우자 김연숙입니다." 엄마는 수속을 밟았다.

병원은 차트를 찾아 빠르게 처방하였고, 아빠는 다니던 병원이란 걸 아는 건지, 조금 전과는 다르게 편안히 누워있었다. 어느 정도 안정을 되찾은 듯했다.

11시가 넘은 시각, 한시름 넘기자 그제야 주변이 보이기 시작했다. 이곳 응급실도 정신없기는 마찬가지다. 여기저기서 울리는 급하다는 소리가 애원을 넘어 울부짖음으로 다가온다. 잠시나마 내가 겪었던 일이다. 차분히 앉아 점잖 빼며 기다리고 싶지만, 가만있다가는 그 차례가 영영 오지 않을 것만 같아서, 각자의 침대는 누가 더 절실한지 보여줘야 하는 것처럼 애 닳을 수밖에 없었다.

인생이란 이런 걸까, 가만히 아빠를 쳐다보았다. 고마웠다, 살아있어 줘서. 그러다 그 마음도 잠시, 또다시 막막해졌다. 누워있는 아빠를 보고 있자니 정말 미안하게도 병원비 걱정이 들었다. 응급실이 있다는 것은 위급한 사람들에게 더없는 감사함이지만, 한숨 돌리고 나면 정신이 든다고, 응급한 곳이니 병원비는 또 얼마나 비쌀까, 막연한 공포가 밀려왔다. 밤이 깊어질수록 축축축 모래시계처럼 병원비가 쌓여가는 것만 같았다.

'아빠… 괜찮아? 괜찮으면… 우리 이제 집으로 가자.'

말하고 싶지만, 이런 말을 입 밖으로 꺼냈다간 천하의 나쁜 것이 돼버리겠지. 불효는 다른 것이 아니라 전하는 마음 그리 애틋해도 돈이 없으면 불효가 되는 것이다. 씁쓸한 웃음만이 남았다.

그러고 보니 아까부터 엄마가 보이지 않는다. 나는 엄마를 찾아야겠다는 생각으로 슬쩍 아래로 내려다보았다. 코롱코롱, 아빠의 숨소리. 눈으로 상태를 몇 번이나 체크하고 나서야 자리를 비울 수 있었다. 그리고 엄마가 있을 법한 곳들을 떠올리며 주변을 서성거리기 시작했다. 그런데 한참을 둘러보아도 엄마는 보이지 않는 것이었다. 나를 사이에 두고 양쪽으로 펼쳐진 길 앞에서 몇 번을 주저하다 돌아서려는데, 다른 곳과는 다르게 아주 어두운 공간 하나가 눈에 들어왔다. 휑하게 어두운 것이 조금은 음산하게 느껴졌다. 혹시나 싶어 실눈을 뜨며 어둠 속을 자세히 살펴보는데, 거기엔 누군가가 있었다. 여자의 실루엣, 머리 모양을 보니 영락없는 우리 엄마다. "엄마"하고 불러 보려다가 그만 입을 닫았다. 어둠 속에서도 슬퍼 보이는 뒷모습에 나는 차마 다가갈 수가 없었다.

지금 나는 이 모든 사태와 상황에 있어 가족의 관계로 있긴 하지만, 아빠의 자리가 부재로 남은 순간, 전면에서 모든 일을 해결해야 할 사람은 다름 아닌 엄마였다. 그게 내가 아니라서 다행이라는 생각이 스쳤고, 그래서 또 숙연해졌다.

지금 엄마의 마음은 어떨까, 줄곧 들었던 생각이다. 여기 이 병원에 오기까지 총 두 번의 병원 이동이 있었다. 정신없는 와중에서도 짜증이나 속으로 엄마를 탓했었다. "이렇게 여러 번 왔다 갔다 할 거면 애초에 여기로 바로 오지 그랬어." 말하려다 참았다. 그러다 처음 간 병원이 집과 가까운 걸 보며, 아빠가 의식을 잃은 곳에서 가장 근거리에 있는 병원을 택한 게 아닐까, 거기까지 생각이 미쳤다. 짧고 긴 시간 동안 분명 혼자 아등바등했을 것이다.

아빠가 한고비 넘긴 것은 너무나도 감사한 일이었다. 하지만 상황은 더 나빠지기만 했을 뿐, 변한 건 하나 없었다. 지금 이 순간에도 자리에 없는 한 사람, 문득 오빠가 생각났다. 엄마에겐 부모를 해치는 자식과 옆에 있어도 도움 되지 않는 자식, 이렇게 두 개의 짐 덩어리만 나란히 있을 뿐이다. 어둠 속에 앉아있는 엄마를 보며 나의 무능함이 그저 미안하기만 했다.

"엄마…." 나는 천천히 다가갔다.

"많이 놀랬제…." 조용히 말을 건넸다.

엄마는 고개를 들어 나를 보고는 한숨을 쉬었다.

"옛날에… 엄마가 어릴 때… 할매가 그라는 기라…. 니는 평생 저들며 살 것 같다고…. 살면서 그 말이 와 그래도 기억에 남는지… 이렇게 한평생을 내가…."

이미 퉁퉁 부은 눈을 하고서도 엄마는 또다시 눈물을 흘리기 시작했다. 마치 어린아이처럼, 엄마 따라 나도 슬펐다.

오늘 있었던 수많은 일과 나 혼자 느꼈던 수모와 그 저림까지도, 모두 다 내가 극복해야 할 문제라고 생각한다. 사람은 배워야 한다. 잘 살아야 한다. 그래야만 제대로 된 대접을 받고 살 수 있는 거다. 내가 엉망으로 살면 부모도 그런 취급을 받는다. 값진 사람이 되어야 한다. 그리고 나는 그렇게 될 것이다. 슬픔을 안고 끝없이 되뇌었다.

*

아직 어렸던 소녀.

어린 소녀가 푸른 마음으로 곱게 꿈을 꾸었다면 얼마나 좋았을까. 하지만 나는 그때, 나에 대한 슬픔, 세상에 대한 서러움을 가지고 푸르게 멍든 마음으로 서슬 퍼런 꿈을 꾸었다.

아직도 선명한 그날의 밤. 십 년도 더 지난 지금, 나의 고등학교 시절에 대한 추억은 온전히 이날의 슬픈 밤만이 차지하고 있다.

어두운 밤, 깊은 밤, 누워있는 아빠까지도 모두가 슬펐던 그런 밤이 있었다.

_ 자신만은 정확히 아는 결과

내가 16살 때, 오빠는 처음 집을 나갔다. 중학교 때 약간, 고등학교 때부터 서서히 오빠는 방황을 하기 시작했다. 그리고 성인이 되어 부모님이 갖고 있던 얼마 되지 않는 돈을 몽땅 다 털어가 버렸다. 부모님의 지갑을 손댄다는 것, 물건을 팔아버린다는 것. 나로서는 도무지 있을 수 없는 일이었다. 그건 보통 사람들, 일반인의 상식이라 할 수 있을 것이다. 그런데 나보다도 여섯 살이나 많은 오빠는 항상 그런 상식을 뒤엎는 일을 아무렇지 않게 벌이곤 했다. 그 돈이 얼마고, 얼마나 소중하고를 떠나, 그런 일련의 행동들은 남아 있는 가족들의 마음을 무너지게 했다. 그렇게 오빠는 부모님의 이름으로 카드를 발급하며 돈을 써댔고, 돌려막다 방도가 없으면 사채를 끌어다 쓰곤 했다.

사채. 지금에서야 자연스레 나오는 말이지만, 그 사실을 처음 알았을 때 가족들의 충격은 이루 다 말로 표현할 수 없었다. 빚잔치라는 것, 남의 일인 줄만 알았다. 하루하루 해가 저물어가듯 어둠의 기운이 서서히 덮치며 쫓아오는 느낌이었다. 그 돈을 어디에 썼는지 상세한 내역까진 알 순 없었지만, 카드로 썼을 땐 뒤늦게 고지서를 통해 대략의 것을 파악할 수 있었다. 우리는 그것을 들여다보며, 어딜 돌아다녔는지, 무엇을 했는지, 거꾸로 발자취를 되짚어보았다. 그러고 있자면 아빠의 심장은 매우 빠르게 두근거리고 있다는 것. 그 소리가 곁에 있는 나에게까지 들리고 있었다.

아빠 심장 소리가 들린다.

엄마 심장 소리가 들린다.

그 속에서 나는 작은 숨도 쉴 수 없다. 나 역시도 큰 짐인 것만 같다.

오빠가 저질러 놓은 사고 하나에도 우리는 쉽게 회복하지 못하고 휘청거리며 다시 일어서는 데에 오랜 시간을 보냈고, 그렇게 쓰지 않은 돈을 수습하다 보면, 이내 곧 다음 사건이 터졌다. 가족들은 하나같이 범인을 쫓는 아둔한 경찰처럼, 자신들의 인생은 돌볼 틈도 없이 점점 더 피폐해져 가고 있었다.

'오빠가 없었다면 우린 어떻게 살고 있을까… 부자는 아니더라도 웃으면서 살 순 있었을 거야.'

형제자매는 하늘이 주는 선물이라 했다. 외로운 세상, 서로 버팀목이 되라며 하늘이 내려주시는 선물. 허나 내게 오빠는 무거운 짐짝 같았다. 애초에 서로의 존재를 몰랐던 것처럼 아주 모르게, 영영 모르는 사람이 되고 싶었다. 할 수 있다면 덜어버리고 싶은 것, 떼어버리고 싶은 것. 아니? 아무도 모르는 곳에 가 태워 없애고 싶은 것. 우리의 질긴 인연을! 이 지독한 악연을!!

서로 내색하지 않지만 알고 있었다. 깊은 밤 쉬이 잠 못 들고 하늘을 수놓던 가족들의 깊은 한숨을. 각자의 눈물로 베갯잇이 축축이 젖어가는 매일의 밤을 말이다.

부모님은 오빠를 포기하지 못했다. 수백 번 포기하고 수천 번 그 마음을 거두면서, 접었다 폈다를 반복했다. 죽일 놈 망할 놈 하다가 또 한 번씩 소강상태를 보이면서, 이내 눈물을 지으며 옛 시절을 회상하고 그리워하셨다. 나는 그게 매 순간 이해 가지 않으면서도 이해가 됐다. 난 부모의 삶을 살아보지 못했으니까. 나에겐 당장 없어져도 무관한 겨우 오빠인 셈이지만, 부모에겐 자식이었다.

부모와 자식 사이, 그건 천륜이라고 한다. 말론 다 표현할 수 없이 깊고 애달픈 사이를 난 도무지 헤아릴 수가 없다. 분명 나와는 다를 것이다. 그래서 나는 오빠에 관한 말은 아무렇게나 쉽게, 함부로 내뱉을 수 없었다. 생채기 낼수록 누구 가슴이 찢어지는지 잘 알고 있었기 때문이다.

고민이 많았다. 잘못되고 있었다. 우환이 도둑이라고, 가뜩이나 없는 형편에 한평생 일만 해도 남들 인생 가슴 언저리에나 따라갈 수 있을까 절망적인 상황 속에서 부모님은 빚에 쫓겨 다니며 낯선 사람들에게 사과하는 데 익숙해지고 있었다.

피는 강했다. 혈육은 질겼다. 도와주는 것도 없는 형제, 쉽게 떼어내기도 고됐다. 오빠는 하얬다. 아주 하얀 피부를 갖고 있었다. 그런데 그런 나쁜 짓을 하고 난 다음부터는 마치 귀신처럼 얼굴이 더 하얘졌다. 창백한 눈동자를 보고 있으면 어딜 보고 있는 건지, 마치 개 눈처럼 흰자위가 없는 것만 같았다.

오빠와 관련된 일련의 사건이 생길 때마다 우리는 나타나기만 하면 당장 죽여 버리겠다고, 가만두지 않겠노라 선포하듯 엄포를 내리곤 했다. 하지만 맘 약한 사람은 언제나 당하는 법! 다시 돌아와 그 눈을 마주하고 있자면, 마치 귀신이라도 본 것처럼 무서워서는 말 한마디 제대로 붙이지 못하는 우리였다. 부모님은 갖은 수를 다 써 보았다. 때려도 보고 울어도 보고 빌어도 보다, "이제는 됐구나, 정말 변한 것 같아." 안도하려는가 싶으면 어느새 또 눈앞에서 사라지기를 반복. 그러고는 "나… 아직 살아있어요?" 독촉 전화가 걸려왔다.

"당신 누군데! 아니, 나는 그런 사람 모릅니다! 아, 모른다고요! 아저씨요, 돈 내한테 빌렸습니까? 내한테 빌렸냐고요! 당신이 직접 잡아서 받아!

난 그런 놈 모르고 산 지 오래니까!"

아빠도 이제 나름의 배짱을 부렸다. 무서울 것 없다는 듯 고함을 질러 댔지만, 전화를 끊고 난 후에 두 손은 언제나 떨리고 있었다. 그리고 밤이 되면, 방안엔 소주병과 소주잔이 부딪치며 훌쩍거리는 소리만이 남아있었다.

나는 아빠를 잘 안다. 누구보다도 착한 사람이다. 그런데 그런 사람이 고역에 시달리고 있다. 한평생 남들에게 싫은 소리 않고 살던 사람이 자식 잘 둔 덕에 마음에도 없는 험악한 말을 쓰게 되었다.

세상이 무서웠다. 많이 두려웠다. 지금 나의 상태를 정확히 말하자면, 누군가 내 옆을 지나가며 일으키는 조그마한 바람에도 온몸이 시리고 따가울 만큼 한껏 예민해져 있는 상태라고 할 수 있다. 나는 매우 고통스럽다. 지금 그것을 호소하고 있다. 하지만 아무도 알지 못한다. 부모님도, 친구도, 그 누구도 말이다.

남의 인생을 보면, "이게 올바른 길이야." 정답을 알려주기 바빴지만, 내 인생을 갖다 놓으면 영원히 풀 수 없는 문제처럼 난감하게만 느껴졌다. '이 길을 포기하는 게 맞나…. 방향을 틀어야 하나. 아님 버려?' 물론 난 정답을 알지 못한다. 매일 밖을 보며 창문 앞을 서성이는 겁쟁이 한 명. 내가 멈춰있는 동안 세상은 더 빨리 성장하겠지…. 인생 참 별것 없다. 반짝반짝 빛나고 싶어 시작한 공부였는데, 낙오한 것처럼 이젠 나만 멈춰있다.

오만이었다. 그저 잘 될 거라고만 생각했다. 가만히 있다 보면 시간이 지나는 만큼 그 시간이 나를 내가 원하는 결과로 데려다주겠지, 그런 아름다운 꿈을 꾸었다. 그렇게 안일하고 나태했던 내가 쌓이고 쌓여 지금의 여기까지 왔다. 물론 나는 나태하지 않았다. 하지만 세상에선 결과가 없으면 나태한 것으로 분류된다. 세상이 나를 향해 그렇게 말하고, 나 스스로도 그렇게 받아들이면서 어느 정도 현실을 자각하게 되었다. 결과를 보이지 못하면 나태한 것이고 성의 있게 살지 못한 것이다. 어떤 이들은 절실하지 않은 사람으로 정의하기도 한다. 그렇게 나의 정성스러웠던 시간들은 이제 분리수거도 안 되는 폐기물이 되어 그 어디에도 가지 못하고 있었다.

실력이 꼭 시간과 비례해서 쌓이는 건 아니다. 공부에 대한 열정이 사라진 순간, 그나마 있던 실력마저도 빠른 속도로 후퇴하고 있었다. 하지만 가장 중요한 것 하나, 나는 의지가 없다. 안타깝게도 한때 아무리 뜨거웠다 한들, 지나온 시간만큼 열정도 녹이 스는 법이다. 부모님은 모르겠지만, 나는 얼마 남지 않은 이번 시험의 결과를 알고 있다. 가끔 그럴 때가 있다. 남들에게 말하지 못하지만 자신만은 정확히 아는 결과.

그건 정말이지 아주 슬픈 일이다.

_ 어중간한

눈을 떴다. 이불을 더듬거리며 손끝에 걸리는 핸드폰을 잡았다.

-4시 55분

순간 등장한 네모난 불빛에 방안을 차지하고 있던 어둠의 흐름이 깨졌다. 실눈을 뜨고 5분 뒤면 울릴 알람을 찾아 껐다. 조용한 것을 좋아한다. 소음은 좋지 않다. 이른 새벽부터 소란스럽게 해, 옆방의 부모님을 깨우고 싶지 않았다. 잠시 뒤척이다 일으켜 앉았다. 특별한 경우가 아니면 바로 깨는 편이다. 고개를 돌려 창밖을 바라본다. 캄캄한 새벽, 보통의 어두움을 넘은 짙은 어둠, 지금의 어둠이 밤의 것인지 새벽의 것인지 분간이 잘 가지 않는다.

'또 시작이군….'

중학생 때부터 밝을 때 눈을 떠본 일이 없다. 몸살이 났던 그 몇 번을 제외하고는 말이다.

그러고 보면 스스로가 보기에도 나름 성실하게 살아왔다 싶은데, 대체 내 삶은 왜 이리도 어중간한 건지, 도무지 알 수가 없다. 정말이지 어중간한 삶이다. 이렇게 살 거면 그냥 막 살 것 그랬다. 그럼 덜 억울했을까. 스스로 객관화가 잘 된다는 건 어떨 땐 혹독한 추위보다도 더 매서웠다. 분수를 모르고 까불었다면 삶은 조금이라도 가벼워질까. 지난 일에 후회가 없는 성격이었는데, 자신감이 떨어져서인지 요즘 들어 유독 옛날 생각을 많이 하게 된다.

이른 새벽, 좋아하지 않는 커피를 마시며 서둘러 공부를 시작한다. 그러고는 순식간에 몰입했다.

-꼬르륵

여덟 시간쯤 지났을까. 집중을 깨뜨리는 소리다. 배가 고프다는 생각이 들자 집중은 금세 무너졌다. 배가 고플 때마다 기분이 더럽다. 하는 일이 뭐 있다고 때맞춰 배가 고픈 건지. 고개를 돌려 창밖을 본다. 이미 한참의 낮이다. 그때, 밖에서 삐걱거리는 소리가 들린다. 소리는 점차 커져 내 방문을 향했다.

'누구지?'

반나절이 지나서야 몸을 움직여 본다. 조금씩 열리는 문 사이로 낯익은 한 사람이 서 있다. 아빠다. 2층까지 올라온 아빠는 방문을 열었다.

우리 집은 이층집이다. 티브이나 영화에 나오는 그런 낭만적인 집은 아니고, 오래되고 불편한 집이다. 집은 여러 사람으로 붐비는 시장 안에 있다. 우리 가족은 모두 네 명, 부모님은 이 건물 1층에서 생선 장사를 하시고, 오빠는 집을 나가버렸으니, 지금 내가 있는 2층 공간은 아빠와 엄마 그리고 나, 이렇게 세 식구가 생활하고 있다. 원래 이전 집은 지금보다 좋았지만, 오빠 덕분에 하는 수 없이 이사를 하게 됐다.

가게 안으로 들어오면 2층으로 향하는 계단이 있고, 그 밖에 별다른 외부 통로는 없다. 2층은 두 개의 방으로 분리되어 있는데, 화장실이 있는 안쪽 방은 내가, 나머지 방은 부모님이 사용하고 있다. 두 개의 공간을 나누는 것은 달랑 벽 하나. 문 하나를 사이에 두고 두 개의 방은 딱 붙어 있지만, 마음의 거리는 전보다 가깝지 못하다.

살갑던 나와 부모님의 사이는 수험기간이 길어질수록 멀어져 갔고, 우리의 대화는 현저하게 줄어들었다. 부모님은 내가 걱정되면서도 못마땅했을 것이다. 하지만 부담을 얹고 싶지 않기에 그저 가만히 내버려 두셨다. 그저 가만히.

"아빠?"

방문이 조금씩 열리자 알면서도 멋쩍어 물었다. 조용한 방에 오래 있었던 터라 방문 밖의 사람이 누구인지 걸음 소리만으로도 알아챌 수 있었다. 사실 올 만한 사람이 누가 있겠는가, 끽해야 고장 난 거 보러 오는 집주인 아니면 부모님이겠지.

"밥 안 먹나?"

아빠는 늘 퉁명스러운 말투였지만, 특유의 무뚝뚝함 때문이라고 한다면 그리 차가운 것도 아니었다.

"이제 먹을 거예요. 이것만 좀 더 보고."

집중은 아까부터 깨졌지만, 열심히 하고 있는 모습을 보여야 할 것 같아 괜히 시선을 책에다 두고 말했다.

"너무 어두운 거 아니가? 불 좀 키지, 눈 다 베리겠다."

아빠는 스위치가 있는 곳을 더듬거리며 딸깍, 불을 켰다.

언제부턴가 가족들은 내게 공부에 관해서나 앞으로 가까워지는 미래에 관해서 그 어떠한 언급도 하지 않았다. 마치 나에 관한 이야기는 집안의 금기라도 된 듯, 서로가 물어야 할 가장 중요한 부분만 싸악 도려낸 채로 겉도는 대화만을 주고받았다.

부모님이 시장에서 장사한 세월이 벌써 십 년은 더 넘었다. 생선 손질하는 모습이 그렇게도 마음이 아파, 예전엔 성공하는 모습을 보여 드리겠다며 거창한 포부를 갖고 말했었지만, 지금은 그건 정말 터무니없는 일이라는 생각에 고이 입을 다물어버렸다. 이제는 부디 한 발짝이라도 세상에 나가 제대로 사는 모습을 보여 드릴 수 있기만을 바랄 뿐이다.

"에-이, 괜찮다. 집중하려면 불 꺼야 한다. 불 키면 눈에 보이는 게 많아 가지고⋯."

나는 어중간한 웃음을 지으며 일어나 불을 껐다.

방안은 다시 어두워졌다. 아빠는 무언가 할 말이 있어 보이지만 단념한 듯 입을 닫았다. 마치 내 방이 유리로 막힌 것처럼 잠시 서성이다 몸을 돌린다.

“아, 아빠….”

나는 엉거주춤 일어섰다.

“저어… 이만 원만…주세요.”

주저하다 말을 꺼냈다.

“돈 필요하나.”

그제서야 아빠는 안으로 걸어 들어온다. 남색 상의 안주머니에서 낡은 지갑이 나온다.

“이만 원이면 되는데….”

아빠는 만 원짜리 다섯 장을 내밀었다. 나는 고개를 숙이며 두 손으로 받았다.

“힘내고, 잘 챙겨 먹고.”

다시 나가셨다.

그 짧고도 긴 시간 동안 아빠와 나 사이에는 많은 생각이 스쳐 지나갔다. 서로에게 미안하고도 민망한 시간이다.

그 외엔,
아무것도 필요 없었다

사하에게 만 원짜리 다섯 장을 내어주고는 휘광은 방을 나왔다. 방문을 열며 조금이나마 빛이 들었던 방이 문을 닫을수록 점점 더 어두워진다.

'내 딸, 참 똑똑한데 왜 저렇게….'

휘광은 방문을 닫을 때마다 마음이 좋지 않다. 틈이 좁아지는 만큼 빛은 줄어들고 있었다.

2층 방 두 개의 공간 중 부부가 쓰는 방은 볕이 가득 들어와 눈이 부실 만큼 밝았지만, 이상하게도 딸 사하의 방은 아주 깊숙한 동굴인 것처럼 그렇게 어두울 수가 없었다. 두 방의 너무 다른 밝기가 그의 마음을 저리게 했다.

'어둠 속에 딸아이가 있다. 저 깜깜한 방에서….'

휘광은 사하의 얼굴을 보지 못했지만, 좁아지는 시야에서 딸의 다리를 보았다.

-얌전히 모은 두 발.

계속 앉아 다리가 시린 건지 계절에도 맞지 않은 도톰한 양말을 신고서 가지런히 모은 두 발이었다. 휘광이 사하를 바라보는 것은 거기까지다. 거기까지가 최선이다. 얼굴을 마주하기엔 서로의 마음이 무겁다.

휘광은 늘 어둠 속의 사하가 걱정됐다. 안쓰러웠다. 제 딴엔 잘하고 있다지만, 바람 속에 힘없이 서 있는 촛불처럼 여린 불로 어둠 속을 버텨내고 있는 것 같았다. 나름 스스로를 지혜로운 사람이라 생각하며 정도를 걸어왔지만, 도무지 자식 키우는 것에 있어서는 답이 서지 않는다. 아비로서 잘하지 못해 자식들이 하나같이 제구실을 못 하고 저리들 살고 있는 건지, 부모는 무엇이고, 부모가 해야 할 일은 또 무엇인지, 휘광에겐 너무나도 어려운 숙제였다.

-터벅터벅.

계단을 내려가는 휘광의 발소리가 무겁고 둔탁하다. 휘광은 아직 챙겨 넣지 못한 지갑을 안주머니에 집어넣었다. 그러다 또 생각에 잠긴다.

「 어린 휘광을 향해 던져진 동전.

생각지도 못한 순간에 날라 온 동전이라 휘광은 미처 피하지 못한 채로 그대로 맞아버렸다. 그것도 쇠라고, 눈썹 뼈와 광대에 맞은 것이 꽤나 아팠다.

순시간에 번져오는 통증에 휘광은 얼굴을 비비듯 재빠르게 문질렀다. 그러고는 발 앞에 떨어진 동전을 가만히 내려다본다. 무릎을 굽혀 웅크리고는 바닥의 동전을 하나하나 줍는다. 토끼걸음 하듯 쭈그린 자세로 동전을 주우며, 어디 또 놓친 게 없는지 두리번거린다.

"니 거서 뭐하노! 아주 그냥 그지 새끼 마냥 한참을 앉아 있어! 앉아 있기는! 어휴, 지겨워, 지겨워. 진짜 내가!"

방에서 들려오는 소리에 휘광은 화들짝 놀라 일어섰다. 그러고는 아직 떨어져 있는 동전은 없는지 재빨리 훑어보았다. 그때, 장독대 항아리 사이에 반짝이는 것이 보인다. 휘광은 눈치를 보다 잽싸게 달려가 동전 하나를 줍고는 냅다 뛰었다. 」

병원으로 향하는 길.
'내 딸이 하날 달라면 난 둘을 줄 거야. 난 그렇게 받지 못했으니까…'
휘광은 석 달마다 대학병원에서 검진을 받는다. 원래는 그 간격이 꽤 길었었는데, 요즘 들어 상태가 안 좋은지 진료가 잦아졌다.
길을 걷는 휘광은 한숨이 나온다. 다른 날이라고 특별한 건 아니었지만, 오늘은 더욱 무겁게만 느껴진다.

*

휘광의 아버지는 휘광이 6살 되던 해에 세상을 떠났다. 생활이 변변치 않자 휘광의 아버지는 이 일 저 일을 하다 배를 타러 나갔었다. 그렇게 여러 해를 거친 후 그 어느 날, 휘광의 아버지에게는 아주 큰 일이 있었다. 태평양 한가운데에서 배가 파선돼버려 배 위에 있던 널빤지 나무판자를 붙잡고 기다리기를 한참, 그렇게 구사일생 정말 말도 안 되게 구조됐던 놀라운 일이 있었던 거다.
하늘이 내려주신 복으로 살아 돌아온 휘광의 아버지는 모든 게 다행이라며, 남은 생을 귀하게 살겠다며, 기분 좋게 한 잔 마시며 돌아오던 1월의 그 어느 겨울날, 얼어버린 집 앞 계단에서 미끄러져 그만 뇌진탕으로 떠나 버렸다. 실로 어처구니없는 일이었다. 그 일이 있고 난 후, 병약한 휘광의 어머니 인희는 충격으로 몸져누워 버렸다. 아들 없는 집에서 장남으로 태어나 나름의 융숭한 대접을 받고 살았던 휘광의 삶은 정확히 그때까지만 반짝, 그 뒤론 고생길이 훤했다.

휘광에게는 여동생 하나가 있었다. 동생은 휘광이 3살 되던 해에 간질로 앓다 죽었고, 휘광과 엄마만이 가족의 전부였다. 그러자 인희는 안 되겠다 싶은지, 큰 결심이라도 한 듯 고향인 부산을 버리고 제주로 건너갔다. 물질을 배우건 장사를 하건 다른 방향을 모색해야만 했던 것이다.

그렇게 1년이 지난 후, 체력이 약했던 인희는 결국 남동생 경만에게로 휘광을 보내게 되었다. 그 뒤로 어린 휘광은 외삼촌 경만이 있는 서울 집에서 지내게 된다. 부산에서 제주, 제주에서 서울로. 휘광에겐 아빠도 고향도 잃어버린 요란스러운 7살의 시작이었다.

서울에는 휘광의 외삼촌 부부와 외할머니, 이렇게 셋이 살고 있었다. 혼란스러웠다. 분명 자기 집이 아니라는 것까지는 알겠는데 언제까지 있어야 하는 건지, 휘광은 어른들의 상황을 도통 이해할 수 없었다. 몇 번을 둘러대다 지쳐버린 경만은 나중엔 그냥 휘광을 앉혀놓고 자초지종을 설명했다. 하지만 그마저도 받아들이기가 힘들었는지, 휘광은 며칠 뒤면 또 알 수 얼굴을 하고서 뚱하게 앉아 있기만 했다.

'엄만 날 버린 거야? 왜 안 오는 거야…'

밤이 되면, 아주 깊은 밤이 되면, 휘광은 너무나도 무서웠다. 무슨 일이 생긴 건 아니었지만, 세상 모두 깜깜한 것이 너무 무서워 머리끝까지 이불을 감싸 올리는 것이었다.

휘광은 매일 밤이면 엄마가 너무 보고 싶었다. 보고 싶어 왈칵 눈물이 났다. 밤마다 속삭이던 엄마 자장가, 품에 안겨 엄마 머리카락을 둘둘 말며 깔깔거리던 날들, 엄마 가슴에 손을 얹고 코-호 잠들던 그 순간까지도, 휘광은 한참을 엄마 생각만 하다 힘겹게 잠이 들었다.

-찰싹

"아우, 진짜!"

휘광의 손등을 내려치는 소리가 들렸다.

"야! 좀! 만지지 마라! 이게 느그 엄마 찌찌가! 진짜 와 이래 만졌쌌노! 애기도 아닌 기."

자리에서 벌떡 일어난 외할머니가 밤의 고요함을 깨뜨렸다.

어린 나이에 엄마와 떨어져서인지, 휘광은 잠결에 엄마의 찌찌인 줄 알고 그만, 할머니의 가슴을 만져버린 것이다. 그런 습관은 경만에게 오기 훨씬 전부터 사라진 버릇이었는데, 생각보다 길어진 이별 탓인지 예전 습관이 나와 버린 것이었다. 휘광은 할머니로부터 한차례 크게 혼나고 나니, 그제야 정신이 번쩍 들었다.

'할머니는 나를… 어린 애로 보지 않아….'

세차게 몰아세우는 할머니를 보며, 휘광은 자신이 아주 큰 잘못을 저지른 것만 같아 그 자리에서 빼애앵-하고 울어버렸다.

"뭐 잘했다고 우노! 울기는! 왜! 왜! 왜! 우노!"

할머니는 휘광의 몸을 돌려 엉덩이를 팡팡 때렸다.

"아이-고, 도깨비는 뭐 하노! 여 와서 말도 안 듣는 놈 안 잡아가고-오!!"

높아져 가는 외할머니의 언성만큼 휘광은 더 세게 울어 버렸다. 조용하던 동네의 밤은 그렇게 휘광의 울음소리로 가득 찼다. 그 모습을 본 경만은 돌아누우며 혼잣말을 한다.

"제 배 아파 새끼도 안 낳아본 사람이 뭘 알겠노… 뭘 알겠어… 어휴."

그렇다. 휘광의 외할머니는 새 할머니였다. 인희의 아버지, 그러니까 휘광의 외할아버지가 죽기 전에 만들어 놓은 두 번째 어머니다. 전에는 그렇지 않았지만, 남편이 죽고 난 후 할머니는 부쩍 화가 많아졌다. 그 후, 살길을 모색하기 위해 부산에 살던 경만 부부와 할머니는 함께 서울로 올라온 것이었다.

그렇게 하루가 지나고 한 달, 몇 달이 지나자 휘광은 포기란 걸 해버렸다. 엄마가 자신을 버렸다고 확신을 한다. 그리하여 이제는,

"울 엄마 언제 와요?"

"울 엄마 많이 아파요?"

"지금은 어디에 있어요?" 따위의 질문도 하지 않았다.

잘 울지도, 쉽게 슬퍼하지도 않았으며, 밤마다 쫑알대는 일도, 실수로 할머니 가슴을 만지는 일도 없어졌다.

휘광의 외숙모 미경은 휘광을 보면 늘 습관처럼 지겹다고 말하곤 했다. 가난한 집에 입 하나가 더 늘었으니 그럴 만도 하다고 휘광은 생각했다. 이곳엔 자신이 밥 잘 먹는 것을 좋아할 사람이 없다는 것을 휘광은 알고 있었다. 그래서 눈치껏 먹지 않는다.

외삼촌과 함께한 길게만 느껴졌던 시간을 휘광은 온전히 기억하고 있다. 스스로 괜찮다고, 충분히 그럴 수 있다고 생각했지만, 함께 지내며 받았던 상처와 기억들은 한참을 자라고 나서도 잊지 못할 만큼 각인되어 있었다. 이해를 했다는 거지, 아프지 않았다는 것은 아니기 때문이다.

그 뒤로 인희는 서서히 몸을 추스르기 시작했다. 휘광이 돌아간 때에도 그리 멀쩡하진 않았지만, 줄곧 남의 손을 빌릴 수는 없는 노릇이었다. 체구가 작고 마른 인희는 하나 있는 아들에게 늘 "오야, 오야" 관대하기만 했지만, 꼭 아들에게만 그런 것도 아닌 것이, 사람이 너무 좋아 주위에선 지나가는 길이라도 들르곤 했고, 더불어 형편이 어려운 동생 경만이 결혼할 때까지, 장장 6년 동안이나 입히고 먹이고 재운 것만으로도 그녀의 성품을 어느 정도 짐작할 수 있었다. 버겁던 삶 속에서도 그 누구에게도 매몰찬 적이 없었으니, 원래 유순한 사람임은 틀림없었다.

인희는 그런 과거의 것들을 누나에 대한 빚이라 여기며, 동생 경만이 휘광을 잘 돌봐 줄 거란 기대를 했었다. 하지만 돌아온 아들의 눈치를 봤을 땐 썩 그렇지 못한 것 같았다. 인희는 내심 서운한 마음이 들었지만 금세 접어버렸다. 동생이란 존재는 늘 그렇듯 제가 손해 본 것만 손가락 세어가며 기억하니 말이다.

작고 연약한 여자 혼자서 아이와 함께할 생계를 꾸리기에는 너무나 힘에 부쳤다. 어릴 적부터 제주를 좋아해 제주에 살고자 했지만, 생전 살아보지 않던 곳에서 터를 잡는다는 건 말처럼 쉬운 일이 아니었다. 인희는 1년 정도 머물다 원래 살던 부산 영도로 돌아갔다. 그리고 이따금씩 제주에 들러 물건을 떼와 팔곤 했다.

인희는 이른 아침 눈을 떠 온종일 이송도 바다에 나와 있곤 한다. 여기서 곰피, 그러니까 다시마같이 생긴 울퉁불퉁한 해초를 따와 자갈 위에다 펼쳐 놓고 한참을 말리는 거다. 그걸 꼭 말려야 한다기보다는 해초가 물을 잔뜩 머금고 있어 들쳐 메고 나르기에는 무거워 들고 갈 수가 없으니, 이래저래 한나절 말리고 가야지만 그나마 무게를 줄일 수 있었던 거다.

그렇게 반나절 꼬박 말린 곰피를 차곡차곡 모아 등에 메고서 집으로 돌아오기를 반복하는 것, 그것이 인희의 일상이었다. 번듯한 점방 하나, 하다 못해 자리 깔 마땅한 곳도 정하지 못한 채, 그날그날 사람이 없는 틈을 찾아 땅바닥에 펴놓고 장사하는 것이다. 덥건 춥건 하루 종일, 인희는 그렇게 일을 했다.

한동안 고된 남의집살이를 하다 돌아온 휘광은 집이 더없는 천국이었다. 8살 휘광은 상상에서만 존재하던 날, 그런 놀라운 날을 맞이하게 된 것이다. 인희는 늘 부지런히 할 수 있는 일을 다 해 아들의 밥상을 마련했다. 된장국에 김치, 어느 날엔 갈치도 있고, 가끔은 신기한 고래 고기도 먹이곤 했는데, 휘광은 그걸 볶아 놓은 찬을 좋아했다. 가짓수로만 보면 그리 많진 않았지만, 휘광은 그저 맛있었다. 아주 꿀맛이었다. 그래도 하나밖에 없는 아들이라고 밥은 동네 그 누구보다도 늘 고봉이었다. 그건 정말이지 휘광에겐 큰 자부심이었다. 누가 무엇을 준다 해도, 밥이 반으로 줄어버린대도, 휘광은 엄마 옆이 좋았다. 그 외엔, 아무것도 필요 없었다.

떠나간 휘광의 아버지는 휘광에게 의사가 되라고 한 적이 있었다. 하지만 의사는커녕, 휘광은 무엇을 하고 살지도 전혀 계획이 없는 그저 해맑은 소년이었다. 그래서인지 늘 꼴등 그 언저리를 왔다 갔다 했다. 그래도 신기한 건, 꼴등은 한 적이 없었다. 휘광은 공부에는 별 관심이 없는, 바다를 보며 산을 뛰어다니는 건강하고 활기찬 소년이었다.

가장 혼란스러운 때

검은색 바지에다 티셔츠, 항상 입는 백사하표 전용 복장과 함께 모자를 푹 눌러쓰고 나가는 길이다. 그렇다. 일주일에 한 번 병원에 간다. 이렇게 벌써 4년째 치료를 받고 있다.

4년. 시간이란 참 무섭다. 4년 동안 내 일상에 아무런 변화도 없는 건 더 무섭다. 비 오는 날이면 다리는 더욱 불편해졌다. 낡은 필름 카메라 불빛처럼 번-쩍 예상치 못한 순간에 통증이 찾아왔다. 교통사고 후, 내겐 더 이상의 불운은 없으리라 시간이 지나면 낫겠지, 그저 불편한 정도로만 여기며 문제를 키워가고 있었다. 복잡한 집안 사정과 공부만으로도 충분히 버거웠기 때문이다. 하지만 점점 더 잘 걷지 못하는 날들이 이어졌고, 여전히 남아 있는 통증은 심상치 않았다. 그제서야 난 '아, 이게 후유증이구나.' 뒤늦은 후회를 했다.

그렇게 나는 남아 있는 통증에 불안해져 본격적으로 추가 치료를 받기 시작했다. 안 가본 병원이 없었다. 사고로 인한 충격으로 주변 신경과 근육의 손상이 일으키는 통증이라며, 가볍게 넘길 수준은 아니라고 의사는 말했다. 다리를 다치고 나서 꽤나 고생을 했다. 몸도 몸이지만 무엇보다 심각한 건 마음고생이었다. 이렇게 빠른 속도로 내 인생은 망가져 가고 있는데, 가해자라는 사람은 얼굴 한 번 비춘 적이 없었다.

"마음 아프다고… 하시더라고요…."

보험 회사로부터 존재 여부가 불분명한 사과만 전해 들었을 뿐이다.

추가 재활에만 꼬박 몇 년이란 세월을 투자했지만, 삼십 분 이상 걸으면 올라오는 통증은 여전해 쩔뚝이는 모양새를 감출 수 없었다. 그동안 공부 탓에 외출을 자제한 것도 있었지만, 실은 나 스스로가 고립된 생활을 자처하기도 했다. 한창 젊은 나이에 사회생활을 않다 보면 주변엔 늘 보고 있는 눈이 많아 "안녕하세요, 저는 다리 불편한 백수입니다." 광고하는 것만 같아 대낮에 돌아다니기가 부끄러웠다. 그래서 나는 공부라는 좋은 명분을 대며, 심하게 아플 때 빼고는 일주일에 한 번만 집 밖을 나가기로 했다. 그리고 그 한 번이 바로 오늘이다.

병원 가는 길에는 육교 하나가 있다. 한 발 올리고 한 걸음, 한 발 올리고 한 걸음, 그렇게 한 칸씩 걸어 올라간다. 육교에 올라서니 아래로 왕복 8차선 도로가 보인다. 쌩쌩 움직이는 차들, 다들 어디로 바쁘게 가는 건지.

'모두들 갈 곳이 있구나….'

마치 나 말곤 다 행복한 것처럼 가만히 아래만 내려다보고 있다.

-뚝, 뚝뚝.

비가 한 방울씩 내린다. 갑자기 육교 위에는 강한 바람이 불어왔다. 그러다 우산을 펼칠 새도 없이 비는 갑자기 몰아쳤다.

'하… 젠장….'

우산을 챙기긴 했지만 이 귀한 외출에 비라니, 성질이 났다. 나는 서둘러 등에 메고 있는 가방을 열어 우산을 꺼냈다.

여름비는 참 대중없다. 그래서 우산은 늘 필수다. 다리 밑 자동차 구경은 이쯤 하기로 하고 서둘러 발길을 옮기기로 했다. 그때, 멀리 어느 한 남자가 보인다. 자그마한 키에 통통한 체격, 60대로 보이는 남자. 그는 쩔뚝이며 걷고 있었다. 왼쪽 손은 육교 울타리를 꽉 붙잡고 있고, 나머지 손은 뒷모습이 부자연스러운 것이 보아하니 반신마비를 앓고 있는 것 같았다. 우산 밖으로 보이는 그는 하염없이 내리는 비를 속절없이 맞으며 젖어가고 있었다. 그건 당연한 것이 우리는 보통의 사람들처럼 소낙비가 왔다 해서 곧바로 뛸 수 있는 게 아니기 때문이다. 내가 그를 보고 있는 순간에도 빗방울은 그를 더 적시고 있었다.

마음이 급해졌다. 서둘러 그의 뒤로 다가가 걸음을 늦추었다. 시야가 확보되지 않은 상태에서 무언가 튀어나온다면 놀랄지도 모를 일이었다. 분명히 말하자면 나는 착한 사람은 아니다. 어른을 더없이 공경하는 그런 모범적인 젊은이도 아니다. 버스에서 노인이 다가오면 눈부터 감아버린 적이 한두 번이 아니었으니까 말이다. 하지만 이상했다. 몸이 아프니 마음도 약해진 건지, 나는 노인을 쉽게 지나치지 못했다. 나에게도 이런 면이 있다니 놀라울 따름이었다. 아니, 솔직히 말하자면 그의 성별과 나이와는 전혀 상관없이 쩔뚝이는 저 다리가 너무나도 신경 쓰였다. 나는 뒤따라 걷다 우산을 기울였다.

"비가… 많이 오네요?"

알고 있는 사람처럼 편하게 말을 건넸다. 남자는 걸음을 멈췄고, 코끝까지 내려온 금테 안경은 젖어있었다.

"어…? 잠시만요, 안경이… 내려왔네요."

나는 남자 앞에 멈춰 서서 안경을 빼내 빗물을 털어냈다.

"아… 고마워요."

그는 얼떨떨한 얼굴로 고개를 내밀었다. 나는 다시 안경을 씌워주며 그의 얼굴을 가만히 응시했다. 남자의 곱슬거리는 머리칼은 이마에 딱 달라붙어 끝에 맺힌 빗물이 똑똑 떨어지고 있었다.

"어디 가시는 거예요?"

빗소리를 뚫기 위해 큰 소리로 물었다.

"저-어기 가는데, 괜찮아요…."

남자는 힘겹게 자신이 갈 곳을 가리켰다.

"저-기 어디요? 저쪽이요?"

얼버무리는 그에게 재차 물었다.

"직진하다가 아랫길 말씀하세요?"

남자는 고개를 끄덕였다.

"집에 가서 씻으면 그만이에요…."

남자는 대수롭지 않다는 듯 말했다. 마음을 담은 호의라도 충분히 불편할 수 있다. 하지만 그렇다고 그냥 보낼 수도 없었다. 순간 갈등이 일었다.

"은행 옆에… 빌라 하나가 있는데요. 거기예요, 우리 집이."

남자는 덧붙여 설명한다. 조금 더 길어진 말에 나는 남자가 가지고 있는 감정이 불편함보다는 미안함이 아닐까 짐작했다.

"저도 마침 거기 지나가는데… 어떡할까요? 같이 가셔도 괜찮겠어요?"

마지막으로 확인해 보기로 한다.

"고마운데… 너무 미안해서….”

역시나 그런 마음이었다.

"그럼 같이 가요. 어차피 가는 길이니까요.”

나는 걸음을 맞춰 걷는다. 남자를 왼편에 두고 우산을 기울인 탓에 어느새 내 오른쪽 어깨는 축축이 젖어있었다.

"저는 할아버지 댁 지나면 왜… 한의원 하나 있잖아요?”

"…마음 한의원.” 노인은 알고 있었다.

"네네, 마음 한의원, 저는 거기 가요.” 노인은 고개를 끄덕였다.

"안 불편해하셔도 된다고요.”

미소를 가득 지은 채로 말했다. 남자의 왼손은 육교 손잡이를 꼭 붙잡고 있어, 난간에 맺혀 있는 빗물들이 남자의 손길이 닿을 때마다 후두둑 떨어지고 있었다.

"정 불편하시면 말씀하세요.”

나는 남자의 마음을 거듭 생각했다. 나도 남의 도움을 귀찮아하니까. 그건 다른 사람을 불편하게 하는 행동이다. 몸이 아프고 나니 이런 마음은 더욱 도드라졌다. 남한테 신세 지느니, 그냥 내가 한 번 더 번거로워지면 되는 것이다.

나는 남자를 제대로 바라보고 싶었다. 어떻게 걷고 있는지, 우산은 잘 씌어 있는지, 몸은 왜 또 불편한지, 모든 게 다 궁금했다. 하지만 묻지 않았다. 아프면 아픈 거지, 우산을 빌려줬다는 이유만으로 남의 인생을 함부로 물어서는 안 된다고 생각했다. 그건 누군가 나에게도 그래 주기를 바라는 마음이기도 했다.

"여름엔 참… 갑자기 쏟아지는 게….”

남자는 감당할 수 없다는 듯 감은 눈으로 고개를 저었다. 처음부터 지금까지 노인은 시종 내게 말을 놓지 않았다. 보기 드물었던 어른의 태도만으로도 내가 그를 도와줄 명분은 충분했다. 그는 여전했다.

"근데 왜… 병원에 가요?"

남자는 처음으로 내게 질문했다.

"하하, 그러게요. 한창 젊은데… 그렇죠?"

주변은 습한 냄새로 가득 찼다. 한여름 초록의 나뭇잎들이 빗방울을 만나 샤-하아 흔들린다. 언제 걸어도 여름날 소낙의 분위기는 여전하다. 우산을 가운데에 두고 우리 사이엔 토독거리는 빗소리만이 들렸다.

"저희는… 비 오는 날에만 만나네요."

은은한 미소를 지으며 말했다.

"네…?" 남자는 둥그런 눈을 하고서 걸음을 멈췄다.

원수는 외나무다리에서 만나고 귀인은 육교에서 만나나 보다. 나는 남자에게 우리의 지난 인연을 전했다.

"세상이 참… 좁아요."

남자는 어렴풋한 기억에 흐리게 웃어 보였다.

"미안해하지 마시라고 말씀드린 거예요." 나도 따라 웃었다.

"십 년도 더 지난 일을… 어떻게 아직도 기억해요?"

우리는 함께 시간을 걷고 있었다.

"어떻게 잊겠어요, 제가. 당연히 기억해야죠. 근데 정말 그대로이신데요? 머리가 하얘지신 거 빼고는."

"아버지는…." 남자는 무거운 표정으로 조심히 운을 띄웠다.

"건강하신 건 아닌데 그래도 잘 계세요. 도와주신 덕분에요."

그 말에 안심이라도 한 듯, 남자는 입술을 모은 채로 숨을 내쉬었다. 지금까지도 선명할 만큼 그날 병원에서의 우리의 만남은 내겐 잊을 수 없이 절박한 순간이었다.

"1년 됐어요. 이렇게 된 거….."

남자는 자신의 불편함에 대해 먼저 말을 꺼냈다. 1년이라고 한다. 그는 지금 가장 혼란스러운 때를 지나고 있는 것이다. 나도 그땐 그랬으니까.

"이젠 혈압까지 와서… 의사면 뭐해요….."

삶은 신기하다. 요리사가 제 밥 거르고, 의사가 제 몸 하나 못 챙기니 말이다.

"비 맞는 건… 예삿일이에요. 더군다나 이렇게 갑자기 내리는 비는…"

남자의 어색한 웃음을 나는 꽤나 공감하고 있었다.

몸이 불편해지고서 느낀 사실 하나, 비와 눈은 정말이지 무시무시한 존재라는 것. 미끄러운 바닥도, 한 손으로 들어야 하는 우산도, 거기에다 바람까지 분다면, 휴-우 정말 생각하기도 싫은 날이다.

그렇게 한참을 걸어 우리는 목적지에 도착했다. 예상보다 걸린 시간에 속으로 흠칫 놀라긴 했지만, 병원은 아직 늦지 않았다. 넉넉하게 시간을 두고 나오는 습관이 결국 오늘의 호의도 만든 셈이다.

"노인네랑 걷는다는 게 보통 일이 아닌데…"

집에 도착하자 그는 말끝을 흐리며 고마움을 전했다.

"모셔다드리는 게 대수겠습니까….." 나는 너스레를 떨었다.

하필이면 우리는 지극히 최악의 모습으로 다시 만났지만, 하나는 분명했다. 사람은 언제든지 누군가를 도울 수 있으니 충분히 도움받아도 된다는 것을.

자세트

드넓은 바다, 그 위로 눈부시게 내리쬐는 햇살. 산들산들 기분 좋게 부는 바람에 파도는 잔잔하게 물결치고 있다. 귀엽게 말려있는 연숙의 단발머리가 귓가에 살랑이며 바람 따라 흔들린다. 연숙은 숨을 깊게 들이마신다. 바다 향이 코끝 깊숙이 들어와 식도를 타고 가슴에 닿는다.

그러던 순간, 무언가 발견한 연숙의 시선은 한곳에 머물렀다. 푸른빛 바다 그 중앙에서 누군가 헤엄치고 있었다. 연숙은 자세히 보기 위해 두 눈을 크게 뜬 채로 앞으로 걸어갔다. 보일 듯 말 듯 점처럼 작아 보이는데도 연숙은 누구인지 알 것만 같다.

'딸…! 우리 딸 사하잖아!'

연숙은 바다로 걸어 들어간다. 물은 어느새 무릎 높이에까지 닿았다. 딸은 물살을 가르고 있었다. 쉴 틈 없이 팔을 저어대는 모습이 대견하기도 하고, 살아 보겠다고 허우적거리는 게 가슴 저리기도 했다.

'내 딸… 피 같은 내 딸….'

연숙은 한시도 눈을 떼지 않고 마음 졸이며 지켜보고 서 있었다. 딸아이는 연숙에게서 등을 진 채로 묵묵히 팔을 저으며 나아가고 있었다. 열심히 저어가는 것이 마치 저 수평선 끝에 걸친 태양으로 향하는 것 같기도 하다. 너무 밝아 색을 가늠하기도 힘든 저 눈부신 태양 빛 속으로. 그런데 그 순간, 연숙의 표정은 굳어졌다.

'돌아오고 있어!'

태양으로 헤엄쳐 가던 딸은 유턴하듯 방향을 바꿔 연숙을 향해 되돌아오고 있었다. 그 광경을 본 연숙은 두 눈을 부릅뜨며 딸을 향해 달려간다. 하지만 맘대로 움직여지지 않는 다리. 연숙은 파도 위로 그대로 넘어져 버렸다. 귓가에 들리는 꾸르륵 소리와 함께 물속으로 잠겨버린 연숙.

'너무 깊잖아….' 아무리 휘저어도 발은 바닥에 닿지 않았다.

'사하…어서 사하한테 가야 해!'

하지만 연숙의 팔 다리는 묶여버린 것처럼, 몸의 움직임은 마음 같지 않았다.

"으허헉-!" 꿈에서 깬 연숙은 오랫동안 잠수한 사람처럼 참았던 숨을 한 번에 내뱉는다. 불규칙한 숨결.

'대체 이건 뭐지….' 두 눈동자가 천장 위로 천천히 굴러간다.

평소 예지몽을 잘 꾸던 그녀는 알 수 없는 불안이 밀려와 심각한 표정으로 전화기를 들었다.

-내 딸 사하

전화하려다 그만둔다. 뒤돌아보지 않고, 되돌아오지 말고, 저 멀리 바다 끝으로 유유히 헤엄쳐 나갔으면 얼마나 좋았을까. 딸은 그런 엄마의 마음을 아는지 모르는지, 제가 갔던 길을 그대로 되돌아 나왔다.

간밤의 꿈 탓에 연숙은 생각이 많아진다. 물론 수험 생활은 딸이 하고 있었지만, 지켜보는 사람 또한 초조한 건 마찬가지였다. 도대체 무슨 생각을 하고 사는 건지, 제 속으로 낳은 자식이지만 그 마음을 헤아리기 어려워 늘 답답하기만 하다. 자식의 인생은 자신의 인생이 아니라고 몇 번이나 마음을 비우려 애썼지만, 그건 그리 쉽지 않았다. 반전 없이 끝나버린 자신의 인생과는 달리, 자식의 인생은 무언가 다르지 않을까, 연숙은 쉽게 포기할 수 없었다.

내심 기대했었다. 시간이 지나면 딸아이의 꿈은 이뤄져 있을 거다, 내 자식만큼은 달라도 뭔가 다를 거다, 희망의 끈을 붙들고 있던 건 사실이었다. 그걸 반복하다 보니 그런 자신의 기대를 비웃기라도 하는 듯 자식들은 절망만을 안겨다 주었다. 그 지독한 느낌이 싫어 어릴 때부터 기대라는 것을 일절 하지 않았았는데, 새끼를 키우다 보니 또 후회할 짓만 하고 있다.

연숙은 어릴 때부터 꿈이 잘 맞아떨어졌다. 가뜩이나 예민해 잠귀가 밝은데, 새벽녘 꿈까지 소란스러운 날에는 설친 잠으로 피곤하기만 하다. 마치 경험한 것처럼 생생하게 각인되어 있는 꿈은 정말 현실로 이루어지곤 했는데, 그래서 연숙에게 있어 꿈은 단순한 꿈, 그 이상이라 할 수 있었다. 예지몽을 꾼다 하면 사람들은 아주 신묘한 능력을 가지고 있는 것처럼 보았지만, 그녀에겐 그냥 짐일 뿐이었다. 사실을 예측하기만 할 뿐, 상황을 바꿀 능력은 없기 때문이다. 고통을 미리 아는 것, 그건 그리 유쾌한 일은 아니다. 나쁜 일일수록 괜히 먼저 알아버려 절망의 시간만 늘어갈 뿐이었다.

'휴…, 올해도 글렀네. 글렀어. 또 떨어지겠네….'

장사 준비로 한창 바쁠 시간이었지만, 연숙은 힘이 나지 않는다.

그도 그럴 것이, 생선 장사로 돈을 많이 버는 것도 아니고, 요즘은 죄다 마트니 인터넷이니 해서 시장 장사에 미래가 있는 것도 아니기 때문이다.

요즘 들어 연숙은 조금 우울한 것 같기도 하다. 나이가 들어가며 삶의 이유를 어디서 찾아야 할지 알 수 없었다. 자식에겐 미안하지만, 그녀에겐 자식이 미래고 삶이었다. 그러고 싶지 않았지만, 자신의 삶 그 어디에도 더 이상의 행복은 없기에 어쩌다 보니 그렇게 됐다. 생선을 진열하고서 연숙은 멍하니 가게 귀퉁이에 앉아있다.

'나도 이제 60이네… 다 저물어 간다….'

반짝반짝 빛나고 싶었는데 그건 한낱 꿈일 뿐, 현실과 맞지 않아 애초에 그런 부질없는 감정일랑 깡그리 접어 버린 지 오래다. 연숙은 지나가는 사람들을 보며 생각에 잠긴다.

*

제주의 8살 어린이 연숙이는 자신이 학교에 가버리면 엄마 혼자 동생들을 다 돌볼 수 없다는 걸 잘 알고 있었다. 그래서 연숙은 한 살배기 여동생 금지를 등에 업고 등교를 한다. 누구의 눈에도 꼬마였던 연숙. 어린 학생이 아기를 업고 다녔으니, 아이가 아기를 업은 셈이다.

뛰어나게 잘 사는 집이 없는 동네에서도 연숙의 집은 제일로 가난했다. 학교를 통틀어 동생을 업고 오는 아이는 연숙 하나뿐이었다. 그렇게 학교에 가면 짝과 연숙의 자리는 딱 두 명이 앉을 만한 너비라, 그 사이에 어린 동생이 낄만한 자리는 없었다. 하는 수 없이 동생을 의자에 앉히고, 연숙은 마룻바닥에 앉았다. 마치 모든 눈이 자신을 향한 것만 같았다.

"너, 속숨해가 있으라이…." [1)]

연숙은 동생의 귓가에 속삭인다.

넉넉지 못한 환경에서 탈출구란 오로지 공부였지만, 책 살 돈도 없는 집에서 공부라니, 말 같지도 않은 소리다. 연숙의 엄마 정주는 그게 늘 마음에 걸렸는지 허드렛일을 하면서도 꼭 기억해두곤 했다.

"요거라도 보민 데키여…." [2)]

정주는 어디서 주워왔는지도 모를 2, 3년은 더 지난 책을 건넸다.

연숙은 한시름 놓았다 싶은지 웃으며 잽싸게 챙긴다. 하지만 이 책도 이미 낡을 대로 낡아 빠져서는 책장이 얼마 남지 않았다. 연숙은 실망한 기색이 역력했지만, 그래도 책상에 얹어 둘 만한 껍질은 구했으니, 소중히 구석에다 숨겨 두었다. 그러면 또 아무것도 모르는 어린 동생들은 어찌나 그리도 잘 찾아내는지, 어렵사리 얻은 책을 박박 찢어 놓고 있었다. 그럴 때면 연숙은 울지도 않고 동생의 손을 힘주어 떼어냈다.

쑥스러움 많고 자존심이 만만찮았던 연숙은 매일 종달거리는 짝에게 책 좀 같이 보자 말하기 싫었다. 그래서 결국 더 볼품없어진 껍질만 남은 책을 책상 위에 두고 멀뚱히 앉아만 있다. 그럴 때마다 연숙은 선생님이 읽어 보라 시키면 어쩌나, 부끄러워 정신이 아득해졌다. 하지만 다행인 것은 연숙은 한 번도 지목된 적이 없었다. 선생님 눈높이에서 단 한 장도 같을 리 없는 연숙의 특별한 책을 선생님이 모를 리 없었기 때문이다.

울며 보채는 동생을 어르고 나면, 언제 또 똥을 쌀지 모르는 초조함 속

--

1) 너, 조용히 있어야 해….
2) 이거라도 보고 있자….

에서 수업을 듣는 건지 마는 건지, 매시간 긴장으로 하교 시간만 기다리는 연숙이다. 그리고 종이 울리면 종소리가 채 끝나기도 전에 동생을 업고 도망치듯 교실을 빠져나간다. 마칠 때가 되자, 늘 그렇듯 연숙은 동생을 둘러업기에 바빴다. 포대기 끝을 잡고 혼자서 씨름하고 있는데, 일순간 교실은 소란스러워졌다.

가끔 교실엔 장사꾼이 찾아온다. 어느 날엔 동화책 장사꾼, 어느 날엔 문구 장사꾼. 조그만 문방구도 없는 동네라 선생님은 장사꾼이 오면 자리를 비켜주곤 한다. 그러면 아이들은 1원부터 50원까지 제 입맛에 맞는 물건을 사는 것이다. 연숙은 아이들 사이로 걸어 들어간다. 연필부터 공책까지 연숙의 눈에 들어오는 것들이 많았다. 구경하는 것만으로도 연숙의 입꼬리는 슬며시 올라가고 있었다. 그러다 연숙의 눈을 사로잡은 한 가지,

-자 세트

파란색 플라스틱으로 되어 있는 여러 종류의 자를 보고는 연숙은 그만, 반해버렸다.

"…이게 얼마 꽈? 잣대…." [3]

연숙은 자 세트를 들고서 조심히 묻는다.

"잣대, 잣대… 40원!" 아저씨는 연숙을 슬쩍 내려다보며 말했다.

"…40원이라 핸수까?"

연숙은 눈이 휘둥그레져서는 자 세트를 놓아버렸다. 그러다,

"…호꼼만 싸게 안 되카 마씀? 경 해사 또 살 거 아니우꽈." [4]

---

3) …이거 얼마예요? 자요….

연숙은 눈치를 보며 배시시 웃는다.

"40원!" 허나 아저씨의 입장에는 변함이 없다.

"우와, 곱들락 호다! 이게!" [5]

아이들은 구경하다 물건을 사기에 바빴다. 연숙은 풀이 죽은 채로 친구들 사이를 빠져나간다.

'40원, 40원….'

연숙은 온종일 집중할 수 없었지만 40원, 그 말은 기억해두었다. 여유롭게 앉아서 무언가 그어댈 정도로 공부를 한 적도 없었지만, 연숙은 이상하게도 그 자 세트가 눈에 밟히는 것이었다. 파랗고 투명하게 반짝이는 자. 길쭉하고 동그랗고 세모난 모양의 자들이 종류별로 들어 있는 예쁜 자 세트. 하지만 이걸 제대로 쓰려면 책도 필요하고 도화지도 필요했다. 이건 정말이지 말도 안 되는 것이었다.

가만있어도 땀이 줄줄 흐르는 여름날, 연숙은 동생을 업고 돌길을 걷는다. 등에 업은 건 동생이 아니라 꼭 고민 한 짐인 것만 같다. 옷은 얼룩졌는데 더운지도 모르는지, 연숙은 어떻게 하면 자 세트를 가질 수 있을지에만 생각이 맺혔다.

"아야!"

멍하게 걸은 탓에 뾰족한 돌멩이 하나를 밟고는 몹시 아파 아이고 소리가 절로 난다. 밟아도 제대로 밟았는지 쨍한 것이 얼얼했다. 순간 가슴에서 쭉-하고 땀이 흘렀는데, 그 와중에도 등에 업은 동생만큼은 떨어뜨리

---

4) …조금만 싸게 해주면 안 돼요? 그래야 다음에 또 사지요.

5) 우와, 예쁘다! 이거.

면 안 된다는 생각에 깽깽이걸음으로 잘도 버텼다. 연숙은 나무 그늘 아래에 멈춘다. 까진 발도 봐야 하고 엉덩이까지 밀려 내려온 동생도 다시 업을 겸 포대기를 풀어야 했다. 쪼그려 앉은 연숙은 가만히 동생을 쳐다본다. 이 난리 통에도 녀석은 잘도 잔다.

"치이… 요망진 놈…." 6)

연숙은 자고 있는 동생의 볼을 톡-하고 건드려 본다.

연숙은 동생들을 보면 그저 좋았다. 마치 부자가 된 것처럼 뿌듯한 기분이었다. 혼자 꼬무락거리는 게 귀엽기만 해, 연숙은 어딜 가나 신줏단지 모시듯 동생을 곱게 어루만지곤 했다. 보통 이맘때 또래들 같으면 샘도 나고 불평을 할 법도 한데, 연숙은 끔찍하게도 동생들을 아꼈다. 어린 나이에도 자신이 맏이라는 걸 아나 보다.

생각하며 걷다 보니 어느새 가야 할 길 반 이상을 걸었지만, 아까부터 아픈 발이 꽤나 아려 온다. 거기다 업은 무게까지 있으니 유난히 버겁기만 한 하루다.

"휴우…" 연숙은 그렇게 한참을 걸어 집에 도착해 동생을 눕혔다.

동생을 내리자 등줄기에 서늘한 바람이 들어온다. 그제서야 허리를 쭈-욱하고 제대로 펴본다.

연숙은 옷소매로 이마의 땀을 훔치고는 눈치를 보며 아버지 영만을 찾고 있다. 몇 번쯤 고민하던 연숙은 영만에게로 천천히 다가가 멀뚱히 서 있었다. 눈앞에 땀으로 범벅이 된 딸이 있지만, 영만은 "수고했다, 고생했다." 짧은 말조차도 건네지 않아, 방은 더없이 고요하기만 하다. 영만은

---

6) 치이…똘망똘망 귀여운 녀석….

아주 느리게 고개를 들며 인상부터 찡그린다. 어느 정도 예상한 반응이었지만 연숙은 그새 쪼그라들었다.

"음…" 연숙은 눈치만 보며 얼굴을 긁적거린다.

분명 할 말을 생각해 두었는데, 어찌 된 영문인지 그 자리에 굳은 채로 가만히 서 있기만 한다. 그러다 '물러서지 말자.' 떨면서도 손 주먹을 알차게 말아 쥐어본다.

"아방…" 드디어 입을 뗐다.

"…40원만 줍서게."

갈피를 잃은 눈동자로 옹알거렸지만, 공기는 잠잠하기만 하다.

"…아방…" 연숙은 다시 입을 열었다.

"아! 무신 거영 고람 신디!" [7]

영만은 화부터 버럭 낸다.

"…학교, 학교에서 잣대가 사고 싶은디양… 40원만 줍서게…."

말해 버렸다. 기특하게도 생각한 말을 다 해버린 연숙이었다.

아버지 영만에게 무언가를 말하기에 적당한 때라곤 없었지만, 그래도 이날만큼은 시도할 수 있었던 것이 영만이 술을 마시지 않았기 때문이다. 그런 날은 일 년에 몇 번 없는 정말 귀한 날이었기 때문에 언제라도 말해야 한다면, 그건 바로 오늘이었다.

"…얼마게?"

영만은 귀찮은 듯 대충의 표정을 짓고서 주머니에 손을 넣는다. 왼손으로 뒤적거리다 아무것도 없는지 반대쪽으로 돌아눕는다.

---

7) 아! 뭐라는 거야!

"40원?" 영만의 반응에 연숙은 속으로 만세를 외친다.

이미 머릿속에선 자 세트가 품에 들어오고 있었다.

"여기 왕 아진 보라···." [8]

영만은 성가신 표정으로 일으켜 앉는다. 연숙은 발등을 비비다 무릎을 꿇고 그 앞에 앉았다.

"손구락 펴보라."

영만의 말에 연숙은 두 손을 모아 조심히 갖다 놓았다. 그러고는 '···돈만 낚아채고 도망가자!' 새로운 전략을 세운다.

방 안엔 고요함이 퍼진다. 영만은 연숙의 눈을 가만히 쳐다본다. 순간 연숙의 이마에선 땀이 주룩 하고 흘러내렸다. 그때였다.

-쾅

이게 무슨 일인가. 연숙은 어찔했다. 전기가 통한 것처럼 전율이 손끝에서 어깨까지 쭈욱 타고 올라가는 것이, 눈앞이 번쩍하며 새하얘졌다.

여덟 살짜리 손이 자랐으면 얼마나 자랐으려나, 작고 여린 손을 성인 남자 손 주먹으로 강하게 내려친 것이었다. 영만은 그 자리에서 벌떡 일어난다.

"요년 난 거 보라! 그냥 존동머리를 뽀사 불까!!" [9]

뼈가 동강이 난 건지 연숙은 숨을 쉴 수 없었다. 아파도 너무 아파 악소리도 나오지 않는다.

무릎을 꿇고 있던 연숙은 웅크린 채로 그대로 기울어 옆으로 자빠져 버

---

8) 여기 와 앉아 봐라···.

9) 이게 아주 하는 짓 하고는! 허리 몽둥이를 부술까 보다!!

렸다. 몸이 바닥에 닿는 순간, 그제야 참았던 울음이 터진다. 서럽게 울고 있지만, 영만은 일으켜 주기는커녕 놀란 기색조차 없이 내려다본다. 소란스럽게 두근거리는 통에 연숙은 심장이 아플 지경이었다. 그 와중에서도 더 큰일이 생길까, 머릿속에는 도망쳐야 한다는 생각뿐이었다. 이러다 머리채라도 잡혀 두들겨 맞으면 어쩌지, 연숙은 혼미한 정신을 붙잡고 정확히 5초 뒤에 방을 빠져나가기로 한다.

'5, 4, 3…' 소란스러움 사이로 숫자를 센다.

'2…' 심장이 튀어나오려고 하는 것 같았다.

'1' 그때였다.

-와당탕!

나무 문이 부서지는 것 같은 소리에 연숙은 깜짝 놀라 누운 채로 고개를 들었다. 분명 나가려던 사람은 연숙이었는데, 어찌 된 영문인지 사라진 건 영만이었다. 영만은 쓰러져 있는 연숙을 넘고는 소란스럽게 밖으로 뛰쳐나간 것이었다. 연숙은 어리둥절한 나머지 참새처럼 두리번거렸다. 그러다 아버지가 몽둥이를 들고 다시 들어오면 어쩌나, 순식간에 조급해졌다. 연숙은 도망치기 위해 바닥을 짚고 일어서려는데, 손에 감각이 없어서인지 휘청하고는 그대로 넘어져 오른쪽 턱뼈를 부딪쳐 버렸다.

"하아…."

아파할 틈도 없는 연숙은 통증을 삼키며 팔꿈치로 바닥을 짚으며 기어나갔다. 밖에 있는 영만은 광광 고함을 내지르며 화를 주체하지 못하고 있었다.

"아이고! 저년 솔째기 왕 웃으멍 말호는 거 보란!!!" [10]

광분한 영만은 산에서 내려온 호랑이 같았다.

"그냥! 모가질 잡안 흥글단 혼내줘사 혼다!!" [11]

영만의 손엔 무언가 들려 있었다. 연숙은 고개를 쭉 빼 들고 한 곳만 집중하며 눈을 크게 떴다. 분명 아버지가 한가득 무언가를 안고 지나갔는데 등을 지고 있어 잘 보이지 않았다. 연숙은 한 걸음 더 다가갔다. 그러자 허리춤으로 살짝 보이는 천 쪼가리 끝이 어딘가 낯이 익다.

가방이었다. 영만은 연숙의 책가방을 들고 어디론가 걸어가고 있었다. 연숙은 대체 무슨 상황인지 알 수 없었다. 따라나서야 하는 건 분명한데, 선뜻 용기가 나지 않아 그냥 두렵기만 했다. 볼만 발그랗게 익어가고 있는 연숙의 얼굴에선 주르륵 눈물이 흘러내렸다. 달려가지는 못하고, 멈췄다 걸었다만 반복하며 아버지의 뒷모습에서 눈을 떼지 못하고 있다. 영만은 멀리 으슥한 감나무 아래로 걸어간다. 이제 몇 권 남지도 않은 연숙의 책이 영만의 품에 있었다. 나무 앞에 도착하자, 영만은 내팽개치듯 책을 내던진다.

"사롬 멍텅혼 건 아무짝에도 못 쓰키여! 너 줄 돈이 어디 있어게!!" [12]

영만은 제정신이 아니었다. 연신 허공에 대고 삿대질을 하고 있다.

"너 일해사 살아지는디! 이래 된댄 생각 햄시냐?" [13]

무엇 때문에 배알이 꼬인 건지 영만은 한껏 예민해져 있다.

술을 마시지 않으면 덜 할 거란 건 오산이었다. 그러다 다시 방향을 틀어 연숙에게로 걸어오는 영만, 연숙은 놀라 뒷걸음질을 한다. 그 순간, 영

---

10) 아이고! 이게 살며시 와서는 웃으면서 말하는 거 봐라!!!
11) 그냥! 목을 잡다가 흔들어서 혼내줘야 정신 차리지!!
12) 사람 멍청한 건 아무짝에도 쓸모가 없어! 너한테 줄 돈이 어디 있겠어!!
13) 네가 일해야 우리가 먹고사는데! 이래도 된다고 생각하는 거야?

만은 아이를 향해 천천히 속도를 높이다 질주하듯 달리기를 시작했다. 도망쳐야 하는데 연숙의 발은 떨어지지 않아, 두 사람의 거리는 금세 가까워지고 있었다. 피해 봤자 이미 늦은 거란 생각에 연숙은 두 눈을 질끈 감고 팔로 머리통을 감쌌다.

조용하다.

원래라면 눈 안이 번쩍해야 할 텐데 이상했다. 실눈을 뜨고 주위를 살펴보는데, 가까이 오던 소리는 귓가를 스쳐 갔고, 영만은 연숙을 지나 이미 부엌으로 가 있었다. 그러고는 손에 무언가를 든 채로 후다닥 뛰어나오는 게 아닌가.

'불이잖아!' 연숙은 말문이 막혔다.

영만이 들고 간 건 다름 아닌 아궁이에 둔 땔감이었다. 연숙은 그제야 아버지가 무슨 짓을 벌이려는지 알아버렸다.

아버지는 산짐승이라도 잡을 듯이 달려가고, 연숙은 살을 베어버리는 수풀로 거침없이 들어갔다. 신발을 챙겨 신을 틈도 없이 성치도 않은 발로 따라 뛰어간다. 그러다 점점 더 낮아지는 시야, 연숙은 돌부리에 걸려 크게 넘어져 버렸다. 그어진 상처 위로 무릎에서 핏방울이 맺혀 올라온다. 하지만 곧바로 일어나 달린다. 거친 풀숲에 긁혀 발과 종아리에서는 피가 나고 있었다.

'엄마가 구해온 책이란 말이야!' 연숙은 악착같이 달렸다.

잡힐 듯 말 듯 아버지의 등은 가까워졌다 멀어졌다를 반복했고, 온 힘을 다해 뛰는 순간, 연숙은 아버지의 왼쪽 다리를 붙잡았다. 양팔로 거세게 다리를 감아 매달려서는 쉴 틈 없이 두 손을 싹싹 비볐다.

"잘못 했수다!! 아방!!! 나가 잘못 했수다!!"

연숙은 사력을 다해 빌고 또 빌었다.

"경허지 맙서게! 다신 안 하쿠다! 다신 뭐 사돌라 안 하쿠다!! 책 태우지 맙서게!!!" [14]

목이 터져라 애원했지만, 영만은 무거운 발을 질질 끌며 나무 아래로 걸어 들어간다.

버틴다고 버텨보았지만 매달리는 것도 한계가 있었다. 연숙은 몇 걸음도 채 붙잡지 못하고 결국 아버지의 다리를 놔버렸다. 연숙에게 어른의 다리를 붙잡고 버틸만한 기력이란 없었다. 애써 봐도 역부족이었다. 연숙은 그 자리에 버려진 듯 주저앉아 크아앙 울음을 터트려 버렸다.

"아방!! 다신 안 하쿠다!! 경허지 맙서게-!!!"

아이의 비명 같은 울음소리가 들판을 맴돌고 있다. 영만은 울고 있는 딸을 뒤로한 채 불을 던져버렸다. 불은 순식간에 화아-악 옮겨붙는다.

그 순간 연숙의 세상은 멈췄다. 입을 다물 수가 없었다. 숨이 멎어버린 것 같았다. 움직이는 것이라고는 연숙의 눈물뿐이었다. 타닥타닥 장작이 타들어 가는 소리와 함께 코끝엔 종이 타는 냄새가 서서히 풍겨오기 시작했다.

"아방!!!!!"

멍하게 있다 정신을 차린 연숙은 벌떡 일어나 다시 달려간다.

눈은 너무나 부어버렸고, 눈 안엔 눈물로 가득 차 앞이 보이지 않았지만, 연숙은 이미 축축하게 젖어버린 소매로 눈가를 닦았다. 눈물이 거둬지며 앞은 선명하게 보였다가 금세 뿌예졌다.

---

14) 그러지 마요! 저 다신 안 할게요! 다신 뭐 사 달라 안 할게요!! 책 태우지 마요!!!

타오르는 불길 앞에 귀신같은 아버지가 서 있다. 뿌옇게 아버지가 보인다. 불이 붉은 건지 아버지가 붉은 건지, 연숙은 불이 꼭 아버지인 것만 같았다.

'아버지는 귀신이다!!! 아버지는 도깨비다!!!'

얼마 되지도 않는 책, 이미 다 타버리고 재가 되었을 테지만 연숙은 달리고 또 달렸다. 재 가루가 된 책이라도 눈으로 직접 확인해야만 했다.

그때, 연숙의 생각을 읽기라도 한 듯 영만은 휙 돌아 연숙에게로 달려간다. 빠르게 다가가는 영만이었다. 연숙은 화들짝 놀라 급하게 속도를 늦추었다. 그러고는 몇 발자국 뒷걸음질 치다 왔던 길을 다시 되돌아 나왔다. 그렇게 퉁퉁 부은 발로 연숙은 그대로 산길로 내달렸다.

얼마쯤 뛰었을까. 연숙은 숨이 찬지도 모르는 채 오래도 뜀박질을 했다. 그러다 스스로 안전거리라 느꼈는지 서서히 속도를 낮추고는 두리번거리며 앉을 곳을 찾는다. 눈앞엔 큰 소나무와 납작한 바위가 있다. 연숙은 쩔뚝거리며 바위를 향해 걸어간다. 날이 더워 바위가 뜨거울 것 같은지, 연숙은 손가락을 세워 바위 위에 살짝 대어 본다. 그늘이긴 하지만 그래도 뜨겁다. 하지만 주위엔 제대로 앉을 만한 곳이 보이지 않는다. 연숙은 하는 수 없이 여기에 앉기로 했다. 기분 나쁜 온도가 살결에 닿자 연숙은 곧바로 엉덩이를 떼버렸지만, 단련시키듯 몇 번 들었다 놓았다 하니 이내 괜찮아졌다.

너무 많이 울었던 탓인지 앉은 채로 딸꾹거리기 시작한다. 이제야 긴장이 풀리는지 발도 조금씩 아파온다. 동생을 들쳐 메고 종일 얼얼한 발이었는데, 무리해서 뛴 탓인지 무릎까지 아려온다. 연숙은 자세를 고쳐 바위 위에 제대로 앉고는 발바닥을 까뒤집어 보았다. 모래와 상처가 엉겨 붙어 온통 피가 나고 있었다. 발 곳곳엔 군데군데 굳은살이 붙어있어 도무지 여덟 살짜리 어린아이의 발 같지 않다.

-똑똑……똑.

돌 위로 물방울이 떨어진다. 눈물을 훔치는데 여린 손바닥이 아직도 알알하다. 다행인지 불행인지 손은 살아있었다. 연숙은 아직도 살아남은 손이 모질게 느껴졌다.

"이래 저들멍 어떵 살코…." [15]

연숙은 번갈아 가며 양손을 살살 주물러 주었다.

서러웠다. 가슴 속 깊은 곳에서 딸꾹질이 올라와 속에 묵혀둔 그동안의 울음이 서로 나오려고 허덕이고 있었다. 전생에 무슨 원수를 졌기에 이생에 아버지와 만났을까 싶다. 연숙은 매일 하루가 힘겨웠다. 왜 이렇게 오늘이 두렵고 내일이 아득하기만 한지, 이제는 그만 사라지고 싶었다. 하지만 함부로 도망가지도 못한다. 한 사람, 엄마 때문에.

"어멍 나 없신 힘들쿠당…." [16]

큰 눈망울에서 눈물이 맺힐 새도 없이 후두둑 떨어졌다.

"오늘도 과랑과랑혼 벳디 호루 종일 양 일호고…." [17]

연숙의 눈에는 엄마가 늘 불쌍해 보였다. 그래서 있어야 했다. 옆에서 살아야 했다. 그것뿐이다. 정말 그것뿐이다.

악몽 같은 집에서 살기 위해 매일을 버둥거리는 일. 어린 나이지만 연숙은 알고 있었다. 보기 싫게 눈치만 느는 아이가 되어가고 있다는 것을.

-

15) 이렇게 조마조마해서 어떻게 살아….

16) 엄만 나 없으면 힘들 거야….

17) 오늘도 쨍쨍한 볕에서 하루 종일 일하고 있는데….

제5장 사하

자칫하면 폐 끼치기
십상이다

의사 선생님이 매일은 아니더라도 일주일에 한두 번은 산책하는 게 다리에 좋다고 했다. 나는 바람도 쐴 겸 이송도 바닷길에 나왔다. 어릴 때는 여길 이송도라고 투박하게 불렀었는데, 언제부턴가 사람들은 흰 여울길이라고 부른다. 흰 여울길… 예쁜 이름이다. 그 이름이 언제부터 생겼는지, 뜻은 또 무엇인지 잘 알지 못하지만, 어쨌든 나는 그 이름이 낯설게 느껴졌다. 나의 슬프고도 아픈 추억들이 서려 있는 이 바다에 그런 어여쁜 이름은 어울리지 않는다. 그래서 아직도 혼자 이송도라 부르고 있다.

내가 이곳을 좋아하는 이유는 익숙한 곳이기 때문이다. 세상은 매일 바뀌어 애써 정착하고 나면 이내 낯선 얼굴로 다가온다. 변화에 대한 적응은 현대인의 숙명이라지만, 내가 변하지 못한 까닭인지 낯섦과 마주하는 것이 유독 힘겨웠다. 물론 이곳도 전보다 많이 다듬어지긴 했지만, 그래도 나름의 모습을 잘 간직하고 있는 곳이었다. 그런데 무슨 일인지 오늘은 입구부터가 소란스럽다. 집집마다 페인트칠을 하려는지 다들 분주해 보인다. 그 사이에서 나의 표정은 서서히 굳어갔다.

언제부턴가 전국 곳곳에서는 낡아 버린 마을을 단장하기 위해 페인트 칠을 하고 그림을 그려, 어여쁜 동네로 탈바꿈시키기에 여념 없었다. 위태로워 보이는 비탈진 공간들은 전쟁 후엔 갈 곳 없는 이들에게, 지금은 넉넉지 않은 이들에게 남겨진 마지막 보금자리이다. 쏟아질 듯 놓인 집들은 제각각 색색의 옷을 입고 내리쬐는 빛을 그대로 반사한다. 그 풍경을 감상하는 외지 사람들은 찬란하게 빛나는 마을이라며 연신 감탄을 한다. 그런데 이렇게 단장하는 마을의 미래에는 전형성이 있다. 해맑게 웃고 있는 주민들, 그땐 몰랐다. 그게 마을의 고요함을 깨뜨릴 줄은.

단장한 마을이 관광객으로 소란스러워지면, 주민들은 한 명씩 볼멘소리를 낸다. 그러면 누군가 나타나 거리가 흉물로 남길 바라느냐, 뭘 그리 고깝게 여기느냐, 오랫동안 그곳을 지켜왔던 이들을 이방인으로 만든다. 그런데 그리 말하는 사람 중에 주민들의 처지가 되고자 하는 이는 있을까? 조금 궁금하다.

누군가 포즈를 취하며 자신의 집 앞에서 사진을 찍고, 안의 구조는 어떨지, 어떤 사람들이 살고 있는지, 창문 사이로 호기심 가득한 눈동자들과 마주하는 일. 생각만 해도 끔찍한 이 일들을 당하고자 할 이는 없을 것이다. 그 누구라도 말이다.

"가게들이 먹고 살아지면! 우리는 참고 살아야 하나!"

주민들은 눈물짓는다.

"어떻게 원하는 걸 다 누리고 살겠습니까….”

돌아오는 답은 찍어낸 듯 동일하다.

관광객이라고 늘 호의적일 수 있겠나. 무례가 무례인지 모르는 사람들은 너무나도 많다. 허나 양보하고, 이해하고, 수용하라 말한다. 폐허가 되지 않기 위해서, 흉물이 되지 않기 위해서. 그렇게 기꺼이 하나의 동물원이 되어 줄 것을.

각자의 입장과 이익을 두고서 인간은 극단적인 모순과 마주한다. 그리고 그 사이에 숨겨진 설움이 있다면, 그건 가지지 못한 자의 것일 테다. 치안을 명분에 두고, CCTV에 이중삼중 비밀번호, 것도 모자라 외부 출입문까지 만들며, 경비에 총력을 기울이는 시대. 그러나 타인의 주거 공간은 관광 거리가 될 수 있다.

행복을 위해 주말의 보장을 요구하며, 여행을 휴식으로 삼고 있지만, 또 누군가는 밀려든 사람들로 창문 한 번 열지 못하는 주말을 보낸다. 이 괴리를 어떻게 설명할 수 있을까. 자신의 행복을 위해 어느 하나 놓치려 않는 세상이지만, 타인의 권리의 위기에 대해서는 관대하다. 누구나 자신이 공평하다며 그게 옳은 거라 믿고 살겠지만, 사람은 숨 쉬는 곳곳에서 실례를 범하고 있다. 인간은 자칫하면 폐 끼치기 십상이다. 여기는 어떨까, 나의 어여쁜 공간이 부디 평안하길 바란다.

나는 형형색색의 집들을 지나치며, 쩔뚝거리는 다리로 산책로를 걸었다. 조금 있으면 노을이 질 것 같다. 석양이 물들어가는 시간에는 하늘은 주황인 듯 분홍인 듯 몽환적인 색을 몰고 온다. 이때가 되면 나는 늘 고등학교 시절이 생각난다. 약속한 것처럼 모두가 교실 밖 난간에 나와 하늘 가득 눈에 담고 지내던 시절, 깔깔거리는 운동장의 아이들, 티끌 없이 맑은 친구들을 보며 생각했다.

'쟤네들 집은 별일 없나 보다….'

언제부턴가 나는 다른 친구들도 우리 집과 같은지, 혹시 남들이 모르는 그늘은 없는지, 있다면 어떻게들 버티고 사는지 궁금해지기 시작했다.

나는 반장이다. 엄마가 통 웃을 일이 없어, 매년 적성에도 안 맞는 반장을 하려고 그렇게나 노력했었다. 집에서의 과묵함과 달리, 집 밖에선 활발해져 친구들도 많고 표정도 달라졌다. 그러니 아무도 모를 것이다. 내가 얼마나 어두운 아이인지는. 혹시나 찰나라도 우울함이 새어 나올까 나는 더욱 밝아지려 애썼다. 집안 사정을 그 누구에게도 보여주고 싶지 않았다. 어차피 손 내밀어도 날 구원해 줄 사람은 없으니까.

나는 가끔 교무실로 가, 몸이 좋지 않아 조퇴해야 할 것 같다고 말했다. 매일 같이 새벽부터 등교하며 성실을 보인 탓인지, 까다로운 선생님도 나를 혼낸 적이 없었다. 교실 문을 빠져나오는데 친구들은 나를 부러워한다. 걔네들은 몇 시간은 더 갇혀 있어야 하기 때문이다.

반장이 조퇴라니, 임원으로서 완전히 부적격, 가끔 내가 생각해도 형편없는 것 같다. 하지만 반장이란 사실을, 학생이란 사실을 생각할 틈도 없이 정기적으로 집안 문제들이 터지면서, 대체 혼을 어디에다 두고 살았는지 대견하기만 한 시절이다.

사실 아프다 말했지만 슬퍼서 나온 거다. 그냥 그러고 싶은 날이 있었다. 학교에서 보는 노을빛은 너무나도 예뻐서, 정말 너무 예뻐서… 나와는 다른 살굿빛 핑크빛 세상을 보고 있자니 어느새 내 볼이 뜨거워지는 게, 도저히 가만히 있을 수가 없었다.

학창 시절 나는 아주 극심한 우울을 갖고 있어 늘 물풍선 같은 상태였다. 누군가 나에 대한 배려 없이 가까이 다가와, "너, 무슨 일 있어?" 호기심 어린 눈으로 한 마디 건넨다면, 나는 그 자리에서 울어버릴지도 모른다. 그 나이 또래가 갖고 있던 그런 학업에 대한 스트레스가 아니라 내가 아무리 노력해도 손 쓸 수 없는, 그런 거대하고도 막연한 공포 때문이었다. 그럴 땐 바다를 보며 걷고 싶었다. 바다는 다 기억할 것이다. 내가 매일 슬픔을 퍼다 놓았으니.

학교는 내게 피난처 같은 곳이었다. 어지럽혀진 집에서 빠져나올 수 있는 유일한 도피처. 학교에 있는 동안엔 무서운 사채업자의 전화를 받지 않아도 되고, 두려운 등기를 전달해주는 우체국 아저씨와 마주치지 않아도 되고, 건장한 사람들이 가게를 들었다 놨다 하는 소란스러운 부끄러움을 당하지 않아도 되는 가장 안전한 공간이었다. 그 말은 엄마와 아빠는 이 위험에 정면으로 노출되어 있다는 뜻이기도 했다.

부모님은 남의 눈에 띄지 않고 평범하고 조용하게 살길 바라는 사람들이었다. 그래서 고통의 시간이 길어질수록 과묵한 아빠는 말수를 더 잃어갔고, 엄마는 남의 눈을 조금 더 의식하는 사람이 되었다. 보수적인 사람, 타인의 시선을 의식하는 사람, 그런 두 사람에게 지금은 더할 수 없는 고통의 시간이다.

무엇 때문인지 모르겠지만, 나는 늘 엄마가 지혜롭다는 생각을 했다. 내성적인 사람, 이렇게 시장에서 굵은 목청으로 살 사람은 아니었다. 아빠의 건강이 흔들린 뒤로 엄마는 실질적인 가장이 되어 생활 전선에 뛰어들었다. 그 탓에 엄마는 늘 한 수 앞서 걱정하고 두려워하는 사람이 되었지만, 내게 흐트러진 모습은 보여준 적이 없다. 엄마란 사람은 늘 그런 존재겠지. 사채업자들이 가게를 뒤집어 놓고 갔던 그날마저도 엄마는 던져진 물건들을 정리하며 장사를 했다.

"하루 쉬면… 누가 대신 벌어다 준다나."

문 닫은 적 없었다.

오빠가 헝클어 버린 집에서 우리는 한숨 쉬는 게 습관이 되었다. 현실이 지옥 같아도 난 가끔 웃으려 했고, 또 웃기려 했다. 그렇게 잠시나마 웃고 나면 두 분은 다시 원래의 무표정으로 돌아왔다.

"너무 크게 웃지 마라. 집에 일 생긴다."

엄마는 또 그렇게 말했다. 나는 그 말을 곰곰이 생각했다.

적당히 웃으면 괜찮다. 하지만 너무 크게 웃으면 불행이 우리를 알아차려, '내가 저 집을 지나쳤나?' 하고 금세 쫓아온다고. 학교에서 유난히도 재밌던 날, 나는 그만 웃어버렸다. 그러다 깜짝 놀라 급히 미소를 거두었다. 웃다 보면 나의 처지를 잊을 수 있어 더없이 행복했지만, 혹시나 내가 웃어버려 집에 무슨 일이 생기진 않았을지, 쿵-하고 내려앉았다. 우리는 그렇게, 아무 일이 없을 때도 잔뜩 움츠리며 살았다.

가끔 엄마를 보면 많은 걸 포기한 사람 같았다. 집에 무언가 좋은 소식이 전해질 때면 "우리가 무슨." 따위의 말을 했었는데, 그 말은 꼭 "사하야, 좋은 일은 남들에게만 있는 거야." 하는 말 같았다. 현재에 기대하고 실망하는 것보다 기대를 한껏 낮추고 실망 없는 내일을 살겠다는 것이다. 우리에겐 특별히 좋은 일은 없을 것이다. 그럴 것이다. 그렇게 어른들은 지독하게 슬픈 안정성을 추구한다. 마음이 쉬 동요하지 않도록.

나는 늘 고민했다. 엄마 아빠가 위태로워 보여서. 그래서 내가 꼭 지켜 줘야 할 것만 같았다. 가만 들어보면 엄마도 할머니에게 일종의 나와 같은 감정을 가졌던 것 같다. 그래서 죽도록 물을 두려워했으면서도 시퍼런 바닷물 속으로 뛰어들 수 있었던 거다. 하지만 나는 그런 엄마와는 달리, 내가 가진 사명감에 비해 할 수 있는 일이 아무것도 없었다. 고작해야 기도뿐.

텅 빈 새벽에 학교에 나와 바다를 앞에 두고 두 손을 모았다. 이른 아침이 내뿜는 태양 빛으로 바다는 주황으로 가득 차올랐다.

"신이시여… 저는 너무 괴롭습니다. 이러다 제 곁에서 모두 다 떠나버리면 어떡하죠? 어떤가요? 진정 제게서 그걸 원하시나요? 모두가 제 곁을… 떠나도 되나요?"

기도는 어느새 호소가 되어 가슴 깊이 울려 퍼졌다.

"하나 꼭… 부탁드려요."

모은 두 손에 힘을 주자 눈물이 흘러내렸다.

"오빠를… 죽여주세요."

제6장 휘광

그냥 태어난 것이다

특유의 천진난만함 때문인지 13살 휘광은 언제나 인기가 많았다. 그리고 그중에는 특별한 친구 하나가 있다.

-김훈

4년 전, 서울에서 전학 온 아주 부자인 친구다. 훈은 부산 남포동에서 제일 큰 빵집, 이태리 제과의 아들이다. 장사가 얼마나 잘 되는지 해가 갈수록 점점 더 커져가는 빵집이었다.

"야! 내일 토요일인데 우리 집에 놀러 와라. 맛있는 거 먹자."

지겹지도 않은지, 훈은 주말에도 휘광과 놀 계획을 세운다.

훈의 집에 처음 놀러 갔던 날을 휘광은 잊지 못한다. 훈의 집은 동네에서 제일가는 궁궐 같은 양옥집, 그것도 무려 이층집이었다. 티브이는 물론 전화기부터 침대까지, 그중에 휘광의 눈에 가장 먼저 들어온 건 바로 화장실. 그것은 휘광의 집과는 전혀 다른 것이었다. 그리고 훈에겐 음악하는 누나도 있다. 바이올린을 연주한다고 한다. 그래서인지 훈의 집에는 바이올린부터 피아노까지 근사한 악기들이 꽤 있었다. 훈 역시 누나만큼은 아니더라도 기본적인 연주는 곧잘 하는 것 같았다. 휘광은 새로운 세상을 만난 것처럼 두 눈이 반짝거렸지만 아무렇지 않은 척, 입을 꾹 다물고 있었다.

사실 이 시절 집들은 좋고 나쁘고를 따질 것도 없이 모두 다 고만고만했다. 특이한 것으로 보자면 훈의 환경이 도드라진 것이지, 휘광의 집은 여느 평범한 집들 중 하나였다. 그런 휘광이 하필 그런 훈과 친해지면서 세상 가난한 느낌을 지울 수가 없었는데, 나이도 학교도 반도 모두가 같은 두 사람이었지만, 서로의 삶은 얼마나 다른지, 휘광은 점차 알아가고 있었다. 그런 생각이 들 때마다 휘광은 심리적으로 거리가 생기는 것 같았다. 뭔지 모를 계급 나누기부터 비어버린 아빠의 자리까지, 점점 더 견주게 되는 휘광이다.

훈의 집을 보며 휘광은 자신의 집이 겹쳐 떠올랐다. 물론 둘 사이에 공통점이라고는 없다. 전체적으로 허름한 휘광의 집은 공간을 가로지르는 문지방 덕분에 방은 두 개라 볼 수 있었고, 그 위엔 작은 다락방 하나가 있다. 거실이랄 것은 따로 없고 티브이나 전화기도 없었으며, 화장실은 아니, 변소는 당연히 재래식이다. 지금은 나름의 요령이 생겼지만, 휘광은 자라는 내내 변소를 그렇게나 무서워했다. 더러운 건 고사하고 다리 밑에 있는 깊은 똥통으로 빨려 들어갈 것 같아 식겁했다. 나무 난가에 두 발을 벌려 서고는 똥이 떡떡 떨어지는 걸 훤히 봐야 했던 냄새가 고약한 화장실. 그럼에도 불구하고 매일 무리 없이 똥을 쌀 수 있었던 까닭은 무서움이 번져갈 때쯤 아래에서 올라오는 묘한 냄새가 두려움에 떨고 있는 휘광의 신경을 마비시켰기 때문이다. 그러나 이런 집마저도 정착하기가 힘들어 동네에서만 수도 없이 이사하는 분주한 휘광이네였다.

창고 같은 다락방은 미처 풀지 못한 짐으로 가득하다. 좁은 집의 다락방의 존재는 늘 그렇듯 온갖 집기부터 감추고 싶은 잡동사니까지 죄다 쑤셔 박아두는 곳이었다. 그건 경황이 없어서이기도 하지만, 사실은 조만간 또 다른 곳으로 이사 갈 거라는 슬픈 확신이 있어서이기도 했다. 그런 안타까운 예측 때문에 휘광의 가족은 유목민처럼 등짐을 풀지 못한 채로 살고 있었다. 그에 비해 훈은 부산에 온 뒤로 단 한 번을 이사하지 않고 대궐 같은 집에서 살고 있었다. 어쨌든 분명한 건 휘광의 삶과는 정반대라는 것이었다.

이상했다. 어쩌다 이렇게 돼버렸는지, 휘광은 어느 때부턴가 훈에게 마음을 다 보여주기가 힘들었다. 물론 처음엔 그렇지 않았다. 둘 사이는 일 년이고 이 년이고 그저 좋기만 했다. 훈과 다니면 맛있는 건 물론이고 좋은 것부터 신기한 것까지, 휘광이 좋아할 만한 거라고는 다 하게 해 주었으니, 휘광의 입장에선 훈을 멀리할 이유가 전혀 없었다.

아니, 좋았다. 돈이 없어도 즐거울 수 있어 좋았다. 하지만 훈과 다닐수록 점점 더 샘이 나는 휘광이었다. 훈이 밉도록 잘난 척을 한다든가, 유복한 환경을 뽐낸다든가, 도맡아 계산하며 생색이라도 내주었으면 좋으련만, 녀석은 그러지도 않았다. 과자 하나를 먹더라도 세어가며 아껴먹는 휘광에겐 나눠주어도 없어질 것을 걱정하지 않는, 언제나 넉넉할 수 있는 훈에게서 자신이 비쳐 보이는 것 같았다.

'훈은 그냥 태어난 것이다. 부자인 집에, 부자인 아버지 밑에. 나에겐 없는 아빠의 자리는 훈이 가진 능력이 아니야. 녀석이 뛰어나서가 아니라 그저 운이 좋았던 것뿐이라고.'

휘광은 돌다리를 두드리듯 곰곰이 생각해보았다.

같은 해에 두 사람은 뽑기를 했고, 태어나 보니 훈은 부자 아저씨 밑에 운 좋게 태어난 것이라는 게 휘광의 논리였다. 휘광은 훈을 볼 때마다 아무렇지 않기가 힘들었다. 그래서 샘이 덕지덕지 묻은 말을 쏟아붓지 않고서는 부러워서 견딜 수가 없는 것이었다. 하지만 그 말을 가만 생각해보면, 뽑기를 잘한 건 훈의 잘못이 아니란 말이기도 했다. 결론은 '훈도 잘못이… 없다.' 휘광은 친구를 맘껏 미워할 수도 없었다.

아무리 노력해도 결코 훈만큼 잘 살 수 없을 거란 마음에, 휘광은 한동안 그에 따라오는 좌절감을 어찌해야 할지 몰라 했다. 열세 살 휘광은 여하튼 그런 유의 감정을 품고 있었다.

"야! 휘광아, 우리 오늘 영화 보러 가자! 내가 아주 재미난 거 보여줄게." 훈은 장난기 가득한 얼굴로 말했다.

"으은다. 울 엄마가 학교 마치면 바로 오라꼬 했다."

휘광은 오늘도 괜스레 한 번쯤 튕겨본다.

"안 돼, 인마. 아… 아니다, 그럼 가방 두고 나와. 형 말 믿어보라니까? 이 영화 진짜 재밌다고!" 훈은 아주 신나 보인다.

"제목… 먼데?" 사실 궁금한 휘광이다.

"제목? 아… 길었는데…웨, 웨… 뭐더라, 아! 웨스트- 사이드 스토리- 라고 들어는 봤는가? 휘광아?"

훈은 지휘하듯 손을 휘휘 저으며 말했다.

"외국 영화야, 외국 영화. 형님이 오늘 외국 영화 보여준다! 학교 다녀왔습니다아- 하고 바로 튀어나와라! 알았지? 대한 극장으로!"

휘광은 집에 도착해 가방을 내려놓았다. 무슨 일이 있을 때마다 엄마 핑계를 댔지만, 사실 인희는 집에 없었다. 아주 몹쓸 정도로 비가 온다든가 쓰러질 만큼 아프지 않고서야 인희는 장사하기에 분주했다.

휘광은 내려둔 가방을 엄마가 잘 볼 수 있는 벽에다 고쳐 세워두고는 물 한 사발을 마신다. 바로 나가 노는 한이 있더라도 늘 집에 들러 가방을 두고 나서는 휘광이다. 아까부터 휘광은 고개를 숙이고 바닥만 비비고 있다. 훈의 집은 갈 때마다 좋아지고 있었다. 그리고 언제나 휘광의 눈에 들어왔던 하나는 바로 가족사진. 집안 곳곳에 놓인 화려한 장식장 위에는 집 앞에서, 풀밭에서, 바닷가에서 찍은 사진들이 놓여있었다. 절대 떨어질 수 없다는 듯 한데 모여 환하게 웃고 있는데, 네모 안에 서 있는 가족들이 이상해 보였다. 휘광은 발끝에 걸리는 돌멩이를 거칠게 차버렸다. 허나 그마저도 빗맞아서는 실없이 굴러가다 만다. 휘광은 감정 없는 얼굴로 일어서서 집을 나선다. 훈을 만나러 가야 했다.

-대한 극장.

한 번 온 적 있었다고 얼버무렸지만, 사실 휘광은 극장이 처음이다. 티브이, 그러니까 아주 큰 티브이가 눈앞에 있는 것 같았다. 모두들 빠알간 의자에 모여 앉아 큰 티브이를 나눠 보는 거다. 소리도 웅웅거리는 게 티브이만큼이나 울림통에서 퍼지는 소리도 엄청나다. 휘광은 이날의 기억을 잊지 않고 고이 담아 놓았다. 훈이 데려가 주지 않으면 언제 또 갈지 모르기 때문이다.

_ 굳이 그 영역을 나눠 보자면

"휘광아! 타! 우리 집으로 가자!"

훈의 집 운전수는 가끔 학교 앞으로 훈을 데리러 왔다.

"으은다. 내 지금 집에 가야 한다!" 휘광은 거절했다.

"어? 그럼 데려다줄까?"

휘광이 무슨 표정을 하든지 훈은 언제나 한 번 더 권한다.

"아이다! 신경 쓰지 마라. 내 집에 갔다가 느그 집으로 바로 갈게!"

휘광과 훈의 집은 도보로 삼사십 분 거리였다. 훈의 말대로 차를 얻어 탔으면 너무나도 편할 테지만, 휘광은 그냥 말없이 걷기만 했다.

집에 도착한 휘광은 엄마가 보기 좋은 곳에 가방을 내려두었다. 양껏 놀다 와도 엄마는 없을 때가 더 많았지만, 휘광은 가방 얹어두는 자리를 늘 신경 쓰곤 했다. 집 앞 시멘트 계단 위에 걸터앉은 휘광은 돌연 일어서서는 집을 둘러본다. 매일 살고 있는 곳인데 한 번을 제대로 본 일이 없는 것 같다. 구석구석 둘러보는데도 금세 끝이 났다. 휘광은 힘겹게 눈을 떼며 집을 나섰다.

꼬박 사십 분의 길을 걸어 휘광은 훈의 집에 도착했다. 낯익은 대문이 보인다. 입구로 다가서는데 뭔가 평소와는 다른 느낌이 풍겨왔다. 휘광이 왔는데도 활짝 열린 대문만 있을 뿐, 입구에서부터 쿵적쿵적 알 수 없는 소리만 연신 반복되고 있다. 신발을 벗는데 소리가 점점 가까워져 안을 들여다보니, 집안에는 훈만 있는 게 아니었다. 몇 명의 사내들이 어울리며 신나게 움직이고 있었다. 그것도 음악에 맞춰서.

"야, 너 인마 왜 이렇게 늦게 왔냐!"

춤을 추고 있던 훈은 멈칫하다 휘광에게로 다가갔다. 휘광은 섞이고 싶지 않다는 듯, 사내들 사이를 지나 퉁명스럽게 소파에 걸터앉았다. 탁자 위엔 주스가 있다. 휘광은 주스를 마신다.

"야, 노래 죽이지 않냐? 이게 디스코라는 거야, 인마-."

훈은 휘광의 옆으로 가 어깨동무를 한다.

"…쟤마들은 머꼬?"

휘광은 뚱한 얼굴로 춤추고 있는 사내들을 향해 턱을 겨눈다.

"춤 잘 추지? 우리랑 동갑이야."

훈은 배시시 웃으며, 사내들의 춤사위에서 눈을 떼지 못한다.

"처음 보는 새끼들인데?"

휘광은 주스를 마시며 한 명씩 쳐다본다. 녀석들은 다들 부티나 보인다. 훈처럼.

"아, 뭐… 어쩌다 알게 된 놈들인데 애들 괜찮아. 야! 다들 인사해라! 얘는 내 친구 휘광이다! 백휘광!"

훈은 일어서서 말한다. 그러자 사내들은 춤을 추며 휘광을 향해 대충 손을 흔들었다. 인사를 받아줘야 하지만, 휘광은 도저히 그럴 기분이 아니다. 눈썹을 치켜세우는 휘광에 비해 사내들은 휘광을 그다지 신경 쓰지 않고 있었다. 옆에 와 잠시 몇 마디 건네던 훈은 다시 일어나 박자를 맞추며 원래 자리로 돌아간다.

'…새끼….'

휘광은 매일 잠들기 전에 훈과 재밌었던 일들이 떠올라 이불 속에서 피식거리며 곱씹었던 적이 한두 번이 아니었다. 분명 거의 온종일 붙어있다시피 하며 매일을 봤었는데, 언제 저렇게 몰래 친구를 만들었다는 건지, 대체 저 사내들은 누구란 말인가. 낯선 이들 사이에서 더 신나 보이는 훈에게 휘광은 그만 마음이 상해 버렸다. 별일 아닌 것 같으면서도 별일인 것 같은 심정에 휘광은 속부터 뜨거워졌다. 게다가 새로 사귄 친구들이라고 하는 사내들은 하나같이 휘광이보다 키가 크고 덩치도 좋아, 세워놓고 보니 녀석들 사이에 있는 훈이 더 구색 맞아 보인다.

'디스코…?' 휘광은 언짢기만 하다.

낯선 사내들만큼이나 지금 흐르고 있는 이 음악도 싫다.

'집에서 경박스럽게 춤이라니. 쟤네가 아니었어도 난 이런 음악에 춤추지 않아!'

하나부터 열까지가 다 못마땅한 휘광이다. 시끄러운 건 딱 질색이었다.

휘광은 자기가 없어도 신나게 놀고 있는 훈의 모양새가 영 맘에 들지 않는다. 훈은 그런 휘광의 마음을 아는지 모르는지, 한껏 신나서는 격하게 춤추고 있을 뿐이었다. 정확히 휘광은 어울리지 못하고 있었다. 누군가 따돌리는 것도 아닌데 괜스레 우울해져서는 꼭 외톨이가 된 것만 같았다.

'집에 있을 걸… 괜히 걸어왔네.' 여기까지 온 자신도 싫다.

「"야, 점마한테 사 달라 해라! 점마 물주 아이가, 물주!"

"물주…?"

"점마 집 엄청 부자란다, 다 사준다! 옆에 있으면."」

휘광은 처음 전학 왔던 훈을 기억한다. 누군가 새로운 인물이 눈에 띄면 마치 자신들의 영역을 침범당하기라도 한 듯, 아이들은 잔뜩 경계하곤 했다. 서울에서 왔다는 말에 관심을 가진 것도 있었지만, 서울이라는 낯선 곳이 주는 느낌 외에, 키와 덩치가 좋아 누가 봐도 부잣집 도련님 같아 보였던 훈의 이미지도 한몫했었다. 그 후 아이들은 훈이 건네는 친절의 방식에 대해 비아냥거리기 시작했다. 얻어먹을 땐 언제고 뒤에서 욕지거리는 하는 아이들을 보며, 가진 게 많아도 무언가 남들이 모르는 허전함이 있지 않을까. 휘광은 훈을 향해 연민, 그 근처의 감정을 갖게 되었다.

휘광은 훈이 외로워 보인다고 생각했다. 서울에서 내려와 이곳에서 보내는 시간이 그리 가벼운 감정은 아닐 거라 여겼다. 어릴 적부터 여기저기를 떠돌았던 휘광이다. 그래서인지 휘광은 낯선 환경 속에 멀뚱거리고 있는 훈을 가볍게 지나칠 수 없었다. 더없는 호의를 건네도 온전히 친구로 받아들여지지 않는 녀석. 하지만 지금은 휘광이 없이도 괜찮은 훈이었다. 훈의 그런 모습에 휘광은 순간 실망이란 걸 해 버렸다.

-벌컥벌컥

유리잔에 남아 있는 주스를 급하게 마시고는, 탁- 하고 탁자에 올려두었다. 그 소리는 다소 날카롭게 들려왔다.

"내 먼저 가께."

휘광은 서둘러 자리를 빠져나와 신발을 구겨 신고 있다.

"에-에?"

갑자기 나가는 휘광을 보며 훈은 당황하며 움직임을 멈추었다.

"야! 뭐야-? 방금 왔는데 가긴 어딜 가!"

훈은 문 앞까지 쫓아간다.

"왜 그래, 너. 너 춤추기 싫어서 그러는 거야?"

훈은 도대체 이해할 수 없다는 표정으로 휘광의 팔을 붙잡았다.

"아이다, 놀아라. 오늘 갈 때가 있어서 이만 가봐야 한다. 재밌게 놀아라." 휘광은 훈의 팔을 힘주어 떼어냈다.

천천히 걸어 나왔지만, 휘광의 마음은 이미 한참 전에 도망쳐 저 먼 곳에 있었다. 아까까지 귓가에 크게 울리던 쿵적 소리는 등 뒤로 점점 밀려나고 있다.

남포동 한복판에 있던 훈의 집을 나와 휘광은 영도다리로 향했다. 그러고 보니 훈은 영도에 살지 않았다. 영도는 섬이고 남포동은 육지다. 다리가 없어지면 쉽게 만날 수 없는 두 공간. 영도는 다리로 육지와 연결되어 있었으니, 휘광은 늘 훈과 가깝다고만 생각했었다. 하지만 굳이 그 영역을 나눠보자면, 둘은 애초부터 떨어져 있었던 거다. 시간이 지나도 물들지 않는, 여전한 훈의 저 서울 말씨처럼 말이다.

'왜 이제야 알았지….'

생각에 빠진 휘광은 다리 위를 천천히 걷는다.

청록색 바다가 눈앞에 있다. 답답한 마음에 걷다 말고 난간을 붙잡고 바람을 맞아본다. 부우웅- 길고 긴 뱃고동 소리와 함께 배는 천천히 지나간다. 아까는 느끼지 못했던 바다 냄새 내다.

휘광은 왠지 커갈수록 나쁜 마음만 늘어가는 것 같다. 예전에는 남의 인생이라고는 일말의 동경도 관심도 없었는데, 왜 이리 많은 걸 의식하게 된 건지, 도무지 알 수 없었다. 이젠 혼자 앓는 이런 감정조차 너무 부끄러워 훈을 멀리하고만 싶었다.

쿵적거리던 디스코 음악이 쏟아지던 날. 휘광은 그 뒤로 훈을 피하기 시작했다. 어차피 마음 한쪽 편하게 건네지 못할 사이라면 함께 할수록 괴리감만 늘어갈 뿐, 그냥 이대로가 낫겠다는 생각이었다. 처음 만난 그날처럼 서로 아무 거리낌 없이 어깨동무할 수 없다면, 이 정도에 머무르는 것도 그리 나쁘지는 않았다.

제7장 사하

먼 길

"어우, 사하 착하네? 자, 가져가서 붙여."

어릴 적 칭찬받을 일을 하고 나면, 유치원에서는 꼭 포도알 스티커 하나씩을 나눠 주었다. 그게 뭐가 그리도 귀한 건지, 하나하나 줄 맞춰 붙이고는 어느새 성실하게도 포도 한 송이를 완성해버린 나였다.

부모님은 칭찬에 인색하셨다. 다른 말로는 무뚝뚝함이겠지만, 어찌 됐건 그런 부모님에게서 칭찬을 따내기란 결코 쉬운 일이 아니었다. 무언가 잘하면 "잘했다." 이 한마디와 "다음번엔 더 잘해라." 과제가 얹어지곤 했다. 이 또한 어색해서 그런 건지도 모르겠지만, 어린 나로서는 '아⋯ 지금 이만큼으로는 엄마 아빠를 웃게 만들 수가 없구나⋯.' 반성하게 만든 사건이었다.

그로부터 참 많은 시간이 지났다. 어른이 되면 칭찬이 필요할까? 필요하다. 적어도 나는 그렇게 생각한다. 어른에게도 포도알 스티커는 절실했다. 왜냐하면 아무리 해도 스티커를 받을 수 없었던 나는 어느새 목마른 어른이 되었고, 몸이 이렇게나 자라고 나서도 인정을 받기 위해 움직이는 사람이 되었기 때문이다.

엄마는 어릴 적부터 고생을 많이 하셨다고 한다. 드문드문 전해 들은 이야기도 있었지만, 당시의 현실은 더 녹록지 않았을 거라 생각한다. 그런 부족한 환경 때문에 살아가면서 수없이 많은 포기를 감당해야 했을 것이고, 당신의 성향보다 더 소극적인 어른으로 성장했을 것이다. 자식은 부모의 마음을 먹고 자란다. 나는 엄마의 마음에 있는 보이지 않는 갈증을 느꼈다. 그래서 그런 엄마의 두 번째 인생이 되어주고 싶었다. 인정을 받아야 살 수 있는 나는 그래야 했다.

누군가의 기대를 위해 사는 것. 그건 옳지 않은 일이라 하겠지만, 또 누군가에게는 충분한 삶의 목적과 동력이 될 수 있다. 나는 엄마의 자존심 그리고 자부심, 기대를 저버리고 싶지 않았다. 어차피 되돌릴 수 없는 인생, 엄마가 나를 보며 행복하길 바랐다.

늘 되뇌었다. 그래서 어린 시절부터 빗나가지 않도록 부단히 애써왔다. 열심히 말고 잘하는 사람이 되고 싶었다. 하지만 아쉽게도 나는 그저 성실한 아이일 뿐이었다. 공무원을 사랑한 건 아니었지만, 모두에게 활짝 열려있는 직업의 문은 나의 성실함으로 어느 정도까지 무난히 해낼 수 있어 보이는 직업이었다. 하지만 과정은 순탄치 않았다. 본격적으로 수험생활을 하며, 나는 생각 이상으로 또래들보다 체력이 약하다는 것을 깨달았다. 하지만 그렇다고 멈출 수는 없었다. 상황이 어려워질수록 저 하늘 끝에 달린 나의 열망은 달처럼 영롱했다.

'할 수 있어….'

나는 오빠가 뚫어버린 구멍만큼 채워야 한다는 강박에서 허우적대고 있었다.

청소년기, 내가 무엇을 좋아하고 무엇을 하고 싶은지, 스스로에 관한 물음도 던지지 못한 채, 내가 보여줘야 하는 것, 증명해야 하는 것, 부모님이 간절히 원하는 것들에만 초점을 맞춰 떠밀려가듯 내 인생을 성형하기 시작했다. 원망과 분노, 그리움까지. 오빠에 대한 나의 기억은 뒤죽박죽 엉켜 있었다.

수년 전 어느 날, 오빠는 내게 영화를 보러 가자고 했다. 가끔, 아주 가끔 영화관에 가긴 했지만, 오빠와의 영화관은 처음이었다. 그땐 지금 같은 굴곡이 없을 때라 나는 오빠의 제안을 거절하지 않았다. 나오라는 시간에 맞춰 채비하고 있는데, 한배에서 나왔는데도 영화 하나 같이 보자는 게 왜 그리도 낯설었는지, 그래도 먼저 말을 건넨 오빠의 용기가 가상하고 생경해서, 피식 웃으며 약속 장소에 미리 나가 있었다. 감우성과 이준기가 주연으로 나오는 영화, 왕의 남자. 우리 사이가 어색해서 그런지 몰라도 나는 그때 그 영화가 무슨 내용이었는지 하나도 기억나지 않는다. 하지만 귀가 예민한 나는 영상과 함께 흐르던 그때의 노래만큼은 잊지 않고 있다.

-이병우의 먼 길.

그렇게 둘이서 영화를 보고서 집에 가려는데, 오빠는 뭐라도 먹고 들어가자며 제안을 했다. "그래 그러자." 하고 따라가 보니, 그곳은 남포동 먹자골목, 노점이 줄지어 선 거리였다. 오빠는 떡볶이를 휘젓고 있는 어느 할머니 앞에 섰다. 그러고는 떡볶이 하나, 파전 하나, 오징어무침 하나를 주문했다. 평소 잘 먹지도 않는 낯선 조합에다 길에서 먹는 거라 제대로 된 반응을 하진 못했지만, 오빠와 하는 모든 것들이 신기해서 순순히 따라주었다. 처음부터 끝까지 어색했던 우리의 첫 번째 외출은 그게 처음이

자 마지막이었다.

오빠는 왜 내게 영화를 보자고 했을까. 그날의 갑작스러운 약속은 아무런 의미도 없던 걸까. 나는 늘 의식의 흐름대로 사는 오빠의 속내를 도무지 모르겠다. 어쩌면 기분 좋은 추억으로 남았을지도 모를 영화 왕의 남자는 얼마 지나지 않아 나에게 상처가 되었고, 영화 속 아련하게 흐르던 노래 먼 길은 오빠의 모습을 말해준 건지, 지금까지도 깊은 슬픔으로 남아있다.

그리고 얼마 뒤, 오빠는 집을 나갔다. 우리의 악몽은 시작된 거다. 집 나간 오빠는 수년간 몇 번의 사채를 썼고, 다시 집에 들어왔다 나가기를 반복했다. 안 받아 주면 되지 않나 싶겠지만, 장사하는 가게 앞에 덩그러니 서 있는 사람을 그냥 둘 순 없었으리라. 그 후로 다시 돌아온 오빠는 집에 와 무릎 꿇고 회개의 눈물을 비처럼 흘렸다.

뒤늦게 정신 차린 자식이었지만, 두 명 다 품에 안고 있는 게 마음이 놓였는지, 부모님은 눈물을 닦으며 한시름 놓고서 가게로 내려갔다. 나는 안도와 불안의 감정을 오가며 옆방으로 들어가 문틈으로 오빠를 지켜보았다. 강아지 같던 오빠의 얼굴은 순식간에 싸늘해졌다. 아직 눈물 맺힌 속눈썹이었다. 그리고 이어진 오빠의 혼잣말을 나는 아직도 잊지 못한다.

"…홋흐… 집 꼬라지가 와 이렇노?"

나의 눈은 몹시 커졌다. 순간 내 귀를 의심했다. 집을 둘러보던 오빠는 내가 지켜보고 있는 방문으로 다가왔다. 그러고는,

"응? 사하야, 집이 와 이렇냐고?"

문틈에 대고 말했다. 눈동자는 내 앞에 있었다.

-쾅

나는 문을 잠가버렸다. 그리고 뒤늦게 깨달았다.

'또 당했구나….'

나는 다른 건 제쳐두고, 오빠가 이 집을 보면 울 줄 알았다. 짐들의 집인지 사람의 집인지, 물건이 없는 곳에서 비집고 생활하는 우리를 보며, 이런 상황까지 오다니, 자신의 과오가 처절하게 느껴지는 이 집의 한가운데서 서글퍼 울 줄 알았다. 하지만 돌아온 오빠는,

"너희들 여태 뭐하고 여즉 살림이 펴지 못했니."

비웃고 있는 것 같았다.

내가 몇 년을 기도했는데, 오빠는 평생을 제 맘대로 살면서도 버젓이 살아만 있다.

'이걸 어떡하나… 결국 내가… 오빠를 죽여야 하나.'

나는 긴 한숨을 내쉬었다.

한동안 조용하다 싶다가 오빠는 또 무언가 못마땅한지 신경질을 내기 시작했고, 어느 날엔 좋았다 어느 날엔 나빴다, 파도처럼 오르락내리락하는 통에 보고 있는 우리마저도 멀미를 느끼고 있는 중이었다.

나는 잔잔한 사람이지만 또 한 번 폭발했다 하면 무서운 성격인지라 그런 오빠를 가만 보고 있지 못했다. 우리의 언성은 높아져만 갔다. 오빠는 나와 한바탕 싸우고, 아니, 나를 한 차례 때리고 난 후, 엄마가 숨겨둔 낡은 진주 귀걸이와 목걸이를 가지고 또 나가버렸다.

그 뒤로 나의 불안증세는 가속화되었다. 보이는 대로 아무거나 막 주워 먹기 시작했다. 수험생 딴에 죄책감은 들었는지, 서랍에 숨겨놓고 먹었다. 어두운 방에 스탠드 조명 하나만 켜놓고 말이다. 그런 괴기스러운 모습, 그게 바로 창창하게 빛나야 할 나의 이십 대였다.

맘대로 되는 일이 하나 없을 때, 채워지지 않는 욕구를 위해 충족이 가장 쉬운 또 다른 욕구를 찾아 헤매는 일. 무언가 마구 먹는 것은 내게 가장 쉬운 욕구 해소법이었다. 그렇게 나는 이상하리만치 음식에 대한 집착 증세를 보이기 시작했다. 먹는 양도 늘었고 웬만해서는 배도 차지 않았다. 이건 아니라고, 잘못되고 있는 중이라고 생각을 고쳐먹으면서도 또 먹고 또 구역질했다. 그러고는 속에 있는 더러운 것들을 모조리 다 없애버리겠다며 종일 운동장을 뛰었다.

먹고. 토하고. 뛰고. 먹고. 토하고. 뛰고.

매일 그렇게 고행의 반복, 또 반복.

공부란 목적은 어디로 다 사라졌는지, 나의 고립은 심각해져만 갔다. 참았던 폭식은 다시 시작됐고, 정도는 점차 심해져서는 스스로도 정신장애가 아닐까 하는 느낌까지 들었다. 현실에 대한 폭주하는 불만과 그럼에도 불구하고 빠져나올 수 없는 현재를 생각하면 숨이 턱턱 막혀 살 수가 없었다.

깜깜한 터널에서 방향을 잃었다. 바닥은 다름 아닌 진득한 구렁텅이. 한 발을 빼내려는 순간, 나머지 한 발이 또 깊숙이 빠져들어 가는 그런. 밖에선 늘 밝은 척하는 나였지만, 누군가 내게 깊은 속내를 말해보라 한다면, 그건 우울이었다. 우울감이란 예상치 못한 곳곳에 깔려 있었다.

손이 닿는 물건마다 유통기한이 찍혀있다. 그 라벨에 붙어있는 미래의 어느 날을 보며, 이때쯤 난 뭘 하고 있을까, 웃으며 떠올리는 습관이 생겼다. 분명 지금보다는 낫겠지 싶다가도 미소는 이내 사라진다. 확신이 없었다. 왜냐면 오늘도 과거의 내가 빛처럼 기대했던 미래의 어느 날이었기 때문이다.

드라마나 영화에서의 기적이란 너무나도 흔해 빠져 진부할 정도였지만, 현실은 한 치의 양보도 없었다. 난 늘 혼란 속에서 나름의 열심을 다했지만, 결과는 늘 그렇지 못했다. 나보다 더 박 터지게 공부한 아이들이 그 자리를 꿰찼다. 시간이 지나자 주위 사람들은 조금씩 나의 열심을 의심하기 시작했다. 그럴 만도 했다. 나도 나를 의심했으니, 나도 나의 시간을 의심했으니 말이다.

　시간이 지날수록 불안해져 공부하다 직렬을 바꾸고, 또 공부하다 직렬을 바꾸며 낯선 순간을 맞이했다. 직렬을 바꾸는 것은 말이야 쉽지, 결국엔 포기하는 과정이라 거기에 따르는 스트레스는 실로 어마어마했다. 이제는 정말 죽이 되든 밥이 되든 바꿔서는 안 되는 상황이었다.

　그리고 그로부터 얼마 뒤, 나는 교통사고를 당했다. 사고 후 몇 해의 계절이 지나서야 다친 몸이 나아졌고, 부진하던 공부를 다시 해보겠노라 마음을 다잡았지만, 공고를 보니 과목 일부는 바뀌어있었다. 이제 나는 한숨 쉴 힘도 남아 있지 않아 뭐가 됐건 당장이고 그만둬버리고 싶지만, 내가 갈 곳은 없다. 다시 발끝에서부터 기운을 끌어모아 걸어보기로 했다.

감저

날이 조금씩 추워질 무렵이면 연숙은 땔감을 주우러 다녔다. 어른들처럼 도끼로 내려치는 것이 아닌 주변에 널브러진 잔가지들을 줍는 것이다. 연숙은 나무가 줄어드는 것을 가만 보고 있지 못해 비어 가는 만큼 늘 산에 가 채워다 두곤 했다. 제 딴엔 한다고 해도 겨울이면 나무는 늘 부족했다. 가끔 정신없어 미리 채워 놓지 못했을 땐, 발그랗게 볼만 나온 채로 온몸을 휘감고 새벽에 나무를 하러 가기도 한다. 연숙의 이런 노고 덕분에 집안엔 땔감이 마를 날이 없었다. 번거로운 일이었지만, 연숙은 동생들에게는 이 일을 주지 않았다.

연숙에게는 세 명의 동생이 있다. 한 살 어린 여동생 연희, 두 살 어린 남동생 정구, 일곱 살 어린 여동생 금지. 이렇게 셋이다. 하지만 연희는 얼마 전 부잣집 양녀로 가, 이제 연숙에겐 동생 둘만이 남아 있다. 연숙은 남동생 정구에게 산길이 위험하다며 따라오지 말라 단단히 일러두었다.

사시사철 땔감 걱정도 없는 영만, 연숙은 그런 아버지가 못마땅했다. 게으른 아비가 부지런한 딸을 만든 건지, 이런 딸이 있어 아비가 게을러진 건지, 알 수 없는 노릇이다. 학교를 마치고 돌아온 연숙은 또 산으로 향한다. 그러고는 정해둔 곳이 있다는 듯 씩씩하게 척척 걸어 나간다. 연숙은 어느 구석진 곳에 쪼그려 앉아 나뭇잎 사이를 헤쳐 본다. 그러자 그 안에는 가지런히 모아둔 나무가 있다. 얼마 전 다 들고 가지 못해 숨겨둔 것이었는데, 연숙은 그걸 부지런히 품에 안았다.

-꼬르르륵.

배에서 또 소리가 난다. 조금 전보다 더 길어진 소리. 멈출 수 없을 정도로 소리가 길어질 때면 주위에 누가 있나, 민망해 둘러보기에 분주했다. 어제부터 끼니가 될 만한 것을 먹지 못해 연숙의 입에서는 단내가 난다. 이제 집에 가서 챙겨 먹으면 될 일인데, 연숙의 표정은 어둡기만 하다. 집에 있는 쌀은 오늘이 마지막이었다. 조금 전 항아리에 남은 쌀을 박박 긁어 밥을 짓고 왔는데, 양이 얼마 되지 않아 자신의 몫까지 돌아올 게 없을 것 같다.

일곱 살 때부터 밥을 지었던 연숙은 항상 집에 남은 쌀의 양을 알고 있었다. 그래서 배가 고파도 고프지 않다 말하고, 다른 집에서 얻어먹고 왔다는 둥, 밥 대신 말로 끼니를 넘기고는 쌀이 모자라도 한 번을 엄마에게 말한 적이 없었다. 하지만 예민한 정주는 늘 먼저 알고 있었다.

연숙의 엄마 정주는 알뜰하고도 야무진 사람이다. 돈 한 푼 벌지 않는 남편에 사 남매를 키우면서도 아이들을 한 번을 굶긴 적이 없었으니 말이다. 세상 모든 게 컴컴한 밤, 전기세 조금 아껴 보겠다며, 노랗게 뜬 초가집 위에 달을 빛으로 삼고서 아이들의 터진 옷가지를 기워대는 정주였다. 달빛을 보며 바느질을 한다는 건 어찌 보면 우스운 이야기일 수도 있겠지만, 연숙의 엄마 정주는 매일 밤 그걸 능히 해냈던 사람이다. 그래도 전형적인 옛날 사람, 칭찬이라고는 할 줄 몰랐던 말 수 없던 정주는 그저 아이들을 굶기지 않는 것에만 몰두했다. 그것이 자신이 받아온 사랑이고, 또 내어줄 수 있는 전부라 여겼기 때문이다. 아이들은 굶으면 굶는 대로 또 참겠지만, 정주는 조그마한 아이들이 배곯는 것을 보지 못해 늘 얼마 지나지 않아 쌀을 구해오곤 했다.

나무를 안고 오던 연숙은 40분을 걸어 집에 도착했다. 그런데 부엌에서 무언가 소리가 난다. '엄마인가?' 연숙은 발걸음을 늦추며 조심히 다가간다. 그런데 웬걸, 투박하게 생긴 시커먼 돼지가 앞으로 휙-하고 지나가는 것이 아닌가. 연숙은 놀라 입을 틀어막았다. 분명 자신이 만들어 놓은 거적때기 가림막 밖으로 튀어나오는 시커먼 돼지였다. 연숙은 돼지가 지나간 방향으로 고개를 돌렸다.

'어떡해! 쌀 얼마 없는데!'

정신이 번쩍 든 연숙은 들고 있던 나뭇가지를 내팽개치고 부엌으로 달려갔다. 역시나, 솥뚜껑은 기울어져 내려가 있고, 그 안엔 쌀이 한 톨도 없다.

문제는 그뿐만이 아니었다. 녀석이 휩쓸고 간 부엌은 온통 똥 밭이었다. 사람의 똥만 먹던 것들이 밥맛을 보았으니 멈출 수가 있었겠나. 그 탓에 부엌은 온통 엉망이 돼 버렸다. 연숙의 눈꺼풀은 스르륵 내려간다. 이런 적은 처음이 아니었다. 얼마 전엔 이런 일도 있었다.

「 부엌으로 들어가는 연숙.

솥단지보다 시커먼 돼지 한 마리가 킁킁하며 코로 솥뚜껑을 밀고 있는 것이었다. 덩치는 조금 작은 것이 새끼 돼지 같았다.

'코로 밀다니! 아주 영악한 놈이다!'

그 순간, 녀석이 밀어내는 만큼 뚜껑이 서걱-하며 밀려가는 게 아닌가. 방심하던 연숙은 눈이 휘둥그레졌다. 막아야만 했다!

"야아아아-!!"

연숙은 고함을 질렀다. 그러고는 나뭇가지를 들었다.

"이 도새기 새끼! 너 줄 밥 없어게!"

연숙은 부엌 밖에서 벽을 탁탁 치며 말했다. 물론 들어가야 마땅하겠지만, 그만한 용기가 없었던 연숙은 밖에서 고함만 내질렀고, 고맙게도 놀란 돼지는 커엉커엉하며 부리나케 뛰쳐나갔다.

"이 도새기 새끼야! 다시는 오지 말라게! 이 집 가난핸 너 줄 밥 없어게!" 그렇게 연숙은 현장에서 새끼 돼지를 쫓아낸 적이 있었다.

날이 추워지자 먹을 것이 부족해 돼지들은 마을을 습격하곤 했다. 하지만 와도 왜 하필 제일 가난한 집을 고르냔 말이다. 연숙은 돼지가 얄미웠다. 돼지들은 보통이 아니다. 사람을 봐도 피하지도 않고, 멀뚱히 쳐다만 보다 기분이 틀어졌다 하면 그냥 바로 돌진해 버리니, 여간 무서운 게 아니었다. 그러면 어디 있다 이제 나타났냐 싶은 영만이 돌아와, 솥단지 하나 제대로 지키지 못했다며 또 이런 일이 있으면 가만두지 않겠다며 연숙을 두들겨 패는 것이었다. 몇 대 맞은 연숙은 한참을 도망치다 돌아와,

"집에 아방이 있지! 나가 있나!"

입술이 하늘만큼 튀어나와 닳도록 솥만 닦는 것이었다. 」

문제는 지금이 바로 아방이 가만두지 않겠다 한 순간이었다. 당시 연숙은 그날의 비극에 대해 고민해본 결과, 자신의 집에는 다른 집과는 달

리 부엌에 문이 없다는 것을 깨달았다. 그리하여 그날부터 엄마와 부엌문을 만들었던 것이었다. 억새를 꺾어 짚처럼 엮고는 제 딴엔 문이라며 그걸 달아놓았지만, 이따위 것은 문도 아니라는 듯, 상태는 전보다 더 심각했다. 온통 똥 범벅이 된 부엌 앞에서 연숙은 무념무상의 상태에 젖어 들어갔다.

"아방이 알면 가만두지 않으켜…."

연숙은 또 먼지 나게 맞을 생각에 설움이 북받쳐 올랐다. 하지만 손 놓고 울고 있을 때가 아니었다. 마음이 급하다. 연숙은 팔을 걷어붙이고 움직이기 시작한다.

"어휴, 호루도 편할 날이 없다게…." [1]

연숙은 솥을 닦으며 한숨만 푹푹 내쉰다. 그렇게 이십 분 뒤,

"연숙이 너 뭐 햄시?" 엄마 정주가 돌아왔다.

일을 마친 정주는 바깥에 널브러진 나뭇가지를 보며 큰딸을 찾았다. 연숙은 기다리던 목소리를 듣자,

"어멍! 어멍!! 큰일 났수다!"

붉은 손으로 허겁지겁 나온다.

"무사 경 울엄시냐?" [2]

눈물 맺힌 연숙의 얼굴에 정주는 깜짝 놀라 말한다.

"어멍! 어멍! 도르멍 옵서!" [3]

연숙은 눈물을 뚝뚝 흘리며 엄마의 손을 잡아당긴다.

—
1) 어휴, 하루도 편할 날이 없네….
2) 뭐 때문에 울고 있는 거야?
3) 엄마! 엄마! 들어와 봐요!

"아이고, 경 들럭퀴지 말고 촌촌히 고라 보라게. 연숙이 숨넘어 가키여!" [4]

숨 돌릴 틈도 없이 떠들어대는 통에 정주는 아이를 진정시켰다.

"어떵혼 일인지 어멍도 알아사 홀 꺼 아니가!" [5]

정주도 덩달아 혼이 쏙 빠졌다.

"도새기가 집에 들어왕양! 싹- 다 먹엉 나갔수다!" [6]

연숙은 젖은 손으로 눈물을 닦으며 엄마를 올려다보았다. 자신은 죄가 없다는 얼굴이다.

"도새기가 들어 왔어게?"

정주는 자리에 앉아 연숙의 번진 눈물을 닦아준다.

"고랑은 몰라 마씀! 어멍 왕 봐사 알아집니다! 확 옵서 게!" [7]

연숙은 엄마의 손을 붙잡고 부엌으로 끌어당겼다.

정주는 부엌을 보았다. 반쯤 치워져 있고 반쯤은 어지럽혀져 있다. 정주는 아무 말 않고서 팔을 걷어붙인다.

"연숙이 너, 곤쌀 빌려오라."

정주는 쌀을 빌려오라고 했다.

엄마 말이라면 말 떨어지기가 무섭게 움직이는 연숙이었지만, 웬일인지 오늘은 가만있기만 한다. 하지만 얼마 못 가 한가득 나온 입으로 집을 나서는 연숙이다. 천천히 걸어가던 연숙은 발끝으로 애꿎은 돌멩이만 걷

---

4) 아이고, 날뛰지 말고 차분해 말해 봐. 연숙이 숨넘어가겠다!
5) 무슨 일인지 엄마도 알아야 할 거 아니야!
6) 돼지가 들어와서는! 싹 다 먹고 나갔어요!
7) 말론 몰라요! 직접 봐야지 알 수 있다니까요! 빨리 들어와 봐요!

어차다 멀뚱히 서서 눈앞의 집들을 바라보았다. 부끄러웠다. 집집마다 또래들이 살고 있기 때문이다.

"사롬 있수꽈…." [8]

연숙은 뚱한 표정으로 들어간다.

"어엉? 아이구! 이게 누구고?"

설거지하던 아줌마는 손을 털며 나온다. 반가운지 연숙을 보고는 얼굴 한가득 웃음이다.

"웃동네 연숙이우다. 곤쌀 한 되 줍서게. 우리 어멍이 내일 기계방 강 뽕가강 주쿠다…." [9]

연숙의 소리에 방의 아이는 빼꼼히 고개를 내밀었다. 아이와 눈이 마주치자 연숙은 순간 몸이 굳어버렸다.

"쌀? 어어, 알았다. 어여 들어 온나."

연숙은 내리깐 눈으로 따라가서는 풀이 죽은 채로 쌀을 건네받았다.

"…삼춘 [10], 고맙수다…."

잔뜩 기가 죽어버린 연숙이다. 인사를 하고 나가려는데 아줌마가 연숙을 붙잡는다.

"자! 이거 묵으라."

연숙은 세모가 된 눈으로 아줌마의 손을 보았다. 그 손엔 고구마가 들려있었다.

"어서-." 아줌마는 한 번 더 손을 흔든다.

---

8) 계셔요…?

9) 윗동네 연숙이에요. 쌀 한 되 빌려주세요. 엄마가 내일 방앗간 가서 도정해서 주신대요….

10) 성별 불문하고 어른을 부르는 친근한 표현 (제주 방언)

"금방 쪄서 따땃해가 맛이 좋다!"

아줌마는 연숙을 바라보았고, 연숙은 자신을 신기하게 보고 있는 아이를 보았다. 연숙은 여기서 먹고 싶지 않았다.

"아, 퍼뜩 먹어라! 퍼뜩! 니 들고 가면 못 먹는다이가. 여서 후딱 먹고 가라."

아줌마의 성화에 못 이겨 연숙은 고구마를 입에 넣고야 말았다. 그 순간! 정신이 번쩍 드는 게 달달하고 쫀득한 것이 몸에 확 퍼졌다.

"감저[11]가 맛이 좋수다…."

따뜻한 고구마 하나에 연숙의 얼굴은 금세 환해졌다. 그러다 연숙은 자기도 모르게 꿀꺽 넘겨 버렸다. 씹지도 않고 급하게 먹어 넘기는 모습에 아줌마는 뿌듯한지 웃음을 머금었다.

"아이고! 누게 도둑질 안 하메 촌촌히 먹으라게!" [12]

지나가던 이장 아저씨가 들어온다.

이장은 동네 사람들이 부르는 곳이라면 어디든 달려간다. 바쁘게 돌아다니던 젊은 이장은 연숙을 보고는 걸음을 멈췄다. 아저씨도 그런 연숙이 귀여운지, 검게 그을린 얼굴 위로 실 같은 눈을 하고서 방긋 웃었다. 연숙은 부끄러워 볼이 달아올랐다. 아줌마는 고구마 한 개를 더 꺼내며 연숙에게 건네는데, 연숙은 넙죽 받지 않고 눈치만 보고 있다.

"그냥 주는 거 아이다! 니 맨날 열심히 일한다이가, 그래서 착하다고 주는 기다."

-
11) 고구마
12) 아이고! 누가 안 뺏어 가니까 천천히 먹어!

굶을 줄로만 알았던 연숙은 그렇게 배를 채웠다. 연숙이 돌아가자 방에 있던 아이는 삐죽 다시 고개를 내민다.

"니 왜 입이 불퉁하노?"

아줌마는 아이를 향해 말한다. 아이는 자신의 몫이 줄어들었다는 게 못마땅한가 보다.

"휘광이 니 아까 묵었다이가…." 인희는 아들을 보며 웃는다.

"이장님도 하나 드이소."

인희는 고구마를 건넨다. 이장은 고구마 한 입을 베어 물고는 주름이 깊게 패이도록 웃었다.

"어린 아가 맨날 천날 소처럼 일만 하네예…."

인희는 어린아이가 제 몸에 맞지 않는 옷을 입고 있는 것 같아 안쓰러운 모양이다.

"조근 게 곱들락하고 요망지게 생겨서게, 모심도 착햄서, 연숙이가." [13]

두 사람 모두 아이의 뒷모습을 한참 바라보았다.

_ 당나귀 새끼, 원숭이 새끼

네 개의 눈동자가 바쁘게 움직이고 있다. 연숙과 연숙의 친구 보순이는 풀숲에 숨어 아주 비밀스러운 작업을 하고 있다. 집 뒤의 조그마한 동산에는 풀밭 위 가득 널어놓은 고구마가 있었다. 고구마 농사가 제법 된 때

---

13) 조그마한 애가 예쁘장하고 아주 영리한 게 마음씨도 착해요, 연숙이가.

에는 남은 것을 오래 먹고자 혹은 장에 팔고자 이웃들이 한데 모아 말려 놓는다. 둘은 이곳을 고구마 동산으로 여겼다. 여기엔 고구마를 말려 놓은 일명 빼때기라는 것이 가득했는데, 보순이는 능숙한 솜씨로 빼때기를 손에 쥐었다. 그래 봤자 작은 손, 열 개 남짓이다.

보순이는 치마를 들쳐 올린다. 그러고는 팬티 고무줄을 당겨 잡는다. 고무줄 바깥 천에다가 고구마를 놓고, 그대로 굴려 말아 고정시켜두고서 치마를 내린다. 한두 번 해 본 솜씨가 아니라 순식간이다. 그걸 옆에서 지켜보던 연숙은 보순이 따라 똑같이 한다. 둘 다 자기 몸에 맞지 않는 큰 속옷을 입었기에 가능한 것이었다. 그렇게 둘은 치마 안에 덜렁거리는 고구마 주머니를 하나씩 차고서 동산을 기어 내려갔다.

말린 고구마 열 개쯤이면 그리 많은 양도 아니었지만, 연숙은 숨겨두고 일하는 틈틈이 꽤 오랜 시간 먹곤 했다. 물론 이런 행동이 나쁜 짓인지는 알고 있었다. 둘의 고구마 서리쯤 티도 안 날 만큼 빼때기가 널린 동산이었지만, 그래도 남의 것은 남의 것. 하지만 연숙은 며칠 전 고구마 맛을 제대로 봤기 때문에 그 맛이 그리워 도저히 참을 수가 없었다.

집에는 밥이 넉넉하지 않아, 연숙은 늘 동생이 먹는 양을 보며 아쉽게 숟가락을 내리곤 했다. 하지만 이제 막 자랄 시기라 시도 때도 없이 배가 고팠다. 그야말로 매일이 식욕과의 전쟁이었다. 얼마 전 여름날엔 이런 일도 있었다.

「 일을 마치고 온 연숙, 며칠째 어딘가를 주시하고 있다.

집에 있는 조그만 밭, 거기에는 참외 열댓 개가 열려 있었는데, 연숙은 그게 그렇게도 먹고 싶었다. 며칠째 줄어들지 않는 참외를 보며, 연숙은 아무도 없을 때 하나를 따다가 풀숲에서 다 뜯어 먹었다. 그러고는 참외가 누르고 있던 자리를 참외 잎으로 덮어놓았다.

이틀 뒤, 영만은 수사를 시작했다. 아니, 수사라 할 것도 없이 이미 범인을 못 박아 둔 상태로, 참외가 열여섯 개였는데 하나가 어디 갔냐며 광광 날뛰며 연숙의 멱살부터 잡고 있었다. 말을 안 했으면 안 했지, 거짓말은 못 했던 연숙은 안타깝게도 솔직하게 털어놓아 버렸다. 그날 마당에는 죽일 년, 잡을 년, 온갖 년들이 난무했다. 도대체 어떻게 알았는지 영문을 몰랐던 연숙은 아버지가 참외 개수를 세고 있었다는 사실은 꿈에도 알지 못했다. 수에 대한 개념이 없던 연숙은 그 생각은 하지 못했던 거다. 그날 몽둥이로 얼마나 맞았는지, 하나 먹은 참외가 도로 나올 지경이었다.」

먹을 게 없던 시절이기도 하지만, 연숙이 먹는 거라면 작은 것 하나까지도 다 따지고 드는 영만 탓에 연숙은 먹을 것에 한이 생겼다. 제 딴엔 양보라며 양을 줄이고 사는데도, 무엇 하나 먹으면 아까워 손을 벌벌 떨던 영만에게서 연숙은 슬슬 부아가 치밀어 오르기 시작했다. 멈출 줄 모르는 영만의 괴롭힘과 보통이 아니었던 연숙, 둘 사이의 줄다리기는 그때부터 시작이었다.

3일째 집을 비운 영만이 아무 일도 없다는 듯이 돌아와 곤히 자고 있자, 연숙은 멀리서 아버지의 방을 주시하고 있었다. 이때를 기다렸다. 연숙은 발끝을 세운 채 몰래 방으로 들어간다. 영만은 세상모르고 잠들어 있지만, 그래 봬도 잠귀가 대단히 밝은 사람이라 연숙은 괜히 알짱거리다 붙잡힐까 숨도 멈춘 채로 조심히 들어갔다. 방에는 널브러진 영만의 옷가지들이 있었다. 연숙은 곁눈으로 영만을 쏘아보며 주머니를 뒤지기 시작했지만, 아무리 쑤셔 보아도 안에는 아무것도 없었다. 하는 수 없이 안쪽 주머니까지 까뒤집어야 했다. 연숙의 콧잔등엔 땀방울이 맺히기 시작한다. 그때, 손끝에 무언가가 잡힌다! 꺼내 보니 10원이었다. 연숙의 얼굴엔 짓궂은 미소가 소리 없이 번졌다. 연숙은 아버지를 노려보며 방문을 조심히 닫았다. 그러고는 잽싸게 뛰쳐나와 달리고 또 달린다.

"우하하하하하하하."

연숙은 마을이 울릴 정도로 쾌재를 부르며 한참을 달렸다.

그리고 도착한 곳, 그곳은 슈퍼였다. 집에서 아주 떨어진 곳에 슈퍼 하나가 있다. 연숙은 돈을 꽉 쥔 두 손을 꽃처럼 모아 놓고 설레는 발걸음으로 가게 안을 둘러본다.

"건빵 하나 줍서게!"

연숙은 10원을 꺼내 아저씨에게 주었다. 신이 난 연숙은 아저씨가 부르는 소리도 듣지 못한 채 가게 밖으로 뛰쳐나갔다. 가게 주인은 건빵을 안고 가는 연숙을 보며 손에 든 10원을 다시 쳐다본다.

연숙은 다시 없을 날을 맞이했다는 생각에 앞만 보며 신나게 달렸다. 그러고는 나무 아래 그늘진 바위에 앉았다. 물론 어딘지 모를 한쪽 끝에는 불안이 엄습했지만, 이미 벌어진 일은 고민할 게 아니었다. 연숙은 무언가 의식을 치르듯 천천히 건빵 냄새를 들이킨다.

"둘이 먹당, 호나 죽어도 모르켜!"

생전 과자라고는 제대로 먹어본 일이 없던 연숙은 그동안 친구들이 먹는 걸 보며 고소한 냄새에 삼킨 침만 해도 한가득이다. 어차피 가져가 봤자 숨기지도 못할 것, 연숙은 건빵과 별사탕을 원 없이 먹어 치우고는 큰 바위에서 잠이 들었다. 푸지러지게 자다 일어난 연숙은 두 눈을 비비며 기지개를 켰다.

"무시거 햄시니?" [14]

연숙의 눈앞에는 눈동자가 있었다. 연숙은 자지러지다 바위 위에서 떨어져 버렸다.

"너! 돈 어디시난! 내 돈 십 원 어디시난!!"

영만은 도둑질이 얼마나 나쁜 건지 모르느냐며, 손바닥으로 아이의 머리통을 사정없이 내리쳤다. 잠도 덜 깬 채로 정신없이 맞아버린 연숙은 딸꾹거리며 울기 시작한다. 어디가 덜 아플지조차 생각하지 않고 움직이는 무자비한 손놀림에 들판에는 설움에 복받친 아이의 울음소리가 퍼졌다.

"확 오라게!" [15]

영만은 연숙을 데리고 슈퍼로 향한다. 가게 앞에 도착하자 영만은 연숙의 손을 잡으며 사람 좋은 웃음을 지었다.

"아이고, 우리 똘이 설운 애기우다. 아무것도 몰라마씸." [16]

수의 개념이 없던 연숙은 2원짜리 건빵을 10원에 주고 사 온 것이다.

연숙은 그제야 알았다. 돈을 주고 건빵을 받으면, 또 돈을 받아야 한다는 사실을. 그렇게 영만은 주인에게서 8원을 돌려받으며 연숙을 업으려고 했다. 마치 늘 그랬던 것처럼 그 자리에 반쯤 앉은 채로, 업히지 않고 무얼 하느냐는 영만의 표정에 연숙은 어리둥절해하며 어색하게 등에 기댔다. 그렇게 영만은 가게를 빠져나왔다.

--

14) 뭐하니?

15) 빨리 와!

16) 아이고, 저희 딸이 아직 어립니다. 아무것도 몰라요.

"내려오라!!"

한 고개쯤 돌아가자 영만은 엉거주춤 앉으며 연숙에게 내려오라 윽박질렀다. 연숙은 눈치를 보다 두 다리를 뻗어 땅에 섰다.

"도둑질 호곡! 너 경호민 뚜러메당 확 데켜 불키여!!" [17]

영만은 귀신같이 째려보며 혼자 왔던 사람처럼 제 길을 갔다.

영만은 한 번을 돌아보지 않는다. 연숙은 멀어지는 아버지를 보며 그자리에 가만히 서 있었다. 그날이 처음이자 마지막인 아버지의 어부바였다.

연숙은 들킬 걸 알면서도 왜 그랬을까. 아이는 아버지 주머니에 손대지 말아야 한다는 것쯤은 정확히 알고 있었다. 그건 엄마의 주머니에 손대지 않은 것만으로도 알 수 있었다.

연숙은 아버지가 지독하게 싫으면서도 무서웠다. 이건 부모 자식 간이 아니었다. 엄마를 때리고, 자신을 때리고, 일없이 노름만 하는 것, 자그마한 연숙은 그 멈추지 않는 폭력과 악행을 막을 길이 없었다. 연숙도 처음엔 칭찬 한 번 받아보려 부단히 애썼다. 하지만 영만은 단 한 번을 용납하지 않았다. 늘 이를 바득바득 갈며, 원숭이 새끼, 당나귀 새끼하고 부를 뿐이었다.

얼마 전 연숙은 40원짜리 자 세트를 갖고 싶어 했다는 이유로 손 주먹으로 자신을 내려치는 아버지를 보았다. 그리고서는 노름빚으로 그에 해당하는 돈의 몇 배를 날리고서 돌아온 아버지였다. 그 후로 연숙은 아버지에 대한 기대와 애정을 포기했다. 일말의 관심도 기대치 않겠노라 다짐

---

17) 도둑질하고! 너 그러면 아주 들어다가 확 던져 버릴 거야!!

을 했다. 연숙이 아파 나동그라져도 눈 하나 깜짝 않는 악독한 아버지를 향해 연숙이 할 수 있는 건, 아버지의 돈을 훔치는 것. 그것이 아버지를 가장 아프게 할 수 있는 복수라 생각했다.

연숙은 태어나 단 한 번도 예쁘다는 말을 듣지 못했다. 영만은 늘 연숙에게 당나귀 새끼, 원숭이 새끼같이 생겼다고 했다. 그렇다. 연숙은 당나귀 새끼고, 원숭이 새끼였다. 연숙은 자신이 아버지에게서 환영받지 못하는 존재라는 걸 알고 있었다. 그래서 자신은 동생들과 태생부터 다르다고 여겨왔다. 연숙은 너무나도 잘 알고 있었다. 아버지가 몇 번이고 자신을 죽이려 했다는 것을.

*

먹고 사는 게 힘들었던 정주는 결혼한 지 얼마 되지 않아 영만에게서 도망치려고 했다. 하지만 배 속에 연숙을 갖게 되면서 정주는 자신의 인생이 묶여버렸다는 것을 뒤늦게 깨달았다. 영만은 달가워하지 않았다. 그래서 아이를 가진 정주를 몇 번이고 때리고, 술 먹고 날아다니며 배를 차버리곤 했다. 하지만 연숙은 기어코 세상에 태어났다.

영만은 그 뒤로 아이를 해치기 위해 갖은 노력을 다했다. 갓 태어난 아이를 씻기지도 않은 채 방에 가둬놓자, 아기의 살갗은 엉망이 되고, 밑이 붙어버려 오줌을 싸지 못해 배가 봉긋하게 부어오르고 있었다. 정주는 결국 수치스럽게도 온 동네에 그 사실을 알리며 방문을 뜯어버렸다. 연숙을 안고 씻기던 정주는 자신의 인생이 대체 어디로 가고 있는 건지, 헤어 나올 수 없는 고통을 고스란히 느끼고 있었다.

"죄들며 살 거 무사 경 살아심디… 나 갈 때 너 도랑 가 주께…." [18]

물이 닿자 꼼지락거리며 웃음 짓는 아기를 보며, 정주의 눈물은 아기의 손가락 사이로 떨어졌다. 정주는 하나하나 세어가듯 연숙의 손가락을 순서대로 만졌다.

'죽을 때 죽더라도 물이라도 먹이고 죽자….'

이웃집에서 설탕을 구해온 정주는 설탕물을 만들어 연숙의 입에 넣어주었다. 탈수증세는 물론, 너무 오래 굶은 터라 숟가락은 쉴 새가 없었다. 연숙은 숟가락에서 떨어지는 달달한 물 한 사발을 모두 다 받아 마셨다.

밤마다 울며 자지러지는 아기를 보며, 정주는 이게 다 자신 탓인 것만 같아 속이 울렁거릴 만큼 목 놓아 울었다. 그리고 그날 밤, 연숙을 키워보기로 마음을 고쳐먹었다. 정주는 결국, 죽는 것만큼이나 어려운 길을 택한 것이었다.

_ 고래

연숙은 빠르게 달려간다. 지금은 학교 점심시간, 집으로 향하는 걸음이다. 점심시간이 되어 모두들 밥 한가득 담긴 도시락을 꺼내면 교실은 순식간에 음식 냄새로 뒤덮인다. 형편이 괜찮은 친구들은 달걀에 김치를 싸오기도 하고, 그게 아니면 밥에다 된장 한 숟갈 가득 퍼온 친구들도 있었다. 하지만 그마저도 없던 연숙은 찬밥이 싫다며, 늘 집에 갔다 오겠노라

-
18) 걱정하면서 살 것을 왜 살아남은 거야…. 나 죽을 때 너도 같이 가자….

새침하게 말하곤 했다.

　연숙의 집은 다섯 식구가 끼니를 챙겨 먹는다. 동생 정구는 말할 것도 없고, 이제 갓 밥상부대에 합류해 제 몫을 하고 있는 네 살배기 금지도 있었으니, 어찌어찌 불려 먹어도 하루 만에 동이 나버리는 것이었다. 그래서 연숙은 도시락을 싸지 않았다. 예전 같았으면 학교 주변만 어슬렁거리다 들어가겠지만, 요즘은 아니다. 연숙은 집을 향해 달려간다.

　걸음을 멈춘 연숙은 집안을 둘러보았다. 저학년은 학생 수가 많아 오전반, 오후반으로 나뉘어져 있다. 그래서 격주마다 돌아가며 한 주는 오전에, 한 주는 오후에 등교를 한다. 그래서 2학년 정구는 오후반이라 없고, 정주는 금지를 데리고 밭에 나갔고, 영만은 어딜 갔는지 또 없다. 연숙은 조용히 부엌으로 들어가 의뭉스러운 웃음을 지으며 찬장 문을 열었다. 그리고 그릇 뒤에 숨겨진 무언가를 꺼내고는 얼굴이 금세 장난기로 가득 찼다. 연숙은 숟가락을 잡은 채로 봉지를 열어 보았다가 안을 들여다보고는 순간 멈칫한다.

　'언제 이렇게 줄었지…'

　잠시 고민하다 숟가락을 푹 찔러 넣고 설탕 한 수저를 입에 털어 넣는다. 눈 녹듯 사르르 녹아가는 설탕 알갱이들. 순식간에 번지는 행복에 연숙은 눈을 질끈 감았다.

　'…한 숟갈 더…?'

　연숙은 세차게 고개를 저으며 제자리에 넣어 두고는 다시 학교로 뛰어간다.

　얼마 전, 찬장에 설탕이 있다는 사실을 알아 버린 후로 연숙의 머리는 온통 하얀 달콤함으로 가득 찼다. 조금만 먹어야지 손 꼬집 먹던 것이 이제는 점심시간마다 달려와 한 숟갈씩 퍼먹게 되는 지경에까지 이르렀다. 나름 잘 참고 있다 싶었지만, 성실하게 먹은 게 벌써 설탕 한 봉지, 무려 3kg에 달했다. 조만간 적발돼 또 한차례 크게 혼날 게 분명했지만, 연숙은 달달한 유혹에서 헤어 나오지 못하고 있었다. 다시 학교로 가기 위해 열심히 달리던 연숙은 어느 한 구멍가게로 빨려가듯 들어간다.

"삼춘! 사탕 하나 줍서게!"

연숙은 십 원에 사탕 한 봉지를 샀다. 누르스름한 땅콩사탕이다. 이 한 봉지에 스무 개 남짓의 사탕이 들어있다. 교실에서 돌아온 연숙은 친구들에게 사탕을 내민다.

"얼마?" 연숙의 주위로 친구들이 금세 모였다.

"2원!" 연숙은 자신 있게 외친다.

교실에선 이렇게 친구들끼리 물건을 사고파는 일이 잦았다. 얼마 전 친구들이 몇 가지 것들을 파는 것을 보며 연숙은 자신이 가장 좋아하는 사탕을 팔아 보기로 한 것이다. 그렇게 한 봉지를 다 팔고 나니 40원이 남았다. 투자금이 10원이었으니, 결과적으로 30원이 더 생긴 셈이다.

3년이 지난 지금, 숫자를 셀 줄 몰라 참외 하나를 먹고 두들겨 맞던 그때의 연숙은 이제 없다. 수의 개념을 정확히 깨우친 연숙은 장사에 눈을 뜨게 된 것이다. 돈이 늘어난 연숙은 살 것이 있었다. 마음에 품어둔 것 하나,

"삼춘! 눈깔사탕 줍서게."

연숙은 10원을 내밀며 눈깔사탕 두 개를 산다.

보통 사탕들은 봉지당 10원인데, 눈깔사탕은 두 알에 10원이나 하니 연숙에겐 아주 특별한 의미라고 볼 수 있었다. 눈깔사탕은 말 그대로 눈

알만큼 큰 사탕이라 입안 가득 들어차는 사탕이었다. 내일은 대망의 소풍날, 연숙은 전부터 이게 그렇게도 먹고 싶었지만, 이날을 위해 참아왔다. 연숙은 알록달록한 사탕들을 손바닥 위에 올려두고 이리저리 살펴보았다. 노랑, 빨강, 초록, 색색의 사이로 흰 선이 가로지른다. 연숙은 두근거리는 마음을 품고, 내일을 위해 깊숙이 숨겨 두고는 잠이 들었다.

다음 날, 드디어 소풍날이다. 연숙은 눈 비비며 일어나 사탕의 안위를 확인했다. 하늘이 도왔는지 사탕은 무사히 살아있었다. 연숙은 아무것도 모른 채로 쌕쌕 자고 있는 동생들을 보며 히죽 웃었다.

길을 나서는 발걸음, 연숙에겐 도시락은 없고, 들고 갈 거라고는 달랑 사탕 두 알만 있을 뿐이다. 소풍 장소는 비자림. 비자림은 우거진 숲인데, 소풍이라 하면 학교에서 떨어진 먼 산으로 간다는 말이기도 했다. 하지만 그마저도 좋다며 한껏 들떠있는 아이들이다.

모두들 운동장에 줄을 선다. 반별로 대열을 정비하는 것이다. 그사이 연숙은 고민하고 있었다. '사탕을 먹으면서 갈까, 그냥 갈까.' 뭐, 그런 것이다. 이미 답이 정해져 있었던 연숙은 하나는 먹으면서 가고, 나머지 하나는 목적지에서 먹기로 한다. 호록, 입안으로 사탕이 들어갔다. 하늘은 맑고 입속은 달달하다. 연숙의 인생 최고의 행복인 것이다. 혹시나 실수로 깨물어 버리기라도 할까, 온통 입안에만 집중하고 있다. 아직 갈 길이 구만리, 아껴 먹어야 했다. 살살 굴려가며 먹는데 발걸음이 한껏 가벼운 연숙이다.

그렇게 줄곧 한 시간을 걸었다. 처음과 달리 모두들 조금씩 힘든 기색이다. 아껴 먹겠다고 했던 입안의 사탕은 이미 세상에서 소멸한 지 오래다. 아이들은 말수가 줄어들고, 연숙 또한 피곤해지기 시작했다. 이 피곤이 사라지려면, 딱 사탕 한 알만 더 있으면 될 것 같은데, 연숙은 고민을 한다. 그러고는 생각할 틈도 없이 호록, 입안으로 집어넣었다. 생각보다 행동이 앞서버린 순간, 연숙은 가볍게 웃으며 산길을 걸어간다. 그렇게 한동안 묵묵히 걸어 모두가 목적지에 도착했다. 아이들은 가방을 뒤적거리며 저마다 챙겨온 과자와 도시락을 꺼내기에 분주하다. 하지만 그 풍경을 가만히 지켜보고 있는 연숙이가 있었다. 연숙은 먹을 것이 없다. 이미여기까지 오는데 알사탕 두 알을 몽땅 다 먹어버린 연숙이다.

"나는 나중에 먹으켜라."

연숙은 자리에서 일어선다. 그러고는 주위를 서성거리며 걸어 다닌다. 요즘엔 왜 이렇게 먹고 싶은 게 많은지, 먹어도 먹어도 아쉽기만 한 연숙이다.

오후가 되어 연숙은 터덜터덜 걸어 집으로 돌아왔다. 정구는 또 집에 없고 금지만 남아있다.

"무사 경 햄시? 아방은 어디시난?" 19)

연숙은 금지에게 아버지의 행방을 묻는다. 금지는 고개를 저었다.

연숙과 동생은 몇 시간째 밖에 앉아만 있다. 둘 중 그 누구도 방에 들어가자 하지 않는다. 그렇다. 자매는 방에 들어가기 싫었다. 방에는 무서운게 있기 때문이다. 연숙은 방문을 살짝 열어보다 확 닫아버린다. 여전했다. 방안은 여전히 무서웠다. 연숙과 동생은 방에 있는 호랑이 그림을 무서워했다. 이틀 전 영만이 노름판에서 돈을 잃고는 제 분에 못 이겨 남의집 벽에 붙어있는 호랑이 그림을 떼 온 것이었다. 영만은 대단한 걸 들고

19) 뭐해? 아버지는 어디 계셔?

온 것처럼 행세를 하며 벽에 걸어두었지만, 호랑이 그림은 정주는 물론이고 아이들의 환영도 받지 못했다. 연숙과 금지는 그렇게 오도 가도 못한 신세로 엄마만 기다리고 있었다.

*

정주는 또 집을 나갔다. 결혼을 하며 자신의 인생이 무너졌다고 생각한다. 도망치고 싶은 상황, 벗어날 수 없는 현실. 고고하게 지켜오던 자존심은 이미 바닥나 버린 지 오래고, 형편없는 남자와 사는 여자라는 이웃들의 무언의 눈빛을 받으며 정주는 휘청거리고 있었다. 그래서 집에 있다가는 정신이 나가버릴 것만 같아 전에도 몇 번 집을 나갔었다. 마음이 모질지 못해 그마저도 얼마 가지 못하지만, 그런 점이 그녀의 가출을 대수롭지 않게 하는 빌미가 되기도 했다. 그렇다고 남편과의 줄다리기로 오래도록 아이들을 희생시킬 수도 없었다. 어떤 순간이라도 아이들은 잘못한 게 없기 때문이다. 이런 상황 때문인지 아이들은 잠이 들 때면 늘 정주의 옷가지를 꽉 붙잡은 채로 잠들곤 했다. 물론 정주도 자신이 여러 아이를 둔 어미라는 건 알고 있었지만, 고돼도 너무 고되니 자꾸만 나쁜 생각만 드는 것이었다.

처음 결혼할 때 영만이 술주정이 조금 있다고만 전해 들었지, 이 정도로 고약할 줄 몰랐던 것이다. 달콤했던 남편은 결혼하고 난 후, 정확히 한 달 뒤부터 도깨비처럼 변하기 시작했다. 꽤나 번듯한 집안이었던 정주의 집에서는 없는 자식인 셈 치고 정주를 시집보냈고, 부족하지 않은 것은 영만의 집 또한 마찬가지였다.

영만의 형은 그 시대 그 가난한 동네에서도 농업대학까지 나왔을 정도로 배움의 끈이 길었지만, 둘째 아들인 영만은 몇 날 며칠을 학교에 가지 않고 내리 누워만 잤어도 한 번을 혼내지 않았던 어머니 덕에 아주 되바라지게 커버렸다. 아이는 못 해도 여덟 살까지는 잡아 놓지 않으면, 그때의 나쁜 버릇이 어른이 되어서도 핏속에 흐른다는 것이 정주의 생각이었다. 정주는 시어머니가 아들을 다 버려놓았다고 생각한다.

몇 년 전, 정주는 둘째 딸 연희를 남의 집 양녀로 보내면서 마음의 상처를 크게 입었다. 남편 영만과 다툰 후, 며칠 친정에 머물고 돌아왔더니 그새 딸이 사라진 것이다. 아이가 없는 부잣집에서 잘 키우겠다며 데려간 것이었는데, 영만은 그때도 연희가 아닌 연숙을 주겠다며 죽어라 연숙과 실랑이를 하다, 까무러치며 대자로 누워버리는 연숙 때문에 결국 말 수 없던 둘째 연희가 가게 된 것이다. 죽어도 같이 죽겠다며 버티며 살아왔던 정주의 삶이 모두 다 물거품이 되는 순간이었다. 영만은 무덤에 가는 날까지도 쓰지 못할 그 말도 안 되는 돈을 노름판에서 하루아침에 날려버린 채로 돌아왔고, 정주는 곧장 딸이 있는 곳으로 달려갔다. 그러고는 울며불며 그 집으로 들어갔다.

"호끔 미안하우다…" [20]

정주는 딸을 데려오기 위해 처음 보는 사람들 앞에서 손이 발이 되도록 빌었지만, 이미 영만과 이야기가 다 끝난 상태라 그들도 난감한 기색이었다.

—

20) 실례합니다….
21) 꾸물대지 말고! 어서 엄마한테 와!

"몽케지 말앙! 어멍한티 혼저 오라게!" [21]

대화가 순조롭게 풀리지 않자 정주는 방에서 걸어 나오는 딸을 보며 손을 뻗었다. 하지만 연희는 살금살금 뒷걸음질 치고는 새 아버지의 다리 뒤에 숨었다. 순간 정주의 팔은 굳어버렸다. 잠시 후 정주는 고개를 끄덕인다.

"이 조끄뜨레 오라게⋯." [22]

연희는 눈치를 본다.

"어멍 호꼼이라도 고치 있고 싶언⋯." [23]

그러자 연희는 엄마에게로 다가와 살며시 안긴다.

"어멍은 너⋯ 한락산만큼 바당만큼 소랑햄쪄⋯." [24]

정주는 앞으로 쏟아진 연희의 머리카락을 부드럽게 쓸어 올려준다.

정주는 결국 눈물을 흘리며 혼자 나왔다. 그리고 그 길로 보름을 앓았다. 나쁜 걱정일랑 말자며 좋은 곳에 산다면 오히려 잘된 거 아니겠느냐며 스스로를 위로했지만, 며칠 전, 그 집에 친자식이 생긴 후로 연희는 죽어라 허드렛일만 하고 있다는 소식에 정주는 그만 자리에 누워버렸다.

거기서 어떤 맘고생을 하고 있을지 안 봐도 훤했다. 딸을 향해 활짝 핀 엄마의 팔은 언제고 닫힌 적이 없었지만, 한번을 기웃거리지 않는 딸을 보며 정주는 병이 나버렸다. 마음 약한 정주는 얼마 못 가 돌아오겠지만, 모든 게 지겨워져 또 떠나가 버렸다.

---

22) 이쪽으로 와봐⋯.
23) 엄마 잠시라도 같이 있고 싶어⋯.
24) 엄마는 너 한라산만큼 바다만큼 사랑해

그날 밤, 연숙과 정구, 금지는 어른 하나 없는 집에서 잠이 들었다. 날이 밝아오자 연숙은 눈을 떴다. 파란 새벽이라 문도 파랗다. 일어난 연숙은 엄마가 없다는 사실을 알아채고는 서서히 눈물이 차오른다. 연숙은 얼굴을 닦으며 고개를 돌렸고, 벽에는 호랑이가 있다. 호랑이와 눈이 마주치자 연숙은 입술을 몇 번 씰룩거리다 울음을 터뜨려 버렸다. 그 울음소리에 정구와 금지도 깨버렸다. 동생들도 따라 울게 되면서 방안은 어린아이들의 통곡으로 엉망이 돼 버렸다.

한참을 눈물을 쏟은 연숙은 밖으로 걸어 나온다. 집 앞에 나와 봐도 엄마같이 보이는 사람은 없다. 결국 연숙은 한참을 걸어 신장로까지 갔다. 버스를 기다릴 심산이었다.

연숙의 눈에는 버스가 꼭 고래처럼 보인다. 연숙은 고래 같은 버스가 무섭다. 버스가 먼지를 풀풀 풍기며 다가오자, 연숙은 서둘러 움푹 파인 옆길로 내려간다. 자신의 키보다 높은 그사이에 숨었다가, 고래가 지나가면 다시 기어 올라온다. 연숙은 엄마가 어디 있는지 안다. 하지만 가지 않는다. 외가에는 어느 누구도 자신을 반기지 않는다는 것을 한 번 가봐서 안다. 연숙을 그렇게 여섯 마리의 고래를 보았다. 엄마는 오지 않았다.

제9장 사하

남 생각하지 않는 사람들

도서관에 갈 채비를 한다. 이른 아침에 나가면 밤은 돼야 돌아올 수 있으니 간단한 요깃거리라도 챙겨야 한다. 그럴 때마다 꼭 들르는 곳이 있다. 자주 가는 김밥집이다. 기본은 2,000원, 소고기나 참치가 들어가면 2,500원, 엄마가 해주는 것보다 더 뚱뚱한 김밥이다. 하나 단점이라면 아줌마의 태도랄까. 무뚝뚝하기가 그지없다. 그렇다고 막 불친절한 것도 아닌데 뭐랄까… 툭툭 던지는 말투가 썩 유쾌하지는 않다. 아마 맛이 없다거나 비싸다면 절대 가지 않을 테지만, 안타깝게도 이 집 김밥은 싸고 맛있었다. 그러니 나같이 돈 없는 수험생은 서비스는 무슨, 그저 감사해야할 뿐이었다.

"김밥 주세요. 참치김밥이요." 나는 가게로 들어섰다.

"몇 줄." 이모의 얼굴엔 미동이 없다.

"한 줄 주세요." 삼천 원을 쥐고 옆에 서 있었다.

"어딜 가는가." 이모의 손놀림은 마치 기계 같기도 하다.

"아… 도서관이요. 공부하러 가요."

이모 손이 가는 대로 내 시선도 따라갔다.

"무슨 공부." 이모는 여전히 무표정이다.

"…공무원 시험이요."

다 큰 처녀가 낮에 돌아다니면 이런 질문은 꽤 흔한 일이다.

"공무원 공부? 아이고야, 지겹다 지겨워. 우째 요새 애들은 개나 소나 다 공무원이여."

그리고 하나, 말 짧은 이 아줌마가 유일하게 말이 길어질 때가 있었다. 그건 바로 상대를 곤란하게 할 때다.

"젊은 애들이 하-루 종일 앉아서 공부만 한다! 뭔 박사학위 따는 것도 아니고." 불쾌하지만 대꾸 않기로 했다.

상대가 기분 나쁘게 했다 해서 같은 수준이 될 필요는 없기 때문이다.

"그러게요…."

난 가라앉았다. 이모는 리듬에 맞춰 김밥을 썬다.

"여기…."

나는 쥐고 있던 돈, 삼천 원을 내밀었다.

"잠시만, 봉다리 담고 돈 거실러 줘야지."

은박지로 돌돌 말아 싼 김밥은 검은 봉지로 쏙 들어갔다.

"시간 낭비하지 마라."

이모는 김밥을 건네며 말했다.

"…네?" 나는 손을 내민 채로 멈춰 물었다.

"안 되는 둥 싶은데도 붙잡고 있는 거는 다- 시간 낭비다."

멈춰있는 손 위로 500원이 떨어졌다.

"아, 네…."

떨떠름한 표정으로 시장을 나오는데 뒤통수가 뜨거워졌다. 생각지도 못한 상황에 아침부터 기분이 잡쳐 버렸다.

-개나 소나 다 공무원이여. 뭔 박사학위 따는 것도 아니고.

-뭔 박사학위 따는 것도 아니고.

-뭔 박사학위 따는 것도 아니고.

머릿속에서 자꾸만 맴돌았다.

나는 왜 병신처럼 웃고만 있었을까. 순순히 대답할 때가 있고, 아닐 때가 있지. 꼭 돌아서면 그제서야 왜 그랬지… 혼자 분통 터져 소용없는 화만 내고 있다. 하지만… 미소가 아니래도 딱히 할 말은 없었다.

'그러게요… 왜 난 아직도 하고 있을까요.'

어른들은 왜 이렇게 함부로 말할까. 난 그들에게 바라는 것이 없었으나, 모두들 내가 늘 웃는다는 이유만으로 그들 편한 대로 아무 말이나 흩뿌리고 사라져 버렸다. 오래 살수록 남의 인생이 가벼워 보이는 걸까. 왜 그러는 거냐고, 도대체 왜?

-옆에 식당은 잘 되던데, 이모는 솜씨가 없는 게 아닐까요?

-그 나이 되면 다 진급하던데, 아저씨는 만년 과장이네요?

나도 할 수 있다. 알고 있단 말이다. 어떻게 하면 어른의 가슴에 대못이 박히는지쯤은! 그러면 또 길길이 날뛰겠지. 남 생각하지 않는 사람들은 자기 귀에 거슬리는 꼴은 또 못 보니까.

건드리지 않아도 버티기 힘든 나에게 주위에서는 나를 들었다 놨다 장난감처럼 흔들어댔다. 하지만 수험생이라는 지위는 그런 것에도 익숙해져야 한다. 그것도 세상 사는 방법 중에 하나니까.

지금으로부터 4년 전 어느 여름날, 나는 골목에서 튀어나오는 차에 교통사고를 당했다. 그리고 왼쪽 다리와 어깨, 팔목, 그러니까 몸의 좌측 부분을 크게 다치면서 나의 귀한 시간들과 생이별할 수밖에 없었다. 그렇게 기본 치료에 1년, 후속 치료에 수년이 들어가면서 지금 여기에까지 온 것이다. 치료하는 내내, 나의 잃어버린 시간과 기회를 생각하며, 앞으론 또 얼마나 많은 시간을 허비해야 할지, 마음마저 다치고 있었다.

"괜찮아~ 요즘 보험이 잘 돼 있어서."

가끔 보면 어른들은 한 살씩 먹을 때마다 위로의 DNA를 잃는 건지, 미운 말만 쏙쏙 골라내 굳이 않아도 될 말을 끼었곤 했다. 지금 보험이 대수겠나? 우리 엄마가 내 꼴을 보고 흘린 눈물을 생각하면 절대 그런 말이 안 나올 텐데, 지 새끼 아니라고 막말을 해 댄다.

어째, 시간을 들이는 만큼 꿈이 멀어지는 것만 같다. 불편한 몸이 언제 나아질까 스스로에게 묻는 질문은 자신감 없는 마음에 기름 붓는 꼴이 되었다. 매일 버젓이 살아 숨 쉬고는 있지만, 인생은 멈춰있는 아니, 빠르게 후퇴하고 있는 젊은이가 바로 여기에 있다. 휘청대는 감정 때문에 아무래도 곧장 도서관에 갈 수 없을 것 같다. 나는 이송도로 가, 잠시 바람을 쐬기로 했다.

*

-띠링

문자 오는 소리에 김밥을 싸고 있던 김밥집 명희는 서둘러 비닐장갑을 벗는다.

[web 발신/ 체크카드(3*2*)/ 이*희님/ 4,300원/ **편의점 사용]

카드를 사용했다는 문자다. 카드는 명희 것이었다.

"어휴, 가시나…, 임용고시고 뭐고, 그냥 마, 다 때리치아뿌고 어데 아무 직장이나 들어갔으면 좋겠다!"

김밥 위로 참기름이 슥슥 발라지고, 그 위로 깨가 떨어진다.

"어데 믿는 구석이 있으니까 저래 붙을 생각도 안 하고 있지! 소식도 없다! 소식도 없어. 맨날 돈만 갖다 쓰지!"

갑작스레 날아온 문자 한 통에 무표정으로 신세 한탄을 한다.

김밥집 명희의 딸은 십 년째 임용고시 준비 중이다. 예상보다 오래된 수험기간에 명희는 자포자기한 심정이다. 처음엔 자신이 그 꿈을 원했다면, 이제는 딸이 오기로 버티고 있는 중이라 말려도 소용없는 상황인데, 딸은 엄마의 자존심을 세워주겠다며, 한사코 선생의 꿈을 버리지 못했다.

「 "엄마! 내가 엄마 자존심 다 세아주께! 내 붙으면 엄마 딸은 선생이 되는 기다!! 그땐 시장에서 펑펑 자랑하고 다니라! 알겠제?"」

"가시나! 자존심 같은 소리 하고 자빠졌네! 지 땜에 있는 자존심도 다 사라짓다!"

명희는 호일을 뜯어 김밥을 돌돌 싼다. 딸 직업이 뭐냐, 이번엔 붙었느냐는 질문을 받을 때마다 여간 민망한 게 아니었다.

「 "아지매. 그 집 딸 붙었습니꺼?" 명희를 자극하는 손님이 있다.

"그만 좀 물으이소…." 잔뜩 가라앉은 목소리로 대답한다.

"아이고, 어짭니꺼? 표정 보니 여적 안 붙었는 갑소."

온화한 미소의 손님에게 명희는 부글부글 끓기 시작한다.

"야!!!"

김밥을 싸고 있던 명희는 볶아놓은 당근을 한 움큼 잡아다가 그대로 얼굴 위로 뿌려버렸다.

"아니, 이런 미친년을 봤나!! 붙으면 어련히 말 안 하겠나! 와서 사람 속 뒤집는 것도 하루 이틀이제! 당신한테는 김밥 안 팝니다! 가소 그만!!"

언제 터질지 몰라 조마조마했는데, 결국 김밥은 터져 버렸다.

"어머나… 아니, 사람이 묻지도 못하나! 그 집 딸 수년째 합격 문! 턱! 에도 못 넘어간걸! 왜 나한테 역정입니꺼! 역정은! 어데 내가 떨어뜨렸습니까, 아지매!!"

손님은 당황은 했으나 특유의 그 말투는 잃지 않았다.

"니! 우리 집에 무슨 억하심정 있나! 말해 봐라! 어데 말해 봐라! 할 말 있으면!"

명희는 가게 앞으로 나가 삿대질을 하며 손님을 밀어버렸다.

"썩 꺼지라고! 이 년아!"

일터에서는 목소리 큰 사람이 승리자가 아니다. 안 싸우는 사람이 승리자다. 허나, 또 버럭 해버리고 말았다. 모양 빠지게 말이다. 」

며칠 전의 사건을 두고 명희는 아직도 머리가 지끈지끈하다. 자그마치 십 년이다, 십 년. 이미 찰 대로 찬 딸의 나이 때문에 명희는 붙어도 달갑지 않을 것만 같다.

"청춘에 저게 뭔 짓들이고…."

각자의 날개가 다른 것도 모르고, 모두가 대롱대롱 공무원에만 매달려

있는 것이 명희는 못내 안타깝다.

"근데 야는… 4천 원 갖고 뭘 했단 말이고? 밥이나 사 묵지, 또 얄궂은 거 먹은 거 아니가? 속 다 베리게….” 명희는 시름을 담아 김밥을 싼다.

*

아지트에 도착했다. 김밥집에서 20분가량 떨어진 거리다. 김밥 한 줄 살려다가 별 봉변을 다 당한다. 거기다 아무 말도 못 했으니, 속이 부글부글 끓기만 한다. 나쁜 혀를 가진 인간보다 묵묵한 자연이 낫지.

다리는 전보다 나아졌지만 역시나 이십 분 이상 걸었더니, 통증이 밀려온다. 계획에도 없던 산책. 예전 같았으면 가벼운 거리인데, 지금은 도착하자마자 쉬어야 할 판국이다.

앉을 곳을 찾다 바다 앞 시멘트 울타리 위에 앉아 다리를 흔들거리고 있다. 대낮에 할 일 없는 백수는 또 이렇게 나와 비타민 D를 흡수하고 있다. 그런데 아줌마 한 명이 경보하듯 잰걸음으로 걷다, 나를 위아래로 훑어보며 지나갔다. 아줌마 눈빛을 보아하니, 그 집 자식은 안녕한가 보다. 부럽네요, 정말. 나는 한숨을 쉬었다. 옆을 보니 누군가 먹다 버리고 간 종이컵이 있다. 그 안에는 한 모금도 안 될 것 같은 물이 남아 있었다. 나는 물끄러미 컵을 바라보았다.

「 "물이 이것밖에 남지 않았네? 물이 이만큼이나 남았네!

자, 보는 시각에 따라 다르게 해석하며 살아가는 거야. 그게 무엇이든? 긍정적으로!"」

그게 무엇이든, 긍정적으로…. 어릴 적 들었던 선생님의 케케묵은 말이 떠올랐다. 내게도 꼭 이만큼이 남아 있는 것 같은데, 나는 지금을 어떻게 해석해야 할까. 문득 긍정적인 답이 생각났다.

'아… 나는 사고를 당하고 죽을 수도 있었는데, 버젓이 살아서 공부하고 있구나.' 순간 힘없는 웃음이 흘러나왔다.

'긍정적인 거 좋지, 좋아… 모두들 구호처럼 긍정을 말하지만, 사람이 어떻게 긍정으로만 살 수 있겠어.'

나는 툭-하고 컵을 밀쳤다. 순간 물은 찰랑거렸지만 높이는 컵 중간에도 미치지 않았다.

"에이 씨!" 나는 팍-하고 컵을 밀어버렸다.

컵은 울타리 아래로 떨어져 굴러간다.

'아무도 나에게 힘내라고 하지 마…. 나는… 힘이 나지 않아. 힘을 내고 싶지도 않고….'

어느새 눈가가 찡하다.

어릴 적 땅에 기어 다니는 개미를 보며 손으로 이리저리 밀어도 보고 따라도 가보면서, 나의 손길 때문에 개미의 가는 길이 바뀌곤 했다. 그때의 벌로 지금 난 이렇게 살고 있는 걸까. 마치 저 하늘 위에서 누군가 나를 두고 장난치는 것 같았다.

그 순간, 어디선가 소리가 들렸다.

"에구구, 되는 일이 있겠어? 계란으로 바위 치긴데."

가까운 곳, 바로 뒤에서 나는 소리였다.

눈알만 몇 번쯤 굴리다 슬며시 고개를 돌려보니, 나이가 꽤 되어 보이는 한 노인이 벤치에 있었다. 등이 굽은 할머니는 왼쪽 팔에 체중을 싣고

서 비스듬히 앉아있고, 손에는 옅은 노란색 손수건이 숨 막힐 듯 쥐어져 있었다. 나는 모르는 척 다시 천천히 고개를 돌렸다.

'저 할매 뭐야… 사람 무섭게….'

조심하자는 생각이 들었다. 그러자 "쯔쯔쯧." 등 뒤에서 혀 차는 소리가 이어졌다. 나는 멈칫하며 갈등이 일었다. 하지만 아무리 무섭다 해도 모르는 사람이 날 향해 혀 차는 소리에도 가만히 있을 순 없었다. 나는 다시 고개를 돌려 노파를 응시했다.

"뭘 보노! 여 니밖에 더 있나! 에구구구…."

노파는 일정하게 떨리는 손으로 이마를 훔쳤다.

"네?" 되려 와왁거리는 할매를 보며 나는 황당할 뿐이었다.

"지금… 뭐라고 하셨어요?"

자리에서 일어나 천천히 노파에게로 다가갔다.

"……."

그러나 노파는 갑자기 말이 없어졌다. 사람 뒤통수에 대고 말할 땐 언제고, 막상 다가서자 입을 꾹 다물고 있는 노인이었다.

"아까 뭐라고 하셨느냐고요."

"되는 일이 없어. 되는 일이…."

노파는 혼잣말하듯 중얼거렸다. 나는 분명 할머니 앞에 있는데, 노파는 내 뒤에 펼쳐진 바다를 보며 중얼거리고 있었다. 마치 내가 장애물이라도 되는 듯이 한쪽으로 기울어진 상체로 풍경 같은 바다만 바라보고 있었다.

"그러다 죽어, 죽어…."

노인을 분석하듯 조각조각 훑어보고 있던 나는 예기치 못한 말에 시선을 멈추었다.

"그만둬야 해, 이제….".

닳은 건전지처럼 남은 기력을 모아 나지막이 말하는 것 같았다. 내가 원했던 말을 대신 전해 듣고 있었다. 나는 노파의 눈동자를 뚫어져라 쳐 다보았다.

"…죽어요? 누가요? 제가요…?"

그 말을 내뱉는 순간, 전신에 한기가 돌았다.

"…돈 있어?" 노파는 대뜸 물었다.

"돈요…? 돈은… 왜요?"

"하긴, 모아둔 게 없지. 있는 것도 다 닳아 썼으니까."

노인의 말에 잠자코 서 있기만 했다. 그러자 노파는 천천히 손을 올렸 다. 검지 하나를 쭉 편 채로.

"…1? 1이 왜요…." 나도 할머니를 따라 검지를 폈다.

"만 원…."

"만 원… 달라고요? 제가요?"

노파는 천천히 고개를 끄덕였다.

'하아… 요즘 내가 제정신이 아니어서 그런가, 이딴 노인네들까지 들러 붙고 있네.'

엉뚱한 곳에서 돈 얘기를 꺼내는 노인을 보며 별안간 정신이 들었다. 아무래도 계속 받아주면 안 될 것 같은 기운에, 자리를 뜨기 위해 가방을 고쳐 멨다. 나는 한숨을 쉬며 서둘러 걸음을 돌렸다.

'재수가 없으려니까 별 거지 같은 일이 다 있네, 진짜.'

그렇다고 노인 하나를 붙잡고 길에서 싸울 수도 없는 노릇이었다. 망친 기분이라고는 아침만으로도 충분했다. 그렇게 나는 축 늘어진 채로 걸어

나왔다.

-개나 소나 다 공무원이여. 뭔 박사학위 따는 것도 아니고.

-계란으로 바위 치긴데? 되는 일이 없어 되는 일이.

-죽어, 죽어. 그만둬야 해.

-죽어죽어…죽어죽어…

-죽어.

눈앞에 휴지통이 보이자 나는 검은 봉지를 확 집어 던졌다. 둔탁하게 터엉-하고 울리는 소리에 속이 다 시원하다.

"내가 굶어 죽는 한이 있어도 다신 그 집 김밥 먹나 봐라!"

아무래도 오늘은 날이 아니다 싶다.

-계란으로 바위 치긴데? 되는 일이 없어 되는 일이.

'하아… 그나저나 저 할매는 점쟁이인가… 예전에 여기서 무당들이 고사 지내고 굿하고 그러던데, 저 할매도 그런 건가?'

나는 생각에 맺혀 느릿느릿 걷고 있었다.

관계라고는 전혀 없는 사람이지만 여간 신경 쓰이는 게 아니었다. 그렇게 스무 발자국쯤 갔을까. "휴-우" 한숨을 내쉬며 걸음을 멈추었다. 그리고 등에 진 배낭 가방을 내려 지갑에서 만 원짜리 한 장을 꺼낸다.

"그래 뭐… 요즘 점 보는데 못 해도 오만 원인데, 만 원이면 싼 거지!"

큰 결심이라도 한 듯, 만 원짜리 한 장을 쥐고서 발걸음을 돌린다.

'아직 있겠지?'

서둘러 산책로로 들어갔다. 그런데 그 자리는 이미 비어 있었다.

"뭐야… 벌써 간 거야?"

혹시나 하는 마음으로 조금 더 걸어 들어갔다. 한참을 걸어도 노파는 보이지 않았다.

"어휴, 정말… 되는 일이 없어… 되는 일이….'

돌연 아쉬워지는 마음이다.

만나려던 사람이 사라지니 그대로 가기에는 무언가 찜찜한 것이었다. 다리는 아프지만 조금 더 들어가 보기로 한다. 그리고 잠시 후, 몇 미터가량을 더 걷자 누군가 앉아 있는 벤치가 보였다. 앉아 있는 사람은 노파와 똑 닮은 노인이었다. 그리고 그 옆에 있는 노란 손수건.

'오! 맞네! 맞아!!'

어느새 나의 입꼬리는 올라가고 있었다.

그런데 할머니 앞에는 어느 중년 여자 두 명이 서 있었다. 두 여자는 서로 미묘한 눈짓을 주고받으며 할머니 옆으로 다가가 앉는다.

'응…? 뭐지?'

눈에 띄지 않도록 벽에 붙어 조심히 걸어갔다. 그러자 조금씩 들리는 대화 소리,

"으으응, 계란으로 바위 치기야."

귀를 쫑긋 세우고는 아주 느리게 다가갔다.

"에구… 그러다 죽어, 죽어…. 그만둬, 그냥."

몇 발자국도 채 가지 않고 걸음을 멈추었다.

"에이- 할머니, 자세히 좀 말해 보시오! 안 그래도 우리 남편 사업이… 느무 안 좋아. 요새."

이어서 한 아줌마의 목소리도 들렸다. 나는 빼꼼히 얼굴을 내밀어본다. 우리 사이에는 정적이 일었다. 나도, 노파도, 아줌마도 모두가 멈춰 선 순간이다. 우리는 뚫어져라 노파에게 집중하고 있었다. 정적 사이로 노파는

손가락을 쭉 펼쳐 들었다.

'다아-섯 개?'

손가락은 분명 다섯 개다. 그러자 아줌마들은 서로 눈빛을 주고받는다.

"뭐야? 나는 만 원이고, 아줌마들은 오만 원이야?"

들고 있던 만 원짜리를 힘껏 움켜잡고는 황당한 표정으로 돌아 나왔다. 얼토당토않게 이게 무슨 일인가 싶다. 오늘은 대체 나한테 왜 이러는 건지.

'아니야!' 입구를 향해 한참을 걷던 나는 돌연 걸음을 멈추었다.

이대로 그냥 갈 수는 없다.

'노인네, 아주! 본때를 보여주겠어!'

방향을 바꿔 다시 걸어 들어간다. 그사이 아줌마들은 등산복에서 돈을 꺼내고 있었다.

"할매… 나 운동 나와서 만 원짜리 두 장밖에 없엉….'

아줌마는 이만 원밖에 없다며 칭얼대고 있었다. 노파는 아무것도 안 들린다는 듯이 먼바다만 보고 있었다.

"할매!!"

내 목소리에 세 사람은 일제히 나를 쳐다보았다.

"할매요!!" 더 큰 소리로 고함질렀다.

하지만 그러는 순간에도 대체 내가 무슨 일을 벌이고 있는 건지, 심장소리가 그대로 내 귓가에 꽂히는 듯했다.

"이모! 저 할매 순- 사기꾼이다! 속지 마소!!"

나는 미친년처럼 걸어 들어갔다. 내 몸과 정신은 정확히 분리되어 있었다.

"저 할매가 혹시 계란으로 바위 치기라고 안 하대요?"

눈을 부라린 채로 헐떡이며 말했다. 이미 벌어진 일이다. 어찌 됐건 생각한 말은 다 해야만 하는 상황이었다.

"할매가 아까 내보고 계란으로 바위 치기라고, 싹 다 그만두라고 안 그럼 죽어, 죽어 그랬거든요? 이모들 돈 쓰는 건 내 알 바 아닌데! 알아서들 판단 하이소!!"

나는 앉아 있는 노파를 날 선 눈으로 내려다보았다.

"왜요! 훼방 놓으니까 싫소? 그니까 할매도 남의 인생에 함부로 끼어들지 마소!!"

우리를 사이에 두고 한두 명씩 사람들이 모여들었다.

"아니, 할매가 아가씨한테도 그랬어요? 엄마야 무서버라…. 머선 이런 일이 다 있노. 나는 뭘 좀 볼 줄 아는 노인네인 줄 알았지…."

아줌마 둘은 서로의 손을 부둥켜 잡고 뒷걸음질을 한다.

"할매, 나이 헛먹었소! 힘든 사람들끼리 푼돈 털어 가면서 이건 아이요! 이건 진짜 아니요!!"

순간 울컥했다.

"드-럽게 늙지 마소!"

소리를 지르고는 홱 돌아섰다.

결국 나는 내가 생각한 말들을 다 내뱉었다. 당장에라도 주저앉고 싶을 만큼 심장이 터질 것 같았지만, 살다 보면 두근거릴 걸 알면서도 해야 할 말이란 게 있었다. 비록 마음에 들지 않는 상황이라도 말이다.

이젠 참고만 있진 않을 거다. 나를 해치기 위한 목적으로 마음대로 내뱉는 그 모든 말로부터 나를 지킬 거다. 나이 먹었다고 다 어른인 게 아니다. 나이 먹었다고 다 대접해주지 않을 거다. 어른이 어른다워야 어른 대접 받는 거다. 나는 쩔뚝이며 걸어 나왔다.

세상에는 절실한 사람, 절박한 사람들이 많다. 그리고 그 절실함과 그 절박함을 이용하는 사람들도 많다.

"에이, 그런 걸 속아? 네가 확인했었어야지. 바보야."

저런 것들에게 농락당하면 결국에 손가락질 받는 것도 나다.

사람 힘든 마음 가지고 등쳐먹는 것들은 죽어서 어느 저승에나 갈까. 나는 걷다 말고 쭈그려 앉아 고개를 파묻었다. 그러고는 한참을 그 자세로 가만히 있었다. 그러다 잠시 후, 서서히 고개를 들어 손에 쥐고 있던 구겨진 만 원을 무릎에 대고 쭉쭉 폈다.

'이 돈 벌려면 우리 엄마가 생선을 몇 마릴 팔아야 하는데! 이 미친년… 그냥 나가 죽어라! 죽어!! 한심스럽다. 백사하….'

한숨을 쉬는데 눈물이 그렁거린다.

"진짜 짜증 나…."

지갑을 꺼내 구겨진 돈을 집어넣었다. 그리고 다시 일어나 앞으로 걷는다.

그냥 아무것도 아닌 사람들의 말로 얼룩져버린 하루. 그동안 툭툭 털며 모른 처 해왔지만, 사실 온통 신경이 쓰이는 말들뿐이었다. 한때는 스쳐 가는 표정만으로도 사람들의 속내를 알아차리곤 했었는데, 대체 얼마나 약해빠진 건지, 이제는 저런 말도 안 되는 노인네한테까지 돈을 주려고 했다. 소중한 내 만 원…. 김밥집 아줌마고, 늙은 노인네고 모두 다 제치고서 그중에 제일 한심스러운 건 나다.

어쩌면 포기는 오래전부터 옆에 와 있었는지 모르겠지만, 현실을 받아들일 수 없었다. 포기라는 말을 스스로 꺼낼 순 없었다. 꿈을 접으려니 새로운 도전을 하기엔 나는 더 경쟁력 없는 사람이 되어 있었다. 그러니 목숨처럼 꿈을 붙들고 있어야만 했다.

그런 게 있다. 포기에도 용기가 필요하다는 것. 내 앞에 유유히 흐르는 강물이 있다면, 나는 정확히 그 강물의 중간쯤에 서 있었다. 앞으로 가는 것도 다시 되돌아 나가는 것도 모두 다 버거운, 바로 그 지점에 내가 서 있었다. 모든 결정은 스스로 해야 한다지만,

나를 애처롭게 바라보는 시선이,

나를 시험하고 있는 사람들이,

그리고 아직도 포기를 못 하는 나 때문에, 나는 이고 지며 여기까지 온 것이다. 포기에는 용기가 필요하다. 포기에는 정확히 용기가 필요하다. 현재가 비참할지라도 나는 몇 가지 것들 때문에 포기를 할 수가 없다. 나는 용기가 없다. 그리고 무엇보다도 나에게는, 낙하산이 없다.

*

한참을 걸어 점례는 집 앞에 도착했다. 집은 흰 여울길 바다 위, 깎아지른 절벽 위에 있다. 점례는 노란 손수건으로 목을 닦는다.

"비키소."

자신의 집 앞을 풍경 삼아 사진 찍고 있는 커플들을 점례는 팔로 밀쳤다. 그러고는 문창살에 꽂힌 우편물을 잡아 뺀다.

"후우…" 각종 미납 독촉장이다.

점례는 팔십이 되어간다. 예전에는 폐지를 주웠지만, 150원이던 단가

가 이제는 80원까지 떨어져, 종일 주워도 돈 만 원이 안 나온다. 어차피 단가가 200원이라 해도 못 할 나이가 돼 버렸지만, 점례는 떨어진 단가가 못내 아쉽다. 점례는 자신이 아주 곤란한 나이에 있다고 생각한다. 세상은 백 세 시대라며 환호를 해댔지만, 점례는 취업 절벽, 생계 절벽에 위태롭게 서 있었다.

문을 열고 들어간 점례는 신발을 벗다 아들의 신발을 확인했다. 언제 또 들어와서 진탕 마셨는지, 작은 집에 술 냄새가 진동을 한다. 점례는 50대 막둥이 아들과 산다. 아들은 여러 곳을 전전하다 얼마간 부지런히 나가는가 싶더니, 요즘 들어 일이 잘 안 풀리는지 또 줄곧 집에 있기만 한다. 점례는 엄마가 와도 기척이 없는 무거운 아들을 두 팔로 힘겹게 옆으로 밀고서는, 아들이 마시다 남은 생수 뚜껑을 열었다.

「 "할매! 나이 헛먹었소! 드-럽게 늙지 마소!" 」

점례는 빤히 뜬 눈으로 물을 벌컥벌컥 마시고는 한숨을 길게 내쉰다. 점례는 조금 전 아들이 죽었다는 사실을 모른다.

_ 자존심으로만 이뤄진 사람

품위유지라는 말이 있다. 이 말을 떠올리면 저어- 높은 곳에 있는 사람들이 생각나겠지만, 따지고 보면 굳이 특정 대상에게만 한정된 것은 아니다. 사람은 본디 그 누구라도 저마다의 품위를 유지하고자 하는 욕구가 있다. 각자가 잃어버리지 말아야 할, 다 버려도 마지막까지 지키고 싶은 것. 모두들 그것을 잃지 않기 위해 노력하며 살아가는 것이다.

나에게 그것은 자존심이었다. 스스로를 지탱하게 하고, 살아가게 만드는 자존심. 인간의 몸이 수분으로 이뤄져 있다면, 나는 자존심으로만 이뤄진 특별한 사람이 아닐까, 그런 생각을 한 적도 있었다. 그런 내게, 내가 선택한 것을 당당히 이뤄내는 모습은 너무나도 당연한 시나리오였고, 그걸 포기한다는 것? 그건 정말이지 있을 수 없는 일이었다.

쉬운 인생이란 없지만 굴곡 없는 인생들도 의외로 많다. 나는 이제 그만 내 인생이 잠잠히, 유유히 흘러가 주기만을 바랐다. 반짝거리진 않아도 그저 여느 청년들처럼 적당히 그 젊음의 빛을 내뿜길 바랐다. 하지만 아무래도 이제 그 빛도 얼마 남지 않은 것 같다. 온 힘을 다해 남아 있는 그 빛이 소멸되지 않도록 애썼지만, 이젠 기력이 떨어지는 게 스스로에게도 느껴졌다. 희망은 오늘을 살게 해주는 동력이지만, 믿을 게 희망뿐이라면 그건 절망이나 마찬가지다.

지금 가장 중요한 건, 내 앞에 놓여있는 부끄러움보다 이젠 더는 버틸 수 없겠다는 자신 없는 모습, 나의 방황이었다. 꿈을 버리지 못하고, 아직도 안고 다니는 나를 보며 꿈이 뭐라고, 그게 대수냐고 할 수 있겠지만, 내겐 그랬다. 나에겐 대수였다.

꿈을 꾼다는 것은 단순한 것이 아니라 꿈이라는 이름으로 자신의 세계를 구축하는 것이다. 그래서 꿈은 곧 자신의 세계다. 오랫동안 간직한 꿈을 버리는 것은 조금씩 세워왔던 자신의 세계를 무너뜨리는 일이다. 눈앞에서 자신의 세상이 몰락하는 것을 보는 일, 안개처럼 번지는 흙먼지에 포기하는 이들이 그토록 절망하는 것이다.

가슴 아플지라도 이젠 고민하고 싶었다. 이렇게 하루하루를 살 수는 없다. 문제에 맞닥뜨려야 한다. 그래야 앞으로 살아갈 방법이 나오기 때문에. 삶의 의미를 찾아야 한다. 그러기 위해 이제 나는 내가 가장 두려워했던 것을 인정해야 할 시기가 왔다. 하루를 쉬지 않고 열심히 걸었지만, 결국 남은 건 군데군데 닳아버린 몸뚱어리와 실패자라는 느낌, 모두가 나를 향해 보내는 한심스러운 눈빛과 너덜너덜해진 자존심뿐이다. 그 외엔, 아무것도 가진 게 없다는 사실을 인정해야 할 시기가 왔다.

모아뒀던 돈은 서서히 바닥나기 시작했고, 설상가상 몸마저 불편하게 되면서 적지 않은 돈과 시간이 치료에 들어갔다. 도리가 없었다. 어느새 한두 푼 때문에 부모님께 손 벌리는 일이 생기게 되었다. 하루는 부모님을 지그시 쳐다보았다. 낯설었다. 마치 오랜 여행에서 돌아온 사람처럼 두 사람은 늙어있었다. 받아들일 수 없었다. 내 기억 속에 남아 있는 부모에 대한 잔상은 그들이 창창하게 젊던 30대에만 머물러있는데, 이제는 내가 그들의 나이가 되고, 부모는 낯설게 닳아있다. 손에 건네받았던 돈보다 더 값비쌌던 건 부모님의 애처로운 시간. 나는 모든 게 그대로인데, 광속으로 지나가 버린 것 같은 그들의 시간은 "더는 못 기다리겠다." 말하는 것 같았다.

'나는… 그동안… 무얼 했을까요.'

어릴 적 어른들이 왜 아등바등 사는지 몰랐다. 좋은 일을 하지, 왜 저런 일을 하고, 좋은 집에 살지, 왜 저런 집에 사는지 궁금했다. 열심히 살지 않아서일까? 그러니까 왜 열심히 살지 않았던 거야? 그들이 한심했다. 내 인생은 내 생각대로 그들과는 다르게 노력 안에서 충분히 해결할 수 있는 영역이라 생각했다.

세상이 이리도 크고 무서운지 몰랐다. 높고 멋진 건물이 이렇게나 많은 지 몰랐다. 대단한 건물은 고사하고서 내 몸 뉘일 만한 공간도 없을지, 집 값이 이토록 비싸고, 오만 원, 십만 원 때문에 창문이 있고 없고, 내가 사는 풍경이 이렇게나 달라질 줄은 몰랐다.

학창 시절 그 어느 시기보다도 대접받는 고3이라는 권력을 가지고서도 나는 그 힘을 제대로 행사할 수 없었다. 우리 집은 그때가 가장 혼란스러웠으니까 말이다. 그때라면, 오빠가 비행 청소년으로서의 성실한 수행을 한 것과 아버지 임종을 맞을 뻔한 기억밖에 없다. 신경을 쓰지 않은 것이 아니라 신경을 써줄 수 없는 상황이었다.

매일 어두울 때 자고 어두울 때 일어나는 것을 반복하면서, 부랴부랴 정해진 길을 따라 걷는 나에게 갑자기 선택권이 떨어진 상황, 그것은 대학교 진학이었다. 선택, 그것은 너무나도 어려운 것이었다. 혼란스러운 환경 탓에 난 그저 내 발등에 떨어진 내신 시험만 해내느라 빠듯했을 뿐, 갑자기 무슨 선택을 하라는 건지.

'좋아하는 거요?'

'제가 잘하는 것 말인가요?'

내 얼굴은 진공상태에 멈춰있었다.

이미 답을 안다는 듯, 학원에 다니는 아이들은 체계적으로 준비라는 것을 하고 있었다. 가만둬도 제 갈 길 잘 찾아가기에 학교도 굳이 나서서 아이들을 지도하지 않는다. 소외 받는 아이들은 쉽게 나서지 못하고, 학교는 아이들의 소외를 다 헤아릴 수 없다. 친구들처럼 학원에 다니고 싶었지만, 매달 나가는 학원비가 만만찮으니 고개를 확 돌리고는 쳐다도 보지 않았다.

'난 혼자서도 잘할 수 있어.'

일 년에 한 번을 쉬지 않는 부모님을 보며, 내가 실질적으로 할 수 있는 가장 큰 효도는 학원을 가지 않는 것, 소비하지 않는 거라고만 생각했다. 집에 돈이 얼마 있는지는 몰라도 내가 학원에 다니면 그 돈이 아주 빨리 닳아 없어질 것만 같았다. 돈이란 늘 무언가 사지 않아도 이것저것 제하다 보면 옴작옴작 달아나버리는 거니까.

문틈 사이로 가족이 보인다. 오빠가 고함지르는 것, 오빠가 맞는 것, 오빠가 집 나가는 것, 부모님이 우는 것. 그런 진부한 일련의 절차를 일주일마다 반복했다. 그사이에 나는 방안에서 몰래 숨죽이며 군소리 없이 자라나는 아이가 되었다. 나는 부모님의 자부심, 부모님의 자랑거리. 좋은 것이라면 그 무엇이든 되고 싶었다.

"넌 영민한 아이야, 조금 더 닦아 키웠으면 좋았을 텐데….."

아쉬워하던 선생님의 말씀도 전하지 않았다. 무엇이건 그들은 내게 최선을 보여줬으니까.

나는 공무원을 생각했다. 부모님은 내심 바랐다. 나는 그 눈빛을 읽었다. 엄마 아빠의 마음을 읽을 줄 아니까 말이다. 월급은 따박따박 쉽게 잘리지 않는 철밥통, 버는 돈은 적다 해도 안정성, 안정성! 그놈의 안정성!! 부모님에게는 딱딱하고 안정적인 바닥이 필요했다. 공중에 붕 뜬 발은 늘 불안해 그 어디에도 갈 수 없으니 말이다.

모르는 이들의 협박에 떨고 있는 부모님, 잊을 만하면 날아오는 법률문서들, 칼처럼 날카로운 말들이 담겨진 무서운 서류를 보는 우리의 심장은 빠르게 뛰고 있었다. 건달, 깡패, 그런 사람들이 찾아오는 일도 비일비재했고, 처음부터 강하게 나가야 한다며 휘발유 통을 들고, 부어 말아 하는 사람도 있었다. 물론, 우리가 모르는 사람들이다. 죄가 있다면 오빠 가족이란 죄. 오빠는 그렇게 장장 20년이 넘는 세월을 우리를 고민하게 만들었다. 그런 우리에게 예측 가능한 삶, 어느 정도 미래가 보이는 공무원이라는 직업은 상상만으로도 포근하게 느껴졌다.

비단 부모님 때문만은 아니다. 나도 그게 정답이라 여겼다. 대기업, 공기업, 좋은 거 누가 모르나. 나도 가고 싶다. 처음 취업을 위해 세상에 나갔을 때, 수많은 건물들이 만리장성처럼 웅장하게 서서 내게 말했다.

"넌… 왜 여기에 왔니?" 포위하고 내려다보는 것 같았다.

나는 압박감을 느꼈다. 부모님께는 정말 비밀이지만, 처음 취직을 위해 나갔을 때, 1차 서류 탈락, 2차 면접 탈락, 3차 최종 탈락. 그렇게 31번의 고배를 마셨다. 그때 난 알았다.

'아, 나는 세상에 부적합한 아이구나.'

동경하던 직업이 이리도 높고 단단한 벽을 가졌는지 몰랐다.

너무 빠르게 달려가는 세상은 이미 수많은 인재 포화상태로 꽉 들어차 있었다. 우뚝 솟은 건물, 아주 작은 창문들. 빼곡하게 놓인 건물 속에서 일하고 있는 사람들을 보면, 꼭 닭 농장에 있는 닭들이 생각났다. 몸 하나가 딱 들어갈 만큼의 작은 공간을 배당받고서 똥을 싸고, 밥을 받고, 때맞춰 알을 낳는 일. 실컷 알을 낳고 나면, 노계라며 질겨서 먹지도 못한다며 "고생했다." 하고 버려진다. 그럼에도 불구하고 사람들은 각자의 칸막이를 찾아 나서야만 한다.

'난 어디로 가야 하지….'

하늘에 닿을 듯 쭉쭉 뻗어 있는 건물들 사이에서 길을 잃었다. 세상에 직업이 이토록 많은데, 내가 할 일이 무엇인지 몰라 헤맬 것을, 어린 시절의 나는 상상이라도 했을까.

　수많은 부모들이 배울 시기에 배워두라며 왜 입 모아 말하는지, 한 직장에서 계속해서 일하는 게 얼마나 어려운 건지, 자존심을 깎고 고개를 숙이면서도 왜 그리 일들을 놓지 못하는지, 그게 그렇게도 힘든 건지, 대단한 건지, 어른들의 세계를 몰랐던 거다. 원래 그런 줄 알았다. 어른들은 원래 그래야 하는 사람들. 힘들어도 내색하지 않는 사람들, 어려운 일도 능히 짊어져야 하는 사람들, 속이 아주 단단해 웬만한 것에는 상처도 받지 않고, 막다른 길에 들어서도 나갈 구멍부터 찾아낼 수 있는, 어른이라면 응당 그런 것이라고만 생각해왔다.

　몸이 자존심으로 이루어진 사람, 비단 나뿐만이 아니었다. 태초에 모두가 그렇게 태어났었다. 하지만 자존심만 부리다가는 서 있을 자리가 없다는 것. 나 없어도 그 자릴 메울 사람은 어디에나 깔렸다는 것. 한 번 넘어져도, 두 번 넘어져서도 안 된다. 반복된 실패와 정신력을 무너뜨리는 일들, 속이 답답하고 앞이 보이지 않을 때가 돼서야 비로소,
그 높디높은 자존심을 꺾을 수 있었다. 지금의 나처럼.

　나만의 일이 아니었다. 모두가 겪은 일이었다. 그렇게 다들 앓고 닳다 한풀 꺾여야만 자신의 인생을 인정할 수 있었다. 자존심을 모르고 살아야 살 수 있다는 게 어른의 이론이었다. 그런데 나는, 나만 그런 줄 알고, 나만 빛으로 조각된 사람인 줄로만 알고, 오랫동안 착각이란 걸 해 버렸다. 나는, 나라는 사람을 제대로 볼 수 있을 때까지
꽤 긴 시간이 필요했다.

서로의 눈에는 서로가 작게 보였다

늘 그래 왔던 대로 휘광은 많은 친구와 다름없는 매일을 보내고 있었다. 단, 훈을 제외하고서.

'디스코 사건'이라 명명하는 그날이 지난 뒤, 훈은 다가와 휘광에게 몇 번쯤 말을 건넸지만, 예전과는 다른 반응에 훈 역시 점점 데면데면해 하기 시작했다. 그리고 그 뒤로 훈과 휘광이 함께 하는 흔적은 찾아볼 수 없었다. 함께 가던 매점도, 두 그릇씩 놓여있던 그릇도, 또 가자던 대한 극장 앞에서도, 두 사람은 보이지 않았다. 그러한 단절의 시간을 보낸 후, 서로가 다시 각자를 마주하게 된 곳은 함께 자주 뛰놀던 학교 뒤 작은 운동장이었다. 그곳은 모래로 된 작은 운동장을 사이에 두고, 동그랗게 겉을 둘러싸고 있는 시멘트 계단이 있는 공간이었다.

"야야야! 그거 들었나? 전학 간다. 김훈, 금마, 그거."

휘광의 친구 하나가 말했다.

"뭐? 김훈이 전학 간다고?"

또 다른 친구는 가까이 다가가 묻는다. 휘광은 낯설게 느껴지는 친숙했던 이름에 슬그머니 곁눈질을 했다.

"위로 올라가면 뻔하지, 뭐. 좋은데 갈라꼬 하는 거 아이겠나."

순간 휘광은 쿵-하고 돌덩이가 내려앉은 기분이었다.

"중학교 드갈 때 되니까 싸악 전학 가뿌네? 씨이… 점마 저거 성적도 안 된다이가!"

동조를 바라는지 녀석은 얼굴을 갖다 대며 말한다.

"부잣집은 확실히 다르긴 다르데이-."

말은 비뚤어졌어도 모두들 하나같이 훈을 부러워한다.

"새끼… 좋긋다…. 잘 사는 애들은 대가리 빠가라도 쉽게 드가네. 우리였어 봐라, 택도 없지!"

겉으론 낄낄거리지만, 그 모습은 짐짓 씁쓸해 보였다.

"돈이 최고 아이요!"

한 녀석이 엄지와 검지를 맞닿아 동그랗게 말았다.

"안 그래도 우리 엄마가 그라드라, 부산에서 좀 산다 싶은 집 엄마들끼리 남포동에서 자주 모이고 그란다대."

아닌 척하지만 휘광의 귀는 한쪽으로 쏠려 있었다.

"하아… 누구는 말이야, 몇 점 모자래가꼬 중학교 재수하고 그라는데, 점마 저거는? 대가리 솔찌 우리보다 못한다이가? 글나, 안 글나? 니가 말해 봐라, 점마 대가리나 내 대가리나, 거서 거 아니가! 말해 봐라, 니가!"

장난 섞인 목소리는 한껏 높아지고 있었다.

"야! 점마랑 니 인생이랑 같냐! 니 같은 애들은 그냥 마! 부산 바닥 살다 가는 기고! 점마는 아니라고!!"

진지한 말투와는 다르게 녀석들은 서로 정신없는 손장난을 치고 있었다.

"우리 엄마 아빠는 왜 돈이 없노오… 나도 잘 살고 싶다아!!"

친구는 기지개를 켜듯 두 팔을 하늘 위로 쫙 펼쳐 들었다.

"느그 집이 아무리 부자라 캐도! 니는 안 된다. 태어날 때부터 너-무 꼴통인 애들도 있다이가! 푸하하하!"

"말 다 했나! 이 새끼 이거!"

공격당한 녀석은 겨드랑이 사이로 친구의 머리를 확 집어넣어 버린다. 그래도 꼬리를 잇는 말장난들. 그렇게 부러움과 조롱 섞인 말로 내용 없는 대화가 한참을 이어진다. 그 사이에 휘광이 낄 틈은 없었다. 예상치 못한 사실을 받아들이기에도 벅찼기 때문에.

중학교에 가기 위해서는 입학시험을 쳐야 했다. 선택한 학교에서 친 시험점수가 미달이면, 재수를 해야 했던 터라 중학교 입학을 위해 재수하고 있는 6학년 어린이들이 전국에 한둘이 아니었다. 그래서 입학해보면 같은 학년이라도 나이가 다른 경우가 많았다. 기본은 일 년, 심하게는 몇 년까지도. 휘광도 가고 싶은 곳이 있었다. 하지만 까딱하다 재수라도 할까 그냥 마지노선으로 가기로 마음을 고쳐먹었다.

사실 가고 싶은 학교를 정하는 일은 꽤나 어려운 일이었다. 두 발로 혼자 서 있는 만큼 스스로 성장했다 생각했지만, 미래, 꿈, 진로, 이런 중차대한 문제 앞에서는 그저 막연하기만 했다. 재수는 간단한 문제가 아니었지만, 사람 마음이란 게 납작 엎드려서 무난히 들어갈 수 있는 곳에 가기에는 또 아쉬워지는 것이다. 학교를 정하면서 휘광은 생각했다.

'이렇게 점점 나눠지는 거구나….'

좌절한 아이들은 또 그렇게 짧지 않은 시간을 썩혀 보내야 한다. 그런데 훈은 전학이라는 것을 간다고 했다. 그것도 좋은 학교로.

친구들의 이야기를 듣다 보니 휘광은 디스코 사건 때 춤추던 낯선 아이들이 생각났다. 인정하긴 싫지만 정말 그 아이들은 때깔부터가 남달랐다. 녀석들이 이제 훈의 새로운 친구가 될 것이다. 그러고 보면, 그동안 휘광이 느꼈던 묘한 감정들은 생떼 쓰듯 가벼운 게 아니었다. 아이들의 감정이라고 무시할 수만은 없는 것이 어떨 땐 사실을 바라보기에 가장 솔직한 눈을 가졌기 때문이다.

친구들과 걷던 휘광은 맞은편의 낯익은 누군가를 보았다. 훈이었다. 계단에 앉아 고개를 숙이고 있던 훈은 휘광의 무리가 내는 소리 때문인지 천천히 고개를 들었다. 그러다 멈칫하고는 엉거주춤 자리에서 일어선다.

순간 휘광은 뜨거운 것이 밀려왔다. 한동안 훈과 떨어져 지내며 휘광은 많은 생각을 했다. 그리고 이제껏 느끼던 훈에 대한 마음은 그냥 자신의 예민한 감정일 뿐이라는 결론을 내렸었다. 사춘기 청소년이 느끼는 이유 모를 마음과 질투, 경쟁에 대한 막연한 두려움과 뒤처지며 생기는 소외감까지도. 자신보다 더 많이 가진 친구에 대해 혼자만 걸고 있는 싸움이라 여겼었다.

하지만 오늘로 휘광은 그 감정이 결코 착각이 아니었다는 것을 깨달았다. 실제로 휘광과 훈은 서로 다른 급이었던 거다. 훈과 즐겁게 지내는 동안 휘광은 막연하게나마 자신이 훈과 오래 함께할 수 없을 것 같다는 예감이 들었었다. 그런 마음이 채 마르기도 전에 휘광은 확인해버렸다. 훈과 빠르게 멀어져 가고 있다는 것을.

휘광은 멀리 있는 훈을 보았다. 훈은 멀리 있는 휘광을 보았다. 훈의 표정은 서서히 밝아지고 있다. 휘광은 느꼈다. 자신이 그동안 가지고 있던 괴리감의 정체를.

'저 녀석은 늘 그래왔어.'

훈은 아이들이 우러러보는 좋은 것들에 대해 아무렇지 않게, 아주 자연스럽게 나눠주곤 했다. 하지만 오히려 또래에게서 보기 드문 그런 낯선 점들이 친구들과 가까워질 수 없는 결정적인 이유였으리라. 휘광은 훈에 대한 미움으로 속부터 떨려왔다.

「"훈아, 니 학교 어짤끼고?" 휘광은 물었다.

"모-르겠다. 어찌 되겠지."

만화책을 보는 훈은 시선을 주지 않고 대답한다.

"니는 어데 갈긴데?" 훈은 휘광에게 되물었다.

"나는 보현 중학교… 근데 성적이 안 될 것 같다."

휘광은 고개를 숙인 채, 손가락을 만지작거렸다. 」

'부족함 없는 환경, 그게 자기 인생인 걸 당연하게 받아들이고, 돈이건 다른 방식이건 "어찌 되겠지." 그리고 정말로 어찌 되던 과정들. 저 녀석은 모든 게 너무나도 당연해서 지금 이렇게 비열하게 떠나는 그 순간까지도 나를 보면서 웃을 수 있는 거야. 뭐든 아무렇지 않겠지. 앞으로도 그럴 거니까.'

휘광은 훈이 증명하는 것들을 실제로 여러 차례 목격해야만 했다. 휘광이 훈에 대해 무표정을 가지기까지 얼마나 많은 갈등과 번민이 있었는지 모른다.

같이 걷던 친구들이 가버렸는지도 모르는 채, 휘광은 멀뚱히 서서 훈을 바라보았다. 둘의 간격이 좁혀지지 않는 순간, 그 사이에는 모래바람이 일었다.

'그래 이 정도가 맞다.' 휘광은 생각한다.

아무도 없는 텅 빈 운동장을 사이에 두고 휘광과 훈은 서로를 가만히 바라만 본다. 그러다 훈은 한 걸음씩 떼어 휘광에게로 다가간다. 휘광은 그만큼씩 뒷걸음질을 했다. 훈은 한 발짝 더 다가가고, 휘광은 아예 등을 돌려버린다. 그 모습에 훈은 그 자리에 그대로 멈춰 섰다.

좁아지지 않는 서로의 거리, 더 이상 가까워질 수 없는 거리, 애초에 설정된 두 사람의 거리가 맞았다. 서로의 눈에는 서로가 작게 보였다.

"자자, 오늘은 우리 반 훈이가 전학 가는 날이다. 잘 지내라고 박수 쳐 줘라. 자아-, 박수!"

선생님은 손에 든 나무 봉을 교탁 위로 떨어뜨리며 말했다.

"머꼬? 다들 밥 안 뭇나? 우째 이래 히바리가 없노! 히바리가! 자아, 박수!"

-짝…짝짝.

소리는 드문드문 이어졌다.

"자자, 김훈! 한마디 해라."

교실은 순식간에 조용해진다. 훈은 쉽게 입을 떼지 못한다.

"야! 인마! 아무리 서운해도 한마디는 하고 가야지."

선생님은 훈의 등을 두어 번 쳤고, 그만큼씩 훈의 몸은 앞으로 밀려 나갔다.

"…즐거웠어…그동안. 잘 지내, 모두…."

훈은 마지못해 짧은 말을 끝내고 두리번거렸지만, 휘광은 보이지 않았다. 휘광은 그저 책상에 엎드려 있을 뿐이었다.

하교 종이 울리자 휘광은 곧바로 책가방을 걸치고 교실을 빠져나간다. 아침부터 흙탕물처럼 탁하고 뿌연 하늘이었는데, 이제는 잔뜩 어둑해져 비가 내리고 있었다.

축축한 어둠이다. 휘광은 우산이 없다. 평소라면 친구들과 소란스럽게 우산을 나눠 쓰며, 쓰는 둥 마는 둥 장난치기 바빴겠지만, 오늘은 그러지 않는다. 세차게 내리는 비를 그대로 맞겠다는 듯, 휘광은 운동장을 가로질러 걷다 조금씩 뛰기 시작했다. 발의 속도에 맞춰 젖은 머리칼도 통통 위아래로 흔들린다. 빗물이 들어가서인지 휘광은 연신 얼굴을 닦으며 빠르게 달렸다.

"엄마!" 순식간에 도착한 집이다.

"엄마!!" 오늘 같은 날에는 분명히 엄마가 있을 것이다.

"휘광이 왔나… 엄마야! 니 와 이래 젖었노!"

인희는 놀란 눈으로 뛰쳐나오고, 휘광은 무얼 말하려는 건지 낡은 처마 밖에 멈춰선 채로 가만히 서 있었다.

"우산 좀 같이 쓰고 오지, 우째 이래 쫄딱 맞고 왔노…."

인희는 아들을 안으로 끌어당기며 다급히 수건을 찾는다.

"어무이… 다락방 치워 주이소."

휘광의 몸에서 물이 뚝뚝 떨어졌다.

"공부할 거니까 다락방 치워 주이소!"

인희는 얼른 아들을 닦아주어야 한다는 생각에 정신이 없다.

"이리 와 봐라, 어서."

인희는 손끝을 위아래로 움직이며 미간을 찌푸렸다.

"공부할 겁니다."

"닦고 말해라, 닦고. 이리 와 봐라….."

인희는 멀뚱히 서 있는 휘광을 힘주어 잡아당기며 닦아준다.

"…다락은 또 왜?"

인희는 수건으로 꾹꾹 누르며 물었다. 휘광은 생각에 갇힌 듯 아무 대답도 하지 않았지만, 물기가 가신 얼굴은 조금씩 붉어지고 있었다.

"…니 학교에서 문 일 있었나….."

인희는 손을 멈추었다. 휘광은 엄마를 뿌리치고는 방으로 들어가 대자로 엎드려 흐느껴 운다. 인희는 그런 아들을 가만히 내려다보았다.

"…다락 싹 치아 주께. 엄마가 깨끗하게 치아 주께."

휘광은 그렇게 엎드려 눈이 붓어 터지도록 울었다. 엄마가 옆에 와 캐물어 줄 줄 알았는데, 아무 말 없는 걸 보며 휘광은 진이 빠져 그만 울기로 했다. 부엌에서는 바가지로 물을 퍼담는 소리가 들린다.

"그래 계속 있으면 감기 걸린다. 일어나 얼렁 씻어라….."

휘광은 엄마가 만들어 놓은 갈색 고무대야 목욕물에 몸을 담갔다. 젖은 몸이 으슬으슬해질 때쯤 전해져오는 엄마가 잘 맞춰놓은 따뜻한 온도에 휘광은 풀어진 밥풀처럼 몸이 나른해졌다.

비가 쏟아지는 날, 바깥의 차가운 공기와 닫아놓은 부엌문 사이로 서로 다른 공기들이 뭉게뭉게 피어난다. 휘광은 공부를 하기로 했다, 공부를. 다음 날 휘광은 다락으로 들어갔다.

다락방 소년의 좁은 공간은 동네에서 가장 불이 꺼지지 않는 곳일지도 모른다. 워낙 하지 않던 공부라 막막하긴 했지만, 휘광은 점차 자신이 계획해 놓은 생활에 익숙해지고 있었다.

휘광은 중학생이 되었다. 스스로 마지노선이라 생각한 곳이었지만, 재수는 원치 않았기 때문에 들어가기 편한 학교로 진학했다. 하지만 어린 휘광에게도 반전은 필요했다. 과연 공부를 안 해서 못하는 건지, 해도 못하는 건지 스스로에 관한 확인이 필요했다.

친구, 그것도 가장 친한 친구가 자신과 아주 빠른 속도로 멀어져 가는 걸 목격하면서, 휘광은 스스로 시험해 보고 싶은 마음이 더욱더 강하게 들었다. 하지만 현실은 그보다 더 어려웠다. 휘광은 자신이 마음만 먹으면 공부를 잘 할 수 있을 거라 생각했지만, 막상 해보니 남들이 알아채지 못할 작은 변화조차도 이를 위해 쏟아붓는 시간은 생각보다 길고도 깊었다.

실패는 고통이다. 책상 위에 붙였다. 겉핥기식 공부는 효과가 없었다. 휘광은 조금 더 요령을 버려야겠다는 생각에 자신이 하기 싫은 것들을 모두 다 하기로 했다. 나태해도 될 만큼의 환경이 없다면, 삶의 가장 달콤한 것들과 멀어져야 한다. 이해가 안 되는 건 들입다 외워버렸다. 한껏 퍼지고 싶은 여름날에 다락을 떠나지 않았다. 추운 날 포근한 이불에서 나와 책상을 펼쳤다. 놀자는 친구들을 거세게 뿌리치고 묵묵히 엉덩이 싸움을 했다. 집에 있는 펜이라는 펜은 모두 다 닳도록 써댔다. 그리고 쓸모없어진 펜들마저도 모아 의지를 굳히는 데 보탰다. 그렇게 휘광은 꼬박 일

년을 공부했다. 연필 70자루, 검정 펜 40자루, 빨간 펜 12자루, 바를 정자가 쌓이는 만큼 그것은 하나의 자신감이 되어 돌아왔다. 마음이 약해질 때는 고전적이더라도 눈으로 확인하는 것이 최고의 방법이다. 닳아빠진 펜처럼 기어코 마지막 기운까지도 모두 다 소진하겠다고 스스로에게 말해주었다.

그러던 어느 날, 미동도 없던 휘광의 잔혹했던 성적표는 낯설게 다가왔다. 중학교 2학년이 되자 휘광은 전교 등수를 다투기 시작했다. 갑자기 좋아진 성적에 놀란 사람들은 적지 않았다. 친구들에게 모르는 문제를 가르쳐 주는 날이 늘어갔고, 아무도 손들지 않는 선생님의 질문에도 곧잘 대답하게 되면서, 휘광을 보는 눈들은 묘하게 달라졌다. 모두들 휘광에게 기대란 걸 품게 된 거다. 휘광은 낯선 경험이 달콤하게 느껴졌다. 하지만 갑작스레 공부한 탓일까. 휘광의 안색은 나빠지기 시작했다.

사실 그렇게 무리하지 않아도 되는 건데 휘광은 압박감을 느꼈다. 남들이 품는 기대는 자극이 되기도 하지만, 결실에 대한 두려움으로 예상치 못한 소극적인 결과를 낳기도 한다. 어떻게 보면 타인의 기대라는 건 단순한 호기심일 뿐인데, 휘광은 그 마음을 채우지 못하면 마치 자신이 무너지는 것과 같은 부담감마저 들었다.

그 뒤로 휘광은 또 다른 변화기를 맞이하게 된다. 체력이 약해 몸이 안좋아진 건 물론, 다가올 시험조차 부정하고 있었다. 이러다 느슨해진 성적이 나온다면, "거봐, 그럼 그렇지." 떠올리기도 싫었다. 힘겹게 오른 상승 곡선이 이제 막 곤두박질칠 준비를 하듯 앞으로의 시간이 휘광을 비웃는 것 같았다. 휘광은 아무도 자신의 결과를 볼 수 없었으면 좋겠다는 생각을 했다. 그렇게 휘광은 중학교 3학년의 두 번째 시험을 망쳐버리게 되었다. 다락방 소년의 그림자는 가라앉기 시작한다. 하지만 이대로 자포자기할 순 없었다. 애써 정신을 바로 잡아본다. 도망쳐서 앓나 열심히 해 앓나 피곤한 건 마찬가지였다.

'나는 훈에게서 질 수 없다.' 휘광은 잊지 않았다.

휘광에게는 여전히 목표라는 것이 남아있었다. 이대로라면 예전으로 돌아가 미친 듯이 나태해져 버릴 것만 같았다. "인간은 놀기 위해 태어난 동물이야." 입버릇처럼 말하던 휘광이다. 휘광은 마음속에 스멀스멀 피어오르고 있는 고질적인 나태의 유전자가 두려워지기 시작했다.

"서울로 가야겠다." 휘광은 선포했다.

"여기서는 해이해져서 안 되겠다. 잘하는 애들 사이에서 좀 더 해 볼 기다. 이대로는 포기 못 한다."

인희는 늘 그렇듯 휘광의 말을 묵묵히 따랐다. 하지만 인희에게는 아들을 유학시킬 만한 마땅한 거처가 없었다. 단 한 명, 동생 경만 빼고 말이다.

집안에서 서울로 간 사람이라고는 동생 하나뿐이었다. 허나 어릴 적 외삼촌과 함께했던 시간들을 악몽으로 여기고 있던 휘광은 상상만으로도 경기를 일으켰다. 그 사이에서 인희는 난감할 뿐이다. 하지만 환경이 박한 사람들에게는 선택지도 없다. 인희는 한사코 삼촌 집에서 살아야 한다고 했다.

'싫은데….' 휘광은 덜컥 겁이 났다.

그 어느 때보다 중요한 시기에 삼촌과 또 함께 살아야 한다니. 호불호로 따지자면 절대적인 불호였지만, 상황을 봤을 땐 오로지 휘광에게 맞춘 환경이란 게 있을 리 만무했다. 그것도 낯설고 너른 서울에서 말이다.

"휘광아…" 인희는 따뜻한 두 손으로 휘광의 손을 잡았다.

"서울은 말이다…" 속삭이듯 작은 목소리였다.

"넋 놓고 있으면 코 베어 가는 곳이데이."

인희는 길고 부드러운 손가락으로 휘광의 콧날을 베어버리는 시늉을 했다. 휘광은 최면에 걸린 듯 정말 코가 베인 것만 같았다.

"삼촌뿐이다. 아무리 못마땅해도 느그 삼촌뿐이란 말이다. 삼촌이 니를 해치기를 하겠나, 죽이기를 하겠나…. 엄마 말 들어라, 휘광아."

인희는 단호했다. 휘광은 어쩔 수 없다는 생각이 들어 결국, 엄마 말을 따르기로 했다.

서울역, 휘광은 상경했다. 혹시나 휘광의 코를 베어 갈까 인희도 따라왔다. 휘광에겐 꽤나 우울했던 경만과의 어린 시절, 다신 함께 할 일이 없을 거라 생각했는데, 그래서 인희는 늘 휘광에게 말하곤 했다.

"뭐든 너무 싫어하거나 미워하지 마라. 그러면 꼭 나중에 머리 조아릴 일 생긴데이."

인희의 말이 사실인지는 모르겠지만, 어쨌든 지금 같은 상황이 그런 상황인 건 틀림없었다.

다시 서울과 마주한 휘광. 집안의 온갖 것들을 다 짊어지고 온 것 같은 인희는 숨을 내쉬며 짐을 내려놓았다. 서울 땅을 밟은 휘광은 서울역 풍경을 둘러보았다.

"여나 저나 똑같네!" 서울도 그리 큰 발전을 이룬 건 아니었다.

휘광은 엄마 앞에서 공연히 센 척을 해본다.

도착하니 외삼촌 경만은 이미 나와 있고, 데면데면해 하는 휘광의 등허리를 쿡쿡 찌르는 인희였다.

"안녕…하세요." 휘광은 기어들어 가는 목소리로 고개를 숙였다.

어른들에게 먼저 건네는 인사라는 게 아이들에겐 참 귀찮은 일인데, "니가 똑바로 안 하고 댕기면, 그게 다 엄마 욕이다. 애비 없는 아는 다르다는 말 안 듣게 해라." 인희는 아들이 더 커버려 자신의 힘으로도 어찌할 수 없기 전에 기본예절만큼은 혹독하게 시키려고 애써 왔다.

"어어, 그래-. 올라온다고 고생 많았제? 누나도 고생했다."

경만은 두껍고 해진 손으로 휘광의 등을 툭툭 쳤다.

경만의 집은 길산동에 있다. 종로 광화문에서 쭉 올라가면 있는 여중 뒤편에 있는 동네인데, 가보니 부산 집보다 더 허름했다. 순간 휘광은 "아, 이게 현실이구나." 얼굴이 굳어졌다.

몇 년 만에 만난 삼촌네는 전보다 식구가 늘어 있었다. 그렇게도 매몰찼던 외할머니는 4년 전에 돌아가셨지만, 삼촌 부부에겐 새 식구가 있었다. 세 살 터울의 남매, 진희와 진형이었다. 순탄치 않을 거란 예감이 들었다.

휘광은 곧 있으면 고등학교 입학을 앞두고 있는 시기였다. 휘광은 부산에서 중학교 3학년 중간까지는 마쳤지만, 서울 유학 소동으로 졸업 날까지 완벽하게 마치진 못했다. 경만의 표정은 심각해졌다. 동생 따라 인희도 덩달아 어두워진다. 엄마가 잘 준비해주었으면 좋으련만, 인희도 휘광과 마찬가지로 이런 일에는 서툴기만 했다. 원활하게 전학하는 방법이나 지식이 이 모자에겐 없었으니, 휘광은 서울로 가겠다며 무작정 짐을 싼 채로 학교에 가지 않았고, 인희는 그에 대한 후속 조치를 제대로 하지 못했다.

고등학교에 진학하기 위해서는 중학교 졸업장이 필요했지만, 휘광에게는 그런 것이 없었다. 뭔가 문제가 생긴 건 확실해 보였다. 인희는 사명감을 띤 표정으로 비장하게 부산으로 내려갔다. 부랴부랴 부산에 간 인희는 휘광의 학교에 가 며칠을 사정하며, 무릎을 꿇고 빌고 또 빌어 졸업장이란 것을 받아왔다. 인희가 제대로 처리하지 못한 건 사실이었지만, 결국 졸업장을 따온 건 다름 아닌 인희였다. 없던 졸업장이 눈앞에 생기자, 휘광은 엄마가 학교에서 어떻게 했을지 보지 않아도 눈에 훤했다. 순조롭지 않은 시작에 휘광은 어느새 기가 죽어 버렸다.

"자, 이거." 며칠 뒤, 경만은 시험지를 내밀었다.

-성운 공업 고등학교

"이거… 공고 아입니까?" 휘광은 놀라 물었다.

"보험 하나쯤은 들어놔야 할 거 아니가! 그래야 이도 저도 안 되면 공고라도 가지!"

삼촌은 혹시 모르니 2순위 계획이라도 마련해야 한다는 것이었다. 휘광은 어릴 적 본의 아니게 조심히 키워 온 삼촌에 대한 의심 때문에 맞는 말도 썩 내키지 않았다.

"싫습니더. 저 공고 안 갈랍니다. 재수하면 돼요. 재수해서 좋은 곳으로 갈랍니다." 휘광은 단박에 거절했다.

"마! 니 재수하면 안 된다! 나도, 느그 집도 니 뒷바라지 못한다! 느그 엄마 돈 갖고는 택도 없단 말이다!"

경만은 답답하다는 듯 짜증스럽게 말했다.

"아, 싫습니더! 공고 갈 거였으면 부산에 있었지예! 제가 와 여까지 올라왔겠습니꺼."

휘광은 칼처럼 선을 그었다. 큰소리칠만한 성적은 아니었지만, 입학시험만 잘 치르면 어쨌든 입학하는 데에는 별문제가 없었으니 목숨 걸 생각으로 여기까지 온 것이다. 그러니 삼촌 말대로 순순히 따를 수는 없었다.

"…니 느그 엄마 몸 상태 아나 모르나? 이젠 다리도 절던데. 눈이 삔 것도 아니고, 니는 죽어라 니만 생각하나."

경만은 담배를 뻑뻑 피우며 말했다.

"어차피 니는 좋은 데 못 간다. 생활기록부 보니까 1학년 때 열심히 놀기만 했드만, 좋은 데는 무슨 좋은 데고? 재수가 무슨 동네 아 이름도 아니고…. 생각만큼 그래 쉬운 일이 아이다! 세상일이라는 게. 그라면 마, 세상천지 다 재수하고 일류대 가지! 안 글나?"

휘광은 숨통이 조여 온다. 아주 느긋한 걸음으로 닭을 몰아세우듯 모서리로 밀려들어 가는 기분이었다.

"느그 엄마는 다 해준다 하겠지, 니가 잘하든 못 하든. 근데 그것만은 알아라. 재수하면 니가 느그 엄마 팔다리 다 잘라 묵는 기다!!"

삼촌이 장애물이 될 것 같다는 염려는 기우가 아니었다.

"일단 삼촌이 알아는 볼 끼니까 그 전에 공고 시험부터 쳐라."

둘 사이에는 숨 막히는 분위기가 이어졌다.

'아빠가 아니라서 이렇게 말하는 거겠지?'

휘광은 확신과 다름없는 추측을 했다.

"공고라도 여하고 거하고 어데 같은 줄 아나? 여는 서울이다. 서울!"

경만은 휘광의 눈동자 사이로 삿대질하듯 손가락을 휘둘렀다.

'학생이 공부한다는데 이렇게나 욕먹을 일인가? 없는 집 놈이 도전하면 이기적인 거야? 반전이 있어야 이 구정물 같은 우물에서 빠져나오든지

할 거 아니야!'

휘광은 꼬리에 꼬리를 무는 생각으로 늦은 밤이 돼서야 잠이 들었다.

"아침이다! 일나라! 일나!" 경만의 목소리다.

'…하, 꿈이 아니었구나.'

휘광은 단념한 얼굴로 가만히 눈을 감고 있다.

"무슨 젊은 놈이 하루 종일 자빠져서 잘라카노!"

경만은 휘광의 이불을 확 걷어 버린다.

"하아-." 순간 휘광의 얼굴은 잔뜩 찌푸려졌다.

어젯밤 힘겹게 잠이 들었는데, 여기 있다가는 없던 두통이라도 생길 것 같았다. 하지만 휘광에게는 여전히 무섭게 느껴지는 외삼촌이었다.

"어데 가는데요, 이 아침부터…." 휘광은 감은 눈으로 말한다.

"삼촌이랑 저어-갈 때가 있다. 산에 간다! 산에!"

'이 겨울에… 산엘 간다고?'

휘광은 삼촌이 미쳐버린 게 아닌가 생각했다. 하지만 얹혀사는 처지에 삼촌의 첫 번째 제안을 매정하게 거절할 순 없었다.

그렇게 무거운 육신을 안고 산 타기를 꼬박 1시간. 두 사람의 호흡마다 입김이 새어 나온다. 고개를 넘자, 반쯤 얼어있는 계곡이 보인다.

"여 와서 좀 앉아 봐라."

경만은 자리를 잡고 물가에 쭈그려 앉는다.

"……" 휘광은 멀뚱히 서서 삼촌을 내려다보고 있다.

"아, 빨리 와서 앉아 봐라, 쫌!"

하는 수 없이 휘광은 터덜터덜 걸어 옆에 앉았다.

-허푸허푸.

경만은 팔을 걷어붙이더니, 돌연 세수를 한다.

"아우 야야, 시-원하다! 정신이 븐-쩍 드네! 어여 니도 해 봐라."

경만은 시원하다면서 입김을 풀풀 내뿜고 있다. 잠이 덜 깬 휘광의 눈으로는 이해할 구석이라고는 조금도 없었다.

"애새끼 참… 굼뜨네에- 굼떠. 삼촌 따라 해 봐라, 쫌!"

경만은 젖은 손으로 휘광의 팔을 걷는다.

가만있어도 추운 산에서 대체 이게 무슨 짓이란 말인가, 휘광은 영문을 알 수 없었다. 어느 정도 마음을 내려놓은 휘광은 쪼그린 채로 다가가 손가락 끝으로 얼음물을 톡-하고 건드려 본다.

"에라이! 이 쪼다 같은 놈아! 이렇게 하라고! 좀 이렇게!"

경만은 휘광의 손을 잡고는 푸억- 물에 담가 버렸다. 그러고는,

-허푸허푸

세수를 시킨다.

"어ㅇㅇㅇ!"

얼음장 같은 물이 얼굴에 닿자, 휘광은 정신이 번쩍 들어 고개를 숙인 채로 벌떡 일어났다.

"아우-씨! 진짜!!"

손에는 감각이 없고, 얼굴은 날카로운 무언가로 베인 것 같았다.

"…들어가라."

앉아있던 경만도 서서히 일어나더니 단호하게 말한다.

"예에-?" 감은 눈으로 잔뜩 찌푸린 휘광이다.

"들어가라고!! 아, 니는 애가 좀!! 가만 보니 계속 두 번 말하게 하네?

확실히 기합 좀 받아야겠다, 니는! 불쌍한 지 애미 생각 안 하고 국민학교, 중학교 쳐 자빠져서 놀기만 한 게! 어데 입이 있다고 말대꾸고! 말대꾸는!" 경만은 허리에 손을 올린 채로 고함을 지른다.

"니는!! 서울이! 마!! 그래 호락호락한 덴 줄 아나!! 빨리 드가라꼬!"

휘광은 입김을 뿜으며 가만히 서 있었다.

"콱, 마! 안 드갈래?" 경만은 입술을 깨물며 무서운 표정을 짓는다.

휘광은 물이 떨어지는 얼굴로 삼촌을 쳐다보고 있다.

"…삼촌은요?" 다소 도전적인 얼굴이었다.

"내 뭐? 내 보고 여 드가라꼬? 니는 마!! 삼촌 심장 안 좋은 거 모르나!!"

경만의 높아진 언성에 휘광은 이게 저 정도로 소리칠 일인가 싶었다. 그런데 왜,

"지도 못 하는 걸 내한테 시키고 있노…." 휘광은 중얼거린다.

"혼자 뭐라 꿍시렁 대쌌노! 아, 빨리 드가라꼬!! 젊은 게 겁은 많아가지고… 삼촌은 마!! 니 나이 때! 얼음물 콸콸!! 마시면서 살았어!!"

경만의 거드름에 휘광은 하기가 더 싫어졌다.

"삼촌이 다아- 니 생각해서 이라는 기다. 삼촌은 뭐! 이 아침에 산에 오고 싶어서 온 줄 아나!! 드갔다 정신 차리고!! 각오를 다지뿌고!! 어?"

열변을 토하는 경만 때문에 휘광은 하얗게 질린 얼굴로 결국 옷을 벗었다. 발끝으로 물을 톡하고 건드려 보는데, 순간 말로 표현할 수 없는 전율이 올라왔다.

"삼촌… 저 진짜 정신 차렸습니다. 갑작스러운 혈관 수축이 얼마나 위험한 줄…."

"자자, 그니까 그냥 드가면 안 되고! 이렇게! 물을!! 가슴팍에다가 묻히

고 가는 기다!!"

경만은 쪼그려 앉아 휘광의 가슴에 얼음장 같은 물을 묻혔다.

"앗, 차가버요!! 아, 왜 이래요. 진짜!! 나 안 들어갈랍니다!!!"

휘광은 고함을 지르며 뒷걸음질을 친다.

"어차피 할 거면 빨리하고 치우는 게 낫다!! 안 그라면 삼촌 안 내려갈 기니까 니 알아서 해라!" 경만은 팔짱을 끼며 고개를 돌린다.

두 사람이 잡고 있는 줄이 아무리 팽팽하다 해도 별수 없었다. 휘광은 연기를 내뿜으며, "으-으읏!" 물속으로 들어간다. 그리고 삼촌이 시키는 대로 앉고 일어서기를 세 번 반복하고는 괴물이라도 본 듯 후다닥 물속에서 뛰쳐나왔다. 경만은 그 모습이 우스운지, 껄껄 웃으며 수건으로 휘광을 감싸 안았다. 물기를 닦고 옷을 입는데 왠지 모를 상쾌함을 느낀 휘광이다.

'…이 차가운 물에 내가 들어갔다고?'

그렇다.

휘광은,

산의 맛을 알아 버렸다.

두 사람은 입김을 내뿜으며 나란히 앉았다.

"어떻노? 물 차갑드제?"

휘광은 긍정도 부정도 하지 않는다.

"인마… 여가 어딘 줄 아나? 호랑이가 많이 산다는 인왕산이다! 인왕산!! 호랑이, 응?" 경만은 자기가 말하고 자기가 웃는다.

반응 없는 조카를 보며 머쓱한지 미소는 곧바로 사라졌다.

"정신 바짝 차리라, 휘광아…. 살다 보면 어흐응! 호랑이한테 여러 번 물려간다."

경만은 부리 같은 손 모양을 하고서 휘광의 다리를 콰악-무는 흉내를 냈다.

"휘광아…" 경만은 담배를 꺼내며 말한다.

"니… 기술 배워야 한다, 기술. 삼촌이 암만 생각해 봐도 니가 공부를 잘한다 한들… 이 집엔 니 대학까지 보내줄 사람이 읍따. 엄마가 돈 준다 해도, 그게 마! 사람이 할 짓이가! 고마 치아라!"

경만은 질색하며 손을 내젓는다.

"가난해도 정도껏 가난해야지 뭔 꿈을 꾸든지 하지…. 사람은 주제를 알아야 해! 남들 하는 거 다 따라 하다가는 마, 밥도 못 빌어먹고 산다."

경만은 침을 모아 퉤-하고 뱉어 버린다.

"삼촌은 뭐… 꿈이 없는 줄 아나? 세상에 꿈 없는 사람이 어딧노! 근데 뭐… 나이는 차제, 당장 벌어먹을 거 찾아야 하제, 미루고 미루다 보면 사라지는 거지…. 그래서 꿈이라고 하는 기다. 아침에 깨면 싹 다 사라져 있다이가? 안 글나…." 경만은 담배 연기를 내뿜는다.

공기와 닿은 희뿌연 연기는 금세 사라져간다.

"삼촌이 다- 살아보고 하는 말이다. 그니까 섭섭해하지 말고, 마음잡고 기술 배워라…."

휘광의 심각한 표정은 아무런 힘이 없다.

"남자는 말이다, 기술이 최고다!! 기술이! 대학은 그, 저, 뭐, 뭐꼬… 집 안 좋-고, 등 따신 애들이나 가는 기지. 그리고 니! 공부한다꼬 돈 다 잘 버는 줄 아나? 그거 아이데이-. 학자 맨키로 연필만 잡고 죽어라 앉아있는 사람들 중에 돈 못 버는 사람이 얼-매나 많은 줄 아나?"

경만은 피고 있던 담배를 눈 위에다 떨어뜨렸다.

-피시식

아직 불이 붙어있는 담배는 마지막 불꽃을 태우듯 순간 반짝했지만, 눈과 닿아 버리자 금세 잿빛으로 변했다. 경만은 발로 꽁초를 짓이겼다.

경만은 휘광이 공고를 가야만 하는 이유와 재수를 하지 말아야 할 이유에 대해 나열하듯 말했다. 휘광은 삼촌을 이해할 수 없었다. 이럴 거면 애초에 받아 주지나 말 것을 왜 굳이 서울로 오라 했을까. 길을 잃어도 자신이 잃는 것인데, 대체 왜 삼촌은 당신 곁에 두고 자신의 인생을 흔드는 건지, 여러모로 혼란스러웠다.

"형편이 좋아서 니 받아준 줄 아나. 니… 삼촌 집 봤제? 그 집 꼬라지를 봐라. 니도 이제 다- 커서, 좋은 거 나쁜 거 뭔지 다 알 나이고…, 속으로 을매나 내를 비웃을지 내도 안다. 휘광아… 삼촌이 평-생을 안 쉬고 살았어도 집이 저 모냥이다. 삼촌 말 무슨 말인지 알겠제?"

경만의 말은 사실이었다. 휘광은 왜 몇 년이 지나도록 삼촌의 형편이 나아지지 않는지 의문스러웠다. 열심히 살지 않았던 게 분명할 것이리라. 휘광은 속내를 들킨 것 같아 민망했다.

"니도 잘 봐라…. 삼촌 보고 마이 배워라…. 니는 그저 니가 열심히만 하면, 좋은 집 사고, 좋은 차 사고, 그래 살 것 같제?"

경만은 우는 것처럼 웃었다.

그날 저녁, 휘광은 혼자 산책을 한다. 아무 생각 없이 끌려 나간 산행에서 휘광은 삼촌과 많은 대화를 했다. 대화라고 하기엔 줄곧 삼촌 혼자 말한 거였지만, 아빠가 없는 휘광이 남자 어른에게서 듣는 진솔한 말은 이

번이 처음이었다.

「"느그 엄마…, 니가 뭘 하든지 다 해준다 할 기다. 근데 그건 말뿐이다! 엄마도 거기까지다. 아니, 막말로 야, 세상에 자식이 하고 싶다는데 안 된다 할 부모가 어딨노? 가랑이 찢어져도 알겠다 대답부터 하고 말지. 근데 니도 안다이가? 느그 엄마 아무 기술도 읍는 거…. 아빠 그래 돼 뿌고, 니 입때껏 키우면서 어데 몸이 성한 줄 아나? 그거 다- 정신력으로 버티는 기다, 정신력! 무신 수로 니 대학 보내고 뒷바라지를 할 기고! 니 엄마 다 팔아도 그 돈 안 나온다!! 니가 할 일은 말이다… 어서 나가서 단돈 얼마라도 버는 기! 그게 바로 효도다. 효도! 맞나 아이가?"」

그리고 며칠 뒤, 휘광은 삼촌이 말했던 공고에 시험을 치러 갔다. 영어, 과학, 수학 고르게도 들어 있었다. 중학교 1학년 수준, 쉬워도 너무 쉬운 것이었다. 휘광은 공부에 대한 마음을 접었지만, 생각보다 쉬운 시험지를 보며 다시 마음이 흔들리기 시작했다. 떨어지고 싶었다. 결국 휘광은 갈등을 거듭하다 일부러 답을 피해 쳐 버렸다.
'나도 모르겠다!! 떨어지면 삼촌도 어쩔 수 없겠지! 그게 내 운명이다!!'
휘광은 새로운 항해를 위해 모질게 마음을 먹었다.
그리고 긴장감 하나 없는 결과 발표 날.
-합격
휘광은 합격했다.
'합격이라고…?'
이것이 휘광의 운명이었다.

비가 억수같이 쏟아지는 날

비가 억수같이 쏟아지는 날. 며칠째 내리는 비였다. 나는 자리에서 일어나 창문을 열어본다. 무슨 비가 이렇게나 오는지, 매일같이 퍼붓는 통에 습한 시장이 더욱 축축해졌다. 습도가 높은 여름을 지나 가을장마까지 이어지는 이맘땐 보통 난감한 게 아니다. 뉴스에선 기상 이변과 다를 바 없는 역대급 긴 장마라고 했다.

어릴 때는 비를 너무나 좋아해 빗방울 떨어지는 소리만으로도 두근거릴 정도였는데, 언제부턴가 그런 마음이 싹 사라졌다. 지독히도 싫었다. 이 집에서 비 오는 걸 좋아할 사람이 있을까? 아무도 없을 거다, 아마.

울긋불긋 규칙 없이 올라오는 곰팡이들. 곰팡이가 몸에 안 좋다지만, 이렇게 바로 옆에서 사는 사람도 있다. 좋지 않다 한들 모조리 뜯어낼 수도 없는 노릇이고, 아빠는 몇 번을 덧대며 도배지를 씌워 놓았지만, 질겨도 질긴 놈들은 우리의 노력을 비웃기라도 하듯 어렵지 않게 그 위까지 타고 올라온다. 근본적인 문제를 해결하지 않는 이상 이런 일은 매년 반복된다. 하지만 뭐든 건드렸다만 하면 돈이니, 그냥 이대로 사는 게 낫다.

우리 가족은 이사를 많이 했다. 내가 겪은 건 여섯 번 정도고, 그중에 기억하는 건 네 번이다. 이사는 단순히 짐을 옮기는 게 아니라 인생에 있어 국면이 전환되는 순간이다. 하지만 어린 나에게는 그런 집안의 대소사는 각인되어 있지 않아, 그 당시 부모님의 사정이 어떻고, 심정이 어떠했는지는 잘 알지 못한다. 하지만 집안에 가장 큰 타격을 준 게 오빠의 사채라는 것 정도는 인지하고 있다.

"요즘 같은 때 무슨 건물을 이따위로 지어 놔. 비 새는 집에 사는 사람이 얼마나 된다고."

나는 사발을 들고 다니며, 물이 떨어지는 곳마다 툭툭 던져 놓았다.

"아이고… 비가 생각보다 마이 오네…."

아빠는 분주하게 층마다 오르내리고 있다. 온 집안이 비상이다.

"지난번에 고쳤는데 또 이라네. 날 개면 다시 손봐야겠다."

아빠는 내가 받쳐둔 사발 앞에 서서 천장을 올려다보았다.

비 오는 날이면 더없이 분주해지는 아빠. 공고에 다녔다는 아빠는 정말이지 못 고치는 게 없다. 무엇이든 잠깐만 만지면, 그 손에선 항상 새로운 것이 생겨난다.

-똑. 똑똑.

방안에 빗방울이 떨어진다. 물 떨어지는 소리들이 겹치니 하나의 음악처럼 들린다. 비를 보는 것은 곧 낭만이라는 건데, 이 방에는 낭만이 없다. 내 기억 속의 이사하는 날은 늘 정신없이 분주한 날이었다. 이사를 간다고 하면, 나도 모르게 아주 작은 기대를 품곤 했다.

'이번엔… 어떤 집일까?' 물론 예상은 항상 빗나갔지만 말이다.

고등학교 시절, 처음 이 집에 왔을 때를 기억한다. 이층집이라는 말을 들었을 때, 나는 철없이도 외국에 있는 이층집 소녀가 떠올랐다. 예쁘고 근사한 양문 개방형 창문을 열며, 그 앞에 펼쳐지는 좋은 풍경까지 상상해 버린 것이다. 여러 번의 경험 끝에 절대 그럴 리가 없다는 것을 분명히 알고 있었지만, 그렇다고 상상을 막을 길은 없었다. 아니나 다를까, 이 집에 왔을 때, 내 상상과 일치하는 것은 2층이라는 건물의 층수뿐, 나머지는 완벽히 빗나갔다.

삐걱거리는 미닫이 나무 창문을 힘겹게 열어보니, 수많은 시장 건물의 옥상들이 빽빽하게 들어차 있었다. 눈앞엔 빗물을 막는 색색의 천막들이 있고, 그 모든 풍경을 매직으로 그어놓은 듯 전깃줄이 가로질렀다.

'쓸데없는 짓을 했네.'

창문은 정확히 환기용이었으므로, 몇 번이고 상상했던 외국 소녀의 양문형 창문은 기억에서 지워 버렸다. 어째 둘러볼수록 심란하기만 한지, 하지만 빠져나갈 수는 없다. 언제나처럼 우리는 그냥 사는 거다.

이사 오기 전, 우리에겐 아주 아름다운 시절이 있었다. 내가 초등학생일 때, 부모님은 한 푼 두 푼 모은 돈으로 작은 아파트 하나를 분양 받았다. 나는 상기된 부모님의 표정을 아직도 잊지 못한다. 아파트, 우리가 그토록 꿈꾸던 집이었다.

"사하야, 산책하러 가자."

엄마는 아무것도 없는 맨땅 부지를 손으로 가리키며, 이곳에 우리 집이 생길 거라며, 한 층씩 올라갈 때마다 몇 번이고 그걸 세어 보곤 하셨다.

그렇게 3년… 4년… 5년. 5년이라는 시간은 생각보다 길지 않았다. 우리의 인생과는 다르게 건물은 늘 때맞춰 지어진다. 어느새 그곳에는 부모님이 원하던 집이 생겼고, 나 역시도 이젠 내 방이 생긴다는 사실에 설렘을 감출 수가 없었다. 아파트에 들어간 나는 중학생이었다. 새집에서 나는 이제껏 내가 알고 지냈던 것과는 다른 엄마의 모습을 발견하게 된다. 쓸고 닦고 온종일 쉴 없이 청소만 하고 있는 엄마였다. 나는 엄마가 이토록 집 꾸미기를 좋아하는지 몰랐다. 조금의 먼지가 쌓일 틈도 없이 엄마는 계속해서 집안 곳곳을 닦아냈다. 그래서 엄마가 지나가는 공간은 늘 반짝거리기만 했다.

"내가 참… 아파트에 다 살아보고….”

매일 엄마의 얼굴엔 같은 모양의 웃음이 번졌다.

소파에 앉아 커피믹스를 마시며 집안 곳곳을 감상하는 것으로 엄마는 매일 자신에게 5분의 시간을 허락했다. 나는 그런 엄마를 보며 따라 웃지 못했다. 그동안 그렇게도 형편없는 집에서 얼마나 맘고생을 했을지, 그러고서 힘겹게 얻은 집, 엄마는 얼마 못 가 그 집을 놓아주었다. 그렇게 나는 중학생 시절에 빛나는 아파트에 살아 봤고 또 잃어도 봤다. 이사를 해야 한다며 짐 싸라는 말에 나는 믿을 수 없는 상황 속에 멀뚱히 서 있기만 했다.

"우리 또 만나자….”

나는 내 방에다 대고 인사를 했지만, 발은 떨어지지 않았고 우린 아직도 만나지 못하고 있다.

"엄마! 저기 예전 우리 집이다!”

가끔 근처를 지나가며 아파트를 가리켰다. 엄마는 막상 저 집에 살아보니 별로였다며 잊어버리라고 했다. 부모님은 오빠 빚을 상환하고 나머지 돈으로 지금 이 집의 전세 비용을 마련한 것이었다. 속상한 부모님에게 나는 아무 말도 할 수 없었다.

「 "아이고-, 집은 좀 둘러봤나?"

이 집에 처음 온 첫날, 엄마는 1층에서 올라오며 말했다. 두꺼운 계단이라 무릎을 잡으며 올라오는 엄마였다.

"어, 집 다 봤다! 1층에서 장사하고, 올라와서 바로 잠도 잘 수도 있고! 너무 좋네! 생각 잘했다!" 한껏 상기된 목소리였다. 」

매일 손꼽아 아파트를 기다렸던 부모님과 나. 나마저도 이렇게 아픈데, 엄마 아빠의 심정은 어떨지, 마음은 뜨겁게 전해졌다. 가봤자 변한 것도 없는데 매일을 산책의 목적지로 삼고서, 건물이 얼마만큼 지어졌고, 겉은 무슨 색으로 칠했는지, 고스란히 전해주던 부모님이었다. 모든 게 그렇게 지금 내 머릿속에 그대로 남아 있는데, 당신들의 마음과 꿈을 조각 내 자식의 빚을 갚고, 지금 이 집으로 왔다.

창문을 열어 눈앞에 펼쳐진 세상을 다시 한번 마주한다. 가로지르는 전깃줄과 낡은 건물들, 어쨌든 지금은 이렇다. 나는 언제를 살건 부모님을 미워한 적 없었다. 오히려 가슴 깊이 나를 미워한 적 있었다. 나의 느린 성장기와 더불어 아무것도 도움이 안 되는 나를, 그래서 나는 나만 미워한 적 있었다.

"아이고 내 주제에 무슨 아파트고, 어차피 그 집은 내께 아니었다."

엄마는 현실을 받아들이기 위해 또 그렇게 자신의 처지를 재정립했고, 현재를 살아가기 위해 마음속 품어두었던 아주 소중한 부분을 내어놓았다.

그렇다. 삶은 죽겠다 싶으면 살만한 구멍을 내어주고, 이제 좀 숨통이 트여간다 싶으면 갖고 있는 걸 빼앗아 버리는 것이다. 소중한 게 몇 개 되지 않는다 해도, 아무리 오래 품었다 해도 말이다.

"날이 이래가 빨래를 못 하겠네. 아이고… 찐득하니 꿉꿉해 죽겠다."

엄마는 쌓인 빨랫감에 쉰내를 맡으며 한숨을 쉬었다. 이 집에서만 십 년이 넘는 장마다.

"올라온 김에 좀만 앉아있자. 휴우-"

엄마는 빨래 바구니를 옆에 치워두고서 두 다리를 쭉 펴고 앉았다. 바닥에 앉은 엄마는 창문 밖의 하늘을 바라보고 있다.

비릿한 냄새가 전해진다. 엄마 냄새다. 가뜩이나 생선 일이란 게 비린 내를 달고 다니는 건데, 비까지 쏟아지니 전해지는 냄새는 보통을 넘어섰다. 밥반찬으로 고등어 조금 먹고 나서도 비린내 올라온다며 웩웩거릴 만큼 엄마는 비위가 약한 사람이었다. 그런데 그런 사람이 생선 장사를 한다.

"에라 모르겠다!"

날이 이래서 손님도 없을 거라며 엄마는 발라당 누워버렸다. 회색빛 하늘처럼 집안도 우중충하기만 하다.

"비가 이래 오는데… 느그 오빠는 어데서 뭘 하고 있겠노…."

나는 언제나 엄마의 휴식을 간절히 원했지만, 또 싫어하기도 했다.

"힘들게 모아서 산 집도 다… 날리뿌고…."

바닥에 누워 창문 밖의 뿌연 하늘로 고개를 돌린다.

"또 어데서 사채를 쓸지… 어쩨 불안 불안하다…."

난 엄마에게 휴식을 권할 수 없었다.

'엄마는 그냥 매일 일만 하세요.'

평소 우리 집에서 금기시되던 것. 가족 모두 약속이나 한 듯 꺼내지 않던 이름. 하지만 잠시라도 쉬는 시간이면 엄마는 꼭 상처를 끄집어냈다. 나는 앓는 이처럼 골치 아픈 이 오빠를 어떻게 해야 할지 고민했다. 엄마는 잠깐의 휴식에도 아들 생각이 나나 보다. 그렇지, 그렇겠지. 밀어둔 거지 잊은 건 아니니까 말이다. 그만큼 엄마의 핏속엔 오빠가 녹아 있다. 자식이 몸에 올라타, 목을 조르는 한이 있더라도 부모는 자식을 놓지 못한다. 여전히 아픈 손가락이다. 썩어 문드러져도 오빠는 영영 소멸되지 않을 것이다. 나는 이 처절한 사랑이 지긋지긋했다.

_ 장마와 태풍

"가을장마의 영향으로 아주 큰 비구름대가 발달해, 현재 전국에는 많은 비가 내리고 있습니다. 기상청에 따르면, 엎친 데 덮친 격으로 긴 장마가 그친 뒤에는 역대 가장 클 것으로 관측되는 태풍까지 몰아칠 것이라고 합니다. 태풍은 남쪽에서 올라올 것으로 예측되어, 특히 제주 부근과 남해안 지역에는 매우 큰 피해가 있을 것으로 예상됩니다. 피해를 최소화하기 위해 만전을 기해야겠습니다."

뉴스를 듣고서 우리 세 식구는 말이 없어졌다. 집안 곳곳에 자리하고 있던 빗물 받는 사발의 자리는 이제 양동이가 차지하고 있었다.

"아빠… 태풍까지 오면… 우리 집 창문 다 깨지는 거 아니가?"

반쯤 들어찬 물을 내다 버리고 온 나는 낡은 창문을 보며 말했다.

"아직 태풍이 온 것도 아닌데 뭘 그라노."

말만 그렇지, 아빠의 시선도 곧바로 창문으로 향한다.

"테이프 가져와 봐라."

아빠는 비장한 얼굴로 일어서고는 사선으로 테이프를 붙인다. 엄마는 그야말로 걱정 반, 한심스러움 반의 얼굴이었다.

"이것 갖고 되겠나…." 나는 뚱한 얼굴로 말했다.

"안 붙이는 것보단 낫지! 뭘 그라노."

아빠는 무심하게 툭툭, 앞니로 테이프를 잡아끊었다.

"이것도 붙이자…." 나는 신문지도 건넸다.

결국 그날 밤, 우리 가족은 신문지와 테이프가 덕지덕지 붙어있는 창문을 바라보다 잠이 들었다.

"사하 아빠… 태풍 와도 가게 별문제 없겠제?"

새벽 2시, 엄마는 자다 말고 아빠에게 말을 걸었다. 아빠는 주무시는지 대답이 없다.

"…자나? 우리 가게 문제 없겠제?"

엄마는 며칠 뒤 걱정을 또 미리 한다.

"…으응? 문제 읎따. 지대가 높은데… 우리가 물에 차면 동네가 다 차는 거다." 아빠는 성가신 듯 대충 대답하고서 잠이 들었다.

*

-우르르 쾅쾅!

말도 안 되는 강수량이다. 거침없는 비에 시장 바닥에는 점점 물이 차오르고 있었다. 깊은 밤, 자연스럽게 밀려 들어오는 어둠처럼 물은 차고 또 차올라 동네를 서서히 잠식하고 있었다. 그렇게 삼십 분 뒤, 연숙의 가게에는 물건들이 둥실둥실 떠다니고 있다. 밖에서 들리는 와당탕 소리에 잠귀가 밝은 연숙은 또다시 눈을 떴다. 소스라치듯 놀라며 벌떡 일어난 연숙은 창문을 열어보고 싶지만, 엄두가 나지 않는다. 멈칫거리기만 하다 불안한 기운에 서둘러 겉옷을 챙겨 입는다.

'깨울까….' 멀뚱히 선 연숙은 남편과 딸을 가만히 내려다본다.

'아니야….' 늦은 밤이다. 일단 혼자서 상황을 체크해보기로 한다.

어두컴컴한 계단을 한 발 한 발 내디디며 내려가는데, 연숙의 발걸음은 점차 느려졌다. 계단은 반짝이고 있었다. 연숙은 몸을 뒤로한 채, 고개만 쭉 빼 들고 유심히 바라보았다. 계단엔 시커먼 물이 출렁이고 있었다.

그렇다. 가게에 물이 찬 것이다. 연숙은 입을 다물 수가 없었다. 가게 입구는 물론이고, 안쪽 좁은 공간까지도 바다가 된 것처럼 흙빛 물로 가득 차 있었다. 그 순간에도 밖은 우르릉 쾅쾅, 규칙 없는 소리로 가득했다. 연숙의 머릿속은 하얘질 뿐이었다.

"사하 아빠! 사하 아빠!!"

멍하니 계단에 있던 연숙은 2층을 향해 고함지른다.

"사하 아빠!!!"

혈압이 바짝 오른 채로 목청껏 남편을 불러 보았지만, 공허하다 싶을 만큼 정적은 길기만 하다.

"아주 그냥 잠에 미쳤냐들!!!"

하는 수 없이 씩씩거리며 계단을 올라간다.

"일어나라고! 쫌!!!"

벽에 부딪혀 튕겨질 만큼 문을 세게 밀어버린 연숙은 자고 있는 남편과 딸에게 소리를 질렀다. 끝에 반쯤은 울음이 섞인 목소리였다. 연숙은 무륜을 잡고 고개를 숙인다. 가진 것도 없는데, 또 빼앗기는 것 같아 억울함이 밀려왔다.

"어…어엉?"

잠귀 어두운 부녀는 뜬 듯 만 듯한 눈으로 일어났다.

"사람이 그래 고함지르는데 잠이 오나 지금!! 밑에 물 차고 난리라고!!"

연숙은 붉게 달아오른 눈으로 처참한 광경을 전달했다.

"어?? 가게에 물 찼다고?!"

휘광은 허깨비라도 본 것처럼 자리를 박차고 일어났다.

"헉! 어떡해!!" 사하는 입을 틀어막으며 이불을 젖혔다.

"대충 챙겨 입고 빨리 내려오이소!!"

연숙은 다시 아래로 내려간다. 더는 소모할 시간이 없다.

"넘어지지 않게 조심해서 내려오이소!!"

미덥지 못한지 내려가다 천장을 보며 한 번 더 일러둔다.

연숙은 1층으로 와, 계단 중간에 멈춰 섰다. 안타깝게도 안까지 차오른 물을 또다시 마주해야 했다. 물의 높이는 몸의 반 정도, 성인 허리까지 되는 높이였다. 이 높은 지대에 이 정도 물이 찰 지경이라면, 밖의 상황은 대체 어떻단 말인가. 동네는 거의 잠겼다 봐도 무방했다.

연숙은 발을 딛는 찰나마다 혼미해졌다. 물도 물이지만 상품값만 해도 이게 다 얼마인가. 둥둥 떠다니는 물건 앞에서 망연자실한 연숙이다. 수해를 입고 나면 매장 물건은 물론이고, 안에 가전까지도 어느 하나 고쳐 쓸 게 없다고 하소연하던 어느 재난민의 뉴스 인터뷰가 뇌리를 스쳤다. 자신에게 벌어질 일이라고는 추호도 생각한 적 없었다. 연숙은 시야를 가리듯 두 손으로 얼굴을 감쌌다.

"사하 엄마! 일단 가만히 있어라!!" 휘광은 허겁지겁 내려온다.

"가스하고 전기 차단부터 하자!" 휘광은 발 빠르게 움직인다.

"당신이랑 사하는 중요한 물건들 위로 다 올리라!!"

휘광은 전기를 차단했다. 그러고는 연숙이 건져낸 물건들을 서둘러 위로 옮겼다. 사하는 울먹거리며 연이어 받아 정리한다.

"사하야!! 방수 장갑이랑 장화도 신어라!! 잘못 밟았다가는 큰일 난다! 사하 엄마도!!"

휘광은 공중을 향해 장화와 장갑을 던졌다.

-쾅쾅

바람에 셔터가 흔들린다. 연숙은 셔터를 흘끔 보며, 허겁지겁 물건을 끄집어낸다.

-쾅쾅쾅

계속해서 들리는 규칙적인 소리. 자연스러운 건 아닌 것 같았다. 누군가 두드리고 있는 게 아닐까 하는 생각이 미치자 소리가 날카롭게 귓가에 꽂혔다.

"…누굽니꺼?"

왼쪽으로 고개를 기울인 연숙은 미심쩍은 표정으로 입을 뗐다.

-쾅쾅쾅

"아! 누굽니꺼!!" 연숙은 인상을 찌푸리며 화를 내며 쏘아붙인다.

무엇이 됐건 지금 이럴 시간이 없었다. 그러자 그녀의 소리가 닿은 건지, 흔들림은 곧바로 멈췄다. 밖에 누군가 있는 게 맞을지도 모른다. 연숙은 움직이던 손을 멈추고 한 걸음씩 다가갔다. 조용히 걷는데도 물살은 출렁거리며 파동을 일으켰다. 그 사이로 아주 희미한 목소리가 건너왔다.

"엄마…." 누군가 웅얼거리듯 조용히 말하고 있었다.

"…엄마." 가는 벽 사이로 소리가 스며든다.

귀에 익은 목소리에 연숙은 손에 쥐고 있던 것을 물 위에다 떨어뜨려 버렸다. 연숙은 조금씩 뒷걸음질을 한다.

"니… 형진이가…" 연숙의 목소리는 떨리기 시작했다.

몇 년 만에 다시 들은 것이다. 그 목소리를.

"…문 좀 열어도. 엄마."

연숙은 모든 게 정지된 채로 세포마다 굳어오는 것 같았다.

"…비 맞아가 꼬라지가 말이 아니다. 엄마 문 좀 열어도…."

연숙은 없는 사람처럼 숨죽인 채로 가만히 서 있었다.

발끝에서부터 소름이 돋자, 물이 시리도록 차갑게 느껴졌다. 연숙은 몇 발자국 뒷걸음질하다 정신이 들었는지 곧바로 2층으로 달려간다. 혼자 결정할 수 있는 문제는 아니었다. 적어도 이런 정신으로는.

"사하 아빠! 밑에 형진이 와 있다!"

서둘러 달려간 연숙은 울먹이며 말했다. 큰 소리와 작은 소리가 뒤엉켜 문장의 음률은 기이했다.

"…머라하노?" 무표정이었던 휘광의 얼굴은 그대로 일그러진다.

"오빠 왔다꼬? 요 밑에?"

물건을 옮기던 사하의 동작은 일순간에 멈췄다.

당장이라도 쓰러질 것 같은 연숙의 얼굴에 휘광은 한숨을 푸욱 내쉬었다. 세 사람은 서둘러 1층으로 내려간다. 연숙은 젖은 몸을 다시 집어넣어야 했다. 첨벙하는 소리가 더욱 참담하게 들려왔다.

"뭔데, 엄마! 진짜 저 밖에 있단 말이가?"

급히 내려오던 사하의 발걸음이 느려지기 시작했다. 하지만 지금 이곳에 피할 수 있는 거라고는 단 하나도 없었다. 푸-웅 소리와 함께 결국 사하도 구정물 속으로 들어갔다.

"아흐으, 차가버라. 이게 무슨 일이고 진짜….."

탁한 물이 몸에 스며들고 있다는 생각에, 눈코입이 모두 제 모양새를 잃어버린 순간이다. 물의 촉감은 그야말로 닿는 부위마다 뱀처럼 휘감아오는 느낌이었다.

"엄마… 내 문 좀 열어도. 제발….."

불쾌함을 지켜보고 있을 새도 없이 공간을 가로지르는 소리에, 휘광과 사하는 눈을 휘둥그레 뜨고 연숙을 바라보았다. 세 사람의 시선은 하나로 모아졌다.

연숙의 말이 거짓말이라고는 생각지 않았지만, 두 귀로 직접 듣게 되자 세 사람은 마치 건물 안에 포위된 것 같은 압박감을 느꼈다. 허나 휘광과 사하에게는 이미 정해진 답이 있었다. 사하는 몸의 반을 뒤덮을 만큼 들어찬 이 물마저도 모두 다 오빠 탓이라고 여겼지만, 연숙은 다소 그 형태가 다른 것 같았다. 애원하는 아들의 목소리에 이제껏 가족이 겪었던 일들쯤은 아무것도 아니라는 듯, 연숙은 감정을 읽을 수 없는 얼굴로 혼자 다른 공간에 머물고 있는 것 같았다.

"…춥다. 내 지금 다 젖어가꼬 너무 춥다고."

연숙은 무언가에 홀린 듯 걸어가고 있었다.

"엄마, 어디 가는데! 아빠!! 아빠가 좀 뭐라고 해라!! 지금 문 열어 줄라 한다이가!!" 사하는 휘광의 팔을 붙잡으며 동동거린다.

휘광도 참담하긴 마찬가지였다. 하지만 휘광이라고 쉽게 아내를 다그

칠 순 없었다. 적어도 아내는 아들을 제 몸에 품고 있던 유일한 사람이었
다.

"엄마, 뭐하냐고!! 지금!!"

사하는 안 되겠다 싶은지, 두 팔로 물을 휘저으며 쫓아간다. 연숙의 손
길은 셔터에 걸린 자물쇠로 향하고 있었다.

"아! 안 된다고!! 왜 이러는데 진짜!! 정신 나갔나!!"

사하는 자물쇠에 닿는 연숙의 손길을 세차게 끊어버리고는 거칠게 밀
어냈다.

"엄마!! 내 춥다!!!!! 내 춥다고!!!!!!! 문 열어도 엄마!!!!!!!!!"

형진은 비명처럼 날카로운 소리와 함께 사정없이 셔터를 두드렸다.

"야 이 개새끼야!! 뒤지든지 말든지 니 알아서 해라!!!! 급할 때만 니 엄
마가!!"

사하는 얼굴을 셔터에 갖다 대고 목이 쉬어라 외쳤다. 하라면 그보다
더 심한 욕도 퍼부을 수 있었지만, 생각대로 쏟아낼 수 없는 상황이란 것
도 있었다. 지금과 같은 순간에서도.

"엄마도 이제 정신 차려라, 제발!!! 정신 좀 차리라고, 좀!!!"

사하는 연숙의 어깨를 잡고 울부짖으며 흔들었다.

"정신 차리라고! 엄마!! 일어나라… 무슨 꿈을 그렇게 꾸는데…. 무서워
죽겠네. 옆에서…."

자고 있던 사하는 등을 긁으며 감은 눈으로 연숙을 깨운다.

"으헉!!!" 연숙은 눈을 떴다.

"무서워서 같이 자는 건데, 더 무섭게 하노…."

사하는 투덜거리며 돌아눕는다.

"느그 엄마랑 안 자봤제…. 맨날 저런다…."

휘광은 담담하게 이어 말한다.

"엄마 자꾸 귀신 소리 내네…. 무서워서 여태 어째 같이 잤노, 아빠는."

사하는 미간을 찌푸린 채로 이불을 턱 끝까지 끌어올린다.

"이번 태풍 때 별일 없어야 할 긴데."

휘광은 크게 하품을 하며 늘어지게 기지개를 켠다.

"그래도 울 아빠 신문지랑 테이프… 매년 요긴하긴 하네~"

사하는 몸을 덮고 있는 가볍고 까끌까끌한 여름 이불을 살짝 내리고서, 볼품없는 창문을 지그시 바라본다. 어느 정도 잠이 가셨는지 자리에서 일어나 창가로 다가간다.

"장마는 다 지나갔나 보네."

사하는 창문을 열고서 바로 앞에 있는 전깃줄을 피해 고개를 내밀어 본다. 비가 온 뒤라 그런지 확실히 공기는 상쾌해졌다.

"이제 밖에 비 안 온다, 엄마."

남은 비가 없는지 뻗은 손을 좌우로 왔다 갔다 하고는 누워있는 연숙을 향해 내려다보며 말한다.

"며칠 뒤에 태풍 오면 장난 아이겠다. 티비 틀어 봐봐, 뉴스 좀 보자."

사하는 티브이 앞에 앉았다. 휘광은 리모컨을 찾는다. 그 사이 연숙은 아직도 멍하기만 하다. 생생했다. 꿈은 아주 생생했던 것이었다.

"…형진이 꿈꿨다." 무심결에 연숙은 한마디를 던졌다.

"뭐라하노?" 휘광은 알아들었지만 다시 묻는다.

"형진이 꿈꿨다고…." 초점을 찾은 연숙은 불안한 얼굴로 대답한다.

순간 방 안의 공기는 싸늘해졌다.

"아니, 그래서? 문 열어줬나, 안 열어줬나?"

아까와는 다르게 사하의 얼굴은 하얗게 질려있다.

"못 열었다. 니가 하두 말려 갖고."

연숙은 멍한 눈으로 대답한다.

"큰일 했네. 내가…." 사하는 기운이 없어 보인다.

"가뜩이나 몸도 안 좋은데 숨이 턱턱 막히네."

휘광은 가슴을 문지르며 심호흡을 한다. 문지르는 손길이 닿을 때마다 구겨지는 하얀색 러닝셔츠가 조금은 지쳐 보인다.

"혹.시.나. 연락 온다면 절대 들이면 안 됩니다."

사하는 힘주어 나지막이 말한다.

"엄마 아빠 심정은 알겠는데… 이젠 나도 살자, 좀. 너무 힘들다. 만약에 오빠 또 집에 들여놓을 거면, 내가 나갈 테니까 고마 셋이서 살아라. 나도 할 만큼 했고, 각자 인생 살자, 이제는."

사하는 일어나 옆방으로 들어가 버렸다.

_ 성별 불문 경력 무관

아빠는 용돈을 주고 내려가셨다. 석 달에 한 번 병원에 가는 날이라 옷을 챙겨 입으러 올라오신 것이었다. 나는 딱히 드릴 게 없으니 한참을 밝은 표정으로 방문 앞에서 배웅을 했다. 그러고는 금세 원래의 얼굴로 돌아왔다.

-오만 원.

늘 그렇듯이 문이 닫힌 후의 공허함은 언제나 내 몫이다. 굳게 닫힌 문 앞에서 손에 쥐고 있던 만 원짜리 다섯 장을 바라보았다. 훤한 대낮에 헝클어진 머리, 가장 편한 옷을 입고서 어두컴컴한 방에 있는 꼴이라니, 서른 평생 추한 꼴만 보인 것만 같아 마음이 쓰인다. 나는 천천히 나의 자리로 돌아와 지폐를 반으로 접고 서랍에 넣었다.

지난 몇 달간 몸이 너무 좋지 않아 방안에만 줄곧 누워만 있었다. 내 의지로 살고 있지 않다 할 만큼 혼이 빠져있었지만, 세상 사람들처럼 담담히 또 하루를 이어 나가야만 한다. 돈이 필요하다. 봐야 할 강의가 있다. 하지만 한두 푼 받는 것도 하루 이틀이지, 불편한 내색 없는 아빠를 보니 여간 죄송한 게 아니었다. 어릴 적 소원과는 달리 나는 우리 집의 구원이 아니었다.

'짤막하게라도 일을 해야 할 것 같은데….' 노트북을 열었다.

-알바세상

22살 무렵, 영어 과외를 한 적이 있었다. 그것도 꽤 오랫동안. 처음에는 아르바이트처럼 가볍게 시작했지만, 어느새 학부모 한 명 한 명 입소문을 타기 시작하더니, 순식간에 학생이 늘어나 직업이나 마찬가지인 셈이 되었다. 어린 나이에 무슨 용기였는지, 학생 집이 어디든 모두 다 갈 수 있다고 대답부터 했다. 고객을 잃을까 조바심이 났던 거다. 사실 고민이랄 것도 없이, 대부분 좋은 집에 사는 아이들이라 크게 애먹을 일도 없었고, 과외비도 따박따박 잘 챙겨주니 내 몸만 조금 더 고되면 되는 것이었다. 열심을 다했다. 자가용도 없으니 버스 타고, 지하철 타고, 마을버스

타고 그래도 안 되는 곳은 걸음으로 채우면서 부산 어디든지 다 누비고 다녔다.

어릴 때부터 엄마는 항상 단정하게 하고 다니라고 하셨다. 사람이 살다 보면 없이 살 수는 있지만, 없는 티는 나지 않도록 깔끔하게 챙겨 다니라고 하셨다. 그래서 나는 과외를 갈 때에도 단정한 복장에 단화나 구두를 철칙으로 삼았다. 보통 과외는 주말에 했지만, 그게 아닐 때면 평일 야간 학습 후였으니, 꽤 늦은 시간이 되어서야 집으로 돌아갈 수 있었다. 그러니 신발을 벗어보면 겉은 멀쩡해도 늘 퉁퉁 부어있었는데, 나중엔 그것도 요령이 생겨 이동하는 내내 운동화를 신다가 벨 누르기 직전에 구두로 갈아 신는 신공도 생겼다.

시간은 늘 귀한 것. 늦어서는 안 되니 시간 관리에 온 힘을 기울였다. 그러다 보면 끼니를 못 챙겨 먹는 것도 부지기수. 천막 안의 떡볶이 노점에서 물떡 하나 급하게 먹고는 국물 왕창 마셔가며 다급히 배를 채우기도 했다. 몇 시간 떠들기에는 부실한 식사였지만, 그래도 대학생이라는 신분으로 할 수 있는 나름 값을 잘 쳐주는 고급 아르바이트였으니, 내겐 불만이란 게 있을 수 없었다. 그렇다 해도 귀한 청춘의 시기에 잠깐만 했으면 좋으련만, 나에겐 갚아야 할 학자금 대출부터 모아야 할 수험 자금까지, 돈이 급한 건 여전했기에 쉽게 이 일을 놓을 순 없었다.

그렇게 몇 년이 지나고 지위는 여전했지만, 어느새 꿈을 위해 돈만 모으다 젊음이 몽땅 다 날아갈 것만 같은 주객전도의 상황, 문득 불안감이 밀려왔다. 그 후 27살이 되던 해, '이젠 공부에만 매진해야 하지 않겠나.' 조급한 마음에 과외를 그만두었다.

그 뒤로 이어진 나의 오랜 수험 생활은 과외는 단순 아르바이트가 아니라는 생각을 갖게 만들었다. 수험 생활이 길어지면서 주변에서는 전에 하던 과외를 다시 하는 게 어떻겠냐고 제안했지만, 선뜻 내키지는 않았다. 가볍게, 함부로, 용돈벌이로 생각했던 당시의 그 아르바이트는 한 아이의 인생과는 아주 가까이 맞닿아 있다는 것을, 그리고 가계에서 나가는 돈으로 과외비 또한 결코 적은 금액이 아니라는 것을 깨달아버린 내가 되었기 때문이다. 그래서 온전히 그 일에 성심을 다해 몰두할 수 없다면, 누군가의 인생에 함부로 끼어들고 싶지 않았다. 그럴 수 없었다. 당장 벌어먹을 것도 없는 주제에 어쨌든 내 마음이 그랬다.

노트북에 시선을 고정한 채로 한 줄씩 나열된 알바 공고를 훑어보았다. 쏟아지듯 일자리는 많았지만, 내 사정에 맞는 일자리는 보이지 않았다. 말만 파트타임이지, 대부분 꽤 많은 시간을 소모해야 했다. 그러고 보니, 과외하면서 쉽게 벌었구나, 새삼 실감이 났다. 물론 그 일 또한 가벼운 건 아니었지만, 받는 돈을 생각하면 그렇게 고된 일도 아니었다. 그때 모아둔 돈이 내게 오래 머물렀으면 좋았겠지만, 안타깝게도 그렇진 못했다. 단 한 번도 허튼 데 쓴 적이 없었지만, 어디로 다 날아갔는지… 흔적도 찾아볼 수 없는 현실에 문득 공허함이 밀려왔다. 나는 무능한 얼굴로 마우스를 내렸다. 그렇게 이십 분쯤 지났을까, 일자리 하나가 눈에 들어왔다.

• 급구) 한국 가정식/ 주말 10시~2시/ 성별 불문/ 경력 무관

"성격은 밝습니다. 예전에 짧지 않게 과외를 한 경험이 있어서 사람들과 어울리는 것부터 고객을 응대하는 것까지 전혀 어려움이 없어요. 지금은 제가 공시생이다 보니 책값이라도 벌고 싶은 마음에 파트타임을 구하고 있습니다. 여기는 마침 주말에만 사람이 필요하다고 해서 지원해봤고

요. 음… 집은 도보 5분 거리에 있습니다."

가방에서 꺼낸 이력서를 내밀며, 자기소개와 같은 대략의 것들을 나열하고서 머쓱한 미소를 지었다.

이력서를 쓰는 일은 언제나 고통스럽다. 거짓말은 용납이 안 되고, 현실은 형편없기 때문이다. 글쎄, 쓸 게 많은 사람들은 어떨는지 잘 모르겠지만, 분명 꽤나 즐거울 일일 것이다. 적어도 나보다는 말이다. 종이 한 장에 살아온 날들을 쑤셔 담고 접어놓았는데 도무지 쓸 말이 없다. 어떻게 살았건 무엇을 꿈꾸건, 이력이라는 것에 쓸 말이 없다는 것은 버젓이 살아 있어도 산 것이 아닌 것으로 평가되는 것이다.

"영화가 쏟아지는 세상이죠! 이력서도 영화예요! 본인이 작가라고 생각하고 이력서를 써보는 겁니다. 성공만 해야 할까요? 아닙니다! 반전이 있다면 탁월하죠! 극적일수록 좋으니까요? 그런데 태도는? 언제나 긍정적이어야 합니다. 실패하더라도 단점을 보강하고! 다시 일어서는 그 모습까지? 보여주는 거죠!" 이상, ≪이력서 잘 쓰는 법≫에서 말했다.

쉽게 말하자면 나는 경쟁력이 없다. 경쟁력이 없다고들 한다. 결단코 부끄럽지 않은 삶이었지만, 이력서를 쓰는 순간만큼은 이 종이 한 장의 무게보다도 더 가벼운 인생을 산 것만 같아 비참했다. 그나마 아르바이트니 부담은 덜 하겠지만, 제대로 구직하는 상황이라면 얼마나 참담할지, 걱정부터 앞섰다. 이런 경험이 어색한 것은 난 한 번도 내가 이렇게 살 줄은 몰랐기 때문이다. 그래서 지금 같은 초라한 시기에 대한 마음의 준비 따위는 되어 있지 않았다. 어쩌면 이 종이에 쓸 말이 없어서 여태 이러고 있었는지도 모른다.

나무 탁자를 사이에 두고서 앉은 남자와 나. 내가 가게에 들어섰을 때,

남자는 손에 묻은 물을 앞치마에 닦으며 부엌에서 걸어 나왔다. 사장으로 보이는 덩치 좋은 남자는 나에게 몇 가지 질문을 했고, 상황에 따라 시간은 변동될 수 있다며 괜찮냐고 물었다. 어차피 집은 가깝고, 난 내도록 집에만 있으니 괜찮다고 했다. 그는 무언가 골똘하게 생각하는 듯 입술을 쭉 내밀고는 고개를 끄덕였다. 그러고는 이력서에 나열된 것에는 관심이 없는지 대충 훑어보다 촉촉촉, 봉투 속으로 챙겨 넣었다. 그 행동은 어떻게 보면 서운할 수도 있겠지만, 특별한 이력이 없는 나에게는 어쩌면 여기서는 승산이 있을지도 모르겠다는 예감을 들게 만들었다.

"음… 그럼, 다음 주부터 나올래요?"

'하아… 목적 있게 집을 나선 게 대체 얼마 만인가.'

내 얼굴에도 미소라는 게 번졌다. 마음 깊이 활짝 웃는 건 아니었지만, 이렇게라도 자연스레 웃은 적이 언제였을까. 따지고 보면 아득할 정도였다.

-그럼, 다음 주부터 나올래요?

그 말은 나를 설레게 하기에 충분했다. 물론 고작 아르바이트일 뿐이지만 굳이 오와 엑스로 따져보자면, 그건, 오, 합격, 통과의 의미를 가지고 있기 때문이다.

쓰는 돈의 일부를 벌어 생활비로 충당하는 일. 남들에겐 별것 아닌 일이겠지만, 세상 밖으로 나갈 수 없을 거라 여긴 나에게는 이건 정말이지 아주 큰 사건이라 볼 수 있었다. 죽었던 시간, 다시금 활기를 찾고 공부에 임해주길 바랐다. 불안정한 지금의 나에게 서빙 아르바이트는 과외에 비해 시간도 체력도 몇 배나 소모되는 일이라 분명 고되기도 할 것이다. 하지만 나는 그 어느 때보다도 용기를 내야 한다. 좌절에 빠진 부모님을 일으켜 세워야 했다. 그동안 나는 내가 약하다고만 생각했었다. 하지만 야리야리해 보여도 그게 아니었다. 답답한 방안에서 죽어있는 줄로만 알았는데, 알고 보니 어둠 속에서 겹겹이 쌓아 온 상처 딱지로 꽤나 단단해진 사람이었다.

'오랜만에 일이란 걸 하네….' 옅은 웃음이 번졌다.

'날 뽑아준 사람을 실망시키지 않도록 열심히 해야지. 벗어나자, 이 모든 것!'

아르바이트에 임하는 나의 자세는 마치 다른 사람이 된 것 같이 강직해 보였다. 나는 내가 모자라서 세상에 나갈 수 없다는 두려움에 마음부터 닫아 버렸었다. 하지만 그 누구보다도 선택받길 원하고 있었던 거다. 비록 작은 일이라도.

가게로 들어가며 큰소리로 인사를 했다. 아직 영업 전이라 그런지 가게 안은 적막하고, 홀은 불이 꺼져있었다. 작지 않은 소리였는데, 안에선 별다른 기척이 없다. 나는 두리번거리다 불빛이 있는 곳을 따라 조심히 걸어 들어갔다. 주방이었다. 장사 준비로 바쁜 시간, 어두운 공간에서 유일하게 불이 켜져 있는 곳은 주방뿐이었다. 나는 부엌으로 걸어가 고개만 쑤욱 내밀고는 왼쪽 오른쪽 번갈아 보았다. 주방은 눈부실 정도로 환하게 불이 켜져 있었다. 하지만 아무도 없었다.

"…저…기요?" 어딘가에 있을 인기척을 찾아 소리를 냈다.

하지만 사방은 여전히 조용하다. 그때, 어디선가 소리가 들렸다. 나는 그 소리의 근원을 찾아 꾹꾹 시선을 눌러가며 훑어보았다. 그러고 보니 부엌 뒤에는 아주 컴컴한 곳, 또 다른 공간이 있었다. 나는 안을 살펴보기 위해 주방으로 들어갔다. 바닥이 물기로 가득 찬 탓에 까치발을 하고서 건너듯 주방을 통과했다. 어두운 공간에는 식자재가 가득하다. 쌀을 담아 놓은 큰 고무통부터 정육점에서나 볼 수 있을 법한 대형 냉동 창고까지, 그것도 무려 두 대나?

'아니… 이 조그만 가게에 이런 게… 필요해?'

기척 없는 가게에 인사를 받아줄 누군가를 찾으려 했지만, 어느새 나는 주변을 구경하느라 정신을 놓고 있었다. 그때 또다시 소리가 났다. 나는 곧바로 고개를 돌렸고, 창고로 보이는 구석에서 무언가 움직이고 있는 것을 발견했다. 여자였다.

"어…어, 안녕…하세요."

등을 돌리고 있는 여자는 내 얼굴을 스윽 한 번 보고는 제 할 일을 하겠다는 듯 곧바로 고개를 돌렸다. 그 속도는 너무 빨라 마치 아무것도 보지 않은 사람 같았다.

"왔어요? 오늘부터 알바하기로 한 사람이죠?"

키가 작고 살집이 있는 여자. 40대 후반으로 보이는 여자는 검은색 고무줄로 짧은 머리를 질끈 묶었다. 얼굴은 귀여운 상이라 앳돼 보이지만, 염색할 시기를 놓쳤는지, 뿌리 쪽에서부터 올라오는 흰머리 탓에 나이대를 가늠할 수 있었다. 여긴 혼자뿐인지 여자는 끙끙대며 무언가를 옮기고 있었다. 상자엔 뭐가 들어있는지는 몰라도, 혼자서는 역부족으로 보인다. 나는 어깨에 걸치고 있던 작은 가방을 서둘러 내려놓고서, 틈을 비집고 여자의 맞은편으로 가 상자를 들었다.

"어어, 자자자! 이쪽으로, 어어! 그렇지!"

평소 무거운 물건을 들 일이 없었기에 잔뜩 긴장하며 허리에 힘을 주었다. 잰걸음으로 모퉁이를 돌아 털썩 소리가 날 만큼 떨어뜨리고는, 우리 둘 다 허리를 잡고서 후우- 동시에 숨을 내쉬었다.

"아휴-진짜! 내가 분명 옮겨 놓으라고 했거든? 근데 이 양반이 말을 안 들어 말을. 아우… 허리야."

여자는 허리가 아픈지, 보이지 않는 남편이라는 사람에 대해 푸념을 하며, 어지럽게 삐쳐 나온 앞머리를 쓸어 올렸다. 일이 고된지 화장기 하나 없는 얼굴엔 피곤함이 역력했다.

"하하… 생각보다 무겁네요. 혼자서는 못 들겠어요. 뭐 또 옮길 거 있어요? 있으면 같이 하고요."

제대로 인사도 하기 전에 이미 일을 시작해 버린 나다. 자그마한 체구의 그녀, 금방의 짐 때문인지 빨간 앞치마에는 약간의 먼지가 묻어 있다.

"휴-우, 없어요, 없어. 아직은."

여자는 아래를 보며, 먼지를 툭툭 털며 말했다.

"어? 근데 일찍 왔네요?" 여자의 시선은 그대로 시계로 향한다.

톤 자체가 높은, 밝고 까랑까랑한 목소리.

"아, 네, 뭐, 첫날이고 해서… 오늘부터 일하게 된 백사하라고 합니다. 아까 입구에서 인사는 했었는데 아무 소리가 없어서 여기까지 들어오게 됐네요." 나는 다시 한번 더 인사를 했다.

"안에 있으면 소리가 안 들려요. 일찍 오고 좋네요? 근데 많이 일찍 왔어."

여자는 의아한 표정으로 나를 훑어보았는데, 시선의 흐름이 꽤나 빨랐다. 그것은 계획된 것이 아니라 그 나이쯤 되면 얼추 가지게 되는 본능과 다름없는 습관이었다.

"다음부터는 한… 십 분? 십오 분 정도만 일찍 오면 돼요. 지각은 절대 안 되고."

말의 속도로만 봐서 성격이 급해 보인다. 하지만 똑순이 같은 이미지랄까.

"아이구, 오자마자 일 시켰네. 자, 이리 와요. 몇 가지 알려줄게요. 이건 사물함 열쇠니까 잊어버리면 안 돼."

여자는 열쇠 하나를 주며 가게 구석으로 안내했다.

"33살이라며? 말은 좀 편하게 할게?"

좁은 복도 사이를 걸어가며 또랑또랑한 소리로 말한다. 처음부터 느꼈지만, 그녀는 꽤 바빠 보인다. 정말 바쁘기도 하겠지만, 야무진 동작과 말투가 그런 느낌을 주고 있었다.

"입고 온 옷은 이 칸에다가 넣으면 되고, 유니폼은 자, 여기 두 벌 줄 거니까 더러워지면 집에서 세탁하고 번갈아 입으면 돼. 옷은 나갈 때 반납해야 하니까 보관 잘하고."

여자는 몇 번이고 반복했을 것 같은 말을 기계처럼 내뱉었다.

"신고 온 신발은 여기, 이곳에다 벗으면 되고? 일할 땐 이걸로 갈아 신으면 되고." 바닥에 있는 푹신한 신발을 가리키며 말했다.

"아, 그리고! 머리! 머리가 중요해. 여기는 음식점이잖아? 머릴 잘 묶어야 한다구! 자, 봐봐, 사하 씨. 지금 사하 씨처럼 머리가 나오면 안 돼. 실핀으로 고정해주고. 무슨 말인지 알겠지?"

여자는 활짝 웃었다. 그 웃음마저도 기계처럼 금세 사라졌다.

"갈아입고 나오면 나머지 설명해 줄게. 천천히 하고 나와."

"아, 네네, 얼른 갈게요." 여자는 대답을 듣고서 방을 나갔다.

분주한 설명을 들으며 나는 그녀가 보통 꼼꼼한 게 아니라는 생각이 들었다. 처음에는 힘들어 봤자 얼마 안 되는 시간이니 편하겠지 싶었는데, 어쩌면 내 생각과는 다르게 흘러갈 수도 있겠다는 느낌이 들었다. 아무래도 일을 제대로 배울 것만 같았다.

옷을 갈아입는 이 공간은 가게 맨 끝 쪽 구석진 방으로, 성인 두 명이 서면 꽉 들어찰 만큼 몹시 좁은 공간이었다. 그래서 움직일 때마다 사물함이 벽처럼 닿아 문을 열면 공간은 더욱 좁아졌다. 그래서인지 나는 어느새 조각조각 걸으며 움직임을 최소화하고 있었다. 순간, 마음이 좋지 않았다.

'어쩌다 내가 아직도 합격을 못 하고 여기서…'

그동안 많이 내려놓았다. 젊은 날의 치기, 근거 없이 자신만 있던 날들, 나에 대한 모든 기대까지도. 하지만 아직은 조금 더 시간이 필요할 것 같다.

'올해도… 또 이렇게 흘러가는구나.'

아르바이트가 나쁘다기보다는 수험 생활이 잘 풀렸다면 여기가 아닌 다른 곳, 아르바이트가 아닌 직업을 갖고 있었을 텐데, 올해 초만 해도 생각지 못했던 상황에 나도 모르게 가라앉았다. 하고 싶은 일이 있고 가고자 하는 길이 있는데, 꿈을 위해 생활비를 마련하는 일이 일상에 주가 될까 두려워졌다. 아직도 난, 정처 없이 떠돌고 있었다.

아르바이트를 찾을 때 다양한 일들이 있었다. 하지만 나는 앉아만 있던 생활을 벗어나 고생도 하고 땀을 내고 싶었다. 몸을 쓰고 싶었던 거다. 성하지 않은 아버지와 애처로운 어머니, 그리고 내가 지독하게도 증오했던 오빠와의 기억들과 답답한 나의 미래까지도, 안에 맺혀 있는 응어리들을 잠시라도 잊고 싶었다.

　그동안 감춰왔다. 나만 고통스러우면 되지 하고서. 어차피 모두가 힘들게 사는데 나와 마주하는 사람들까지도 고통을 느끼게 하고 싶진 않았다. 밝아지기 위해 아무리 노력해도 이미 곳곳에 박혀버린 우울이 문득 새어 나올 때가 있었다. 그럴 때면 나는 쏟아진 과일을 담아내듯 애써 급하게 감정을 주워 놓았다.

　첫째, 얼굴엔 조금의 슬픔도 드러내지 말기로 한다. 나의 서러움은 비단 숨기지 않아도 웬만한 사람들은 다 읽어내 버릴 테니까, 애써 보여주지 않기로 한다. 현재가 흔들리는 만큼 수백 번 흔들릴지언정, 그 진동이 새어 나가지 않도록 한다.

　둘째, 줏대 없어 보일 만한 모습은 보이지 말기로 한다. "어휴, 저러니까 저 나이 먹도록 저러고 살지." 손가락질 받지 않도록 어린 친구들보다 행동을 더 조심하기로 한다. 위태로운 마음은 속에 있는 거로 충분하다.

　셋째, 마음먹고 나왔으니 함부로 후회 않기로 한다. 나는 아르바이트지만, 저 부부에게는 생계고 인생이다. 나를 뽑아준 사람을 실망시키지 말자.

　머리를 동여매고 마음을 다잡았다. 고마운 사람들이다. 고마운 마음엔 여전히 변함이 없다. 나는 얼굴에 새로운 웃음을 장착하고는 해맑은 표정으로 문밖으로 나왔다.

　"옷 다 갈아입었어요!"

제12장 휘광

그저 신기루 같은 것

　예상치 못한 공고 합격 소식에 휘광은 멍하니 누워 천장을 보았다. 참담하다. 다시 매겨도 형편없는 점수인데 덜컥 붙어버렸으니, 가기가 더 싫어졌다. 뭐가 어떻게 돌아가고 있는지, 이미 짜놓은 판처럼 모든 일이 착착착, 삼촌 뜻대로 되어가고 있는 것 같았다. 공부 잘해 좋은 학교에 간다 한들 뒷받침해 줄 사람이 없다는 건 알고 있다. 그래서 대학은 꿈도 꿀 수 없는 것 역시 잘 알고 있다. 휘광은 더 이상의 설명이 필요 없을 만큼 모두 다 충분히 이해하고 있었다.

　현실이 고단한 이들에겐 꿈은 그저 신기루 같은 것. 사실이 그렇다. 인희는 무슨 일이 있어도 휘광의 뒷바라지만은 꼭 해주겠다고 말했지만, 경만의 말대로 그건 기죽지 않길 바라는 마음으로 뱉어버린 말일 수도 있다. 그 뒤로 휘광은 점점 말수가 줄어들기 시작했다.

　집에서 학교까지 가는 길을 보면, 일단 광화문까지 한참을 쭉 내려가야 한다. 그리고 버스를 타고 용산까지 간다. 이 길을 온전히 다 걸어 다닐 수는 없다. 얼마 전까지 남아있던 돈을 쪼개고 또 쪼개 썼는데도 이젠

바닥나고 없다. 특히 주말인데도 삼촌 손에 끌려가 얼음물 소동까지 한바
탕 마치고 난 후에 돌아오는 월요일은 더욱 고단하기만 했다. 휘광은 몸
이 으슬으슬해 걸을 힘조차 나지 않았다.

'아파서 죽나 쪽 팔려 죽나 매한가지다!'

휘광은 마당에 서서 차비를 달라고 했다. 마당엔 정적만이 흘렀다. 몇
번을 주저하며 순간의 용기로 말했지만, 그런 떨림이 무색할 만큼 방안은
고요하기만 했다.

'…안 들렸나?' 휘광은 눈동자를 굴려본다.

그때, 채-앵 동전 구르는 소리가 났다. 동전은 마룻바닥 위로 던져졌
다.

"그냥 내를 팔아라! 내를 팔아!! 으으, 지겹다! 지겨워!"

던져진 동전은 뱅그르르 몇 바퀴쯤 구르다가 모래 위로 떨어졌다. 휘광
의 시선은 동전을 따라간다.

"어어어-!"

그러고는 챙그랑-. 야속하게도 하수구 철망 속으로 들어갔다.

'아휴, 시발….' 휘광은 욕이 절로 나왔다.

'아파 죽겠는데…' 허리에 손을 얹고 한숨을 푸욱 쉰다.

휘광의 외숙모 미경은 예나 지금이나 변함이 없다.

"지도 자식 키우고 있으면서 어찌 저래 독하노…."

휘광은 숙모가 고맙다가도 그 마음이 채 하루를 가지 않았다.

그렇게 동전 하나를 빼내겠다고 아침부터 진땀을 뺀 휘광이었다. 휘광
은 굴러다니는 동전을 주우며 어린 시절 그때를 떠올렸다. 미경은 휘광이
훨씬 더 어릴 때에도 돈을 던졌었다. 그게 휘광에게는 상처로 남아 더욱

선명했다. 미경은 경만이 없을수록 휘광을 더 모질게 대했다.

터덜터덜, 걷는 걸음마다 생기는 진동이 뒤통수까지 전해져 오는 것 같아 이른 아침부터 머리가 둥둥거린다. 입이 튀어나온 채로 발끝에 걸리는 돌멩이를 탁하고 찼다.

의사가 되고 싶었다. 치과 의사. 의사에 대한 특별한 관심이 있는 건 아니었지만,

"휘광아, 아버지는 니가 커서 의사가 됐으면 좋겠다."

아무도 안내해주지 않는 불친절한 인생에서 스치듯 지나간 아버지의 말은 유언같이 남아 하나의 이정표가 되었다. 어쨌든 휘광은 잠시나마 의사의 꿈을 품었었다. 어린아이의 꿈은 때론 어른의 소망과 맞닿아있기도 한다.

삼촌이 야속했던 이유는 자신에게 무엇이 되고 싶나, 무엇을 좋아하나, 단 한 번을 물은 적이 없었기 때문이다. 휘광은 아버지가 없는 대신 삼촌이 그 자리를 메워주고 있다는 생각을 했었다. 자신을 덥석 받아준 것도 어쩌면 삼촌이 자신을 아들처럼 생각한 건 아닐까, 그런 기대를 품게 만드는 일이었다. 하지만 성적이 많이 올랐다며 아들 진형의 받아쓰기 70점에도 들떠있는 삼촌을 보며, 휘광은 단번에 공고를 권했던 삼촌의 얼굴이 떠올랐다. 휘광의 성적이 얼마나 큰 향상을 보였는지, 이젠 전교에서 노는 아이라는 걸 뻔히 알면서도 조금의 칭찬도 혹시나 공부에 미련을 두게 하는 시발점이 될까, 삼촌은 매정하게 그 연결 다리를 끊어 버렸다.

휘광은 삼촌이 계획한 길에 버려진 것 같았다. 생각대로 걷는 능동적인 삶이 아니라 누군가 뒤에서 밀어버려, 후두둑 쏟아지듯 걸어버린 것 같았다. 삼촌은 말 그대로 삼촌일 뿐, 아버지는 아니었다. 어찌 보면 지극히

당연한 것인데도 휘광은 괜스레 속이 허전해졌다. 그 뒤로 휘광은 경만을 의심했다. 설득처럼 풀어놓는 삼촌의 말들이 아무리 옳을지언정, 속이 시커먼 어른들이 부리는 술수일지도 모른다며 그 진정성을 의심했다. 휘광은 삼촌이 조금 더 솔직해졌으면 좋겠다고 생각한다. 삼촌이 권하는 길이 최고의 길이라는 거짓말은 말아줬으면 하는 마음이다. 자신을 생각해주는 척하는 삼촌도, 자신을 지겨워하는 숙모도, 휘광은 모두가 다 지겨워졌다.

그러던 어느 날, 설거지하고 있던 휘광의 옆으로 누군가 다가온다. 옆집 사는 여자였다.

"우리 휘광이이-, 설거지하고 있어? 가만 보면 설거지는 늘 네가 하더라? 그래, 뭐, 그 정도는 하고 그래야지?"

나이는 30대, 이름은 미자. 광화문 근처 다방에서 일하는 이모다. 하지만 미자는 진짜 이름이 아닌 건지, 미자라 부르는 사람이 있으면 큰 비밀을 들킨 것처럼 헐레벌떡 달려가서는 입술을 꾸욱 뭉개버리며, 그렇게 부르지 말라며 단단한 눈빛으로 흘겨보았다.

"난! 미자가 아니야!" 자신은 미자가 아니라 한다.

"로나!" 로나라고 한다.

"로…라요?" 휘광은 더듬거리며 물었다.

"아니, 로나!! 나와 너! 할 때 나!! 로! 나!"

로나는 답답한 듯 미간을 구겼다.

"로…나…." 휘광은 중얼거리며 되새겼다.

"넌 어쩜 젊은 애가 벌써부터 가는 귀가 먹었니? 그리구 발음! 발음이 그게 뭐야! 로나~ 부드럽게 해야지. 로, 로, 나, 나. 영어는 발음이 생명인

거 몰라?" 로나는 휘광을 쏘아보며 말했다.

소피아, 스칼렛, 그리고 지금의 로나까지. 그 이름은 매번 바뀌었다. 끌리는 이름이 생길 때마다. 휘광은 왜 시커먼 머리로 외국 사람 흉내를 내는지 도통 알 수 없었다. 어쨌든 지금은 로나인 단발머리 이모를 휘광은 그다지 좋아하지 않았다. 또 무슨 말을 하려는지 서서히 다가오는 로나에게 휘광은 아무런 반응도 하지 않기로 했다. 마당에 앉아 설거지하고 있는 휘광의 옆으로 로나는 쪼그려 앉는다.

"그래, 설거지라도 해야지? 안 그럼 미움받고도 남겠지?"

키 크고 깡마른, 사람들은 로나를 촉새라고 불렀다. 물론 뒤에서 말이다. 휘광은 옆에 앉은 촉새를 힐끗 쳐다보고는 묵묵히 설거지를 한다.

"남의 집 살 땐 말이야…? 눈치가 있어야 해, 눈! 치!"

촉새는 휘광의 볼을 꾹꾹 찌르며 말한다.

"어휴… 뭐, 알지 다 알지. 너라고 여기 살고 싶겠니? 그래서 남의집살이가 힘들다는 거야."

촉새는 휘광의 등을 부드럽게 쓸어내린다.

"괜히 어쭙잖게 툭툭거리지 말고. 입! 요 입을 딱 다물고 숨죽이고 살아야 해!" 그러다 벌떡 일어난다.

"안 그럼, 너어- 바로 내려가야 한다?"

무서운 표정으로 아래를 내려다보는 얼굴이었다. 내려가라니, 휘광에겐 듣던 중 반가운 소리였다. 졸업, 졸업. 휘광은 졸업 때까지만 눈 딱 감고 버티기로 한다.

"아니, 안 그래두… 얼마 전에 너희 숙모가 점 보러 갔는데에… 너-어 그 얘기 들었어?"

촉새는 소곤거린다. 휘광의 시선은 여전히 대야에 머물러 있다.

"이 집이 계-속 안 풀린다고 했대⋯." 촉새는 두리번거리며 속삭인다.

"근데 그 이유가 뭔 줄 알아?"

_ 세 명의 조합의 퍼즐

"글쎄⋯ 이 집에 말띠가 세 명이라 집이 안 풀린다고 했다지 뭐야."

휘광은 멈칫했다.

"휘광아 봐봐? 이 집에 말띠! 누가 있지? 너희 삼촌, 숙모, 딱 둘이잖아? 근데 거기서 끝이 아니지?" 촉새는 비밀을 전하듯 속삭였다.

"그리고 너! 말띠!"

'외삼촌, 외숙모⋯그리고⋯⋯나. 말띠 세 명⋯.'

그 말이 사실이라면, 불운의 말띠 세 명의 조합의 퍼즐을 맞춘 건 다름 아닌 휘광, 바로 자신이었다. 휘광은 수도꼭지를 꾹 잠갔다. 그리고 일어나 방으로 들어간다.

"어머? 너 어른이 말하는데 그냥 들어가는 거야? 아휴⋯ 정말. 저 성질머리하고는!

사실 이건 가벼운 일이 아니었다. 미경은 온갖 미신이라는 미신은 다 믿는, 자신이 끌리는 모든 비과학적인 믿음들을 거의 하나의 종교처럼 응축해 운명처럼 믿고 사는 그런 사람이었다. 그 신념의 옳고 그름을 떠나, 그런 사람에게 그런 점의 결과는 휘광에겐 가히 치명적이라고 할 수 있다.

-말띠 세 명.

옆에서 뭐라 지껄여도 상관없다는 듯 넋 놓고 설거지만 하고 있던 휘광이 아무런 방어 없이 받은 충격은 실로 거대한 것이었다. 다름 아닌 자신 때문에 이 집이 안 풀린다는 표현까지 썼다면, 가뜩이나 휘광을 못마땅하게 여기는 미경을 자극하기에 아주 충분했을 것이다.

그러고 보니 요 며칠 미경은 전보다 더 한껏 예민해진 상태였다. 휘광은 모든 게 이해가 갔다. 무서웠다. 사실 휘광은 그 말을 건네 듣는 순간, 온몸에 소름이 돋을 만큼 엄청난 두려움을 느꼈다. 점을 맹신해서라기보다는 지금 이 시점으로부터 앞으로 이 집에 무슨 일이 생긴다면, 그것은 온전히 휘광의 탓이기 때문이다. 처음엔 그렇지 않다 해도 시련이 반복되고, 불운이 거듭하다 보면, 모두들 그렇게 받아들일 것이다.

한창 예민할 청소년기, 최대한 눈에 띄지 않고자 했던 노력들이 무색해질 만큼 존재 자체를 부정당하고 있는 말띠 소동에 휘광은 외딴 섬에 남겨진 것 같은 느낌이 들었다. 순식간에 서러워진 휘광이다. 문득, 휘광은 부산에 있는 엄마가 너무나도 그리웠다. 언제나 산처럼 높은 고봉밥을 내어놓고서 휘광의 먹는 모습만 봐도 히죽 웃던 엄마가 보고 싶어졌다.

목소리가 듣고 싶다. 하지만 여기에는 전화기가 없다. 휘광은 멍한 눈으로 고민하다 펜을 들었다. 그러고는 엄마를 향해 편지를 쓴다. 무슨 내용을 쓰고 있는지 인지하지 못할 만큼 휘광은 멈추지 않고 써 내려가고 있었다. 이젠 공부고 기술이고 다 싫었다. 못 살겠다고, 참고 참으면서 지내려고 했는데 더는 못하겠다고, 그래서 부산으로 내려가겠노라, 대략 내용은 그렇다. 편지의 마지막 인사말을 남긴 후, 휘광은 기력을 쏟아낸 병사처럼 쓰러지듯 책상에 엎드렸다. 그리고 잠시 후, 고개를 든 휘광은 얼룩진 편지를 찬찬히 다시 읽어 내려간다. 그러고는 구겨 버렸다.

고등학생이 견디기에 지금 이 복잡한 환경은 너무나도 질서 없는 것이었다. 무엇보다도 잦은 부부 싸움에 자신의 이름이 거론되는 것이 너무나도 고통스러웠다. 귀가 있어도 듣지 못하고, 눈으로 보고도 못 본 척해야 할 것들이 산적해 있었다. 휘광은 마음을 담아 다시 편지를 쓴다.

그리고 얼마 뒤, 인희는 서울로 올라왔다. 못 본 새, 또 야위어졌다. 그리고 그런 인희의 등에는 아주 큰 짐이 있었다. 그건 바로 이불이었다. 인희는 먼 길에 이불까지 지고 온 것이다. 순간 휘광은 자신이 아주 큰 잘못을 저지른 것만 같았다.

'참았어야 했어…'

얼굴만 봐도 울음이 터질 것만 같은데, 작은 몸에 둘러메고 온 이불 보따리를 보고서 휘광은 엄마가 왜 이리도 자신의 가슴을 아프게 하는 건지 슬퍼서 견딜 수가 없었다. 너무 놀라 자리에 멈춰있던 휘광의 발걸음은 서서히 인희에게로 향한다.

"어… 엄마… 온다는 말도 없이… 여는 왜 왔노…."

눈물이 고인 휘광은 엄마의 손을 만지작거린다.

"뭐꼬, 이게… 이불 같은 건 와 들고 왔노…. 안 힘들드나, 나 덮는 이불 있는데…."

휘광의 울먹임에 인희도 눈시울이 붉어졌다. 요 근래 눈에 띄게 말수가 줄어든 휘광은 언제 그랬냐는 듯이 엄마 앞에서 두서없이 쏟아낸다.

장아찌와 고기 장조림, 말린 생선, 먹을거리는 물론이고 아이들이 입을 만한 옷가지까지 들고 온 인희였다. 인희는 바리바리 싸 들고 온 보따리를 미경 앞에 내밀었다.

"올케 니가 고생이 많다. 살림도 바쁠 긴데, 참 면목이 읍다. 내가 고맙고 미안네. 올케 덕분에 우리 휘광이도 마, 이제 잘 적응했을 기다."

인희는 주름진 얼굴로 웃음 지었다.

"하아… 이제 야도 여기 물이 어떤가 다 알았을 끼고, 이제 마 휘광이 니도 독립해야 안 되겠나?" 인희는 휘광을 보며 묻는다.

휘광은 입을 꾹 다문 채로 보자기만 바라보고 있었다.

인희는 방을 빌리자고 했다. 경만도 따라나섰다. 인희는 휘광이 다니는 학교 바로 옆으로 방 한 칸을 빌렸다. 학교 근처라 비싸긴 해도 그만큼 시간도 차비도 아낄 수 있을 거란 게 인희의 생각이었다. 집은 쌀집이다. 쌀집 안에 작은 방들이 있는데, 그 방 하나를 휘광에게 세 놓은 것이었다. 조그만 방에 인희와 휘광은 마주 앉았다.

"우리 휘광이… 이제 다 컸네. 방도 혼자 쓰고…."

인희는 휘광을 보며 얼굴 한가득 웃는다.

"힘들제… 얼굴 마이 상했다."

인희는 휘광의 얼굴을 쓸어본다. 오랜만에 느껴보는 손길에 휘광은 안도감이 들었다. 엄마의 손은 늘 보드라웠다.

"살아보니 어떻노? 학교는 댕길 만하드나?"

인희의 표정이 어두워진다.

"…가기 싫다." 휘광은 숨기려던 말을 꺼내버렸다.

엄마는 그런 휘광을 애달픈 눈으로 바라본다.

"엄마 생각해서 그런 기가?" 인희는 당겨와 앉는다.

"아이다. 내가 공부는 무신…."

휘광은 고개를 숙이며 애꿎은 손가락만 만지작거린다.

"우리 형편에 어데 공부만 할 수 있나. 기술 배워야지, 기술. 근데 엄마, 이것도 쉬운 거 아이디, 되게 어렵드라,"

주절거리는 휘광을 보며, 인희는 아무 말이 없이 휘광의 손을 끌어다가 조용히 어루만져 주었다.

"나도 이제 어른이다⋯." 휘광은 눈물이 나 고개를 들지 않았다.

인희는 휘광을 안아주며, 등을 툭툭 두드려 주었다.

그때, 휘광은 조금 씁쓸했다. 그래도 엄마가 조금 더 공부하는 게 낫지 않겠냐는 한마디 불만 지펴줬어도 휘광은 위로가 됐을 것이다. 삼촌의 말이 맞았다. 엄마는 아무 말이 없었다. 자신의 모든 걸 다 팔아도 한 학기 등록금이 안 되는 건 아닐까, 인희도 내심 겁이 났을 것이다. 자식은 부모 말을 곧이곧대로 믿으면 안 되는데, 휘광은 엄마의 힘듦의 깊이를 알고 자랐을까.

"삼촌이 주는 돈은 안 모자라드나⋯. 얼마 전에 전신환 더 보내고 싶었는데⋯ 상황이 안 좋아가 얼마 못 보냈다."

순간 휘광의 얼굴은 얼어버렸다.

전신환은 우체국에서 취급하는 송금방식이다. 발신자가 우체국에 가 돈을 지불하고 송금을 요청해 전신환을 끊는다. 그러면 그 종이는 우편으로 전달된다. 수신자는 받은 종이를 가지고 가 우체국에서 돈을 받으면 되는 것이다. 인희는 생활비를 포함해 휘광에게 용돈을 주기 위해 푼푼이 모아두어 경만에게 보냈었다.

"자, 이거⋯ 니 필요할 때 써라. 엄마가 또 올려 줄게. 힘들 땐 언제든지 편지해라? 알았제, 휘광아?"

인희는 치마 안쪽을 주섬주섬 만지더니, 꼬깃꼬깃하게 모아놓은 돈을 꺼냈다. 휘광은 이럴 때 멋지게 한 번쯤 거절하고 싶었지만, 하는 수 없었다. 정말 수중엔 돈이 없었다.

"휘광아 미안타, 엄마가 마이 미안타. 휘광이 키우기에는 엄마가 마이 모자란 것 같다…. 니가 얼마나 아까운 자식인데…."

인희는 마음에 새겨놓으려는 듯 휘광의 얼굴을 점찍듯 쳐다보았다.

인희는 미경에게 준 것과는 별개로 휘광의 음식도 바리바리 챙겨왔다. 그리고 쌀 씻는 법부터 밥 안치는 법, 간단한 음식과 마른반찬 하는 법까지 하나하나 차근차근 가르쳐 주었다.

"귀찮다고 굶지 말고, 그러다 뼈 다 삭는다."

인희는 또 어디 입댈 곳이 없는지 둘러보았다. 그렇게 인희는 하룻밤도 머물지 못한 채 서둘러 내려간다.

헤어지는 길. 인희는 웃음인지 울음인지 모를 표정을 지으며, 휘광의 손을 잡고 눈동자 깊숙이 쳐다보았다.

"엄마 간다. 밥 잘 묵고, 힘들면 삼촌 집에도 가고 그래라."

인희는 시린 손을 흔들며 아들에게 어서 들어가라 손짓했다. 그 인사를 끝으로, 서울역 인파에 묻어가는 엄마의 자그마한 뒷모습에 휘광은 왜 그리도 눈물이 났는지 모르겠다.

'우리 엄마는 진짜… 와 저래 불쌍해 보이노…. 짜증 나 죽겠다!'

엄마도 아들도 결국엔 힘들다는 말, 슬프다는 말, 그 어떤 말도 서로에게 건네지 않았다. 소중한 사이일수록 걸러내는 말은 더욱 많은 법이다.

빨리 해가 저물었으면

집에서 유일하게 일하는 사람은 정주와 연숙 단둘뿐이었으니, 두 사람은 하루를 열두 번을 쪼개도 시간이 모자랐다. 그러던 어느 날, 이 집 저 집 돌아다니며 일거리를 찾아다니는 걸 보며, 동네 어른들은 안쓰러웠는지 연숙에게 일자리 하나를 추천해 주었다.

다음 날, 연숙은 쭈뼛쭈뼛 걸어 가본다. 이곳은 인력시장과 다름없는 곳. 일감을 받기 위해 늘어선 줄만 해도 한참이다. 연숙은 사람들을 따라 줄을 서 보았지만, 여간 깐깐한 게 아닌 검열에서 열여섯 살짜리 여자아이가 쉽게 통과될 리 없다. 그러다 몇 번이고 빈 걸음으로 돌아오길 반복하다 이젠 나름의 요령이 생겼는지 검열이 허술한 안쪽에 서고는 납작한 돌을 모아다가 그 위에 올라서는 게 아닌가. 연숙은 밀짚모자를 푹 눌러 쓴 채로 버티고 있다.

그렇게 몇 번의 고비를 지나, 이주 간의 탈락 끝에 연숙은 드디어 통과를 받았다. 화물차 하나가 털털털 사람들을 싣기 위해 다가온다. 연숙은 이제 일터로 옮겨지는 것이다. 이날 연숙이 배정받은 일감은 묘목의 풀을 베는 것. 소나무, 편백나무 등 어린 나무들이 잘 자랄 수 있도록 나무 주위의 잡풀을 뜯어내는 일이다. 제주에서 키운 여러 묘목들은 배로 실어 전국으로 나간다. 곧 있으면 4월 5일 식목일이라 이곳에는 일꾼들이 많이 필요했는데, 그중 한 명에 당당히 연숙이 뽑힌 것이다.

연숙은 떨리는 마음으로 일터에 도착했다. 눈앞엔 꼬마처럼 자그마한 소나무들이 줄지어 심겨 있다. 모두 배정받은 자신의 줄에서 해가 질 때까지 잡풀을 뜯으면 되는 것이다. 덩치가 작은 건 연숙의 사정일 뿐, 배당된 일은 모두가 그 양이 같다. 그러니 연숙은 제 몫을 해내야만 하는 것인데, 중학생밖에 안 되는 어린 나이에 어른들의 속도를 맞추려면, 그야말로 아주 죽을 맛일 것이다. 모두가 자신의 줄에 앉아 높이 서 있는 총감독의 눈치를 보며 앞으로 나아간다. 요령을 피우거나 뒤떨어지면 어떻게 되느냐? 그날은 모든 시선을 받아 갈 만큼 욕이란 욕은 다 듣는데, 난리도 그런 난리가 없는 것이었다.

연숙은 몇 시간 째 애를 쓰고 있지만, 체급 차이는 어쩔 수 없었다. 감독관들은 누구 하나 쉬고 있을까 매서운 눈으로 돌고 있었으니, 누가 더딘지쯤은 확연하게 눈에 띈다. 조금씩 뒤떨어지는 연숙을 보며 총감독은 눈치를 주며 지나갔다. 그렇게 한참을 베고 있으니, 연숙의 손가락은 낫 모양처럼 휘어져 퍼지지도 않고 꼬부랑한 채로 얼얼하기만 했다. 그래도 하루를 버텨보겠다고 얼마나 악바리처럼 해대는지, 확실히 연숙은 보통내기가 아니다.

'저놈의 해는 왜 떨어지질 않나….'

한참을 일하던 연숙은 고개를 들어 밀짚모자 사이로 주위를 살펴본다. 일을 제대로 하지 못하면 그 자리에서 낙인찍혀버려 다신 이곳에 들어올 수 없다. 그래서인지 하나같이 고개를 처박고 기계처럼 일만 한다. 모두들 연숙이 가지지 못한 힘은 물론이고, 나름의 요령까지 갖췄으니 여간 부러운 게 아니었다. 한나절 땀 바가지를 흘렸더니, 연숙은 정신이 어질해서 일어서기도 힘들다.

이제 점점 모종 옆으로 긴 그림자가 드리우기 시작한다. 기다리던 시간, 서서히 노을이 지고 있는 어스름한 하늘이 보인다. '조금만 더 버텨보자!' 볕을 등에 지고 낫질을 한다. 작은 키를 감추려고 쓴 밀짚모자는 온종일 햇빛을 가려줘 고맙긴 했지만, 일하는 내내 앞으로 쏠려 내려와 번거롭게 올려 쓰며 땀을 배로 흘리게 만들었다.

그때였다. 위잉- 귓가를 울리는 소리와 함께 눈앞으로 커다란 무언가가 확 하고 지나간다. 그러고는 하나, 둘, 셋. 눈앞이 아득해졌다. 아주 따끔한 느낌에 팔로 휘젓는다. 그런데 얼굴이 아리기 시작하면서 점점 땅기는 기분이 들었다. 연숙은 더듬거리며 얼굴을 만져 보는데, 입가가 쩽한 게 부어가고 있었다.

벌이었다. 아주 커다랗고 통통한 벌이 연숙의 입술을 쏘고 간 것이다. 그 와중에도 모자는 벗을 수 없으니 미치고 환장할 노릇이다. 모든 생각이 정지된 채로 멈춰있는데, 이대로 가만있다가는 혼쭐이 날 것만 같았다. 연숙은 안 되겠다 싶어 곧바로 나무를 헤치고 뛰쳐나와 감독이 없는 건물 뒤로 부리나케 달려갔다. 눈앞이 흐릿했지만 정신줄을 붙잡고 휘청휘청 뛰어서는 건물 벽으로 내던지듯 몸을 기댔다. 연숙은 다시 한번 얼굴을 더듬어본다. 벌침은 남아있지 않고, 입술은 주먹만큼 부어올랐다. 거기엔 이미 아줌마 몇 명이 숨어서 쉬고 있었다.

"아즈망!! 나! 벌 쏘았수다! 벌 쏘았수다!!" [1]

연숙은 발을 동동거리다 울어버렸다. 그 소리에 한 아줌마가 화들짝 놀라 연숙에게로 달려갔다.

"아이고야! 큰일 났수다!!"

다급한 목소리에 쉬고 있던 사람들도 일제히 쳐다본다.

"왜? 무싱 거꽈?" [2]

모두들 연숙에게로 모여든다.

"아이고야! 봉끄랑한 게 엄블랑 호다!!" [3]

한껏 부어있는 연숙의 입술을 보며 다들 어쩔 줄 몰라 한다.

"오줌 바르켜! 오줌!! 오줌 쌍 바르켜!!" [4]

아줌마들은 오줌을 발라야 한다며 성화였다. 바로 그때,

"거! 무싱 거 하미꽈!!" [5]

고함과 함께 멀리서 총감독이 바쁘게 걸어오고 있었다. 기어이 하루 일다 끝나 가는데, 잘못 걸렸다가는 어렵사리 얻은 일자리마저도 놓쳐버릴 게 뻔했다. 그 마음은 모두가 같았기에 모인 사람들은 엉거주춤 자리에서 일어선다.

"아이고야… 돌 조심 호곡… 푸더지질랑 말앙 오라…." [6]

한 아줌마가 안쓰러운 눈으로 말한다. 연숙은 부은 얼굴로 알겠다며 고개를 흔들었다. 연숙의 손을 붙잡고 있던 여자는 힘겹게 손을 떼어냈다.

---

1) 아줌마!! 나! 벌에 쏘였어요! 벌에 쏘였다고요!!
2) 왜? 뭔데 그래?
3) 아이고야! 빵빵하게 부어오른 게 보통이 아니야!!
4) 오줌 발라야 돼! 오줌!! 오줌을 싸서 발라야 된다고!!
5) 거기! 뭐하고 있습니까!!
6) 아이구… 돌 조심하고… 넘어지지 말고 오거라….

"무사 경 다울렴디! 감수다, 감수다!!" [7]

말수 없던 여자들은 혹여나 감독의 눈이 연숙에게로 향할까 평소답지 않게 큰소릴 낸다.

"무신 걸 잘 하구랜 큰소리꽈!!" [8]

도리어 성을 내는 통에 감독은 황당한 눈치였다.

"아이고-오, 경 들럭퀴지 맙서게!!" [9]

아줌마들은 합심이라도 한 듯 돌아가며 한마디씩 거든다.

"아이, 이러다 해 저물민 어떵 홉니까!! 도르멍 옵서!" [10]

사람 하나 몰아세우는 데에는 보통이 넘는 감독도 떼로 달려드니 하려던 말도 접어버렸다. 시간이 다 돼가자 감독의 마음은 급하기만 하다.

한편, 건물 뒤에 숨어 있는 연숙은 입술이 더 부어버려 얼굴에 압이 바짝 오른 상태였다. 여기서 어떻게 오줌을 싸서 받아 내야 하나 연숙은 혼자 덩그러니 남은 채로 고민만 하다, 이젠 더는 앞뒤 잴 것도 없다는 생각에 급하게 오줌을 싸고는 입에 문대버렸다.

순간, 말로 표현할 수 없는 고통이 밀려왔다. 눈물로 범벅이 된 얼굴이 한껏 부어올라 정신이 혼미해졌다. 연숙은 조금씩 눈이 감긴다.

"거! 무싱 거 하미꽈! 확 오라게!!" [11]

감독의 목소리였다. 그 바람에 연숙은 흐려졌던 정신이 다시 돌아왔다.

---

7) 뭘 그리 보챕니까! 가요, 가!!
8) 뭘 잘 했다고 큰소립니까!!
9) 아이고, 난리치지 마쇼!!
10) 아이, 이러다 해 저물면 어떡하려고 그래요!! 빨리 오라고요!
11) 거기 뭐합니까! 빨리 오세요!!

'정신 차려야 해!'

지금 제자리로 돌아가지 않으면 아주 큰일이 날 것이다. 연숙은 가늘게 숨을 내쉬며 마른 입술로 굽어진 손가락을 보았다. 힘을 모아 감았던 눈을 다시 떠보고는 모자를 푹 눌러쓰며 제자리로 뛰어간다.

이미 한참이나 뒤처져 있는 연숙의 줄이었다. 순간 왜 그렇게도 눈물이 나는지, 연숙은 얼굴을 닦을 틈도 없이 악바리처럼 풀을 베어버린다. 입술은 더욱 부풀어 오르고 오줌을 발라서인지 쓰라려 욱신거렸다. 연숙은 얼굴이 땅겨올수록 아픈 몸은 자신의 것이 아니라며 중얼거리며 암시를 했다. 바쁘게 움직이는 손 위로 눈물이 뚝뚝 떨어진다. 그러자 연숙이 다친 걸 알고 있는 아주머니들은 연숙의 뒤를 따라 슬쩍슬쩍 풀을 베어주며 몰래 도와주었다. 여간 고마운 게 아니었다.

그들은 이미 알고 있었다. 연숙이 중학생 어린아이라는 것을. 하지만 누구도 나서서 대신해 줄 수 없다. 땅바닥에 놓인 그 모두가 너나 할 것 없이 고단한 삶을 살고 있었기에, 주제넘게 남 생각하다가는 구해놓은 일거리마저도 놓치게 되어 낭패를 볼 수도 있는 일이었다. 연숙은 결국 죽어라 따라가며 자신의 줄, 그 잡풀을 다 뽑아 버렸다. 연숙도 기어코 어른들처럼 제 몫은 다 한 셈이다. 이렇게 하루 꼬박 일해 얼마 안 되는 일당을 받았다. 하지만 그 돈을 손에 쥐자 좋은 약 한 첩을 먹은 것처럼 고단함이 싹 가셨다. 은행이란 게 있었겠나, 기껏해야 방 한편에 몰래 숨겨 두는 게 전부겠지만, 어쨌든 이 돈은 다 연숙의 것이다.

미소를 지으려다 부은 얼굴에 멈칫한다. 여느 때도 다를 바 없었지만, 이날은 얼마나 서러운지. 단단해졌다고 생각했는데 유난히도 서러운 날이 있다. 연숙은 터덜터덜 걸어 집으로 돌아간다.

제14장 휘광

떠날 수 없을 것만 같았다

서울역 인파 사이로 인희를 배웅하고 돌아온 휘광은 방안에 가만히 누워 하염없이 천장만 바라본다.

'이제는 여기에 적응해야 하는구나….'

한 곳에 깊은 애정을 주는 휘광은 또다시 낯설어진 환경이 못내 아쉬웠다. 그래서 익숙한 얼굴, 엄마를 떠올려본다. 잠시 왔다 간 엄마지만 그 공백은 너무나도 컸다.

'엄마 얼굴이 생각난다. 엄마 손이 생각난다….'

어릴 적 엄마 손을 만졌을 때, 그 말도 안 되는 보드라운 감촉에 이리저리 만져보다, 그 손에는 지문이 없다는 사실을 알게 되었다.

"다 닳았다." 인희는 어색하게 웃으며 급하게 손을 빼냈었다.

닳았다. 지금에 와 조금 더 가깝게 느껴지는 그때 그 말을 그 시절엔 헤아릴 수 없었다. 얼마나 일하면 지문이 닳을까, 휘광은 가늠하기 어려웠다.

마음대로 되지 않는 현실에 휘광은 포기라는 마음과 자주 부딪쳤다. 여행에서 목적지를 잃었으니, 더 이상의 동력도, 열심을 다 할 이유도 없었던 거다. 이 서울 땅덩어리에 이렇게 무의미한 고생을 하고자 온 것이 아니었다. 그런 지금의 상황에서 휘광이 할 수 있는 가장 쉬운 선택은 포기, 포기를 하는 것이다. 모든 걸 포기하고 엄마를 따라나서는 것. 그 길로 부산으로 가버리기만 하면 끝이다. 그러면 정말 본능대로 움직인 자신이 가장 원한 답일 테다.

하지만 도저히 그럴 수 없었다. 중학교도 힘겹게 다니고, 고등학교도 이 먼 곳까지 왔는데, 엉망이 된 채로 돌아가 스스로 패배자가 되는 느낌을 만들 순 없었다. 그럼 삼촌네 식구로부터 "저놈 저건 아무것도 해 먹지 못할 약해 빠진 놈이야." 낙인찍힐 게 분명했다. 마음에 들지 않는 현재라도 포기가 습관이 되는 것은 좋지 않다. 어린 휘광에게도 자신이 어떤 아이로 비쳐질지는 중요한 부분이었다. 자신을 위해서가 아니라 엄마, 엄마를 위해서 말이다.

묵묵히 모든 걸 받아주고 안아주는 엄마가 휘광은 애틋하게 소중했다. 자신의 철없는 행동으로 엄마를 더럽힐 순 없었다. 그리하여 휘광은 굳센 다짐을 했다. 어찌 됐건 고등학교까지는 마치자. 그렇게 하루하루 버티기로 자신과 약속한 것이다.

인희는 휘광에게 힘들면 가끔 삼촌네 집으로 가라 했지만, 휘광은 그러지 않았다. 오히려 웬만해서는 가지 말아야지 다짐했다. 까마귀 날자 배 떨어진다고, 그 집에 운기가 떨어진 날 괜히 눈에 띄어 그 집에 불운을 전해준 존재로 오해받고 싶지는 않았다. 미경은 그런 속도 모르고, 아이들의 공부를 봐주지 않는다며 지겹다, 지겹다, 한숨만 쉬곤 했다. 이렇게 휘광은 자신을 지겨워하던 집에서 조금 더 멀어진 채로 더욱 혼자가 되었다. 이젠 진정한 혼자, 정말 혼자가 된 서울이었다.

오전 7시면 휘광은 눈을 뜬다. 밥을 먹거나 라면으로 때우거나 그게 아니면 그냥 굶곤 한다. 그렇게 등교하고, 오후 4시쯤이면 집으로 돌아간다. 하지만 이제 곧 졸업할 때라 휘광은 실습이 잦았다. 요즘은 남산으로 일하러 간다.

'남산이라니…'

가기 전부터 힘이 빠진다. 남산 꼭대기에 대체 무슨 탑을 세운다는 건지, 송신탑, 송신소를 만든다는데 휘광은 그 작업을 보조하는 일을 했다. 부산이었으면 그나마 볕이 드는 때지만, 서울 날씨는 아직도 매서워 일하다 보면 손이 뚝뚝 끊어질 것만 같았다.

'하아, 오늘도 가야 하나… 밖에 너무 추운데….'

휘광은 이불 속에서 고민한다. 하지만 세상일 모두가 그렇듯, 춥다는 어쭙잖은 핑계로 일정이 멈추는 일 따위는 없다. 휘광은 그렇게 일터로 향한다.

처음엔 산 위에 젓가락 하나 꽂은 것처럼 볼품이라곤 찾아볼 수 없었는데, 이제는 젓가락에 하나둘씩 고리가 생기더니 제법 그럴듯한 모습을 갖춰가기 시작했다. 곧 완성이다. 능숙한 기계공들은 이리저리 바쁘게 움직인다. 이 엄동설한에 산꼭대기에서 작업한다고 많은 사람들이 크고 작은 우여곡절로 얼마나 고생했는지 모른다. 휘광은 고개를 들고 탑 꼭대기를 바라보았다.

"이거, 마! 내가 다 지었다!"

휘광은 히죽 웃는다. 옆에 있던 아저씨들은 그런 휘광을 보며 어린아이 재롱 보듯 따라 웃었다.

"하하… 뭐… 노가다 할 때 시멘트 공구리만 쳐도 내가 지은 거 되는 거 아입니까!"

혼자만의 허풍을 들킨 게 민망했는지, 휘광은 뒤통수를 만지며 웃었다. 보조일 뿐이지만 휘광은 이것을 세우는 데 아주 혁혁한 공을 세운 것 같다.

'하아… 높네, 높아….'

건물 꼭대기를 바라보는데 높아도 너무 높아 목이 끊어질 것만 같았다.

눈 속에 하늘이 가득 차오른다. 그러고 보니 서울에 와서 이렇게 하늘을 보는 일도 드물었다. 휘광은 고개를 높이 쳐들어 본다. 하늘이 너무 밝아 저절로 찡그려졌다.

'잘 하고 있는 걸까….'

예쁘고 좋은 걸 볼 때마다 이상하게도 생각이 더 많아지는 것 같다.

'아휴, 모르겠다! 될 대로 돼라!'

답도 없는 걱정은 치워버리자며, 휘광은 두 팔을 쭈-욱 펼쳐 들었다.

서울에 왔어도 딱히 돌아다닌 적이 없었다. 마음이 공허하니 움직이고자 하는 마음도 줄어들어 잔뜩 움츠리고 살았던 거다. 휘광은 시절이 아쉬워 생각을 바꾸기로 했다. 그 뒤로 휘광은 주말이면 친구들을 만나고, 어쩌다 한 번 마포에 가 놀기도 했다. 그리고 또 생긴 취미 하나, 휘광은 등산을 시작했다. 북한산, 도봉산, 안 가본 산이 없다. 처음 삼촌과 간 인왕산을 시작으로, 휘광은 조금씩 산에 관심을 보이기 시작했다. 그래서 주말이면 부지런히 채비를 한다. 따라오는 친구들을 몇 번 데리고 갔더니, 어느새 집주인 쌀집 아들까지 쫓아왔다. 그러다 이리저리 시간 맞추기도 귀찮아진 휘광은 조용히 산장으로 혼자 가, 라면 두어 개를 끓여 먹고 내려오곤 했다. 생각하지 않기 위해 산을 오르는데, 그 길엔 언제나 현재와 미래가 맺혔다.

졸업이 다가오자 취직에 대한 걱정도 늘었지만, 전자 계통을 배웠으니 방향은 고민할 게 아니었다. 하지만 다른 것이 고민이었다. 도저히 이곳에서는 못 살 것 같았다. 엄마도 보고 싶고 혼자라는 것도 지치고, 멀지 않은 삼촌네와도 껄끄러웠다. 삼촌도 삼촌이지만, 특히 숙모가 더 싫었다. 멀리하기엔 경우 없고, 가까이하기엔 부대끼는, 가족끼리는 꼭 이런 숙명 같은 관계성이 자리 잡곤 한다. 속사정을 알고 있어 그러지 말아야지 싶다가도 매몰찬 말투 때문에 불편한 건 어쩔 수 없었다. 그렇게 알게 모르게 깊어진 감정의 골 때문에, 휘광은 시간이 지나도 외삼촌네와 가까워지기 힘들었다.

그리고 며칠 뒤, 휘광의 졸업식이다. 인희는 졸업식이 언제인지 궁금해했지만, 휘광은 날짜를 여유롭게 말하며 대충 둘러댔다. 대단하지도 않은 학교, 엄마가 올라오는 대대적인 행사를 만들고 싶지 않았다. 졸업식의 풍경은 늘 그렇듯, 미래에 대해 대책 없는 이들이 모여 가장 기뻐하는 날이다. 모두들 모자를 비뚤어지게 쓰고 마치 어른이 다 되었다는 듯이 껄렁대며 걷는다. 강당은 친구들과 그 가족들로 가득 찼다. 휘광은 누구에게도 말하지 않았으니, 여기에 휘광과 관련된 사람은 단 한 명도 없을 것이다. 그래서 누가 올 거란 기대도 없었지만, 이상하게도 두리번거리게 되는 휘광이었다. 색색의 꽃다발을 품에 가득 안고 있는 모습들에 휘광은 문득 외로워졌다. 친구들과 있다 보면 민망할 틈은 없을 거라 생각했지만, 늘 같이 놀던 녀석들도 시간만 나면 가족의 품으로 돌아갔다. 졸업식, 휘광에겐 꽤 길게 느껴진 시간이었다.

그날 밤, 휘광은 서둘러 짐을 꾸린다. 졸업식이 안겨준 외로움에 한잔한 술도 문제였지만, 지금 이 마음을 실행에 옮기지 않는다면 영영 부산에 가지 못할 것 같았다. 단순히 여기가 싫다, 엄마가 보고 싶다가 아니라 직장을 얻고 살다 보면 쉽게 떠날 수 없을 것 같았다. 지금까지 누군가로 인해 등 떠밀려 살아왔으니, 앞으로도 그러지 않을 거란 보장은 없었다. 휘광은 대단할 건 없어도 고향이 좋았다. 엄마에 대한 마지막 기억은 한쪽 다리를 심하게 절고 있는 모습이었고, 그 순간은 영화 속 장면같이 하나의 상처럼 뇌리에 박혀버렸다. 늙어가는 엄마 곁에 살 기회는 지금뿐이라며 휘광은 마음을 다잡았다. 자신이 예상할 수 없는 그 어떤 일이 벌어져 부산으로 갈 수 없을지도 모를 일이었다.

술을 마신 덕분인지 휘광은 보통 때와 달랐다. 이제 역으로 가기만 하면 된다. 그런데 어딘가 마음이 불편하다. 도망가듯 짐을 싸던 휘광은 순간 동작을 멈췄다. 미운 삼촌네, 휘광이 내려가고도 한 달은 더 넘게 그 사실을 알아채지도 못하겠지만, 휘광은 그들이 자신을 어떻게 보고, 또 어떤 말을 했을지언정, 그래도 인사는 하고 가야 하지 않나, 도리에 벗어날 순 없었다.

휘광은 짐을 챙겨 들고 외삼촌 집으로 향한다. 스스로와의 약속대로 드디어 졸업이란 걸 해버린 휘광이지만, 걸음을 옮길 때마다 착잡함이 밀려왔다. 혹시나 보기 싫은 상황과 마주한다 해도, 어차피 마지막이니까 무엇이든 견디자며 자신을 다독인다. 그리고 잠시 후, 익숙한 풍경이 눈에 들어온다. 마지막 인사라니, 휘광은 두근거렸다. 그런데 집으로 다가가자 방문을 비집고 나오는 소리가 심상치 않다. 안에서 들리는 소란스러움에 휘광은 후회가 스치고 있었다.

"아니, 당신이 해준 게 뭐가 있어서 이래 당당한데! 양심이 있으면 말을 해 봐라. 호강을 한 번 시켜줘 봤나, 아들이라 해서 뭐, 대단한 유산을 물려받기를 했나, 좋은 거 하나 없더라! 그저 힘들 때만 장남, 장남. 짐 덩어리나 데려와 가지고 사람 환장하게 만들어 놓고, 언제 애 맡겨가매 생활비 하라고 돈을 받아보기를 했나, 쟤 아직도 대학 대학 거리면서 미련 못 버려가 있는데, 저러다 취직 안 하면 당신 어쩔 낀데? 무신 대책이라도 있나!"

미경의 목소리였다. 늘 이렇게 생각지도 못한 시점에 등장했던 휘광, 결국엔 마지막까지도 이렇게 돼 버렸다.

"그저 입만 열면 도온-돈!! 돈돈!! 니는 그냥 돈타령밖에 할 줄 모르제!! 휘광이 쟤 아직 사회에 발도 안 들였다! 새파랗게 어린 애한테 뭐가 그리 바라는 게 많노?" 곧바로 경만의 목소리가 따라붙는다.

"지금 머라캣노? 돈타령? 도-온 타령이라꼬 했나? 아니, 막말로! 우리가 언제 쟤 먹여 살릴 형편이나 됐나? 어데 돈타령 좀 안 하게 해 줘봐라! 하나가 아니라 둘이라도 키아 줄 테니까!!"

휘광은 낯부끄러웠다. 오늘도 역시 건넛방에는 사촌 동생들이 있다. 그래서 휘광은 항상 동생들에게 아무렇지 않은 척 형님 행세를 하며 다가갈 수 없었던 거다.

"니 누나 상태 못 봤나? 누나가 어렵잖아! 아픈 거 알잖아!!"

둘의 언성은 높아져만 간다.

"내는? 내는 멀쩡하냔 말이다! 남자들은 왜 지 마누라 속 타는 건 생각지도 않고, 남의 속은 그래 잘 들여다본다노? 세상, 세상, 이런 천사가 없다. 내 속은 옛날에 다 문드러졌다! 이 자식아!! 내 진짜 이 말까지는 안할라 했는데, 점쟁이가 머라는 줄 아나? 말띠가 세 명이라 집이 안 풀린다 드라. 어? 우리 집에 말띠 누구고! 당신 말띠, 내 말띠, 그리고 누구 있냐고! 휘광이 아니가!! 휘광이!!!! 쟈만 없었어도! 우리 집 말띠 세 명 아니거든!! 우리 집이 그동안 이 마-이 안 풀린 것도 다 쟤 때문이다! 알겠나!!"

휘광의 옆에는 부산으로 내려가기 위한 짐들만이 덩그러니 놓여있었다. 마지막 인사라도 할 요량이었는데, 발끝만 보고 있는 휘광이다.

"니 지금 그 정신 나간 미친 할마씨 말 듣고 이라는 기가? 앉아서 지나가는 사람마다 다-아 붙잡고 말하는 그 할마씨가 점쟁이라고? 니도 이제 미친 거 아이가!! 됐다!! 마! 그런 거라면 말도 섞기 싫다!"

-와당탕탕.

방문을 박차고 나온 경만은 곧바로 휘광과 마주했다.

"아주 그냥 영영 나가라!! 영영!!! 지가 뭘 잘했다고 나가노! 나가기를!! 배짱도 좋다!!!" 삿대질하던 미경은 악을 쓰며 따라 나온다.

세 사람 모두 다 그 자리에 멈춘 채로 온 집안이 일순간에 조용해졌다. 미경은 발끝으로 신발 사이를 뒤적거리다 대충 신고는 집 밖으로 뛰쳐나간다.

"흠흠, 아니, 니… 그 가방은 머꼬? 이 밤에 어데 가나?"

멈춰있던 경만은 애써 대화의 방향을 돌려본다.

"뭐꼬? 집 내놨나? 다시 여 올라꼬?!"

그럴 생각도 없었지만, 절대 들어와서는 안 된다는 말이었다.

"아니, 아닙니다…. 부산 내려갈 낍니다."

괜한 오해가 싫어 휘광은 서둘러 어색한 미소를 지었다.

"부산? 이 밤에 부산을 왜 가는데?"

경만은 신발도 신지 않고 마당으로 뛰어나온다. 마치 큰 바위가 둔탁하게 떨어지는 느낌이었다.

"뭐… 졸업도 했고, 이제 부산 가서 일랄랍니다. 그동안 마이 감사했습니다." 휘광은 고개를 숙이고 인사를 한다.

"인마… 졸업식이면 삼촌한테 말을 했었어야지…. 부산은 무슨 부산이고? 일 안 할 끼가?" 경만은 한 발짝 더 다가선다.

"느그 숙모… 섭섭게 생각하지 마라. 요새 삼촌이 좀 마이 힘들어가…." 경만은 휘광의 어깨를 툭툭 치며 잡아당긴다.

"삼촌 때문이 아닙니다. 힘들고 외롭고… 여서 더 살 자신이 없어예…. 이제 마, 내려가서 엄마 옆에서 일할 랍니다. 서울 싫어예. 저 하곤 안 맞아예." 휘광은 하소연하듯 짧은 넋두리를 했다.

"니! 진짜! 니가 마! 어린애가! 아직도 엄마, 엄마, 엄마 타령하게. 여서 돈 많이 벌어놔야 엄마도 허리 피고 살 거 아이가. 엄마 저래 고생하는데, 니는 가슴도 안 아프나!" 경만은 다그치듯 호통을 친다.

"삼촌…" 휘광은 나직이 말했다.

"내 걱정해주는 체 마이소."

둘 사이에 옅게나마 머물던 미소는 별안간 사라졌다.

"…머라꼬? 니 짐 뭐라 캣노?" 경만의 미간은 서서히 깊어진다.

"저는 분명… 이 공부 하고 싶지 않다고 수도 없이 말씀 드렸어예. 삼촌은 제가 입 다물고 사니까 속 편한 줄 압니꺼?"

휘광의 눈썹엔 잔뜩 힘이 들어가 있었다.

"니… 니 지금 말 다 했나."

경만은 이 상황을 못 믿겠다는 눈치다.

"자그마치 6년입니더! 울 엄마가 재우고! 먹이고!! 입히고! 삼촌 뒷바라지를 6년 넘게 했어예! 근데도 내 여 잠시 있는 게 그래 못마땅합니꺼? 숙모? 내 애기 때부터 어데 돈 한번 곱게 준 적 있는 줄 압니꺼? 얼굴에 다집어 던지고! 모래에 있는 거, 하수구에 있는 거 그거 줍고 다녔어예, 제가! 맨날 내한테는 밥에 물 말아 주고…, 내 가면 진형이, 진희한테 갈치꾸버주고, 고등어 지져주고, 김치찌개 끼리 주고, 음식 냄새 맡은 거 알면 내 더 미워할까 봐… 안에서 식구들끼리 뭐 먹는 것 같으면, 근처에 얼씬도 안 했습니더. 울 엄마가 다른 사람 먹는 거 쳐다보는 거 아니라고, 애기 때부터 하도 가르쳐서, 한 번도 티 안 냈습니더…."

휘광의 눈은 그렁거렸다.

"근데 이제는 뭐요? 말띠라서 재수가 없다고요?"

경만은 미간을 찌푸린 채로 가만히 듣고만 있다.

"내… 그래 사는 거, 삼촌이 모를 거라 생각 안 합니더. 진짜 미안한데요, 나는 삼촌 못 믿습니더. 삼촌이 제일로 나쁩니더! 몇 년이 되도록 나랑 마주 앉아 밥 한번 먹은 적 없으면서! 삼촌은 다 알고 있었잖아예!!"

휘광의 코끝은 붉어지고 있었다.

"내 서울 올라온 날, 숙모 첫 인사가 뭔 줄 압니꺼? 빨리 있다 내려가라, 빨리 있다 내려가라. 멀리서 온 사람한테 그 한마디가 전부였습니더. 그래서 내려가겠단 말입니다!! 왜 죽어라 내 내려갈 날짜만 기다렸던 사람들이 와 이랍니까!!"

경만은 아무 말도 않고 잠자코 서 있었다.

"삼촌 온갖 말로 내보고 공고 가라 했죠? 근데요… 내가 삼촌 아들이었으면 그랬겠어요? 진형이었으면 그랬겠냐고요!! 그냥 묻지도 않고! 냅다 공고부터 보냈겠습니까!! 내가 아들이 아니니까!! 삼촌 아들이 아니니까!! 이렇게 내한테-!"

-찰싹.

경만은 휘광의 뺨을 때렸다. 그 바람에 휘광의 귓속에는 찌-이잉 한 줄짜리 경보음이 맴돌았다.

"니… 미친나? 애새끼 와 이래 버르장머리가 없노! 오냐오냐하니까, 잠깐만, 니 술 뭇네? 하하… 와? 술 무니까 삼촌이고 나발이고 없드나?"

경만은 맥없는 눈으로 털어내듯 말한다.

"가라! 마… 고마 가라고… 나도 니 지겹다! 나는 니 같은 조카 없다!!!"

경만은 울먹이며 휘광의 어깨를 강하게 밀쳤다.

"나도 삼촌 같은 삼촌 없습니더! 내 왜 때리는데요!! 삼촌이 내 왜 때리는데요!! 삼촌, 우리 엄마가 준 돈 어디 갔습니꺼! 그 돈 다 어디 갔습니꺼!!!"

휘광은 비명 같은 고함을 내지르며 짐을 다 집어 던져버렸다. 경만은 그 광경을 보고 놀라 멈춘다.

"마! 잘 됐심더. 이왕 말 나온 거, 내도 말 좀 하입시더."

휘광은 제정신이 아니었다.

"삼촌이 울 엄마보고 내 학교 갈라면 뒷돈 필요하다 했다면서요? 그 목돈 다 어데 갔습니꺼? 그래서 내 어데 갔는데요? 아니, 알아보기는 했습니꺼? 돈만 받아 챙기뿌고!! 내는 아무 데나 집어 던지고!!!"

휘광은 포효하듯 내질렀다. 경만은 다물지 못한 입으로 숨을 내쉬고 있었다.

"우리 엄마… 우리 엄마 그 돈… 어째 버는지 알지예…?"

휘광은 잠시 멈칫했다. 조금의 울먹임도 전해져선 안 된다고 생각했다.

"하루 종일 땡볕에서 고사리 뜯고, 손 불어 터지도록 곰피 손질해가매! 그 몇백 원 벌겠다고 얼굴 시커-멓게 다 타면서 그 돈 내 공부하라고 준 겁니더!!" 경만은 큰 숨을 내쉬며 두 손으로 얼굴을 가렸다.

휘광의 눈은 붉게 달아오르고 있었다.

"울 엄마 내 서울 간다고! 공부하러 서울 간다고!! 그 말 했을 때도 내한테 한마디도 안 했십니더!! 돈 한 푼 없으면서도!! 쌈짓돈 다 털어가매! 한마디도 안 했어예!!! 그게 부모 마음입니더! 그런 사람을 두고 삼촌 왜 실없는 약속 했는데요? 어데 내 학교 교문이나 보여 준 적 있습니꺼!!!"

「"휘광이 키우기에는 엄마가 마이 모자란 것 같다…. 돈이 많았으면 좋은 학교 보낼 수 있었을 텐데…."

인희는 글썽이는 눈으로 휘광의 머리를 쓰다듬는다.

"그래도 삼촌이 노력 마이 했단다. 그니까 니가 엄마 대신 더 잘해라. 느히 삼촌한테."」

경만은 얼굴을 감싸고 있던 두 손을 내린다. 그리고 힘이 풀어진 얼굴로 아주 느리게 내뱉었다.

"예전부터 친구가… 돈 불려준다 했는데… 내가 주는 돈은 목돈이 아니라가 한 번을 안 해주는 기라. 근데 그 돈 만지니까 솔찌… 삼촌 욕심 나드라…."

그러다 돌연 다른 사람이 된 것처럼 몰아붙이기 시작한다.

"두 달까지는 이자 제대로 받았다! 받았는데!! 그 뒤로 그 새끼가 날라 뿟다! 20년 지기라 의심도 안 했단 말이다!!!"

자신도 할 말이 있다는 듯 억울한 얼굴이었다.

"삼촌 그 돈 먹을라고 한 거 아이다 휘광아!!! 돈 불리고 다시! 다시 내가 니한테!!" 경만은 휘광의 양쪽 어깨뼈를 꽉 붙잡았다.

손아귀는 불규칙한 파동을 일으키며 휘광의 몸을 떨리게 만들었다.

"근데…니 보면서… 삼촌 너무 괴롭드라…."

경만의 말꼬리는 점차 흐려졌다. 그와 동시에 손끝에 모여 있던 힘도 스르륵 풀려갔다.

"의심을 왜… 안 하는 데예? 왜 의심을 안 하는데예. 삼촌은 피붙이한 테도 사기 쳐 가면서! 20년 지기를 왜 믿는데예!!"

휘광의 눈동자는 애절하게 흔들렸다. 어떻게 해서든 납득할 만한 대답을 들려달라는 듯했다.

"놀러 온 게 아니라예. 안 되겠다 싶어서 하는 수 없이 온 게 서울입니더. 삼촌은 삼촌 인생 그래 아쉬워하면서 내 인생 가지고 돈놀이를… 그래놓고 재수할 돈 없다고 어린 풀 매정하게 잘랐습니꺼? 우리 형편에 내 공부할 시간, 앞으로 평생에 없다는 거 뻔히 알면서… 그 돈 벌라면 우리 엄마 어째 살아야 하는지 뻔히 알면서… 왜… 왜 우리 갖고 장난치는데 예… 우리 엄마 못 배워갖고 우습습니꺼… 그게 아이면… 애비 없는 집이라서 우습습니꺼?" 휘광의 눈에서 한줄기 눈물이 떨어졌다.

"가난해도 모질진 말아야지예…. 갈치가 갈치 꼬랭이 먹는다고… 앙상한 우리 엄마… 어디 뜯어 먹을 데라도 있습디꺼…."

휘광은 눈가를 찡긋거리며 차오르는 눈물을 애써 참았다.

"울 엄마 다른 사람한테 신세 지는 거… 목에 칼이! 들어와도 못 견딜 사람입니더. 근데 매달 주는 생활비도 숙모한테 안 보여주면… 나는 어떡합니꺼? 숙모 미워도 미워할 수가 없겠네예…. 안 쫓아 보낸 게 어딥니꺼… 맞지예?"

엄마 얘기만 나오면 유난히 휘청거리게 되는 휘광이었다. 엄마가 이 상황을 안다면 얼마나 낙담할지, 휘광의 눈빛은 깊숙이 젖어 들어갔다.

"숙모한테 다달이 돈이라도 챙겨줬으면, 내도, 엄마도 이 마이 거지 취급은 안 당했을 텐데요…."

휘광의 눈은 서서히 힘을 잃어갔다.

"이제사… 이제사 정신이 드네예. 삼촌이 무슨 능력이 있어가 내를 좋은 데 보냈겠습니까…. 삼촌을 믿은 우리 엄마가 병신이지예. 삼촌 밖에! 믿을 게 없는!! 우리가 병신이지예!! 삼촌이 딱 장난질 쳐도 될 만큼이!!! 우리 모자 인생의… 값어치겠지예."

조용해진 집안에서 들리는 거라고는 오직 경만의 흐느낌뿐. 휘광의 부릅뜬 눈은 한 치의 흔들림도 없었다.

"서울 가면 코 베어 간다꼬, 울 엄마가 삼촌 꼭 믿으라 했습니더."

힘을 가득 준 휘광의 눈에서 눈물방울이 떨어진다.

"고마 갈랍니다. 잘 있으소." 휘광은 얼굴을 모질게 닦았다.

그리고는 던져버린 짐을 주섬주섬 챙긴다.

"안 된다! 휘광아!! 니 이래 가면 안 된다!! 니 이래가면 삼촌 맘 아파서 안 된다!!" 경만은 거칠게 휘광의 팔을 붙잡았다.

휘광은 경만의 손을 세차게 뿌리치며 도망가듯 집을 빠져나왔다.

제15장 사하

이해를 구할 일은 아니다

아무에게도 말하지 않았지만, 사실 나는 몇 개월 전, 죽음을 생각했었다. 한 번을 펼 새 없이 쪼그라드는 심장 때문에 스스로를 컨트롤하지 못할 정도로 휘청거리기 시작했다. 하지만 그렇다 해서 경솔하거나 우발적으로 그런 마음을 먹는 사람은 아니다. 나는 목숨을 귀하게 여긴다. 나를 많이 아낀다. 그러나 그런 나에게도 한계라는 게 있고, 버틸 수 없는 심정이란 게 있다. 언제나 빛이 되고자 밝은 상태만을 유지하며 살아왔지만, 그러던 어느 순간, 그럴 기운조차 남지 않아 풀썩, 모든 걸 다 놓아 버리게 되었다.

잊고 싶었다. 죽으려면 조금 더 거창하고 극적인 이유가 필요할지 모르겠지만, 나는 이제 그만 모든 걸 잊고 싶었다. 모두가 왜 그러냐며, 한창 젊을 때 그게 무슨 고생이냐고 이유를 되묻고 또 묻겠지만, 사람에겐 이만하고 싶은 때라는 게 있다. 보잘것없어도 열심히 살았으니 그만 발악해도 되지 않나 싶었다.

오빠는 내게 두려움이자 공포의 대상이었다. 밤낮으로 공부하며 재롱

떨 듯 성적을 만들어 놓고서, 기어코 엄마 아빠를 미소 짓게 만들던 나였다. 그러고 나면 어느새 달려와 모든 걸 다 뒤엎었던 한 사람. 그럴 때면 나는 멍하니 서 있을 수밖에 없었다. 우리는 오늘을 지옥에서 살고 이대로라면 내일도 지옥일 텐데, 난 무얼 할 수 있을까 걱정만 하던 매일이었다.

오빠와 나는 오누이였지만 대척점에 서 있었다. 엄마는 그런 자식을 낳았다. 자신을 해치고 가족을 해롭게 만드는 그런 자식. 그 무너지는 심정이 오죽할까, 나는 엄마라는 존재를 떠나 한 여인에 대해 연민을 가지게 되었다. 웃게 해주고 싶었다. 깡그리 잊게 해주고 싶었다. 내가 원하는 건 단지, 그것 하나뿐이었다.

경치 좋은 곳에 태어나 산과 바다를 보며 참 많이도 걸어 다녔다. 세상 많은 것들이 변해도 늘 예상 밖으로 벗어나지 않는 공간, 산과 바다가 나의 유일한 위로이자 안식이었다. 그런데 얼마 전부터는 달랐다. 집 뒤에 작은 산을 거닐면서도 그렇게나 나무를 많이 보게 되더라. 어느 나뭇가지가 튼튼한지, 사람의 무게를 견딜만한 단단한 녀석은 어디에 있는지. 집에서 조용히 생을 마감하면 나야 편하겠지만, 쉽게 이사 갈 수 없는 우리 엄마 아빠, 그 집에서 사는 것 자체가 고통이겠지. 집주인은 아마 집값 떨어졌다며 아주 재수 없는 인간들이 들어왔다고 야단일 거야. 그럼 안 되지, 엄마 아빤 죄가 없으니까. 그래서 어느 때부턴가 산을 그렇게도 많이 올랐다. 그러면 안 된다는 걸 알면서도 그런 생각에 갇히게 되더라.

높이 오르니 먼바다가 보였다. 나무가 울창해 꽤 선선한 곳에 놓인 벤치 하나, 나는 멍하니 앉아 있었다. 희망을 잃은 사람의 눈은 이리도 야윈 걸까. 멀어도 한 달, 가까우면 그 안에 세상을 떠난다는 생각에, 이상하게도 마음을 꾸악-하고 누르던 무게들이 언제 그랬냐는 듯이 서서히 몸에서 빠져나가는 것 같았다. 나를 괴롭히던 아주 고약한 문제들이 모두 다 아무것도 아닌 것처럼 부질없이 느껴졌다.

마음먹었을 때 떠나는 게 좋겠지만, 적어도 아직은 시간이 필요하다. 약 한 달 정도. 우선, 다신 만나지 못할 우리 엄마 아빠를 눈에 담아야 하고, 하지 못한 말과 하고 싶은 말까지 다 하고 갈 거야. 그리고 내가 떠난 자리에 남기고 싶지 않은 것들은 모조리 다 정리해야지. 별것 아닌데 누군가의 가슴을 아프게 할 수도 있으니까 말이야. 그건 내가 원하는 게 아니야.

내가 떠난다면 나는 눈을 감아 아무것도 모르겠지만, 부모님은 어떻게 살아야 할까. 어른들, 넉넉해 보이는 인심 안에서도 보이지 않는 치열한 경쟁은 존재한다.

"저 집 자식 자살했대. 어휴, 흉측스러워라."

"당분간 그 집 앞엔 못 지나가겠어. 등줄기가 서늘하다니까?"

"전생에 무슨 죄를 지었길래 자식 먼저 앞세울꼬. 쯔쯔쯧."

엄마 아빠를 향해 모두들 쉬쉬하며 다 들리게 말하고, 또 손가락질하겠지. 걱정하듯 동정하겠지. 너나 할 것 없이 고만고만한 처지들이면서 또 내려다보며 혀를 차겠지. 그래서 미루고 또 미뤘었다.

부모님은 내겐 목숨과도 같았다. 그런 말을 직접 해 본 적은 없지만 그렇다. 사람이 저렇게 쉬지 않고 일할 수 있나, 늘 하던 생각이다. 추운 바람에 생선 손질해가며 뾰족한 가시에 수도 없이 찔렸던 손끝. 그 손끝이 다 아물기도 전에 물이 닿아버려 벌어져가는 손톱을 보며, 그 손끝만큼 내가 아팠다. 그렇게 아등바등 비린내 나고 꾸깃꾸깃한 돈을 모아놓으면,

신기하게도 곧바로 쓸 곳이 생겼다. 그대로 오빠 빚으로.

억울했다. 한 인간의 생이 이렇게 억울해도 되나 싶었다. 법으로 보호받고 있는 삶이지만, 법이 없다면 세상을 뒤져서라도 오빠를 내 손으로 죽였을 거다. 한평생 자식 때문에 울며불며 살았던 그들을 보면서, 그게 그렇게나 안쓰러워서 나의 꿈은 그들을 행복하게 만드는 것이었다. 다른 건 필요 없었다. 나는 그저 부모를 지키기 위해 멋진 사람이 되고 싶었다.

꿈, 되돌아보면 그 꿈이 내 꿈인지 누구 꿈인지도 모르겠다. 하지만 엄마 아빠를 웃게 만들 수만 있다면야, 그게 바로 내 꿈이 되었다. 굳이 소유를 찾아보자면, 내 미래에 나의 것은 없다. 나는 빈껍데기일 뿐이다. 세상엔 꿈이 그리도 많으니, 이런 꿈 하나쯤은 있어도 괜찮지 않나. 이해를 구할 일은 아니다. 부모님은 나를 눈물짓게 만들고 또 나를 살아가게 하는 동력이다. 허나 난 이제 그들을 행복하게 해 줄 자신이 없다. 그렇다면 살아서도 세상은 내겐 지옥이다. 이젠 내가 그런 부모를 떠나려 한다. 내 몸을 이루고 있는 가장 소중한 존재를 떼어내려 한다. 그건 내겐 죽음이나 마찬가지다.

가족들이 조각해 놓은 성치 않은 내 정신과 누군가의 부주의가 만들어 놓은 불편한 다리, 내가 더 가열 차게 살아갈 수 있도록 도와주는 오빠, 뛰어난 세상에서 여전히 부적격인 나. 난 이제껏 남들에게 해 끼치지 않고 살아왔는데, 주변은 온통 나를 갈기갈기 찢어 놓았다. 지금 내겐 마음에 안 드는 것들만이 남아있다.

바람이 분다. 머리칼이 흩날린다. 멀리 노을로 물든 바다는 하얗고 주황한 빛깔을 뿜어내고 있다. 그 언젠가, 이것도 마지막 풍경이 될 거란 생각에 모든 게 아련하게 빛이 났다.

눈을 감는다. 산들바람에 섞인 잎사귀들이 샤아아 소리를 낸다.

눈을 뜬다. 앞에 펼쳐진 바다는 맑고도 깊은 색을 뿜내고 있다.

그렇게 나는 사진을 찍어내듯 내가 가장 아끼는 풍경을 눈에 담았다.

　엄마 아빠 미안해요.

나이 들면 자식 자랑하는 게 더 없는 낙이라고 옆집 할머니가 그랬어요.

자랑이 될 만한 자식이 되지 못해 미안합니다.

　꿈을 꿨었어요. 대단한 딸이 되겠노라. 어른이 되면 좋아하는 일을 하며 품위 있게 돈을 벌 수 있을 거라 생각했어요. 먹고살기 위해 아등바등 일자리를 찾고, 또 그러다 수틀리면 다른 일을 찾고, 그렇게 헤매는 삶 말고요. 이젠 앞으로 뭐 해 먹고 살아야 하나 걱정하고, 언제 이렇게 나이 먹었나, 한숨 쉬는 그런 시시한 어른이 되고 싶진 않았어요. 그런데 그런 어른이 되어가고 있네요. 그동안 제겐 무슨 일이 생긴 걸까요.

　엄마 아빠는 제 인생의 목표고 이정표였어요. 사실 저라는 사람은 없어요. 애초부터 없었는지도 몰라요. 저 몰래 두 분이 울었던 거, 좌절했던 거, 습관처럼 쌓아온 한숨들, 모두 다 가슴에 품고 자라왔어요. 그래서 제겐 두 분을 웃게 해 줄 수 있다면야 그게 곧 꿈이 되곤 했었어요.

　그동안 많이 힘들었습니다. 오빠의 빈자리를 채워야 한다는 강박 때문에요. 더 나은 사람이 되고 싶었어요. 오빠를 키우면서 보낸 두 분의 시간이 청춘의 낭비로 여겨지지 않도록 절 보며 위로받길 바랐어요. 그래서 저는 늘 괜찮고 괜찮은 사람이어야 했는데, 이제 저는 저에게서 두 분을 행복하게 해 줄 그 어떠한 빛도 발견하지 못했습니다. 길을 잃었습니다. 아무것도 이룰 수 없는 지금, 저의 삶은 가치를 잃었습니다. 엄마 아빠에

비하면 고생의 문턱도 넘지 못한 딸이 힘든 척 여린 척해서 죄송합니다. 만약 우리가 다음 생에 만날 수만 있다면, 그때 제가 지금의 일을 다시 사과하겠습니다.

'잘 살아라. 세상아! 나와는 다르게 빛나는 그 모든 것들을 가득 끌어안고!'

*

왜 나는 그날 당장 죽지 않았을까.

나는 무엇엔가 홀린 듯 내게 한 달이라는 거대한 시간을 주었다.

신은 내게 어떤 의미로 그 시간을 갖게 한 걸까?

계획대로라면 나는 한 달 안에 죽었어야 했다.

하지만 그러지 못했다.

그 한 달 사이에,

내가 마음을 접을 수밖에 없는 일이 터졌기 때문이다.

　이곳은 부부가 운영하는 식당이다. 처음 면접을 보았던 가게의 사장은 남편이고, 매니저는 부인이다. 넓지도 좁지도 않은 아담한 가게는 꽤나 깔끔했다. 매장 이곳저곳엔 아기자기한 물건들과 손님에게 전하는 메시지 같은 말들이 놓여 있다. 누가 봐도 노력하는 가게로 보인다.

　한동안 열심히 일을 배웠다. 어릴 적 유복한 환경은 아니었지만, 궂은 일은 하지 않았다. 곱게 자라야 커서도 대우받을 수 있다는 고마운 신념 덕분에, 엄마는 키우는 내내 내게 간단한 집안일도 시키지 않았다. 그래서인지 나는 아르바이트 한다는 사실을 더더욱 숨겨야 했다. 건설적으로 사는 모습은커녕, 꿈을 버린 것도 이룬 것도 아닌 채로 식당에 일하러 간다 하면, 가는 뒷모습만 멀찍이 바라보고 있을 게 눈에 선했기 때문이다. 굳이 서로에게 미안한 일은 만들지 않기로 한다.

　어쨌든 이때까지 제대로 된 집안일은 해보지 않았지만, 스스로 손끝은 야무지다 생각했다. 만약 그렇지 않다 해도 지금은 그렇게 만들어야 하는 상황이었다. 비록 주말뿐이고, 다섯 시간도 채 되지 않는 일이지만, 이 시간은 내게 소중했다. 사장 부부에게 책상 앞에 앉아 공부만 했던 사람을 괜히 뽑았다는 생각이 들지 않도록 야무지게 해야지, 야무지게 해야지, 제대로 된 노동을 하자, 주문 걸듯 긍정을 외쳤다.

　생각보다 배울 일은 많았다. 부인, 그러니까 매니저는 똑 부러지게 보였던 것처럼 일할 때 역시 그녀만의 법칙이 확고했고, 조그마한 가게치곤 따라야 할 사항들도 꽤 많았다. 인사하는 톤부터 목소리 크기, 머리를 묶어야 하는 방식과 손님이 오기 전 미리 엎어두는 식기의 방향과 그 각도까지도, 셀 수 없이 많은 것들이 정해져 있었다. 그뿐만이 아니었다. 반찬을 두는 냉장고, 다름 아닌 냉장고까지도 매일 닦아내야 할 만큼 주인 부부는 성실 그 이상을 보여주었다. 평소 땀이 없던 내가 고작 몇 시간의 일을 하면서도 등줄기가 흠뻑 젖곤 했다. 그런데 이상하게도 싫지는 않았다.

"우리는 그래. 여기 일했던 애들이 관두고도 다시 먹으러 오고 싶을 정도? 아, 왜-에 그런 거 있잖아? 일해보고 나서 그 식당 드러워서 다신 가고 싶지 않은 그런, 난 그건 싫거든."

매니저는 자신의 신념을 훈장 보여주듯 자랑스럽게 말했다.

"물론 일할 때야 힘들겠지. 뭐가 이렇게 까다로워, 욕이 나올 거야. 근데 또 입장 바꿔 생각해 봐. 자기네들이 막상 손님이 되면 도리어 나를 믿을 수 있지 않겠어? 그런 가게를 만들고 싶은 거야, 나는."

나와는 다른 분야를 걷고 있는 그녀였지만, 일에 대한 분명한 태도는 많은 생각을 하게 했다.

그렇다. 이곳은 깨끗하다. 뭐든 그렇듯 한 번이라도 더 신경 쓰는 곳엔 그만큼 또 빛이 나는 법이다. 그런 사람들이 지나가는 자리는 언제나 깔끔하다. 그건 분명히 정돈되지 못한 내 삶과는 다른 것이었다.

'이렇게 하는 거구나, 무엇을 하든 이렇게 해야 하는 거구나.'

일하는 내내 나는 까다로운 매니저의 요구를 다 수용했다.

그건 비단 직원이었기 때문만은 아니었다. 꿈꾸는 건 다르지만, 나는 지금의 시간을 수련으로 받아들이고 싶었다. 그녀에 대한 존경심이 일기 시작한 것이다. 직원을 넉넉하게 쓸 수 없어 모자란 노동량은 온전히 매니저의 몫이었기에 그녀는 늘 피곤해 보였지만, 가게만큼은 항상 정돈되어 있었다. 매장 앞을 지날 때마다 언제 한 번 불 꺼진 적 없었고, 영업을 마치는 저녁이면 대청소와 다를 바 없이 가게를 뒤집어 놓았다. 그것도 매일. 그 탓에 자연히 내 일도 많아졌지만, 그래도 나는 그렇게 하는 것이 맞다고 생각했다. 그래서 언제나 군말 없이 따랐다.

이십 대로 거슬러 가보면 참 여러 일을 했었다. 낙지볶음집, 샤부샤부 가게, 빵집, 카페, 학과사무실 보조, 국제 영화제 행사 도우미까지 그때그때 상황에 맞춰 할 수 있는 일은 다 했던 것 같다. 그때마다 일주일이면 대부분의 일을 숙지해 나만의 스타일로 흡수했으니, 여기도 마찬가지였다. 까다로운 매니저, 그녀의 잔소리는 여전했지만 전보다 줄어든 건 분명했다. 가끔 실수는 했지만 상황은 나아지고 있었다.

또 하나, 여기가 특이한 점을 꼽으라면, 식사 시간에 자투리 음식이 아닌 정말 맛있는 음식들로 차려준다는 것. 가게니 신선한 재료야 많겠지만, 일하는 사람들에게 좋은 음식을 주기란 쉽지가 않다. 다른 음식점에서 일할 땐, 한 해가 지나도록 밥 한 번 얻어먹은 적이 없었고, 빵집에 다닐 땐 며칠째 손님이 사 가지 않아 남는 팥빵 몇 개를 주면서도 아까워하는 표정이었다. 그러니 알바생에게 품이 들어가는 밥을 차려준다는 건, 바라지도 못할 만큼 특별한 일이었다. 하지만 그럴수록 마음 쓰이는 것 하나, 가게엔 늘 손님이 없었다. 누가 오지 말라고 입구에서 막고 있나 싶을 정도로 손님이 오지 않았다. 생긴 지 얼마 되지 않아 그런 것도 있겠지만, 주말인데도 불구하고 유독 손님이 없는 날엔 부부의 음식을 얻어먹기가 여간 민망한 게 아니었다.

"전단지 주세요. 돌리고 올게요."

알사탕이 붙어있는 전단을 들고나와 사람들에게 돌렸다.

이런 건 아주 질색이었으며, 요즘 누가 이런 방법을 쓰나 싶기도 했지만, 부부가 준비해둔 전단만 해도 이미 한 무더기였다. 이러나저러나 돈 들어간 거 뭐 어쩌겠나, 모두 소진해야만 했다. 손님이 없다는 건 일하는 입장에서는 나쁘진 않았지만, 주인의 노력이 가련해 보여 그냥 손님이 쏟아졌으면 좋겠다는 생각까지 들었다.

"살 빼야 하는데… 운동은 못 하고 죽겠네."

매니저는 거울 앞에서 이리저리 몸을 돌려가며 투정한다. 가게에만 온전히 힘을 쏟은 만큼 머리는 희끗해지고, 살은 맘에 안 들게 쪄버렸다.

손님이 없어도 시간은 가고 하루는 저물고, 가게는 마감이란 것을 한다. 오늘도 역시 부부의 가게는 하루를 마치는 청소에 여념 없었다. 모두 입을 꾹 다문 채로 각자의 자리에서 열심히 문지르고 또 문질렀다. 매일 반복되는 지나친 청소에 딱히 치울 것이라곤 없어 보이지만, 부부에게 청소란 또 다른 의미 같아 보였다. 서로 다른 삶을 살고 있지만, 우리는 각자의 힘겨운 시간을 함께 지나고 있었다.

"한잔할래?"

옷을 갈아입고 나오자 매니저는 물었다.

"네?"

나는 생각할 시간을 벌기 위해 묻고 있었다.

그동안 몇 번이고 거절했고, 늘 이해해주었기에 한 번 더 거절한다 해서 이상할 건 없었지만, 이날만큼은 거절하기에 적절하지 않다고 생각했다. 왜냐면 오늘은 손님이 단 한 명도 없었기 때문이다.

"전 부쳐 줄게, 네가 좋아하는 김치전. 그것만 먹고 가."

"와~ 맛있겠다! 저 먹고 갈래요."

집에 가고 싶었지만 해맑게 대답했다. 마치 오늘의 분위기에 대해 아무것도 모르는 것처럼.

온종일 손님 하나 없던 가게에 처음으로 제대로 된 음식 냄새가 풍겼고, 어두운 가게에는 식탁 하나만이 밝게 서 있었다. 탁자 위에는 커다란 전 하나가 놓이고, 부부와 나, 이렇게 세 명이 앉아 술을 마신다. 조잘거리는 소리라고는 내 목소리가 전부였다.

*

대훈은 오늘도 말이 없다. 그와 사하가 제대로 대화했던 건 첫날 면접 때뿐이었다. 워낙 말수가 적은 사람이기도 했지만, 그래도 특유의 재미없는 농담 정도는 했었는데, 오늘은 그마저도 없어 가게의 분위기는 삭막하기만 하다. 그러다 술이 한두 잔 넘어갈수록 이야기의 농도는 달라졌다.

대훈과 승혜 부부는 안 해본 장사가 없을 정도로 많은 요식업을 거쳐왔다. 단 한 번도 실패할 마음도, 실망할 준비도 되어 있지 않았지만, 살면서 좌절할 일은 늘 기다리고 있었다. 젊은 날, 장이라는 장은 모두 다 도맡아 할 정도로 승승장구하기만 했지만, 어느 때고 사정이 나아질 즈음이면 이내 곧 기울었고, 기대가 컸던 바로 지난 사업마저도 생각지 못한 소송에 휘말려, 가게엔 처분하지 못한 이전의 장사 도구들이 넘어와 있었다.

'그래서 가게에 생뚱맞은 기구들이 많았구나.'

사하는 그제서야 이해가 간다.

어른이라고 상처받지 않을까. 부부는 슬프기만 하다. 마음이 무너진 탓인지 둘은 건강 또한 좋지 않았다.

"난 말이야… 이런 사람이 아니거든? 성공할 사람이거든! 젊을 때 아-주 대단한 사람이었다고!! 알아?"

대훈은 모든 걸 잘 해낼 수 있을 만큼 자신이 있었고, 그런 능력 또한 충분하다고 믿어왔다. 그래서 반복된 실패를 받아들일 수 없었다. 무엇보다도 가장 힘든 건, 자식들에게 자신의 실패와 부진이 여과 없이 보여 지는 것인데, 그건 무엇보다 치욕스럽고도 비참한 것이었다. 대훈이 열심히 살아야 할 마지막 명분은 다름 아닌 자식이었다.

"근데… 웃긴 게 뭐냐!! 둘도 없이 친한 새끼들이 손가락질을 한단 말이지…. 앞에선 위로하고 말이야. 하하항, 뭐… 인간은 원래 남 이야기하는 걸 좋아하니까 특히 나쁜 일일수록 말이지…. 왜? 재밌거든! 씹을 맛 나거든!! 좋다 이거야! 이해하지 나도…. 잘 나갈 땐 이 사업하자, 저 사업하자 엉겨 붙던 것들이 힘없어졌다고 뒤에서 개-무시를 해?! 나쁜 새끼들…."

거나하게 취한 대훈은 쾅-하고 탁자를 내리친다.

"그래서 내가! 어쨌냐? 가서 따졌어! 나도 그런 새끼들 필요 없다 이거야!!" 대훈은 한 손으로 자신의 술잔에 술을 따랐다.

"필요 없어! 그런 놈들! 나는 자존심이 굉장한 사람이거든! 근데 사람이 극으로 한 번 탁! 치 닿고 나니까 부끄러운 것도 없고 배 째라 되더라…? 어차피 내가 어떻게 살든 세상은 관심 없거든… 성공한 사람이 아니니까. 세상의 관심은 한철이고! 반짝이야!! 뭐든 금세 시들어. 겪어봤어 나도…."

대훈은 글썽이며 웃는다.

"내가 잘되면… 주위에 나보다 더 좋아해 줄 사람 있어? 부모도 아닌데? 있겠지, 많겠지… 내가 잘못 살아서 없겠지…."

대훈은 쾅 소리를 내며 탁자에 엎드렸다. 술자리는 파했고, 사하는 터벅터벅 걸어 집으로 돌아갔다.

*

알바에서 처음 가져 본 제대로 된 술자리에서 나는 조금 놀랐다. 사장님이 원래 저렇게 말이 많았었나. 사람들은 더 참았다간 죽을 것 같다 싶을 때 술을 마시는 게 분명했다.

그렇다. 모두들 재미 삼아 가십을 입에 올리곤 하지만, 그것도 잠깐일 뿐, 사람들은 의외로 남에게 지속적인 관심이 없다. 고맙게도 말이다. 그러니 지금의 내가 숱한 실패를 한다 해도 훗날 되돌아보면 그 치부도 점처럼 찰나일 것이다.

'그러니까 사하야, 너무 눈물 젖게 살지 말자, 사하야. 너무 모질게 생각하지 말자. 사하야. 그래도 정 힘들면 너 비참한 거 아무도 모르니까, 세상에 너밖에 없다 생각하고 살아라, 사하야….'

나는 나에게 말해주었다.

제16장 연숙

용기인지 나약인지

갈대밭 사이에 연숙의 눈동자가 있다. 잠시만 앉아있으면 된다. 조금만 있으면 된다. 연숙의 눈동자는 교복을 입은 무리가 지나가는 방향을 따라 움직인다. 그러다 잠시 후, 연숙은 아무렇지 않게 엉덩이를 털며 일어난다. 매일 있는 일이다.

오늘 연숙은 일손이 필요한 집에서 밭일을 도와주고 있다. 얼마를 받건 대부분 종일 일하는 것이다. 봄여름은 해가 어찌나 긴지, 틈틈이 곁눈으로 봐도 하늘의 해는 도무지 떨어질 기미가 보이지 않는다.

'또 저기에만 있네….'

연숙의 눈엔 하루 종일 해가 같은 자리에 있는 것만 같다. 이제 그만하고 쉬고 싶은데, 몇 시간을 꼬박 일해도 어둑해지지 않아 쨍쨍하게 비추는 해가 야속하기만 하다.

연숙은 작은 손으로 낫을 꽉 쥐고는 세차게 풀을 베어버린다. 아이 때부터 일만 해서 그런지 낫을 잡고 있는 손마디는 굵어져만 간다. 장갑이 어디 있겠나, 낫으로 살갗이 잘려 나가는 것쯤은 일도 아니다. 연숙은 자신의 손이 부끄러웠다. 그래서 늘 소매 속으로 가리곤 한다.

순간 꺄르르 웃는 소리에 연숙은 일하다 말고 또다시 몸을 웅크린다. 일을 하다 보면 아이들의 소리로 주위가 시끄러워지는 시간이 있다. 그러면 연숙은 그 시간대를 피해 다니거나 풀숲에 숨어 버리곤 한다. 좁은 길에서 마주친다면 누가 봐도 또래로 볼 것이다. 얌전하게 땋은 양 갈래 머리, 네모난 각진 가방, 발등을 부드럽게 감싸고 있는 단화. 그리고… 멋진 교복까지. 연숙은 교복을 보면 눈물이 그렁거렸다. 17년간 단 한 번도 입은 적이 없고, 앞으로도 그럴 일이 없다. 연숙은 또래를 볼 때마다 거울 앞에 선 것처럼 자신의 모습이 보였다.

꾀죄죄한 옷, 발그레한 볼, 일하다 반쯤 풀린 머리, 거기다 고무신까지. 도저히 마주하고 싶지 않았다. 그래서 연숙은 늘 또래들의 등하교 시간을 신경 쓰며 살았다. 처음엔 보통 일이 아니었지만, 어느새 그마저도 일상이 되어 아무렇지 않았다. 못 살긴 했어도 어느 정도까지 배웠으면 좋으련만, 연숙은 동생을 업고 다니며 국민학교도 간신히 마쳤다. 집에서는 가도 그만 안 가도 그만, 영만은 연숙을 양녀로 보내려고 할 정도였으니 원체 관심이란 게 없었고, 정주 역시 세월에 맞서며 살아가고 있었으니 아픈 손가락이라 해도 별다른 도리가 없었다.

연숙은 미련이 남았다. 앞으로의 인생을 위해 학교를 더 다녀야 하지 않나 싶었다. 하지만 언제부턴가 절대 학교에 갈 수 없을 거라는 생각이 들었다. 집안 누구도 그렇게 말한 적은 없지만, 연숙은 더 이상 배우지 못할 것을 확신하고 있었다. 그 확신을 확인시켜 주듯 집안에는 여러 번의 상이 몰아닥쳤다. 한 번도 버거운 가난한 집에 집안 어르신들의 상이 연이어지니, 없는 형편에 어마어마한 돈이 들어가게 된 것이다. 그래서 연숙은 입학 신청을 할 무렵, 진학을 하지 못하는 상황과 마주하게 된다. 하지만 그런 연숙의 가슴 아픔은 누구 하나 신경 쓰지 않았기에 어떠한 위로의 말도 전해지지 않았다. 그저 연숙의 목에만 박힌 가시일 뿐이었다. 그 뒤로 연숙은 정착하지 못한 채 허드렛일만 했고, 언제 한 번 맘 놓고 친구와 놀아 본 적이 없었다. 그저 날이 밝으면 소쿠리와 마대를 들고 고구마 주우러 가고, 밭일하고 그랬다.

 그리고 며칠 뒤, 연숙은 바닷가 근처 마을에서 일하고 돌아오는 길이다. 볕이 좋아 눈부시기만 한 시간, 시커먼 돌덩이가 있는 바다에 검은 물체가 들어갔다 나왔다 반복을 한다. 연숙은 바쁘게 걷다 이내 걸음을 멈추었다. 검고 동그란 것은 다름 아닌 물속에 들어간 해녀의 머리. 연숙은 어릴 적부터 바다를 보면 고개를 돌리곤 했다. 지독히도 물을 싫어했기 때문이다. 그 이유는 확실히 알 순 없지만, 물이 그렇게도 무서웠다. 그러나 한 해씩 지나게 되자 연숙은 물가를 어슬렁거리기 시작했다. 물이 무서웠고 해녀는 죽어도 싫었지만, 배운 게 워낙 없던 터라 물질을 안 하고는 버틸 수가 없었기 때문이다. 하지만 딱 연숙의 나이 즈음에 물속에서 죽을 뻔한 사고를 당했던 정주는 그 뒤로 물 근처엔 가지도 않았으니, 연숙에게 물질을 가르쳐 줄 사람이라고는 하나 없었다. 그래서 연숙은 물과 친해지기 위해 물가로 가 우뭇가사리를 주워오기도 하고, 그러다 퐁당퐁당 발을 몇 번 담그기도 하면서 서서히 자신의 앞날을 계획하고 있었다.

 이른 새벽, 연숙은 가족들이 써야 할 나무를 베러 간다. 겨울처럼 많은 땔감이 필요한 건 아니었지만, 밥을 안치고 물을 데우려면 어느 정도의 나무는 필요했다. 낮에는 할 일이 많고 오후면 산이 일찍 어두워지니, 이른 새벽에 산을 오르며 하루를 시작한다. 이 일만 해도 일고여덟 살 때부터였으니, 벌써 십 년이 되었다.

푸른 새벽, 연숙은 산으로 올라가는 입구로 향한다. 거기엔 아주 큰 나무가 있다. 나무는 연숙이 태어나기 훨씬 전부터 있던 나무라 두께부터 가지마다 여간 두꺼운 게 아니었다. 울창한 나무 주위는 늘 어두컴컴한데, 문득 일상 속 평범한 것들로부터 신비한 기운이 느껴질 때가 있다. 이곳도 그런 곳 중에 하나였는데, 나무라고 하기에는 무언가 영험한 기운이 느껴지는 것 같기도 해, 연숙은 어릴 때부터 이 길을 무서워했었다. 꼭 연숙의 움직임을 따라 나무가 고개를 돌려가며 보고 있는 것 같은 그런 섬찟한 느낌을 주었다. 하지만 그래도 어쩔 수 없는 것이, 안으로 들어가려면 이 길을 꼭 거쳐야만 했으니, 관심 없는 척 태연하게 행동했지만, 사실 연숙의 모든 신경은 그 나무로 향하고 있었다.

그런데 오늘따라 희한하다. 푸른 새벽, 다른 때보다 자신을 더 쳐다보는 것 같은 나무 때문에 연숙은 등이 더욱 서늘하다. 이래서 새벽 나무는 하는 게 아닌데, 이미 도착하고서 뒤늦은 후회가 밀려온다. 눈은 앞으로만 보는 게 아니다. 긴장한 연숙은 곁눈질로 흩어진 시야까지 훑어보고 있었다. 그러다 휘청- 무언가 움직인다. 연숙의 눈은 서서히 겁에 젖어가고 있었다. 연숙은 보는 듯 마는 듯하며 다급히 걷다 또 휘청- 무언가를 보았다. 연숙은 재빠르게 고개를 돌렸다. 아무리 그래도 나무가 움직였을 리는 없다. 헛것을 봤나? 연숙은 침을 한번 꿀꺽 삼키며, 반대 방향으로 냅다 뛰었다. 이렇게 목적지와는 더욱 멀어진 셈이다. 어둑해서 그런지 오늘따라 왜 이렇게 무서운지, 연숙은 마을 길모퉁이에 주저앉아 버렸다.

그렇게 십 분쯤 지났을까. 앉아만 있으니 온몸이 오들오들 떨려온다. 시간이 지나면 해는 밝아오겠지만, 그렇다고 줄곧 앉아만 있을 수는 없는 노릇이었다. 연숙은 서둘러 나무를 베어 가야 했다. 그러다 마음을 고쳐 먹었는지 벌떡 일어나서는 엉덩이에 묻은 흙과 돌을 털어내고 씩씩하게 걸어간다. 기운이 강하면 무엇이든 물리칠 수 있다고 했다. 연숙은 언제 그랬냐는 듯 용감한 척 대놓고 나무를 바라보았다. 그런데 다시 휘청, 또 무언가 흔들리는 게 아닌가.

"으아-악!!!" 놀란 연숙은 뒤로 나자빠졌다. 그러고는 목만 쭉 빼놓은 채로 나무줄기를 향해 엉금엉금 기어갔다.

보았다. 줄에는 무언가 대롱대롱 매달려 있었다. 연숙의 눈은 쏟아질 듯 벌어졌다. 사람이었다. 죽은 사람이 나무에 매달려 있었다. 아래에서 올려다본 연숙은 영락없이 눈 위로 시체를 마주해야만 했다.

"꺄악-!" 연숙은 벌떡 일어나 미친 듯이 도망친다.

분명 사람이었다. 스산하긴 해도 사람이 드나드는 곳이라 아무도 못 봤을 리 없다. 사람이 죽은 것은 지금으로부터 얼마 되지 않는, 바로 지난밤의 일임이 틀림없었다. 연숙은 나무고 뭐고 머리가 새하얘져서는 미친 듯이 내달렸다. 덩치가 큰 사람. 그렇다. 그 덩치를 감당하려면 그 정도 나무는 돼야 한다. 연숙은 잠시 멈춰 고개를 숙이고는 가쁜 숨을 내쉬었다.

'아니… 사람 목이 저렇게나 늘어난다고?!!'

처음부터 흔들림을 감지했음에도 사람인지 몰랐던 이유는 믿을 수 없는 길이 때문이었다.

연숙은 눈을 감고 생각하는데, 감은 눈에 그 모습이 그대로 맺혀 곧바로 눈을 뜰 수밖에 없었다. 키 큰 사람이 목까지 늘어났으니, 매달려 있는 것이 사람이라고는 전혀 예상치 못했던 것이다.

"우웩-" 다시 멈춰선 연숙은 헛구역질을 한다.

파란 새벽, 소란스럽게 뛰어가는 내내 눈앞으로 괴기스러운 모습들이 나왔다 사라지기를 반복했다. 그렇게 몇 번을 웩웩거리고 나서야 연숙은 마을에 도착할 수 있었다.

"저… 저기! 사롬이 도랑멘 죽었수다!!!" [1]

얼마나 뛰었는지 연숙은 숨도 고르지 못하고 있었다.

연숙의 말을 듣고 동네 사람들을 곧장 그 나무를 향해 부리나케 달려간다. 모두들 처참한 현장의 모습에 경악했다. 이장, 동네 이장이었다. 이장은 연숙이 어릴 때부터 줄곧 마을을 돌봐왔는데, 이제는 이렇게 큰 나무에 매달려 있었다.

마을에는 또 한 번의 장례가 시작된다. 늘 봐왔던 사람의 끔찍한 마지막 모습에 연숙은 이상한 기분이 들었다. 없는 집에 태어나, 잔혹한 일상에 익숙해지는 비극적인 인생을 살고 있는 것 같아 죽고 싶을 때가 한두 번이 아녔는데, 현실보다 죽음이 더 무서워 그 언저리도 가보지 못했다.

이장의 죽음에 대해 끝끝내 집안의 사정으로 비밀에 부치고 싶었겠지만, 동네에 모르는 사람은 없었다. 두 딸을 두고 도망간 그의 아내와 얼마 전 여름의 물속으로 사라진 그의 두 딸을.

사람들은 누구보다도 슬퍼했다. 무엇이 그를 인생의 끝으로 내몰 수 있었는지, 죽음으로 가는 길은 용기인지 나약인지 모를 만큼 삶과 죽음은 멀지 않은 것, 인생은 오묘한 것이었다.

그날부터 연숙은 땅에 있는 나뭇가지라고는 보이는 족족 다 주워 다녔다. 당분간은 절대로 산에 갈 수 없을 것 같았기 때문이다.

---

1) 저… 저기! 사람이 목매달고 죽었어요!!!

제17장 사하

세상의 나쁨들 중에 가장 나쁜 건

일을 하며 새삼 느끼는 것은 내가 이렇게 밝았었나 하는 점이다. 하지만 갑작스레 증가한 활동량으로 몸에 부담은 있었다. 무거운 것을 드는일이 많아지니, 두어 시간만 지나도 당기는 손목부터 저려오는 골반까지, 그럴 땐 화장실에 가서 몰래 마사지하듯 문질러 주었다. 문지르는 손길마다 아프면서도 시원한 것이 말로 표현할 수 없는 묘한 쾌감이 들었다. 물론 그마저도 여의치 않을 땐 순간순간 틈을 내어 주물러 줬지만,

"앉아있지 말고 창고에 시금치라도 다듬어." 한 소리 들었다.

보통 음식점들은 씻기도 나르기도 편하도록 가벼운 재질의 그릇이었지만, 이곳은 까다로운 매니저의 선택으로 작은 그릇 하나까지도 모두 다도자기였다. 음식을 내어갈 때나 치울 때나 뜨겁고 무거운 것을 떨어뜨리지 않도록 보통 긴장해야 하는 것이 아니었다. 그럴 때면 행동이 굼뜨다며 혼나곤 한다. 하지만 그땐 손님이 한 테이블밖에 없었다. 손님이 없어도 눈치 주는 매니저라 입가가 불룩해지는 나였지만, 그래도 집으로 돌아갈 때면 '손님이 없어서 그런 거겠지.' 한편으론 또 이해가 됐다. 그녀에

겐 내가 택시 같은 존재가 아니었을까.

그렇게 석 달, 가게에는 차츰 손님이 늘어났고, 그 탓에 일거리 또한 늘었지만, 기초를 배울 시기에 워낙 사람이 없던 터라 본의 아니게 탄탄해진 기본기로 어렵지 않게 모든 서빙과 응대가 가능하게 되었다. 시간이 갈수록 나는 더 많은 사람들과 거리낌 없이 대화하고 있었다. 자의든 타의든 웃게 되는 일, 크게 말하고 밝게 웃는 일이 늘어나자, 내 인상도 조금씩 달라지기 시작했다. 알바를 한다 해서 인생이 바뀐 것도, 생활이 윤택해지는 것도 아니었지만, 잠깐의 바깥 공기만으로도 숨통이 트이는 건 사실이었다. 게다가 돈까지 생긴다니, 지금에 와서 보면 성실하고 밝은 나를 채용한 게 주인네의 이득이라고도 할 수 있겠지만, 채용 전에는 그 누구도 달갑게 여기지 않던 나였다. 그러니 안목에 대한 행운도 오로지 그들 것이다.

어느새 돌아온 주말, 음악을 들으며 출근한다. 집과 가게는 도보 십 분 정도의 거리. 가는 길에 고개를 들어 나무를 바라보았다. 파란 하늘을 덮고 있는 서로 다른 나뭇잎들이 바람에 흔들리고 있다. 주말은 주말의 볕이 따로 있는 게 아닐까? 공기도 바람도 유난히 다르다는 느낌이 든다.

그 순간 좋아하는 음악이 멈췄다. 서둘러 핸드폰을 꺼내 다음으로 무슨 곡을 들을까 뒤적거려 보는데, 그사이 메시지 하나가 도착했다.

-넌 왜 연락이 없는 거야? 혹시 나 차단했어? 내가 너한테 그것밖에 안되는 거야?

갑작스러운 문자 하나에 나무길 아래 발걸음이 멈췄다.

수험 생활이 길어지자, 내겐 사람 만날 여유란 게 없었다. 여유라는 것에는 경제적인 것뿐만 아니라 아직 결실 맺지 못해 아무도 만나고 싶지 않다는 마음의 여유라는 것도 있었다. 어차피 어려워진 나의 처지는 그 누구에게도 도움 되지 못할 것이 분명했기에, 연락하지 않는 게 피차 서로에게 낫다고 여겼었다. 쓸쓸하지만 고마운 마음에 답장하기로 했다.

-그런 거 아니야. 조만간 만나자, 언니.

최근에 누군가와 약속한 적 없었지만, 언니만큼은 한번 만나야겠다 싶었다. 오랜만에 받은 문자 하나에 가지고 있던 설렘은 배가 되어 부풀어 올랐다. 지난 시간 동안 참으로 많은 일이 있어 나는 나를 돌아볼 여유가 없었지만, 알고 보니 나는 행복이 빨리 채워지는 사람이었다. 세상을 두려워했지만 누구보다 세상 속에 어울리고 싶어 했고, 스스로 부적격이라 여겼지만 나도 잘할 수 있는 사람이란 걸 보여주고 싶어 했다는 것, 세상의 조건엔 부합하진 않지만 나를 선택한 사람들에겐 후회를 주지 않겠다는 나름의 단단한 다짐이 있는 사람이었다. 이처럼 난 아직 많은 걸 버리지 못했다. 여전히 누군가의 기대가 되고 싶고, 그 기대를 채우고 싶지만, 그게 언제가 될는지 아예 오지 않을는지도 모른다.

잠시 멈춰있고 싶었다. 앞으로 나아가진 못했지만, 발은 언제고 쉬지 않았으니 멈춰 서고 싶었다. 하지만 쉬어서는 안 되는 나이라고들 했다. 결과를 보여야 한다고들 했다. 무엇을 하며, 어떻게 살아야 한다는 생각들이 나를 시들게 만들고 있었다. 지금처럼 조그마한 가게에서 파트타임을 해도 행복해질 나였지만, 세상의 매몰찬 눈이 있기에 제 나이에 걸맞은 직업이 없어 슬펐다. 그래서 한땐 그런 생각도 했다. 나를 아는 사람이 아무도 없는 깊은 산 속에서 살고 싶다고. 어제보다 나아지지 않음에, 내가 움직이지 않음에, 낯선 눈으로 바라보지 않는 그런 고립의 공간 말이다.

하지만 세상의 나쁨들 중에 가장 나쁜 건 나였다. 난 내가 힘들수록 나를 받아들이지 못하고 못 본 척 방치했다. 초라한 모습은 내 것이 아니라며 더 잘해야 한다고 강요해 버렸다. 언제나 사람들에게 빛이 되어야 한다고 몰아세웠고, 결국엔 지쳐 나동그라진 나를 향해 환경 탓만 하며, 버려진 그림자 사이로 도망쳐 버렸다. 어둠 속으로 한 발짝씩 들어가다 보면 누구는 어둠 속에 갇혀 살고, 누구는 기어서라도 나온다. 난 어떤 사람일까. 생을 포기하기 위해 일생을 좋아하던 바다를 절벽으로 만들어 버렸지만, 어쨌든 난 여태 살아있다. 괜찮다고 그 누구도 말해주지 않았지만, 결국엔 내 스스로 말했다.

-너무 서럽게 울지 마라.

결국 나는 매일을 오늘만 생각하기로 했다.

'하루만, 그렇게 단 하루만. 그래도 맘에 들지 않으면 넌 언제든 죽어도 좋아.' 말만 그리하고 살려고 발버둥 쳤다.

오늘은 언니를 만나는 날이다. 나는 어느 한 연어가게에 도착했다. 내가 언니라고 불렀던 사람, 지연은 대학 선배이다. 인상이 강해 기가 세 보였던 그녀는 신입생 모두가 어려워하는 존재였다. 하지만 나는 이상하게도 언니가 무섭거나 불편하지 않았다. 사람 아래 사람 없고, 사람 위에 사람 없다 생각하며 살았기에 애초에 누군가에 대한 두려움이나 경외심 같은 것들이 없었다. 그렇게 나는 언니와 총학생회 생활까지 하며 매일 보는 사이가 되었다. 스무 살 대학 시절부터 지금의 수험 생활까지, 곁을 잘 주지 않는 나에게 언니는 나름 꽤 오래 알고 지내는 지인이었다. 그래서 나는 언니가 편하기도 하고 불편하기도 했다.

15분 뒤, 언니는 들어왔다. 나는 자리에서 일어나 활짝 웃었다. 언니도 따라 웃는다.

"뭐 먹을래?" 오랜만의 인사치곤 꽤나 소박하다.

"있는 거 다 먹어야지." 난 늘 같은 대답을 했다.

가까운 사람과는 늘 그렇듯 몇 개월 만에 만나도 어제 본 것처럼 담백하기만 하다. 언니는 외투와 가방을 옆에 놓으며 자리에 앉았다. 둘 다 배가 고픈 탓에 제대로 된 대화는 나온 초밥의 반을 비우고 나서야 시작할 수 있었다.

"한잔만 해. 넌 술 안 마시니까."

언니는 수저통 옆의 포개진 소주잔에서 두 개를 빼내 들었다.

"그래, 다른 사람도 아니고 언닌데 한잔해야지."

적은 주량임을 알아준다는 것 그리고 그 주량임에도 모처럼 마신다는 것, 가까운 사이라는 조건에 부합하는 것이었다.

회사 얘기부터 다이어트 진행 상황, 또 바뀐 지금의 남자 이야기까지, 언니는 고민할 틈도 없이 두서없이 쏟아냈다. 같은 대학이다 보니 대화 사이에 내가 기억하는 몇 명쯤은 있었다. 우리의 삶과는 전혀 관계없는 이름들을 나열하며 언제나 근황을 전해주는 언니였다.

"우와… 그 언니 법원에서 일한다고? 좋은 데서 일하네."

나는 아무개들의 안부에 대해 대개 좋은 반응을 했다. 어떻게 살든 나보다는 나으니까 말이다.

"야, 좋긴 뭐가 좋냐."

언니의 짤막한 대답에 나는 접시에 박혀있던 시선을 살며시 들어올렸다. 언니와 가장 친한 사람인데 평가가 꽤나 박하다.

"좋지… 요즘 같은 때에 그 정도면."

나는 의기소침해져서는 중얼거리듯 말했다.

"야! 그래 봤자 계약직이야."

순간 나는 언니에게서 어떤 평가를 받는 사람일지 몹시 궁금해졌다.

"계약 만료될 때 고민 많겠다…."

요즘 들어 아무 까닭 없이 누군가의 고통을 가깝게 느끼곤 한다.

"뭐… 알바라도 하겠지. 운 좋으면 연장하거나?"

언니가 다른 사람에게는 야박해도 나에게만큼은 따뜻할 거라 믿는다.

그렇게 나는 언니와 술잔을 기울이다 헤어졌다. 일찍 일어난 탓에 고단하긴 했지만, 그렇다고 빨리 헤어질 순 없었다. 나는 숙제를 끝낸 것처럼 홀가분한 마음이 들었다.

"잘 가라, 인마! 힘내고! 어깨도 좀 펴고!"

언니는 사나이처럼 마지막 인사를 건넸고, 나는 허리를 곧추세우며 손을 흔들었다.

집에 가기 위해 버스정류장 앞에 섰는데, 피곤이 몰려와 몸이 무거웠다. 저 멀리 버스가 온다. 811번 버스. 무거운 내 발을 대신해 줄 나의 귀한 버스가 다가오고 있다. 난 언제나 그렇듯 오른쪽 맨 앞자리에 앉는다. 음악도 드라이브도 좋아하는 나에게 버스 맨 앞자리에서 듣는 음악이란, 세포 곳곳에 행복을 전달해주는 일이었다. 아주 간단하게도.

-언니 오늘 너무 재밌었어. 다음에 또 보자, 항상 고마워!

사람들과 만나고 나면 나는 꼭 문자를 남긴다. 거기까지가 한 세트다.

왠지 모를 기분에 기운이 쭉 빠져버린 나는 눕듯이 자리에 기댔다. 지금부터 삼십 분 동안이 정말 나의 휴식이다. 나는 힘없는 눈을 하고서 노래를 듣는다. 재즈 밴드 푸딩의 You.

비울 건 다 비워 나른한 느낌으로 여백을 채운 곡. 조용한 목소리와 피아노 소리, 빠르지도 느리지도 않은 템포의 곡이 집으로 가는 나의 평안을 책임져준다. 고개를 돌려 창밖을 보았다. 캄캄한 밤, 창밖의 풍경이 빠르게 스쳐 지나간다. 낮이면 꽉 막히는 길인데, 지금은 가로등 불빛만이 은은히 지키고 있다. 고단하긴 해도 눈은 감지 않는다. 자주 오지 않는 시간, 풍경 하나까지도 놓치고 싶지 않은 마음이다. 스쳐 가는 풍경은 귓가의 음악과 어우러져 또 다른 감정을 자아냈다.

'오늘도… 하루가 지나가는구나.'

좋아하는 자리에 앉아 좋아하는 음악을 듣고 있지만, 마음은 유난히 울적하다. 행복에 물들려다가도 모른 척하고 싶은 현실이 밀려와 어느새 미소를 거둬 간다. 오랜만의 여유에 시간이 부디 천천히 흘렀으면 싶었지만, 밤이라 그런지 도로 위의 버스는 쌩쌩 달려 이미 집 앞을 향하고 있었다.

낯익은 거리가 보이자 하차 버튼을 누른다. 자리에서 나오는데, 그제서야 뒤편에 드문드문 앉아있는 사람들이 눈에 들어왔다. 꾸벅꾸벅 졸고 있는 사람, 무표정으로 핸드폰만 보는 사람, 술 취해 멍하니 있는 사람, 메신저로 시시덕거리는 사람. 천천히 둘러보다 버스에서 내렸다.

밤 11시, 이제 곧 새벽으로 넘어가는 시간이다. 고군분투하듯 혼자 불을 밝히고 서 있는 편의점이 없었더라면, 집에 가는 길이 조금 무서웠을지도 모르겠다. 나는 서둘러 가게가 있는 시장길로 들어선다. 낮과 달리 안은 그저 조용하기만 하다. 아주 거대한 물고기 입속처럼 어둡고 축축했다. 그때 어디선가 소리가 들린다. 위잉위잉.

갑자기 시작된 반복적인 소음에 시장 안의 정적은 허물어졌다. 촘촘히 가게가 줄지어 선 거리에 큰 차 한 대가 꾸물꾸물 느린 속도로 들어오고 있다. 움직임을 멈춘 차 안에서 일제히 쏟아진 초록색 사람들이 가게 입구마다 놓인 음식물 쓰레기통을 수거하고 있다. 통이 옮겨지며 흔들리자 시장 안은 쓰레기 냄새로 진동을 한다. 습기가 많은 곳이라 냄새도 축축하다. 초록색 사람들은 무표정한 얼굴로 기계처럼 움직인다. 코가 막힌 게 아닐까. 참기 어려운 냄새에도 그들의 얼굴엔 어떠한 미동도 없다. 그렇게 십 분쯤 걷다 보니 낯익은 곳이 보인다. 집이다.

나는 집 앞에 서서 셔터를 올리기 위해 가방을 벗고 허리를 숙였다. 2층으로 가는 길은 1층 내부에만 있으니, 셔터를 올려야 내 방으로 갈 수 있다. 번거롭다. 주무시는 부모님이 깰까 최대한 조심해보지만, 그런 노력과는 무관하게 소리는 요란스럽기만 하다. 이런 탓에 난 늘 저녁 약속이 부담스러웠다. 굽어 들어가기 딱 좋을 정도까지만 셔터를 들어 올린 채로 한 발 한 발 좀도둑처럼 우스꽝스럽게 숙여 들어간다. 문을 통과하자 접혔던 몸이 삼단 우산처럼 훅하고 펴졌다. 나는 밖으로 팔을 뻗어 낚아채듯 가방을 잡고 둘러멘다.

가게 안은 모든 살림을 쑤셔 넣은 듯이 장사 후에 밀어 넣은 짐들로 가득 차 있었다. 나는 혹시나 부딪칠까 그사이를 천천히 빠져나와, 발꿈치를 들어 올리고 신발을 벗는다.

가게 뒤에는 조그마한 공간이 있다. 이건 방이라 하기에는 뭣 할 정도로 좁은 공간이었지만, 티브이부터 냉장고는 물론이고, 가스레인지에다

밥솥까지 있었으니, 나름 방의 역할을 충실히 하고 있었다. 안으로 들어온 나는 더듬거리며 2층으로 향한다. 눈앞엔 아무것도 보이지 않지만, 어디에 무엇이 있는지 또 뭘 피해야 하는 지쯤은 알고 있다. 까치발로 계단 하나하나를 올라간 끝에 드디어 2층이다. 그렇다고 아직 끝난 건 아니다.

-끼이익.

무사히 지나가고 싶지만, 오래된 문이 쉽게 도와줄 리 없다. 나는 조심히 문을 열어 슬며시 안을 들여다보았다. 문틈으로 잠들어 있는 부모님이 보인다. 내 방에 가려면 반드시 여길 지나야만 한다. 나는 달빛 아래 고양이처럼 조심스러운 걸음으로 몸을 구겨 넣어 간신히 들어갔다. 이제 내 방문 앞이다.

-끼이이이익.

날카롭고 긴소리에 순간 등에서 땀 한 줄기가 흘렀다. 이왕 이렇게 된 거 빨리 들어가자 싶어, 눈을 딱 감고 문을 확 열어버렸다.

"…왔나." 순간 내 동작은 바로 멈췄다. 엄마 목소리였다.

"어어… 어서 자, 어서 자."

잠 깬 아이 어르듯 조심히 다급하게 말했다. 그러고는 살며시 방으로 들어왔다. 혹시나 빛이 새어 나갈까 문을 닫고 불을 켠다.

"휴우….."

어둡던 방은 금세 환해졌고, 그제야 나는 한숨 돌릴 수 있었다. 최대한 조용히 들어와야 했는데, 결국엔 실패했다.

잠귀가 밝고 불면증이 심한 엄마는 내가 늦은 시간 귀가할 때마다 조심해야 할 대상 1호였다. 괜찮다 해도 잠을 설친 날에는 늘 실핏줄이 터진 눈이었기 때문에 눈치껏 조심해야 한다. 밤 외출은 언제나 이렇게 산 넘고 물을 건너는 번거로운 과정을 거쳐야지만 끝이 났다. 방에 도착하자마자 긴장이 풀려, 메고 있던 가방을 책상에 던져 버렸다.

서둘러 화장실로 간다. 내일도 일찍부터 공부해야 하니, 어서 마무리하고 잠들어야 했다. 적당한 온수가 나오려면 물을 한참을 빼야 하기 때문에 그냥 찬물로 후다닥 씻고는 수건으로 얼굴과 목, 젖은 앞섶을 닦았다. 화장품이 얼마 세워져 있지 않은 낡은 화장대에 툭하고 걸터앉아 대충 스킨 로션을 펴 바른다. 피곤이 그득한 얼굴이다. 쌓인 피로를 두 눈으로 확인하자 온몸이 묵직해지는 게 당장이라도 잠이 쏟아질 것만 같았다. 나는 곧바로 침대에 누웠다.

'하… 나만 침대라니….' 침대는 늘 불편하다.

조금 전 바닥에 누워있는 부모님을 본 탓인지 괜히 마음이 쓰였다. 사실 이 침대가 그리 좋은 것도 아니고, 프레임도 없이 매트리스만 덩그러니 있는 거라 침대라 해야 할지도 잘 모르겠지만, 어쨌든 나와 다르게 바닥에 딱 붙어 자고 있는 부모님을 보니 마음이 좋지 않았다. 좋은 거든 나은 거든 "에이, 우린 그런 거 필요 없어." 늘 손사래 치며 내게 밀어두던 부모님이었다. 내가 제구실을 하고 살았다면 이쯤은 아무것도 아니었을 텐데, 어째 시간이 갈수록 모든 게 다 빚 같기만 하다.

가만히 누워 천장을 보고 있다. 이젠 정말 침대 밑으로 후욱 빠져들 것만 같은데, 쉽게 잠들지 못하는 밤이다. 몇 번을 뒤척이다 머리맡에 둔 핸드폰을 잡았다. 시계를 보니 벌써 자정이 되어간다. 이러다 삼십 분은 그냥 날려 먹을 것 같은데, 그러면서도 폰을 놓지 못하고 있다.

거의 한 달 만에 SNS를 켜본다. 주인 없는 아이디처럼 내 계정은 늘 새로운 게시물 하나 없이 항상 다른 사람 구경만 하며 염탐 아닌 염탐을 하고 있다. 하-아, 하품이 난다. 이제 5분 뒤면 보기 좋게 잠들 것 같다. 아 참, 지연이 언니. 대화하는 내내 연신 잠깐만을 반복하며 사진 찍기 바빴던 언니, 분명 오늘의 사진이 있으리라, 한번 들어가 보기로 한다. 갑자기 밀려드는 궁금증에 얼굴 없는 아이디가 오랜만에 분주하다. 역시나 그랬다. 오늘 올린 것 같은 사진 하나가 있다. 그새 올렸네, 빠르기도 해라. 나는 신나게 사진을 눌렀다. 그러자 사진은 화면 반을 채울 만큼 확대되어 그 아래로 써놓은 글이 함께 보인다.

-맛있는 연어, 오랜만에 공시 실패자와 밥을 먹었다ㅋㅋ 아, 내 뱃살, 내일부터는 진짜 다이어트.

순간 동작이 멈췄다. 눈을 깜빡이며 다시 글을 읽었다. 혹시나 싶어 사진을 확인해보는데, 분명 나와 보낸 시간, 나와 먹은 음식임이 틀림없었다. 남들은 모르겠지만 이건 분명 나다. 그럼 여기서 말하는 공시 실패자는 분명 나였다.

'공시 실패자라니…'

_ 인지하지 못하는 순간에 아주 부드럽게

나는 극단적인 면을 갖고 있는 사람이다. 부드러우면서도 강하고, 해맑아 보이면서도 예민하고, 조용해 보이면서도 할 말은 하는 그런 성격이었다. 자로 재 보자면 대중없긴 하지만, 억지는 없었으니 사람 사귀는 데에는 별문제가 없었다. 먼저 연락하진 않지만 그 누구도 서운해하지 않도록 오는 전화에는 최선을 다했고, 상대에 따라 그 사람에게 맞는 반응을 보이며 늘 나름의 친절을 보여줬다.

대학 시절, 남들은 나를 인맥이 넓은 사람으로 보았지만, 내가 생각하는 '친하다'의 범주에 넣을 사람은 얼마 없었다. 스스로가 가진 이런 감정의 템포를 누구보다도 잘 알고 있었기 때문에 그 파도를 다스리고자 노력해왔다. 그런 나에게 이런 감정은 정말이지 오랜만이었다.

머리끝이 곤두선다. 내가 언니를 점점 만나지 않게 된 데에는 길었던 수험 생활 탓도 있었겠지만, 둘 사이에서 늘 듣기만 하던 나의 역할에 대한 고민도 있었다. 언니는 늘상 내 이야기를 가볍게 넘겨들었다. 들어주지 않으니 말수가 줄어드는 이치였다. 처음엔 별것 아니라 여겼지만, 내게도 고된 날들이 늘어가자 듣게만 만드는 언니가 야속하게 느껴졌다. 다 쓴 휴지심 갈아 끼우듯 때맞춰 바뀌는 남자 이야기, 가볍기만 한 하룻밤 이야기와 늘어놓던 자랑들. 만나는 동안 나에 대한 배려라고는 단 한 번도 느낄 수 없었다. 내 마음속 한 조각도 쏟아내지 못하는 대화에, 관계의 무게 역시 자연히 가벼워질 수밖에 없었다. 이런 부정적인 관계에 대한 인식이 자리 잡고 난 후에는 우리의 만남이 조금씩 불편하게 느껴졌다.

언니는 가끔 내게 다른 사람들의 이야기를 비아냥대며 전하곤 했다. 그럼 나는 그 말을 들으면서도 그 칼날 끝이 나를 향해 올 것까지는 예상하지 못했다. 아니, 솔직히 말해서 나는 그녀를 믿었다. 그것도 아주 굳게. 가볍게 보일지언정 꽤 무거운 사이일 거다. 오래도록 함께 한 우리 시간이 그걸 증명해주니까. 그래서 언니가 누군가를 힐뜯는다 해도 내게만 보이는 가감 없는 표현일 거라 믿었기에 그러니 나만큼은? 그런 대상이 되지 않을 거라 생각했다. 하지만 언니는 내게 생판 모르는 남보다 더 못한 말을 해버렸다. 공시 실패자라니….

폭풍 속 바다처럼 파도는 급하게 오르내리기를 반복했다. 헤엄칠 의지도 없는 나는 어두운 밤 깊은 물 속 아래로 하염없이 가라앉고 있었다. 심장은 쿵쾅거리고 눈물이 쏟아질 것 같았다. 하지만 참는다. 내 마음은 아직 아무것도 정리되지 않았으니.

그럴 때가 있다. 가장 듣기 싫은 소리, 스스로 밀어냈던 말들, 마음속으로 수백 번은 더 뱉었던 나를 향한 매서운 질문들. 가끔 그런 것들과 마주할 때가 있었다.

-너 나이가 몇인 줄 알아?

-그래서 이 짓을 언제까지 할 건데?

-안 되면? 그땐 뭐 할 거냐고.

따위의 질문 말이다.

주위엔 나를 아껴주며 배려하는 이들이 많았다. 그 배려는 너무나도 고맙고도 무거운 것이라 가끔 그것이 나를 옥죄기도 했다. 그들은 나와 마주할 때마다 이런 질문들을 얼마나 하고 싶었을까. 그저 상처가 될까 애써 덮고 또 덮으며, 대책 없는 내 인생에 대해 쏟아지는 궁금증을 참아왔을 것이다.

이젠 모든 것이 더 분명해졌다. 나는 현실을 보았다. 언니가 잘한 건 아니었지만 언니 말이 틀린 것도 아니었다. 어쩌면 내가 스스로를 점차 좁은 공간에 가둔 이유도 나름의 성공을 하지 못했다고 인정했기 때문이었을지도 모른다. 실패자라는 말, 아무 생각 없이 장난처럼 내뱉고 지금쯤이면 곯아떨어져서 자고 있을지도 모르는 언니의 그 가벼운 말, 그 한마디 때문에 나는 이제껏 참아 왔던 질문들을 끝없이 쏟아냈다.

'하긴… 언니 말이 맞지, 실패… 그래, 이게 진실이야.'

곱씹어 생각한다. 그러나,

지금의 내 꼴이, 내 처지가 실패로 보인다 해서, 모르는 사람들 앞에서 나를 도마 위에 올려놓고 칼로 이리저리 굴려도 될 만큼 난? 부끄럽게 살지 않았어. 언니가 나를 비웃을 수 있나. 얼마만큼 알기에 사람을 저리도 하찮게 볼 수가 있나. 내가 실패한 게 맞다고, 쩔뚝거리며 휘청거리고 산다 해서 웃음거리가 될 만큼 가벼운 인생을 살진 않았어!!

화가 났다. 왜 연락이 없냐며 우리 사이가 그것뿐이냐며 먼저 말을 건넨 건 그녀였다. 내가 얼마나 망가졌나 두 눈으로 확인하려고 거기까지 불러낸 건가. 고작 이따위의 말을 하려고? 어차피 쓸모없고, 누구에게도 줄 것 없는 사람이라며 뒷걸음질로 조용히 살고 있던 나에게 성큼성큼 다가와 마음을 두드린 건 누가 뭐래도 언니였다. 굳이 드러내지 않아도 될 그놈의 우정 타령, 세월 타령하며 둘도 없는 의리를 과시하던 사람도 언니다. 그런데 그 진심의 밑바닥이 고작 이거라고?

고요한 밤, 낡은 방 안은 혼돈의 감정으로 출렁거렸다. 조롱이다. 분명한 조롱. 나는 휘청거리는 마음을 주체할 수 없었다. 아무리 덮어보려 해도 내가 믿고 있는 진실은 하나, 언니는 그동안 나를 그렇게 생각해 왔다는 것. 앞에서는 그럴듯한 말로 위로를 건넸을지 모르겠지만, 내가 없는 곳에서 난 그런 존재였다. 이제부터 생성되는 모든 말은 변명일 뿐, 다른 건 필요치 않다. 벌겋게 불타오르는 화는 눈처럼 쏟아져 내렸고, 그 온도는 너무나도 차가워 화는 녹지 않는다.

나는 그렇게 밤이 새도록 날이 밝도록 생각을 거듭했고, 그렇게 또 아침이 찾아왔다. 멈춰 있을 것만 같던 나의 새벽은 부지런히 밝아왔고, 출렁이던 파도는 이내 잔잔해졌다. 머리맡에 둔 핸드폰을 잡는다. 조그만 녀석이 이렇게나 무거웠나 싶다.

나는 다시 언니의 계정으로 들어갔다. 간밤에 나에게 너무나도 큰 상처를 주었던 그 게시물은 아직도 버젓이 남아있었다. 그리고 그 아래에는 알지 못하는 사람들의 조롱이 줄지어 담겨져 있다. 나는 실없는 웃음소리가 들리는 댓글 사이로 천천히 걸어 들어가 언니의 글을 읽어 보았다. 다시 확인해도 믿을 수가 없는 그 문구를 화면 그대로 저장해 두었다. 몽땅 들어내 버리고 싶을 만큼 가슴 아픈 어제였지만, 잊지 말아야겠다는 생각으로 간직해두기로 한다. 그리고 그 아래에 댓글을 적었다.

-언니, 나 사하야. 언니가 나를 어떻게 보는지 항상 궁금했었어. 늘 외롭다고 했었지? 언닌 아마 평생 외로울 거야. 다신 만나지 말자, 우리. 잘 살아.

이제 그만 하기로 한다. 세월은 허울뿐이다. 문자 하나로도 가볍게 정리될 수 있는 그런. 마음에 엉켜 있는 수많은 말들을 쏟아내고 싶지만, 그냥 이만하기로 한다. 흥분하면 소중하게 여겼던 게 탄로 날 수도 있으니까 말이다.

오래 두고 싶은 사람이었다면 다시 만났을 것이다. 목소리가 올라가고 부딪히며 싸울지언정, 소독도 하고 수술도 하며 고치려고 노력했을 것이다. 하지만 나는 그 어떠한 대면도, 가벼운 전화도 없이 단지 댓글 하나만을 남기는 방법을 택했다. 그것도 아주 성의 없이. 성의 없이 인연을 끊는 것이다. 이것이 성의 없는 사람에 대한 나의 대답이다.

이제는 그녀에 대해 단 0.1초의 시간도 소비 않기로 한다. 밤새 너울거리는 마음속에서 정돈된 하나의 글을 남기기까지 많은 생각을 했다. 나는 나를 부끄럽게 여기며 비아냥대는 글에 주저 없이 이름을 밝히고 답을 달

앉다. 그녀는 나를 향해 실패자라 불렀지만, 적어도 이 상황에서만큼은 내 자신을 숨겨서는 안 된다고 생각했다. 난 내가 원하는 목적지에 도달하지 못해 좌절을 겪고 있을 뿐, 내 자신을 부끄러워하는 것은 아님을 알려주고 싶었다. 꿈을 꾸지 않았다면 실망도 없었을 것이다. 지금까지 가졌던 모든 부정적인 감정들은 내가 도달하고 싶은 곳이 있었기에 경험한 것이다. 꿈이 있어 방황한 것이지, 내 인생이 망가진 건 아니다.

나는 타인에 대한 기대가 없다. 이건 부정적인 말이 아니라 나의 대인관계 방식에 대한 이야기이다. 그동안 많은 사람들과 나쁘지 않게 지낼 수 있었던 것은 타인에 대한 기대가 없었기 때문이다. 난 내가 힘들더라도 누구에게도 함께 머물러 줄 것을 청하지 않았다. 고통을 함께하자 손 내민 적 없었다. 그리고 함께 울어 줄 것을 혹은 함께 웃어 줄 것을 바란 적도 없었다. 이건 극단적인 개인주의가 아니라 닿을 상처로부터 미리 방어하고 기복 없이 곁에 머물겠다는 마음이었다.

모두가 고달픈 인생이다. 그저 자신의 삶에서 고군분투하며 여전히 살아 있다는 것만으로도 서로에게 위로가 되는 세상이다. 하지만 고통스러웠던 나의 시간을 저렇게 치부해버린 사람은 다름 아닌 십 년 넘게 알고 지낸 나의 오랜 지인이었다. 그녀는 내게 신뢰를 잃었다. 나의 깊숙한 고통의 십 분지 일이라도 닿을 줄 알았던 것은 순전히 나의 욕심이었다. 언니는 내가 목표를 이루었다 한들 그 순간조차도 결코 박수 쳐 주지 않을 사람이라는 확신이 들었다.

아침부터 분주했던 어제, 설렜던 나를 다시 생각해 본다. 거기서 단 하루도 지나지 않아 우리 사이가 이토록 허망하게 무너져 내릴 줄을 누가 알았을까. 그리고 메시지 하나가 도착했다.

-안 자고 댓글 달았네. 기분 나빴을 거 같아서 수정하겠음. 미안. 근데 사람들은 저게 너인지도 몰라. 화 풀리면 연락해라. 내가 실수한 거니까.

문자를 보고 침대에 누웠다. 민낯이 들켜버린 인간은 추접스러운 모양새였다. 나는 사과인지 뭔지 분간할 수 없는 메시지를 받고서 당장에라도 찾아가 뺨이라도 후려쳐야 하지 않나 생각이 들었다. 하지만 그래서는 안 된다. 소중하지 않은 존재를 위해 나의 에너지를 할애해서는 안 된다. 그런 연습은 앞으로도 필요할 것이다.

잠시 후, 그녀의 SNS에서는 어제의 글이 사라졌다. 인터넷이라는 세상에서는 그 누구라도 호인이 될 수 있다. 성실하게 빚어 놓은 그 안에서의 이미지를 고작 나 때문에 무너뜨릴 순 없었을 것이다. 그녀는 고민했을 것이다. 자신의 글을 수정한다 해도 골치 아픈 댓글은 남아있을 것이며, 거슬리는 댓글만 지우기에는 내가 가만있지 않을 거란 것을. 그녀는 분명히 알고 있었다. 화나면 내가 얼마나 무서워지는지를.

「 "네가 사람을 열받게 만들어 놓고, 화내는 나를 도리어 이상한 사람으로 만들어?" 」

대학 시절, 영악한 사람을 군중 앞에서 증명하는 걸 그녀는 목격했었다. 그리하여 그녀는 하는 수 없이 삭제라는 방법을 택했을 것이다. 형편없는 그녀의 대처를 보면서 나는 속이 뻥 뚫리는 쾌감을 느꼈다. 그래 잘됐다. 앓게 만드는 인간은 그 언제라도 문제가 되곤 하지.

기운 빠진 새벽, 내가 바라보고 있는 것은 천장일까 어둠일까. 나는 멍하니 내가 어디에 머물고 있는지 헷갈리기 시작했다. 침대 밑에는 또 하나의 우주가 있지 않을까. 따끔거리는 눈을 천천히 감아본다. 몸이 너무 무거워 혹시 아래에 있을지도 모를 아주 끝없는 공간 속으로 푸-욱 가라앉아, 우주 속을 헤매듯이 둥둥 떠다닐 것 같았다. 감은 눈 사이로 희미하게 그림이 그려진다.

그런 마음 때문일까. 꿈인지 무의식인지 모를 공간에서 나는 잠깐이나마 아주 편안한 상태에 이르렀던 것 같다. 온통 암흑천지인 우주와도 같은 공간 말이다. 거기서 나는 자유로운 시간과 마주했다. 아무도 내게 움직일 것을 기대하지 않는, 안락의 시간. 그런데 난 왜… 편안하면서도 슬프지? 그 생각이 미치자 나는 곧바로 눈을 떴다.

할 말도 했고 인연을 끊었는데도 가슴이 저려왔다. 아까의 뻥 뚫린 것 같은 느낌은 공허함이었나. 아마 착각한 것일지도 모르겠다. 나는 조금 전과는 또 다른 감정의 국면과 맞닥뜨리게 되었다. 매우 영악하고 날카로운 칼에 찔린 것만 같았다. 인지하지 못하는 순간에 아주 부드럽게 피가 흘러나오는 느낌. 몸에 있는 피가 다 빠져버린대도 모를 만큼 나는 너무나도 큰 내상을 입었다. 눈가는 순식간에 촉촉해져 고요히 눈물이 흘러내린다.

이미 깨진 사이를 되돌릴 순 없다. 그동안 우리 사이엔 몇 번의 경고 사이렌이 있었음에도 불구하고, 나는 얼마 남지 않은 인연을 놓치고 싶지 않아 모른 척했었다. 바보같이. 눈물방울은 너무 크고 무거워서 빨려가듯 귀로 흘러 들어갔다. 어두운 방은 심장 소리로 가득 찼고, 그 소리에 맞춰 거칠고 슬픈 숨이 밀려왔다.

왈칵 쏟아진다. 나는 재빨리 몸을 돌려 엎드리고는 베개 속으로 얼굴을 파묻었다. 뒷머리가 무겁고 아팠는지 오히려 엎드린 것이 편했다. 아무도 없는 2층 방에서 홀로 한없이 눈물을 흘렸다. 혹시나 엄마 아빠가 들어올까 크게 울 수도 없었다. 어떤 이유에서건 서럽게 울고 있는 모습을 들킨다면 나보다 더 아파할 사람들이다. 나는 이불 속으로 숨어 들어갔다. 이건 부질없어져 버린 우리 세월에 대한 눈물이기도 했고, 그동안 참아 왔던 나의 서러움이기도 했다. 모든 게 서러웠다. 그동안 고단했다. 눈물이 그치길 바랐지만 멈추지 않았고 또 멈추고 싶지도 않았다. 이 핑계로 그냥 눈이 빠질 만큼 펑펑 울어버리고만 싶었다. 눈물은 눈물을 불러오는지 점차 통곡에 가까워졌다.

'쌓여가는 책도! 이상하게 붙어있는 창문도! 쩔뚝거리는 내 다리도! 모조리 다 싫어!!'

-우웩.

순간 구역질이 올라왔다. 누워있는데도 이상하게 현기증이 났다. 벙벙거리는 머릿속 때문에 안에 있는 것들이 당장에라도 쏟아질 것 같았다. 나는 벌떡 일어나서 급하게 화장실로 달려갔다. 슬리퍼도 신지 못한 채로 맨발로 들어가 변기에다 얼굴을 쏟아 넣고 헛구역질을 하기 시작했다.

텅 빈 집, 환한 대낮에 소란스럽게 뛰어가는 소리와 함께 어두운 화장실에 울려 퍼지는 구역질 소리. 그렇게 나는 한참 동안이나 고개를 들지 못했다. 속이 뒤집히는 것 같은데, 결국 난 아무것도 뱉어내지 못했다. 차가운 벽에 기댄다. 그리고 그 순간, 모든 것이 정리되었다.

'나는… 이곳을 벗어나야 한다.'

제18장 휘광

어른이 되는 길

휘광은 부산으로 향한다. 새마을호도 있지만 돈을 아껴야 하니 통일호를 타기로 했다. 몇 년 만에야 제대로 돌아가는 길이다.

'…이렇게 끝이 나네.' 어두운 밤, 휘광의 시선은 창밖으로 향한다.

서울에 오기로 마음먹은 순간부터 지금까지 모든 게 순식간에 벌어진 일인 것 같다. 그동안 아무리 기다려도 줄지 않던 시간이었는데, 찰나처럼 흩어져 버렸다. 처음 서울에 왔을 때 휘광은 엄마가 울며 빌며 졸업장을 가져와야만 했던 현실에 적잖이 충격을 받았었다. 전교 성적을 받는 나름의 성공을 거두고서 세상일 뭐든지 스스로 이뤄낼 수 있을 거라 생각했지만, 그 간단해 보이는 전학 처리조차도 제대로 할 수 없는, 여전한 어린 애라는 걸 깨달아 버린 순간이었다.

어디서부터 잘못됐을까. 휘광의 서울행은 마치 꿈이란 건 꾸지도 말라는 회초리 같았다. 원래 공고에 갈 운명밖에 안 됐는데 괜한 욕심을 부려 서울로 갔던 것일까. 어린 날에 스스로 발견한 자신에 대한 가능성은 혼자만의 착각이었나. 휘광은 싹부터 잘린 느낌이라 힘들어했다. 꿈이라는 것, 제아무리 강력한 힘을 가지고 있다 해도 환경이라는 더 강한 것 앞에서는 그저 새벽꿈에만 남게 되는 것.

'이렇게 뭐든 희미해지다 보면 어른이 되는 건가, 어른이 되는 길은 참 험난하구나….' 휘광은 그렇게 빠르게 부산으로 다가가고 있었다.

한참을 달려 부산에 도착했다. 개운치 않은 상황에 마음이 무거웠지만, 그래도 고향 땅을 밟자 안정감이 들었다.

"저 왔어예."

갑자기 들려온 휘광의 목소리에 인희는 흠칫 놀라 자리에 멈춰 섰다.

"니… 우째 왔노. 어어, 어여 들어 온나."

인희는 아들 손에 들려있는 짐을 보고서, 서둘러 들어오라며 손짓했다.

오랜만에 돌아온 집. 휘광은 감회가 새롭다. 그리던 순간이었다. 늘 그렇듯 인희는 휘광에게 김이 펄펄 오르는 밥상을 내어왔다. 가득 찬 고봉밥. 언제나처럼 인희는 묻지 않는다. 그저 앞에 가만히 앉아 휘광이 움직이는 밥숟갈의 끝만 부지런히 따라갈 뿐이다.

가까운 사이에 말을 많이 않는다는 건 무관심일 수도 있고 믿음일 수도 있다. 휘광은 후자라 생각한다. 그래서 그 자부심으로 서울 큰 땅덩어리에서도 두 발로 버티고 서 있을 수 있었던 거다.

"인사 잘하고 내려왔제? 누가 뭐래도 외삼촌은… 고마운 기다. 잊지 마레이," 휘광은 대꾸도 않고 우걱우걱 먹기만 한다.

엄마의 뜨거운 배추된장국을 먹는 순간, 몸에는 안도감이 타고 내려갔다. 그날 밤, 휘광은 오랜만에 편하게 눈 붙일 수 있었다.

한 달이었다. 부산에 내려온 뒤로 휘광은 심한 열병에 걸린 사람처럼 꼬박 한 달을 앓아누웠다.

"느그 삼촌이 돈 보냈드라, 니 방 보증금 그거…."

휘광은 살짝 고개만 끄덕였을 뿐, 그 외엔 아무 말도 없었다.

'이제… 일어나자.'

조금씩 몸을 추스르기 시작한다. 그리고 일자리를 구했다.

-문화 전파사.

집 근처 전파사에서 라디오, 텔레비전, 전축, 그런 다양한 기기들을 고친다. 그렇게 몇 개월간 휘광은 남의 집 기사 생활을 했다. 그리고 군대를 고민했다. 군대는 누구나 하는 국방의 의무라 볼 수 있었지만 휘광에겐 도피처였다. 맘에 들지 않는 현실을 피할 수 있는 당장의 유일한 방법, 휘광에겐 자신의 인생에 정지선을 그어 줄 그런 곳이 필요했다. 잔잔히 흘러가는 개울물처럼 휘광은 자신 앞에 놓인 삶을 조용히 살아가고 있었지만, 학창 시절에 대한 상처는 여전히 극복하지 못했다. 그렇게 휘광은 상처였던 과거를 잊기 위한 심정으로 군대에 지원했다. 그리고,

"젠장"

-의정부 발령.

또 서울로 가게 되었다.

뜨거운 공기를 내뿜던 작년 어느 여름날, 외삼촌 경만은 식곤증으로 마당에 누워 나른하게 한잠 자다,

"잘못했습니다! 잘못했습니다! 김 병장님!"

후다닥 일어나는 게 아닌가.

"픕." 옆에 앉아 있던 휘광은 순식간에 콧바람이 밀려 나왔다.

삼촌이 알아챌까 다급히 웃음을 거두었지만, 솔직히 그 꼴은 너무나도 우스웠다. 처음 서울에 왔을 때 얼음물에 들어가라며 호통치던 삼촌의 그

늠름한 표정과 목소리를 휘광은 아직도 잊지 못한다.

-잘못했습니다! 잘못했습니다! 김 병장님!

자다 말고 한껏 군기 잡혀서는 빌빌거리고 있는 삼촌을 보며, '저게 바로 진실이다.' 휘광은 생각했다.

폼 잡기 좋아하는 사람, 인생 중반 줄에 서 있는 삼촌의 머리 그 어딘가에도 여전히 김 병장님에 대한 악몽이 서려 있다는 것. 삼촌도 영락없이 병장님 앞에 무너지는 수많은 병사 중에 하나였다.

군대는 매우 올바르고 정확해 보이는 틀과 불합리하고 이유 없는 갈굼도 비밀리에 퍼지는, 양극단이 공존하는 아주 놀라운 곳이었다. 머무는 시간에 비례해 올라가는 계급, 나는 그런 선임이 되지 말아야지 실컷 다짐하고서 그런 선임이 되어가는 곳. 철저한 조직일수록 자신의 내면에 숨어있는 본성을 시험해보기에 매우 적합하다. 제아무리 착한 사람이라 해도 가지고 있는 그런 심연의 것 말이다. 휘광은 군대라는 조직에 위압감을 느꼈다.

하지만 웬걸, 바깥에서의 삶이 더 악몽 같아서였는지, 휘광은 33개월 군 생활이 그리 나쁘지 않았다. 아니, 솔직히 말하면 재미있었다. 군대 하면 점호, 군인에게 점호시간이란 정말 악몽 같고 살 떨리는 순간이다. 공기 중에 보인다는 건지, 대체 뭐가 보인다는 건지, 보이지도 않는 먼지가 있다고 기합받고, "야! 너 표정이 왜 그래! 엎드려." 그저 얼차려를 받기 위한 과정이랄까. 아무것도 하지 않아도 늘 무언가 잘못한 게 있을 것만 같은 매일의 시간이다. 하지만 대부분의 군인이 힘들어하는 그 점호마저도 휘광은 좋았다. 왜냐, 그 시각 휘광은 거기에 없었기 때문이다. 휘광에겐 다른 임무가 있었다. 매일 6시에 기상나팔 음악을 틀고, 21시에는 점호를 알리는 일.

"LP판에 핀 꽂는 거? 야, 이-거 생각보다 쉽지가 않다? 뾰족한 전축 바늘을 조심-히, 아주 조오-심히 한 큐에! 바로! 얹어야 하는 거지!"

휘광은 동기들 앞에서 너스레를 떨며 거창하게 설명한다.

그렇다. 휘광은 마냥 편하기만 했다. 소리가 리코딩 되어 있는 LP판에 음악을 틀며 하루를 시작하는 일. 휘광이 군 생활을 조금이나마 즐겁게 할 수 있었던 건, 무엇보다도 전자과를 나왔기 때문이다. 경만을 향한 분노가 일순간 가라앉은 이유도 그와 마찬가지다.

무엇이든 잘 고치기로 유명했던 휘광 전파사에 대한 소문은 돌고 돌아, 고치고 또 고치는 일상이 반복되었다. 수리비 조로 서로에게 달리 줄 게 없던 그 안의 생리에서는 휘광은 배려와 편의를 대가로 받았다. 그렇게 휘광 전파사의 명성은 드높아져 중대장, 대대장의 귀에도 들어가기 시작했다. 날짜를 잡고 준비하고 있으면, 휘광의 앞엔 관용차가 대기하고 있었다. 그럼 휘광은 차를 타고 상사의 집에서 티브이도 고치고, 전축도 고치고, 맛있는 것도 먹고, 대충 그런 식이었다.

"흐음…."

수리하기 전, 휘광은 무언가 큰 문제가 있는 것처럼 기계 앞에서 심각한 표정을 짓곤 한다. 이때 중요한 것은 눈살을 찌푸릴 만큼 길지도, 그렇다고 짧지도 않은 적당한 때에 고쳐내는 것.

오늘 휘광은 전축을 수리하러 왔다. 그런데 휘광의 눈을 사로잡은 것은 다름 아닌 티브이. 티브이는 가격대부터 대기전력까지 만만치 않아 어느 집이나 둘 수 있는 그런 물건이 아니었다. 그러니 옥상에 안테나가 있다면, 그건 바로 잘 사는 집이라는 뜻이었다.

티브이 안에는 진공관이라는 전구같이 생긴 유리관이 있다. 그것을 휘광은 다마라고 불렀는데, 이처럼 티브이 안에 큰 유리관이 있어 자연스레 본체의 부피는 커지고 무거워질 수밖에 없는 것이었다. 그래서 틀면 바로 켜지는 게 아니라 진공관에 열이 서서히 올라야지만, 뿌연 화면이 점차 보여 가는 그런 원리였다. 허나 여기 것은 달랐다. 예열 없이도 틀면 바로 볼 수 있는 크기도 무게도 다른 가벼운 티브이였다. 이건 전자공학의 꽃이라 할 수 있는 트랜지스터라는 아주 작은 소형 부품의 등장으로 기기 외관에도 변화를 가져온 것이었다. 휘광은 쉽게 눈을 떼지 못하고 자세히 들여다보다 걸음을 돌렸다.

이렇게 한차례 수리를 마치고 나면, 신뢰 가득한 칭찬을 받으며 맛있는 것도 먹고 겸사겸사 휴가를 받기도 한다. 그렇게 휘광 전파사의 수리는 점점 더 명성을 얻어갔다. 애초에 휘광에게 있어 군대의 목적이 잠시나마 과거를 잊는 일이었다면, 휘광은 그에 부합한 시간을 보내고 있었다. 어쨌든 군대 안에서도 휘광은 어린 시절 늘 그래 왔듯 착실하면서도 재미있는 모습으로 뭇사람들의 사랑을 듬뿍 받고 있었다.

_ 대충의 말

군대는 혈기 왕성한 청년들을 모아놓은 조직이라 병사들이 조금이라도 잡생각을 할까 가만두질 않는다. 그래서 이유 없는 삽질을 시키기도 하고, 그래도 남는 시간엔 자격증 공부라도 하라며 권장하기도 한다. 휘광을 애틋하게 여기는 중대장은 머리가 비상한 휘광에게 놀아서 뭐 하겠냐며, 쉬엄쉬엄 자격증이라도 따보라고 조언했다.

"그렇다고 혼자만 하지 말고, 동기들도 도와줘라, 겸사겸사."

중대장은 휘광의 어깨를 툭툭 치며, 살며시 웃으며 지나갔다.

'도와…줘라…?' 그건 휘광에게 하나의 명령 같았다.

휘광은 의뭉스러운 미소를 지었다.

그리고 대망의 기능사 시험 날이다. 너른 운동장 한복판에는 책상들이 줄지어 있다. 휘광은 실무자라 자격증은 그다지 필요하지 않았지만, 일부러 시험을 치러 왔다. 전공자다 보니 별다른 공부를 하지 않아도 문제는 하나같이 쉬웠고, 휘광은 모두를 돕기 위해 지우개에 답을 옮겨 적었다. 중대장의 명령을 이행하기 위해서다. 그리고 지우개를 뒤로 건네며 한 바퀴 돌리라는 눈짓을 했다. 그렇게 휘광의 사랑 가득 실은 지우개는 한 명 한 명에게로 성실히 돌아갔다.

답을 옮겨 쓴 녀석들은 이제 곧 합격할 기쁨에 웃음을 감추지 못한다. 모두들 휘광을 보며 엄지손을 치켜세우며 연신 입 모양으로 따봉을 외치며 킥킥거리기 시작했다. 고맙게도 이날의 감독관도 대충 운동장만 배회할 뿐, 크게 신경 쓰지 않는다. 삼엄하지 않은 경비 덕에 지우개는 무사히 잘 돌아가고 있었다. 그리고 시험 종료 10분 전, 어느 손발 안 맞는 녀석이 지우개를 기다리다 그만, 참지 못하고 휘광의 책상으로 돌진해서는 휘광의 시험지와 자기 것을 맞바꾸려 하는 게 아닌가.

"야 이 새끼야!"

휘광은 웃음이 터진 채로 속삭이며 욕을 했다. 이대로 소란을 피운다면 휘광의 사랑은 공중에 흩어지고 만다. 어쩌겠나. 휘광은 손에 힘을 풀고 자신의 시험지를 그만 놔버렸다. 휘광은 그런 녀석이 너무나도 웃겼다. 그리고 휘광의 책상엔 녀석의 텅 빈 시험지만이 남아있었다. 그 모습을 지켜보던 동기들도 웃음이 터져버려 두 손으로 입을 틀어막고 엎드려 웃고 있었다.

"양아치 같은 새끼…" 휘광은 너무 웃겨서 눈물이 그렁거렸다.

그렇게 혼돈의 시험시간은 끝이 났다. 그리고 한 달 뒤, 결과가 발표되었다. 결국 그날의 자격증 시험은 전원이 합격하게 되는 쾌거를 이루게 되었다. 물론, 휘광 빼고 말이다. 그 뒤로 휘광은 부대 내에서 영웅이 되었다. 재밌고 착하고 웃긴, 그리고 똑똑한 친구로. 그 후 휘광은 대대장으로부터 포상을 받게 되었다. 동기들을 도와준 관계로. 물론, 지우개로 도와준 사실은 모른다. 모두들 입 모아 휘광이 가르쳐줬다고 했기 때문이다.

얼마 뒤 휘광은 혼자 떨어진 시험을 다시 치렀고, 결과는 당연히 합격. 휘광은 그렇게 그 안에서 딸 수 있는 기능사부터 무선설비 자격증까지, 기술 자격증이란 자격증은 모두 다 거머쥐게 되었다. 어찌 됐건 이런저런 이유로 군대는 그동안의 우울을 떨칠 수 있게 해준 아주 편안하고 재밌는 공간이었다. 그런 휘광에게도 제대할 시기는 다가오고 있었다.

애초에 휘광은 군 안에서 특별한 고생을 한 적도 없었지만, 어쨌든 말년 역시 편했다. 휘광은 정비부대 무선 정비병이다. 이곳은 보통 전자 계통에 대해 어느 정도 알고 있는 병사들이 배치되는 곳인데, 차를 타고 여러 부대를 돌아다니면서 무전기를 고치고, 정 안될 때는 새 무전기로 교체하는 작업을 진행한다. 정비를 마치고 복귀한 휘광은 친한 녀석들이 있는 통신실에 들러 의미 없는 대화를 나누고 있다. 정말 어디 하나 쓸모없는 우스갯소리만 모아다가 한참을 하고서, 또 언제 그랬냐는 듯이 이어지는 미래이야기에 자연스레 심각해지는 얼굴들이었다. 여하튼 대부분의 주제는 늘 답이 없다는 정답으로 귀결되었다.

"휘광아, 내 변소 좀 갔다 오께. 전화 오면 대신 좀 받아도."

휘광의 동기, 같은 부산 출신의 병희다.

"뭘 대신 받아. 내 아무것도 모른다."

휘광은 쏘아보며 말했지만, 곧바로 의자를 당겨 앉았다.

조용한 방, 병희가 잠시 나간 공간은 금세 고요해졌다.

'군 생활도 이제 끝이다…. 조만간 부산이네.'

휘광은 턱을 괴고서 나머지 한 손으로 책상을 두드린다.

예전 같았으면 제대만 하면 뭐든 다 잘할 수 있을 것만 같았는데, 막상 그 시간이 다가오자 조금은 막막해진다. 꼬리에 꼬리를 물고 떠오르는 생각들. 희뿌연 미래처럼 휘광의 눈도 스르륵 감겼다.

-띠리리리.

정적을 깨뜨리는 소리, 휘광은 어슴푸레 뜬 눈으로 곧바로 자세를 고쳐 잡는다. 재빠르게 잡은 수화기 너머에는 차갑게 경직된 목소리가 들렸다. 그리고 잠시 후, 미간을 잔뜩 찌푸린 휘광의 얼굴은 싸늘해졌다.

"……백휘광 병장, 백휘광 병장, 모친 위독, 모친 위독, 전달 바란다."

수화기에서 울리는 소리에 휘광은 순간 자신의 귀를 의심했다.

부산에서 대구를 경유해 온 전보였다. 이미 끊긴 수화기 너머로 그 어떤 소리도 들리지 않았지만, 휘광은 수화기를 내려놓지 못한 채 처음 그 자세에 머물러 있었다. 그리고 조금 뒤 굳어있던 팔은 서서히 풀려갔다. 그 뒤로 병희가 걸어오고 있다.

"아… 물을 많이 먹어서 긍가… 오줌발 한 번 디게 기네."

병희는 장난 섞인 목소리로 바지를 추스르며 다가간다.

"뭐 별거 없었제? 나온나."

의자 옆에 선 병희는 휘광의 등을 툭툭 치며 나오라고 손짓했다.

"나온나, 앉자 좀." 휘광의 등을 재차 두드린다.

"…와 이라노? 문 일 있었나?"

이상한 낌새를 느낀 병희는 몸을 기울여 휘광의 얼굴을 살펴본다.

"야… 우리 엄마가…" 휘광은 넋을 잃은 표정이다.

"위독하단다. 금방 전보 왔다."

휘광은 무심결에 받은 전보가 자신의 것인 게 아직도 믿기지가 않는다. 휘광은 심각한 표정으로 병희를 향해 고개 돌린다.

"뭐라꼬? 어무이 전보가 왔다꼬? 왜… 뭐라 하던데?"

침착해 보여야 한다는 판단이 섰지만, 당황스러운 건 병희도 마찬가지였다.

"위독하단다…. 야… 내 지금 혈압 오르고 미치겠다. 어짜노?"

자리에서 일어난 휘광은 잠시 휘청하다 눈을 감고 말했다.

"내 지금 바로 가야겠다."

"어어! 당연하지, 지금 바로 가야지!"

문을 향해 걷는 두 사람. 그때 띠리리리, 또다시 전화기가 울린다.

고요한 통신실을 울리는 소란스러운 벨 소리. 순간 멈춰버린 휘광과 병희는 가만히 전화기를 응시한다. 휘광은 순간 정신이 들었는지 갑자기 달려가 수화기를 들었다.

"의정부 82 통신대대!"

수화기를 들자마자 곧바로 소리가 이어졌다. 휘광의 온 신경은 오로지

한 곳만을 향했다.

"의정부 82 통신대대 백휘광 병장, 백휘광 병장"

전화기 너머의 소리에 휘광의 심장은 세차게 요동치고 있었다.

"…모친 사망. 모친 사망. 급래 바람, 전보 바란다."

휘광은 온몸이 굳어버렸다. 숨이 멎은 것만 같았다. 함께 뛰어와 듣고 있던 병희 역시 놀라 입을 다물지 못한다. 휘광은 정신이 혼미해져 그만 기절해 버렸다.

"야! 인마! 눈 떠! 휘광아!" 휘광은 서서히 눈을 뜬다.

"마! 괜찮나? 정신이 좀 드나?"

친구 병희였다. 병희의 표정이 좋지 않다. 녀석은 울고 있었다.

"어떡하냐, 진짜…." 모두들 같은 얼굴들이다.

'제기랄… 꿈이 아닌가 보네….'

휘광은 믿을 수가 없었다. 심장을 지옥 불구덩이에 던져 놓은 것같이 타들어 가는 지금 이 감정이, 정말 꿈이 아닌가 보다.

'…이제… 어쩌지.'

못 견디게 괴로워지는 휘광이었다. 이대로 모든 게 멈춘 채로 그대로 사라지고 싶었다. 더 이상 이 지옥을 느낄 수 없도록.

이곳은 의무실. 휘광은 몸을 일으키자마자 다시 주저앉아버리고 말았다. 휘광은 손을 들며 괜찮다는 표시를 한다.

"지금… 가봐야겠습니다."

쓰러진 휘광을 대신해 동기들은 이미 다 보고를 마쳤고, 서류는 소대장, 중대장을 거쳐 대대장에게까지 도달해 결재가 완료된 상태였다.

휴가를 받은 휘광은 서울역으로 이동해 새마을호를 탄다. 새마을호는 처음이었다. 자신이 탈 수 있는 가장 빠른 기차였다. 넋이 나간 채로 자리에 앉아있는 휘광은 아무 생각도 들지 않는다. 빨라지는 기차의 속력에 맞춰 모든 게 아득해져서는 마치 자신이 알 수 없는 곳으로 가는 것만 같았다.

'믿을 수 없다. 무언가 잘못된 게 분명하다. 이렇게 별 볼 일 없는 시절에 엄마가 떠났을 리 없다! 이렇게 휘청거리는 날 두고 떠났을 리 없단 말이다!!'

순간 휘광의 얼굴은 온통 일그러진 채로 쏟아지는 눈물에 묻혀버렸다.

분명 며칠 뒤면 볼 수 있을 거라 생각했다. 휘광은 두 눈으로 직접 확인하기까지 그 사실을 사실로 받아들이지 않기로 했다. 어서 내려가 엄마를 꼭 안아주겠노라 다짐하며, 사방으로 튀어 오르는 심장을 애써 붙잡아 눌렀다. 보고 싶었다. 빨리 가서 볼 것이다. 휘광은 벌써부터 엄마가 그립다. 정말 너무나도 그리운 엄마였다.

그렇게 휘광은 부산역에 도착했다. 새벽이라 차도 없어 영도까지는 꼬박 걸어가야만 했다. 혼란스러운 상황 속에 휘광은 정신마저 휘청거리고 있었다. 누군가에게 흠씬 두들겨 맞은 것처럼 휘광의 두 눈은 부어있었다. 마음은 타들어 가는데 탈수 증세 때문인지 온몸엔 힘이 없었다. 섬, 작아 보이지만 영도는 결코 작지 않은 곳이다. 역부터 집까지 꼬박 한 시간을 걸어가자, 휘광의 눈에 익숙한 곳이 보였다.

집이다. 점점 가까워진다. 휘광의 집 앞에는 어두운 동네를 가득 밝히는 등이 보였다. 상갓집임을 알리는 조등이었다. 휘광은 믿을 수 없는 낯선 풍경 속으로 허망하게 걸어 들어갔다. 마당에는 아주 큰 흰색 대형 천막이 펼쳐져 있었다. 보인다. 엄마가.

엄마가 액자 속에 있다.

'제기랄!'

엄마의 영정사진을 보자 휘광은 입을 틀어막아 버렸다.

"어… 엄마, 엄마가 왜 여 있노…"

하염없이 떨리고 있는 손 위로 눈물이 흘러내린다.

"엄마가 왜 있노!! 왜 사진 속에 있냔 말이다!!!"

휘광은 울부짖으며 주저앉고야 말았다.

"엄마아-!"

무엇을 사죄하려는지 휘광은 무릎을 꿇고 목 놓아 울었다.

조금, 조금만 있으면 만날 수 있을 거라 생각했다. 휘광의 머리에는 무수히도 많은 엄마가 지나간다. 휘광의 인생에 남아있던 엄마의 모습들이 영상처럼 지나갔다. 그리고 멈춰선 마지막 장면, 얼마 전 마지막 휴가 때였다.

「 "휘광아… 엄마 앞이 흐리-한 게 눈이 잘 안 보이노…."

인희가 한 말이었다. 휘광은 그 말을 그냥 흘려듣기만 했다.

"아프나? 엄마 아프면 안 되는데… 병원 꼭 가라. 알겠제?"」

'엄마는 항상 아팠으니까. 엄마는 늘 아팠으니까.'

그렇게 성의 없는 대충의 말만 던져 놓고 부대로 돌아온 휘광이었다.

고혈압이던 인희는 손쓸 틈도 없이 그렇게 급성 뇌출혈로 세상을 떠났다.

자유인

푸른빛 바다를 보며 천천히 걷고 있다. 속상할 때면 늘 말없이 걸었던 것 같다. 슬픔은 극으로 치달을수록 고요하다. 걷잡을 수 없는 광풍처럼 화가 몰아친대도 결국엔 모두들 조용히 살아간다. 마음이 약해진 후에 자연에 의지하게 되는 일이 많아졌다. 인간이 애써 변화시키지 않는 한, 자연은 본디 그 틀을 벗어나지 않으니까. 늘 그렇게 변하지 않는 모습에 경외심이 들기도 했고, 매일, 매달, 매년의 경계가 있음에 감사하기도 했다. 나같이 약해빠진 사람은 오늘을 눈물로 살면서도 내일을 기약하니까 말이다.

여기서 조금 더 깊숙이 들어가면 정말 나만이 알고 있는 공간이 있다. 사람들이 자주 오가는 예쁜 산책길을 넘어, 구석진 곳에 볼품없이 버려져 있는 어두운 동굴 하나. 사람들은 그곳을 못 쓰는 공간이라 했지만, 나는 어릴 때부터 그곳을 좋아했다. 누구나 지독히 외로우면서도 또 혼자가 될 수 있는 곳을 찾는 법이다.

이곳에 오랜만에 왔다. 자그마할 땐, 쪼그려 앉으면 공간이 제법 넉넉

했는데, 시간이 갈수록 동굴은 내 몸에 맞아 들어갔다. 난 어른이 되어서도 누군가로부터 온전히 위로받을 수 없는 존재였다. 나는 그렇게 아무도 없는 깜깜한 동굴 속으로 굽어 들어간다.

-똑. 똑똑.

돌 천장에서 떨어지는 물방울 소리가 울리고 울려 끊이지 않는다. 나는 앉을 자리를 살펴보았다. 그러고는 한쪽 구석에 쪼그려 앉아 음악을 튼다. 여기서 늘 듣는 음악이 있다.

-원 모어 찬스의 자유인.

그러지 말아야지 하면서도 나는 이 노래를 들을 때마다 너무 행복하고 슬펐다. 나는 내가 우는 걸 스스로에게도 들키고 싶지 않을 만큼 강인한 척했던 사람이었는데, 어쩌다 그런 척마저도 버거워서는 노래 하나만으로도 무너지는 사람이 된 걸까. 한 곡을 듣고 또 반복해 듣는다. 그러면 가사 하나하나가 맘속에 울려 퍼지고, 어느새 음악은 동굴 안을 맴돌며 나의 울음소리를 감춰주었다.

음악은 나에게 치유고 자유였다. 듣는 순간 어디로든지 날아갈 수 있고 그 누구에게도 고르게 허용되는, 음악은 내게 평등을 알려주는 존재였다. 수많은 말들이 마음에 쌓일 때마다 고요히 바라봐주는 바다가 좋았다. 어느 때부턴가 이 아름다운 바다에 웃음 일보다 속상한 일을 더 많이 쌓아둔 것만 같아 미안하기만 하다. 특별히 자랑할 건 없어도 그저 보통의 삶을 살고 있다면 좋으련만, 자기 객관화가 뚜렷한 나에게 현재의 삶은 보통보다 더 낮은 단계라 여겨졌다. 누군가 굳이 분류해 줄 필요는 없다. 이건 스스로에 대한 만족감이니까. 이런 유의 감정은 타인이 쉽게 바꿀 수 있는 게 아니다.

공시 실패자, 비단 이 한마디 때문만은 아니었다. 내가 가장 믿었던 가깝고도 좋아했던 사람, 깊은 마음 다 전하진 못해도 참 많이도 아꼈던 존재로부터 전해지는 비아냥은 상처 그 이상이었다. 퍼즐 맞추듯 그녀와 내가 딱 맞는 건 아니었지만, 십 년이 넘는 인연을, 그 시간의 민낯을 본 것이나 마찬가지였다. 면전에 대고 말했다면 가까운 사이이기에 가능했던 모진 충고라고도 할 수 있었겠지만, 내가 없는 곳에서 그녀가 벌인 짓은 상상 그 이상으로 나를 고통스럽게 만들었다. 사람들은 상대의 인생을 살아보지 않고서도 아주 가볍게 타인을 평가할 수 있다. 그러니 나는 그것에 익숙해지고 담담해져야 하는 버거운 과제를 안고 있었다.

'세상이 나를 바라보는 시선은… 그런 거겠지.'

지금 나라는 풍선은 점점 더 바람이 빠져 볼품이라고는 찾아볼 수 없었다. 마음의 준비는 하고 있었지만, 나는 조금 더 적나라하게 펼쳐진 현실과 마주하고 있다. 이건 아마 훗날의 내가 지금보다 더 나아진 삶을 산다 해도 쉽게 잊을 수 없는 기억일 것이다.

이제 시간이 됐다. 집으로 돌아갈 시간이다. 나는 어둠 속에서 마음을 가라앉힌 뒤, 눈물을 닦으며 엉덩이를 들었다.

"아얏!" 오래 앉은 탓에 순간 어질해 엉덩방아를 찧었다.

나는 돌벽에 긁힌 등을 털어내듯 만졌다. 그러다 몸을 돌려 가만히 벽을 쳐다본다. 갑자기 무슨 생각인지는 몰라도 나는 손바닥을 벽에 갖다붙였다. 그리고는 서서히 힘을 모아 은근히 밀어냈다. 모아둔 힘은 조금씩 더 강해져 숨을 참고 있는 내 얼굴은 누군가로부터 목이 조이는 것처럼 붉어지고 있었다. 나는 점점 더 힘을 주며 버티다 그냥, 스르륵 팔목의 힘을 풀었다. 역시나, 손바닥만 아프다. 엄지손 아래 도톰한 살점이 있는 엄지 기부에 돌 모양이 그대로 찍혀있다. 손을 털어내자 붙어있던 돌가루들이 박혀있던 자리를 벗어났다.

욱신거리는 손바닥을 매만지며, 가만히 벽을 바라보고 있다. 검은 돌, 깊은 검은색 안으로 빨려 들어갈 것만 같았다. 동굴을 나가고 싶지 않은, 허나 머물고 싶지도 않은 경계의 감정. 돌아서기엔 무언가 아쉬운 거다. 상관있나, 어차피 아무도 없는 곳. 바보 같을지언정 누구 하나 지켜보고 있을 이는 없었다. 나는 다시 벽에다 손을 갖다 댔다. 입술 끝에 힘을 꾹 움켜진 채로 눈가를 찌푸렸다. 분명 꿈쩍도 하지 않는 벽인데, 밀어내는 순간 속에서부터 뭔지 모를 희열이 심장 끝에서 타고 올라오는 것 같았다. 내 안의 분노를 벽으로 몰아붙이는 거다. 나는 강한 힘으로 더욱더 벽을 밀어내고 있었다. 흰자위 주위가 점점 더 붉어져 눈물이 난다. 잔뜩 힘을 준 입술이 울렁거리기 시작하자 눈물방울이 바닥으로 떨어졌다. 손이 터질 것 같이 팔목이 아린데도 힘을 끊지 않고 밀어붙였다. 벽과 손바닥 사이에는 핏방울이 맺혔다.

"으윽…"

-드드득 트드득

벽은 밀려 나가기 시작했다. 조금씩 벌어지는 틈 사이로 날카로운 빛이 들어온다. 놀란 나머지 나는 곧바로 손을 떼버렸다. 갑자기 등장한 직선의 강한 빛에 다급히 눈을 감았지만, 감은 눈 안에는 빛의 잔상이 맺혀 있었다. 잔상마저도 눈이 부셨지만, 내가 할 수 있는 거라고는 기다리는 것 말고는 아무것도 없었다.

잠시 후, 나는 슬며시 눈을 떠본다. 들어온 작은 빛으로 동굴 안의 실루엣이 보이기 시작했다. 천천히 주변을 둘러보는데, 움츠린 어깨 위로 내 눈은 잔뜩 커져 있었다. 영문을 알 수 없는 순간에서 나는 고요히 숨을 고르기 시작했다. 꿈일까, 가슴 위에 손을 얹어 본다. 심장은 요동치고 있었다. 대체 무엇 때문에 효용 없이 벽을 밀어냈는지는 모르겠지만, 나는 지금이 아주 기묘한 순간이라는 생각이 들었다.

다시 손바닥을 벽 위에 살며시 갖다 대본다. 아까와는 달리 사뭇 경건해지는 마음이다. 그러고는 돌벽을 향해 더 큰 힘으로 또다시 밀어낸다. 어디까지인지는 몰라도 나는 그 틈을 제대로 확인하고 싶었다. 힘을 주는 만큼 간격은 조금씩 벌어지고 있었다. 처음보다는 조금 수월해진 느낌, 제법 공간이 생긴 구멍 앞에서 나는 웅크리며 그사이를 비집고 들어가 몸을 끼워놓았다. 갈비뼈 사이가 조여드는 느낌이 들자, 곧바로 몸체에 힘을 잔뜩 주고서 양팔로 급히 틈을 벌려놓았다. 그러고는 밖으로 빠져나와 구겨진 몸을 활짝 폈다.

고르지 않은 숨이 이어지는 순간, 밖은 한낮의 빛과는 또 다른 반짝임으로 가득 차 있었다. 마주 볼 수 없을 만큼 눈부신 광경에 두 눈을 질끈 감아버린 채로 손바닥으로 얼굴을 가렸다. 감은 눈과 손안의 공백 사이로 규칙 없는 숨소리와 물결 소리가 맴돌고 있다.

나는 서서히 실눈을 떴다. 여전히 믿을 수 없다. 어릴 때부터 늘 앉아만 있던 동굴이다. 그런데 밖으로 이렇게나 다른 공간이 이어져 있을 줄이야. 근 20년의 세월이었다. 평소 느끼던 공기보다 더 진한 짠내가 코끝을 스쳐 간다. 사람들이 자주 다니는 잘 닦여진 산책로와는 달리, 이곳은 길이 투박해 주위엔 아무도 없었다.

나는 찬찬히 바닥을 살펴보았다. 발아래에는 고운 모래가 아닌 못난이 자갈들로 가득 차 있다. 울퉁불퉁 어느 하나 같은 모양새라고는 없는 순

돌멩이들뿐이었다. 개 중에는 두꺼운 신발 바닥도 뚫어버릴 만큼 뾰족하게 날이 서 있는 갓 들어온 녀석도 있고, 또 둘러보면 깨진 유리가 오래도록 닳고 닳아 자갈인 척 동그란 얼굴을 내밀고 한 자리씩 차지하기도 했다. 저마다 다르게 생긴 것들이 모여 빛나는 바다 앞에 살고 있다니, 서로 꽤 사이가 좋아 보인다.

그렇게 나는 잠시 동안 돌멩이들을 구경하며 한 발자국씩 앞으로 걸어 나갔다. 누군가는 가장 싫어할 한껏 더워지는 높은 고도의 시간. 타들어 갈 만큼 바싹 마른 자갈 위로 파도가 한 번 스쳐 지나간다. 그러자, 아까의 핏기 잃은 돌들은 어디로 갔는지, 파도에 닿은 자갈들이 더없이 반짝이고 있었다.

'내게도 한 번쯤 스쳐 가겠지? 파도가…'

돌을 보며 걷고 또 걷는, 온몸에 땀을 흘리며 걷기만 하는 시간. 그렇게 두 시간, 세 시간, 발이 아릴 만큼 걸었다. 그러다 보니, 어느새 눈에는 눈부신 바다 빛이, 코끝엔 흙내와 바다 향이 가득 찼다.

바람은 한 겹씩 불어오고,

볕은 서서히 지어가고,

마음은 조금씩 정돈되었다.

'난 말이야, 지금까지 너무 외롭게 살아서… 앞으론 절대 그렇게 살지 않을 거야. 살아온 만큼 또 외로워야 한다면, 그건 살아있는 게 아니니까.'

한두 번 하던 구역질도 아니었는데, 언니로 인한 그날의 구역질은 이상한 방향으로 나의 정신을 깨우치게 했다. 그리고 멈추지 않을 것만 같던 나의 게워냄은, 이날이 마지막이었다.

매년 야무지게 하는 새해 다짐과는 별개로, 나는 또 소득 없이 34살이라는 나이를 맞이하게 되었다. 한 달이라는 시간 동안 참 많은 고민을 했다. 포기를 위한 고민이다. 짧지 않은 기간, 별다른 성과 없는 공부였지만, 줄곧 이어왔던 이 길에서 나는 참으로 많은 고민을 했다. 마음은 갈기갈기 뜯겨 상처로 가득 차 있지만, 지금 나를 돌볼 여유란 없다. 이럴 때일수록 정신을 차려야 한다.

부모님이 나에게 투자한 투자금은 본전은커녕 모조리 날려 공중분해된 부도수표가 되었다. 그러니 포기한다는 말만 툭 하고 내던질 순 없다. 이대로 초라하게 돌아갈 수는 없다. 최소한의 성의라도 보여야 한다. 포기에 가슴 아파할 겨를이 없도록 부모님께는 일자리를 구하고 말씀드릴 생각이다. 나는 어떤 고통이든지 감내할 수 있지만, 부모님은 아니다. 초라한 것은 나만 알면 족하다. 그래도 포기라는 말보다는 시작이란 말이 낫지 않겠나. 애써 지금을 포장하고 싶었다.

공부하는 내내 절대 마주할 일 없다던 구인 사이트에 들어왔다. 천 가지, 만 가지 생각이 스쳐 지나가지만, 그 어느 때보다 신중한 눈으로 공고를 훑어보고 있다. 지켜보는 이도 없는데 임하는 분위기만으로도 이미 아르바이트와는 현저히 달랐다. 스스로 증명할 만한 게 없다는 생각에 지금의 나를 어디에다가 내놓아야 할지, 어떻게 하면 나의 노동력이 팔릴 수 있을지 감이 잘 서지 않았다. 아직 아무것도 하지 않았는데 가슴이 두근거린다.

스크롤을 내려 보는데, 가고 싶다는 생각이 들 만큼 좋은 곳은 여전히 나의 것이 아니다. 적성이 반영된 완벽한 취직은 이미 물 건너갔고, 가장 중요한 건 돈, 급여부터 살펴봐야 했다. 건물이 번지르르하다고 그것이 직원의 처우와 급여까지 이어지는 건 아닐 테다. 매일 생겨나는 회사들은 화려한 외관과는 달리, 그다음 시즌엔 그냥 사라질 때도 많았다. 그런 곳에서는 아무리 열심을 한다 한들 재 가루가 된 내 열정만 확인할 뿐이다.

현실의 나는 현실의 벽과 열심히 대립하고 있다. 마음을 비웠다면서 어느새 또 재어보고 있는 내가 있었다. 눈높이를 낮추지 않으면 안 되겠다는 생각이 들었다. 물론 그 누구에게도 지금의 바뀐 마음을 선포하지 않아, 이 상황은 오직 나만 아는 비밀스런 사실이었지만, 되돌릴 수 있는 건 없다. 이미 강 건너편으로 넘어와 버렸다. 마음먹기 전과 후는 다른 세계인 것이다. 마음을 바꾸면 무엇이든 할 수 있고, 마음이 바뀌면 그 어떤 것도 할 수 없다. 마음은 그렇게, 그 자체가 전부다. 그래서 저기 저 책들은 지금부터는 다신 펼 수 없는 책이고, 나는 무슨 일이건 세상에 나가 일거리를 찾아내야만 한다. 돈을 벌 것이다. 아무리 적게 벌어도 사회의 공기를 마시며, 사람들 사이에서 보란 듯이 서 있는 모습을 보여주리라, 그렇게 다짐을 했다.

그리고 이틀 뒤, 핸드폰 화면이 번쩍, 한 통의 전화가 걸려왔다. 평소 공부하던 습관으로 무음만 했던 터라 핸드폰은 소리 없이 반짝이고 있었다. 화면을 보았다. 모르는 번호였다.

-베드로입니다.

전화번호 아래에는 베드로입니다 라는 한 줄의 글이 보였다. 모르는 번호에다 베드로라니. 잘못 걸려 온 게 뻔해 나는 베드로의 전화를 받지 않기로 했다. 오빠 빚 때문에 모르는 번호라면 아주 이골이 난 우리다.

오늘도 나는 여전히 모니터 화면에 집중하고 있다. 얼마 전 구인 사이트에 올려놓은 이력서를 다시 한번 더 점검하고 있는 중이다. 표현도 조금 고치고, 보기 좋은 말도 약간씩 붙여가면서 말이다. 그로부터 40분쯤 지났을까.

'뭐야… 또 베드로야?'

또 전화가 걸려왔다. 대체 개인정보가 어떻게들 새어나가는 건지, 요즘엔 온갖 광고 전화로 골머리가 아프다. 한껏 목소리를 가다듬고 받으면, 쓸데없는 시작이었다. 더군다나 오늘 나는 자기소개서를 쓰고 있다. 더 보탤 것도 없이 한껏 예민해진 상태라는 말이다. 무음을 해제하고 핸드폰을 뒤집어 놓았다. 그리고 20분 뒤, 전화벨이 울렸다.

"여보세요." 나는 곧바로 전화를 받았다.

"아니, 왜 이렇게 전화를 안 받으십니까?" 남자의 목소리다.

다짜고짜 전화해, 왜 이렇게 안 받으십니까 라니, 남자는 아주 구김살 없이 착-하고 엉겨 붙는 말투였다.

"실례지만 누구시죠?"

어서 대화를 이끌어 잘못 건 전화라고 말해주고 싶었다. 퉁명스런 내 목소리에 남자는 서둘러 웃음기를 거둔다.

"아, 네. 여기는 헤픈스라는 회사입니다."

목소리로만 봐서는 최소 40대 중후반?

"아, 네…." 이번엔 도리어 내가 당황했다.

"그런데 무슨 일로…"

짜증으로 멈췄던 심장이 다시 뛰기 시작한다.

"아… 올리신 이력서를 보니, 저희가 조금 관심이 생겨서 연락드렸습니다." 베드로가 채용담당자인 줄 알았으면 진작에 받았을 것을.

"아, 네…." 재차 목소리를 가다듬었다.

"사하 씨하고 간단하게 통화 좀 해보려고 하는데요, 전화를 받으셔야지 말이에요."

갑자기 찾아온 행운은 늘 내 것이 아니었지만, 어쨌든 싫지는 않았다.

"아, 네…. 모르는 번호인데 베드로라고 떠 있어서 안 받았습니다."

전화를 받지 않은 이유에 대해서 "죄송해요, 몰랐네요." 하려다가 그냥 솔직하게 털어놓았다. 그렇게 잘못한 건 아니니까 말이다.

"네? 베드로라고 뜬다고요? 그건 제 세례명인데? 정말 그렇게 떠요? 화면에?" 그동안 몰랐는지 남자는 조금 놀란 눈치였다.

"네. 떠요." 짧게 대답했다. 의심을 품은 말투였다.

"아, 몰랐네…. 왜 뜨지, 이거 어떻게 지우는 거예요?"

"…네? 으음… 설정 부분에서 수정하시면 될 것 같아요. 제 폰이 아니라서 잘 모르겠지만요."

예감이 그리 긍정적이진 않았지만, 일단 성실하게 임하기로 했다.

"알아보고 지워야겠네. 아니 근데, 베드로가 뭐 어때서요? 베드로면 전화 받으면 안 됩니까?"

돌연 어투가 바뀌는 남자였다. 뭐지, 이 사람.

"베드로라 뜨고 모르는 번호라 안 받았습니다. 저기 근데… 죄송하지만, 혹시 전화 주신 분 소개 좀 해주실 수 있을까요? 갑작스럽게 받은 전화라… 제가 조금 정신이 없네요."

절박함 속에서 베드로고 베드로의 할아버지고 그게 중요한 게 아니었다. 나는 남자에 대해 더 알고 싶어졌다.

"아, 네네. 여기는 헤픈스 부산지사고요, 저는 홍보부 부장 서태영입니다. 이력서를 보니까… 저랑 같은 대학교시더라고요?"

'부장이 전화라….' 나는 경계를 늦추지 않았다.

"아…네, 성원 대학교…?" 놀랍게도 같은 대학이었다.

"여기서 후배님을 만날 줄이야. 물론 학번은 아주 한참 위겠지만요?"

남자는 부드럽게 말을 이어나갔다.

"전화를 안 받는데도 이상하게 조금 지나고 나면 또 생각이 나더라고요." 그러고 보니, 어제도 걸려온 번호였다.

"그런데 목소리나 말투를 들어 보니, 말솜씨도 좋으실 것 같고, 마침 또 학교 후배고, 대화해보니 왜 이렇게 편한 건지… 오래 만난 것처럼 가깝게 느껴지네요. 이런 적이 잘 없었는데."

남자의 적극성이 나쁘진 않았지만, 뭔지 모를 미심쩍은 점들이 대화를 진지하게 이어나가기 힘들게 했다.

"직접 뵙고 싶네요. 저희 사무실로 한 번 방문해 주시겠어요?"

남자는 가볍게 웃으며 제안했다.

"아… 저기 죄송하지만, 부장님? 방문도 방문이지만, 어떤 걸 원하시는지 잘 모르겠습니다. 뭐… 제가 구직자라도 무슨 일을 하는지, 어떤 조건인지는 알아야겠지요?"

회사들은 아무렇지 않게 한번 와 보라고들 하지만, 구직자라도 관심 없는 일이면 굳이 갈 필요가 없다. 얼마 안 되는 차비라도 한 푼이 아쉬운데다, 소모되는 것들이 모두 다 시간 낭비처럼 느껴질 때가 있기 때문이다.

"대충 설명은 드렸는데, 자세한 건 와보시면 좋을 것 같네요."

부장은 십 분간 말을 이어나갔다. 말이 그냥 긴 게 아니라 핵심이 없었다.

어쨌든 그는 빠른 시일 내에 나를 보고 싶다고 했고, 나는 내일 사무실로 가겠다고 답했다. 그렇게 우리는 통화를 마쳤다. 통화가 끝나자마자 띠리링-, 연이어 문자가 도착한다. 부장의 명함이다. 어떻게 될진 모르겠지만, 공부를 그만두고서 갈피 잃은 마음에 면접 한번 볼 곳 정도는 필요하긴 했다. 게다가 회사는 이름만 들어도 알만한 곳이었다. 나로서는 나쁠 것이 없었다. 일이 어떻게 흘러가든 어서 봤으면 좋겠다는 말에 나도 모르게 두근거렸다.

그리고 다음 날, 오랜만에 옷장 문을 열었다. 최대한 단정해야 한다. 중요한 건 첫인상, 분위기가 될 것이다. 이력도 아마추어인데 차림새까지 신입 느낌을 줄 필요는 없다. 적어도 처음 보는 자리라면, 최대한 단정하게, 내가 어떤 분위기의 사람인지 정도는 느껴질 수 있도록 입고 가야 한다. 평소 내가 선호하는 스타일은 화려한 것까진 아니더라도 은은하게 풍기는 고급스러움이랄까. 코트를 꺼냈다. 짙은 코발트블루 코트에 모던블루 긴 주름치마까지, 좋아하는 코디다. 난 오랜만에 내가 가장 아끼고 평소 꺼낼 일 없는 옷을 입었다.

꽤 쌀쌀해진 날씨에 코트 사이로 바람이 쉬잉-하고 들어온다. 항상 느끼는 거지만, 코트는 입으면 태는 나는데 보온 효과가 떨어진다. 게다가 오늘은 치마까지 입고 나왔으니 도톰하긴 해도 그저 춥기만 하다. 하지만 아무리 생각해도 이 코트엔 이 치마가 제격이다. 멋을 택했으니 추위는 당연한 것. 개인적으로는 만족한다. 그런데 면접 보러 가는 중이라 그런지, 거리의 사람들보다 내가 조금 더 추운 것 같다. 면접은 시작을 위한 과정인데 왜 이렇게도 우울한 건지, 어두운 표정으로 버스에 올라탔다.

어느새 약속 장소까지 도착한 버스다. 회사 규모는 생각보다 작지 않았다. 11층 건물인데, 2층부터 11층까지가 이 회사가 사용 중이었다.

-딩동, 5층입니다.

엘리베이터 문이 열리자마자 정면으로 사무실로 들어가는 유리문이 보였다. 오른쪽으로 고개를 돌리니 복도 끝에 화장실이 있다. 곧바로 들어갔다. 거울 앞에서 좌우로 얼굴을 확인하고서 옷매무새를 바로잡는다. "흠흠!" 목소리도 가다듬었다.

'편하게 하자! 편하게. 어차피 경험인데 뭘….'

기대하지 않으려는 마음에 떨리면서도 당당한 척을 해본다. 어깨를 쫙 펴고 자신감 있게 유리문을 밀고 들어간다. 눈앞에는 꽤 넓은 공간이 펼쳐져 있다. 안은 파티션 없는 책상으로 가득했다.

"누구… 찾아오셨나요?"

어느새 나타난 남자가 조심히 말을 건넸다.

"서태영 부장님 만나 뵈러 왔습니다."

"선약은… 하셨지요?"

"네, 4시까지 오라고 하시더라고요."

지금은 3시 40분, 예의상 일찍 왔다.

"아, 네. 부장님 지금 자리에 안 계셔서…, 우선 이쪽으로 오시죠."

남자의 친절한 안내에 나는 가볍게 목례를 했다.

"약속이 4시라 급한 건 아닙니다."

걸어가며 미리 말해 두었다. 남자는 예의 바른 미소로 고개를 끄덕였다.

"사무실 근처라고, 조금만 기다리시면 될 것 같다고 하시네요. 차… 한 잔 드릴까요?" 잠시 후 돌아온 남자는 말했다.

"물이면 될 것 같아요." 가벼운 미소를 지었다.

내가 앉아있는 곳은 접객실이다. 반쯤 닫힌 문 사이로 사무실이 보인다. 잠깐 봤던 사무실 분위기는 영업 위주로 돌아가는 공간처럼 직원들의 이름과 각자의 실적을 나타내는 그래프가 보였다. 그리고 그 위에,

-여.기.서. 돈.을. 벌.지. 못.한.다.면. 그.것.이. 바.로. 기.적.이.다!

무슨 구호처럼 한 글자씩 A4용지에 아주 크게 인쇄되어서는 천장에 닿을 듯이 붙어있었다. 나는 순간 이곳이 조금 다단계의 느낌을 풍기고 있다는 생각을 가지게 되었다. 물론 대부분의 영업이 다단계 형태를 기반으로 하고 있지만, 어찌 됐건 그리 달갑지는 않았다. 아직 부장이라는 사람을 만나지도 않았는데 김이 새 버렸다. 하지만 이왕 온 거 끝맺음은 하자 싶었다.

"아이고, 안녕하십니까?"

한 남자가 문을 열고 소란스럽게 들어온다.

"안녕하세요." 나는 엉거주춤 일어서며 인사를 했다.

"실제로 보니 반갑고 좋네요. 저는 서태영이라고 합니다."

남자는 명함을 건네며 말했다. 이미 봤던 명함을 실물로 받았다. 남자는 180cm 조금 안 될 것 같은 키에 덩치 좋은 남자였다. 연초에 남아 있는 추위로 아직은 쌀쌀한 날씨인데도 남자는 조금 더워 보인다.

"사하 씨 왔다는 소식에 바로 올라왔더니, 휴-우 숨이 차네요. 잠시만요, 이것 좀 보고 계세요."

남자는 무언가 건네주며 자리를 비웠다.

-상장 케이스

상을 받을 때 상장 겉을 둘러싸고 있는 벨벳 케이스였다. 열어보니 상장이 있어야 할 자리에는 A4용지가 끼워져 있었다. 시뻘겋게 쓰인 윗줄의 문구가 눈에 확 들어왔다.

-절실한 자! 그 무엇이든 이룰 수 있다! 일어나라, 청춘이여!!

'하… 젠장.' 나도 모르게 욕이 나왔다.

_ 얼마나 소중한지

다단계 같다는 느낌이 조금 전까지는 의혹이었다면, 이제는 확신이 되었다.

'들어와서 물건 하나라도 팔라는 거네. 어쩜 부장이란 사람이 글 써놓은 거 하고는… 이 벨벳 케이스는 또 뭐야….'

마음은 이미 틀어져 버렸다. 앞으로 지루한 면접을 어떻게 견뎌야 할지 계산이 서지 않았다. 머릿수로 승부 보듯 절실한 사람들을 한데 모아놓고 장사하려는 거로밖에 보이지 않았다.

나는, 오늘도, 허탕을, 쳤다. 인생이 늘 허탕이다. 잠시 후 돌아온 남자는 가벼운 인사와 함께 대략의 것들을 설명하며 면접을 시작했다. 흥미는 한참 전에 떨어졌지만, 상대에 대한 예의로 면접에 임하고 있었다.

"사업 같은 거 하고 싶은 생각 있으신가요?" 부장은 물었다.

"네, 뭐… 그럼요." 나는 대답했다.

"그럼 지금 하시면 되잖아요?" 부장은 웃으며 말했다.

"할 예정이에요. 근데 그건… 대략적인 청사진일 뿐, 구체적인 계획은 없습니다. 한다 해도… 십 년 뒤?"

"왜요? 지금 해도 되잖아요! 요즘 청년 사업가들 많지 않습니까."

나는 남자가 무슨 말을 하려는지 유추할 수 있었다.

"흐음, 뭐… 해도 되죠. 하지만 그들은 그만한 능력이 되니까 하는 거고, 저는 아직 제 사업을 꾸릴 만한 역량이 안 된다고 생각합니다. 실력적인 면도 그렇고, 경제적인 면도 그렇고요. 준비도 안 된 사람이 젊다는 패기만으로 일을 벌여서는 안 되겠죠. 글쎄요… 5~6년 전이었으면… 호기롭게 할 수 있다고 했을 것 같네요."

나는 금세 씁쓸한 표정으로 바뀌었다.

"왜죠?"

"그냥 그래요."

나는 굳은 입술로 어깨와 눈썹을 올리며 흐리게 웃었다. 나의 대답에 남자는 눈만 끔뻑거리고 있었다.

"예전엔 저는… 어른들을 보면서 '저 사람은 왜 저렇게 생각하지? 나와는 좀 다른데?' 나와 다른 면들만 보려고 애썼어요. 젊은 내가 그들보다 낫다는 걸 매 순간 증명하려 했죠. 그런데 나중에 알았어요. 청춘이 아무리 용맹하다 해도 한 분야에서 오랫동안 두각을 나타낸 사람들이 가진 경험과 경력… 그를 통해 얻어낸 노련함은 쉽게 따라 할 수 없단 걸요. 그래서 저는… 더 단련해야 할 필요가 있을 것 같아요."

남자는 입술을 쭉 내밀고는 천천히 고개를 끄덕였다.

그 뒤로 부장은 화이트보드 앞에 서서 내게 설명이라는 것을 했다. 10 정도의 내용이 있다면, 그는 내게 6 만큼의 설명만 하는 것 같았다. 방청

객이 흥미를 잃은 표정이라 아무래도 부정의 기운이 방 하나를 온통 덮친 것 같았다. 줄곧 멍한 눈으로 듣고만 있자, 부장은 보드 펜 뚜껑을 닫고서 한 손으로 탁자를 짚었다.

"사하 씨는 궁하지 않으시죠?" 이상한 질문이었다.

"…그렇게 보이나요?"

"네, 그렇게 보입니다."

그는 재미없다는 듯 책상으로 돌아와 맞은편에 앉았다. 쓸데없이 솔직한 내 표정 때문에 늦게나마 조금은 미안한 감정이 들었다.

"흠… 저는 솔직히 부장님이 무슨 말씀 하시는지를 잘 모르겠어요."

의자를 당겨 앉으며 말했다.

"요점이 없잖아요, 요점이. 말씀만 긴 것 같아요. 사실 점점 흥미가 떨어진 건 맞지만… 저도 여기까지 온 이상 설명이라도 제대로 들어야겠어요." 조금 편해진 나는 답답한 마음을 허심탄회하게 말했다.

"회사는 어떠어떠한 것을 원하고, 나에게 어떤 자리를 주고, 넌 월급을 얼마씩 받는다. 만약 함께한다면 우리는 이런 방향성, 이런 목표를 갖고 일할 것이다. 뭐 그런 것 있잖아요? 대략적으로."

하루를 허탕 쳐버렸다는 생각에 기어코 많은 말을 하고야 말았다. 부장은 무언가 알아들었다는 듯이 다시 자리에서 일어나 설명한다. 전보다는 명확해진 구성이었지만, 그래도 끌리진 않았다. 그도 나도 안타까웠다.

"와… 그렇군요. 대단하네요…. 그런데 부장님은 이 자리에 오시기까지 얼마나 걸리신 거예요?"

순간 궁금했다. 이 회사의 평균 근속연수와 부장까지 소요된 시간이.

"그건 비밀이에요."

비밀이란 말을 이럴 때 쓰다니… 다소 실망스러운 대응이었다.

"원래 뛰어난 사람들은 그 기간이 굉장히 짧잖아요?"

혹시나 싶어 자극해보았다.

"6개월요, 6개월."

역시나, 대답한다. 남자는 짐짓 뿌듯해하고 있었다.

"와아- 6개월이요? 이 분야에서 일하신 지는 얼마나 되셨어요?"

대화를 끝기 위해 놀란 어조로 물었다.

"한… 8개월?"

나는 마음을 굳혔다.

보통 부장이라는 타이틀을 달기 위해서는 적어도 해당 업종에 대한 전문성과 그에 따르는 시간이 필요한데, 남자는 입사한 지 2개월 만에 부장을 달았다고 한다. 쉽게 말해 여기에서 부장이란 건 영업상 타이틀일 뿐, 사람들이 알고 있는 제대로 된 부장은 아니었다.

"사하 씨도 할 수 있습니다. 7층에 보면 30대 초반 부장도 있고, 3층엔 사하 씨보다 더 어린 부장도 있어요."

더 놀라운 건, 내 앞에 2개월짜리 부장도 모자라 이 건물에 몇십 명의 부장들이 무럭무럭 생산되고 있다는 것이었다.

"네에… 그렇군요…." 나는 언제 일어서야 할지를 생각했다.

예의를 지키고 싶었지만 이제 조금은 힘들 것 같다. 이 남자가 아니라도 지금 난 충분히 고단하다. 그만 집으로 가고 싶었다.

"네, 일단 알겠습니다. 저는 그럼 먼저…."

잠시 후 나는 목례를 하며 일어섰다. 접견실에서 나와 보니 사무실엔 아까는 없던 두 명이 일하는 중이었다.

"오! 이 친구가 어제 서 부장이 맘에 든다 하던 친구인가요?"

앉아있던 여자가 말했다.

50대 중반으로 보이는 여자는 조금 전 부장의 길고 긴 대서사시에도 나왔던 인물이다. 지금 이곳에서 최고 실적을 달성 중인, 부산에서 30년간 굵직굵직한 사업을 한 여자라고 한다. 그리고 그 인맥으로 현재 부산 대부분 회사의 계약 건을 다 따낸, 본사에서도 주목하고 있는 차기 수석 본부장 후보라 했다.

"아… 안녕하세요."

나는 떨떠름한 표정을 지었다.

"설명하는 내내 뚱-한 표정으로 앉아있는데, 대체 면접은 누가 본 건지 모르겠네요." 부장은 하소연하듯 여자에게 일러바쳤다.

"왜에-? 한 번 나와 보지 그래요. 서 부장, 끗발 좋아요. 믿어도 될 거예요." 여자는 프로답게 여유로운 웃음으로 말했다.

나이 지긋한 여자의 목소리는 앵커처럼 고급스럽고 차분했다. 아마 저 여자와 만남을 가졌다면, 회사에 한 번 더 왔을지도 모르겠다.

"일하면 잘하실 것 같은데…." 여자는 나를 훑어보며 말했다.

"아뇨… 저는 자신이 없네요. 회사에 다 차려진 팀에서 하는 일도 어려운데, 이곳은 회사 소속이긴 하나 정직원도 아니고… 개개인이 영업을 잘해야 다음 달 일을 지속할 수 있다는 느낌이에요. 직원이 아니라 독립적인 개체 같아서 저 같은 초짜에게는 다소 부담스럽네요."

면접 후 내가 가진 솔직한 감정이었다.

"에이, 그런 거 아니에요. 서 부장과 팀으로 움직이면 편할 거예요. 우리도 워낙 사람을 많이 만난 지라 싹이 아니면 권하지도 않아요. 잘 생각해 봐요." 여자는 악수를 건넸다.

나는 여자의 악수에 응하며 고개를 숙여 인사했다.

"또 만났으면 좋겠네요."

여자는 미소 또한 품격 있어 보인다. 굳이 영업이 아니라도 누군가에게 신뢰를 주기 위한 매너를 확실히 갖추고 있었다.

잠깐의 대화가 끝난 후, 우리는 사무실을 나왔다. 내가 아니라 우리가 된 연유에는 남자도 퇴근하겠다며 함께 따라나섰기 때문이다.

"퇴근도 했는데 식사 한번 합시다!" 부장은 말했다.

"…평소에도 이렇게 영업하세요?"

부장의 태도에 관해서 말했다.

"아니에요, 그런 거…." 부장은 입술을 삐죽거렸다.

"영업하시는 분이라면서요. 영업은 사람의 마음을 움직이는 직업 아닌 가요? 그런데 고객은커녕, 면접 본 사람도 멀어지게 만들고 있네요."

"아니, 사하 씨, 일단 내 말 믿고 한 번만 나와 봐요."

"죄송해요. 생각해 봐야 할 것 같아요." 에둘러 거절했다.

"저도 누굴 이렇게 잡는 사람이 아닙니다. 이번에 TF팀 형식으로 새롭게 팀 하나를 만들어 볼 생각이었어요. 외부에서 스마트한 신입들도 영입하고, 그래서 사하 씨와도 맞춰도 보고 싶고요. 똑 부러지고 당차서 일 잘할 것 같단 생각이 든단 말이에요."

"생각 좀 해 봐야 할 것 같아요. 근데 아마 안 할 것 같아요."

나는 시선을 피했다.

"왜요… 일단 한 번 나와 봐요. 지금 일 안 하고 있잖아요. 어차피 집에서 노느니 나와도 되잖아요." 부장은 내 팔을 잡았다.

"아니에요. 어서 들어가세요. 주차 어디에다 해놓으셨어요?"

나는 잡힌 팔을 빼며 주차장이 어딘지 두리번거렸다. 부장은 서운한 기색이다.

"…좋은 답 못 드려서 죄송해요. 여기서 이러지 마요. 여기 횡단보도 앞이에요."

부장은 가만히 서 있었다. 이 모습은 누군가에겐 안쓰러워 보일 수도 있겠지만, 내 눈에는 그저 자신이 원하는 걸 얻을 때까지 상대의 의중 따위는 개의치 않는 거로밖에는 보이지 않았다.

"이러시는 거… 저를 정말 곤란하게 하는 거예요. 제가 아까 가볍게 대답한 것처럼 보였다면 미안하게 생각해요. 하지만 저… 꽁장히 진지한 사람이에요. 그래서 오늘 기대하고 온 건 사실입니다. 혹시나 저에게도 행운이 다가올까, 가서 마음에 쏙 드는 일이면 어쩌나… 잠시 착각했던 건 맞습니다. 하지만 저는 이 회사에 호감을 느끼지 못했습니다. 아무리 구직자라도 호불호는 있는 거잖아요? 지금 그걸 말씀드리는 거예요, 저는."

나는 조금 더 심각해진 얼굴로 말했다.

"그래도 한 번만! 좀!"

부장은 졸라대는 말투로 언성을 높였다. 나의 의도와는 전혀 다른 방향이었다.

"지금 저한테 짜증 내시는 거예요? 짜증을 왜 그쪽에서 내는 거예요?"

나는 슬슬 이 분위기가 언짢기 시작했다. 더 이상 참을 이유라는 건 없어 보였다.

"그쪽?" 남자는 한 번 더 되짚었다.

"그쪽이죠, 그럼! 저! 이 회사 다니는 거 아니고, 그쪽! 내 상사 아니죠.

그리고 만난 순간부터 지금까지, 무례한 게 한두 번이 아니에요. 짜증을
내도 이젠 제가 내야겠어요!"

찰나의 공백 동안 부장은 말이 없었다. 나는 깊게 한숨을 쉬었다.

"물론… 좋게 말씀해주시는 거… 고맙게 생각해요. 듣고 싶었던 말이었
어요, 그동안."

부장은 나를 빤히 바라보며 듣고 있었다.

"부장님 말씀대로… 저, 직업 없어요. 일 안 하고 집에만 있어요. 근데
이거… 부탁한다고, 조른다고 될 일이 아니잖아요."

횡단보도 앞에서 우리는 계속 서 있었다.

"저… 지금 어느 회사를 가도 신입 주제에 나이 너무 많다고, 뭐하고 살
았냐고 한심하게들 볼 거예요. 그런데요… 제 긴 인생을 두고 봤을 땐, 저
그렇게 늙지도 않았거든요? 최대한 고민해보고 그나마 마음에 닿는 일을
찾을 거예요. 그래야 후회 안 할 것 같으니까. 그러니까 너무 그렇게 아무
말이나 하지 마요."

처음 보는 사람에게 쓸데없이 진심을 전해버렸다. 별수 없었다. 어른이
되면 누군가를 떼어내는 데에도 예의가 필요한 때가 있었다.

"사하 씨… 제가 언제 아무 말이나 했습니까?"

부장은 답답한 듯 고개를 한쪽으로 기울인 채로 말했다.

"사무실 한 번 와 봐라! 하면 하고! 아님 말고! 그런 식으로 재미 삼아
말했잖아요! 저, 지금요… 사는 거 재미 하나도 없어요! 나한테 홀리듯 농
담하지 마요. 백수라고 시간이 무한정인가요? 구직자는 회사가 맘에 든다
하면 헐레벌떡 뛰어가서 일해야 해요? 앞으로 몇 년은 해야 할 일이잖아
요….

위태로워 보이는 사람들… 선심 쓰듯 데리고 와서 호기심 가는 대로 그냥 써먹고, 정직원 근처에도 데려가 주지 않을 거면서… 시간이 얼마나 소중한지 아세요? 아니면 말고요? 부장님은 잃어버린 시간 되돌릴 수 있어요? 1, 2년 안에 사람 인생의 방향이 달라진다고요!"

결국에는 화를 내버렸다. 번화가 한복판이었다.

"…그게 아니라,"

부장은 뒤늦게 겸연쩍은 표정을 짓는다. 나는 눈을 감으며 애써 숨을 고르고 있었다.

"…화내서 미안합니다. 저를 어떻게 생각하는지는 잘 모르겠지만요, 제가 이 회사에 관심이 없어서 조금 가볍게 보였을지도 모르겠네요. 하지만 저… 그렇게 인생 대충 살고 있지 않아요."

부장은 멀뚱히 서 있었다. 우리 사이로 바람이 지나갔다.

"어서 들어가 봐요. 그래야 저도 가지요…."

"알았어요. 수고했어요… 전화할게요."

부장은 말했다.

"전화하지 마요."

나는 횡단보도를 건넜다.

제20장 휘광

꿈으로 가득 찼다 꿈처럼 흩어지는 것

바람이 분다. 철썩철썩 파도 소리가 귓가에 다가온다. 휘광은 이송도 바다 끝, 먼 곳을 바라보고 있다. 인희는 죽으면 살랑살랑 바람이 부는 바닷가에 뿌려 달라 말하곤 했었다. 엄마가 가루가 된다니, 휘광은 그 말이 못 견디게 불편했다. 하지만 정말 대책 없는 시기에 이별이란 것과 맞닥뜨리고 나니, 그동안 피하기만 했던 엄마의 부탁, 공기 좋고 어디 하나 막힘없는 곳으로 가고 싶다는 그 말이 끊임없이 떠올랐다.

「 "휘광아… 엄마는 죽어가 땅속에 들어가기 싫다. 네모난 곽에 갇혀서 탕탕탕 위에서 못질이라도 해뿌면. 어우… 숨 막혀서 우예 사노. 무덤은 딱 싫드라. 바다가 좋겠다. 휘광이는 잘 기억하고 있어라이. 엄마 말을." 인희는 장난치듯 웃었다. 」

그동안 뿌려댔던 약속 중에 어느 하나 지킨 게 있었겠나. 휘광은 욕심을 버릴 수밖에 없었다.

"평생을 답답하게 살았는데, 엄마 또 가두면 안 되겠제… 공기 좋고 막 힘없는 곳으로 훨훨… 바람이랑 떠나이소…."

휘광은 믿을 수 없는 엄마의 형체를 제 손으로 허공에 날렸다.

죽음이란 무엇일까. 휘광은 생각한다. 죽음이 다시 태어나는 거라면 휘광은 조금 덜 슬플지도 모르겠다. 너무 외롭고 고됐던 한 여자로서의 허물을 드디어 벗어 버리다니, 그 얼마나 자유로울까. 그렇게 생각하면 죽음이란 어느 하나 슬플 게 없을 것만 같다.

"다시 태어나는 거 맞나… 그래 믿는 게 좋겠제. 다음번엔 꼭… 다른 세상에 태어나이소…. 우리 가족도 없고 내도 없는… 아주 먼 곳으로….'

휘광은 금세 눈물이 차오른다. 가슴이 조여 왔다. 마지막 배웅마저 못 했던 건, 아마 평생을 두고 마음에 남을 것이다.

인생이란, 마음 닿는 대로 되는 것이 아닌 것, 붙잡아두고 싶을수록 놓쳐버리는 것, 꿈으로 가득 찼다 꿈처럼 흩어지는 것. 상을 치르는 내내 너무 많이 울어버려 이젠 흐를 눈물도 없다고 생각했지만, 몸은 자랐어도 여전히 칭얼거리고 있는 휘광이었다.

장례로 고단했던 시간, 모두들 하나같이 무표정한 얼굴로 분주히 움직이고 있다. 자신보다 더 많은 이별을 감당한 사람들이라 그런지 어른들은 지극히 담담하다. "다음에 만나서 밥 한번 먹자." 그런 가벼운 인사처럼, 거추장스러울 것도 없이 아주 무던하게. 어차피 같은 하늘 아래 살아도 한참을 못 만나고 사니까 그런 걸까.

'…좋은 데 잘 찾아가이소, 엄마….'

휘광은 자신에게서 도망치듯 사라져 버린 엄마가 가슴에 사무쳤다.

장례란 좋은 곳 가라, 좋은 곳 갔을 것이다 정리하는 것이다. 그것은 진정 죽은 자를 위한 것일까, 산 자를 위한 것일까. 휘광은 산 자를 위한 것이라고 생각했다. 장례라는 의식을 통해 곁에 있는 사람을 털어 보내고, 멀쩡히 살아가도 되는 명분을 만들어 놓는 것. 망자가 어딜 가고, 그 방향이 어디든지 간에 그건 중요치 않다. 그게 사실이라 해도 살아있는 이들은 진실이 무엇인지 모르니까. 지금 이 시점에 휘광 앞에 놓인 진실은 하나, 자신 곁에 엄마가 없다는 사실이다. 지금도 그리고 앞으로도.

　"없는 살림에 오래 아파봤자 살아갈 사람만 죽어난다.", "엄마가 너 고생할까 봐서 마지막까지 깔끔히 간 거 봐라.", "남자 새끼가 우짜던동 힘을 내야지, 어서 빨리 털고 후딱 일어나라."

　모두 휘광을 향해 같은 결을 내비쳤다. 하지만 휘광은 그 어떤 말도 들리지 않았다. 잊지 못했는데 위로랍시고 남자니, 돈이니, 들먹이는 말들이 모두 다 폭력처럼 느껴졌다. 자신에게 하나 있는 건 늘 엄마뿐이었는데, 이젠 그마저도 사라졌다.

　집으로 돌아와 혼자 앉아 있는 휘광은 좁은 집이 그렇게도 쓸쓸할 수가 없었다. 사실 휘광은 엄마가 떠난 게 맞는 건지, 아직도 조금은 헷갈린다. 지금으로부터 한 달 전에는 엄마가 있었고, 지금은 없기 때문이다. 이제 혼자만 덩그러니 지켜야 할 부산 집이 여전히 실감나지 않는 휘광이다. 곧 있으면 전역하고 돌아와 여기서 웃으며 보낼 수 있을 거라 생각했다.

　휘광은 가슴이 너무 아프다. 속이 저리는 이 공허함이 싫다. 그래서 당장에라도 이런 기분을 마구 털어내고 싶은데, 먼지 털 듯 홀가분하게 털어질 일은 아니었다. 어떻게 하면 심장이 아프지 않게 엄마를 담아둘 수 있을까, 고민해도 답은 없었다. 그냥 이렇게 생채기 내다보면 덧씌워지겠지, 휘광은 그리움을 애써 덜어내지 않기로 한다.

고개를 돌리며 집 안 곳곳을 둘러본다. 눈에 밟히는 엄마의 흔적들, 휘발되기 전에 어서 새겨놓아야 한다. 휘광은 일어나 장롱문을 열었다. 여전히 남아 있는 좀약 덩어리. 그 하얀 냄새가 이불 사이사이에 배어 있다. 냄새, 엄마 냄새. 휘광은 이 냄새가 그렇게도 싫었는데, 낡은 집 한구석에 쟁여 둘 것이라고는 좀약뿐이었다.

다 낡은 장롱 짝을 죽어도 안 버리겠다고 하는 엄마, 이불 깔기 전에는 꼭 무릎을 꿇고 바닥을 훔쳐내던 엄마, 고구마는 뜨끈할 때 먹어야 한다며 김이 풀풀 나는 것을 쩍하고 갈라주던 엄마. 이제는 보지 못할 장면들과 마주할 때마다 휘광은 얼굴이 일그러졌다.

하지만 그것도 잠깐, 휘광은 배가 고프다. 요깃거리를 찾아 냉장고 문을 열어본다. 마치 갑작스레 떠나갈 것을 알기라도 한 듯, 냉장고 안은 어느 하나 손댈 틈도 없이 가지런히 정돈되어 있었다. 그리고 늘 밥상 위에 올라가던 친숙한 엄마 모양의 고정 반찬들, 만들고는 손대지 않은 것 같은 새 반찬들이 아들에게 주는 마지막 선물일 것을 알았을까. 휘광은 시간이 지나면 상해갈 반찬들이 벌써부터 아쉽다. 차마 버리지 못할 것이다. 어떻게 버리나, 이걸 버리면 정말 끝인데.

휘광은 뚜껑을 열어 손가락으로 반찬을 집어 먹어 본다. 익숙한 간, 오랜만이었다. 짜고 맵고 달기의 조화가 딱 엄마의 것. 아들이 이토록 부은 눈을 하고서 아쉬운 손끝으로 집어 먹고 있을지, 그릇으로 옮겨 담는 엄마는 몰랐겠지. 하릴없이 질문만 늘어간다. 맛있다. 휘광은 엄마의 밥상이 좋았다. 어느 계절에도 고봉밥이던 엄마표 밥상이 참으로 좋았다. 휘광은 기억한다. 엄마가 서울까지 올라와 밥하는 법, 반찬 하는 법 하나하

나 가르쳐주던 모습을. 멈춘 줄 알았던 눈물은 또 알 수 없는 곳에서 그렁
거렸다.

　헤어짐은 가볍고 깔끔할수록 좋다. 그것이 어른의 이별이라고 한다. 하
지만 휘광은 아직 버거웠다. 진정한 이별은 소란스러운 법이다. 보낼 수
없는데 보내라 하니, 마음속에서 그렇게 소란스러울 수가 없는 것이었다.

저승에서 벌어 이승에서 쓰는 일

25살 연숙은 전국 여러 바다를 돌아다니며 물질을 한다. 바다는 한정되어 있는데 이미 제주 바다에는 해녀들이 많아 연숙 같은 초짜는 벌어먹을 것이 없었다. 그래서 지역마다 돌아다니는 선주를 따라 전국 섬과 바다로 물질하러 다닌다. 방방곡곡 가보면 모두 다 제주에서 온 해녀들. 하지만 제주건 어디건 30대에서 80대, 연숙의 또래는 없었다. 제주하면 떠오르는 게 해녀지만, 저승에서 벌어 이승에서 쓰는 일, 목숨 걸고 하는 고생스러운 일이라 서로에게 권할 만한 직업은 아니었다. 그래서 모든 해녀들은 자기 자식만은 물질을 시키지 않기 위해 열심히 물속을 헤맸고, 그리하여 학교를 보냈다. 또래라고는 찾아볼 수 없는 직업, 단 한 순간도 열심히 살지 않은 적이 없었던 연숙은 이따금씩 괴로워졌다.

어릴 적부터 연숙은 물질만은 하지 않겠노라 단언했었다. 물도 물이지만, 물속에 들어가는 것 자체를 싫어해 근처만 가도 인상을 찌푸릴 정도랄까. 찰랑거리는 물이 온 신경을 감싸는 느낌, 그 온도. 안에서는 호흡마저 꾹 참아야 하는 게, 자칫하다 어느 순간을 놓쳐버리면 비닐에 갇힌 것처럼 숨이 막힐 것만 같았다. 그래서 다른 건 몰라도 해녀는 말아야지, 한 푼이라도 더 벌어보려 악을 썼던 어린 시절이었다.

하지만 나이가 들수록 연숙의 고개는 서서히 바다를 향했다. 그리고 해녀 삼춘들을 눈여겨보았다. 인생은 늘 의지와 다르게 흘러갔기 때문에, 이렇다 할 정답이 없다면 이것만은 안 하고 싶다 여겼던 최악의 선택지로 그 언제라도 뛰어 들어가야 한다는 게 연숙의 생각이었다. 연숙은 매일 조금씩 검은 돌 주위를 서성거렸다.

'물은 무서운 게 아니야, 친해져야 하는 거지.'

발목까지 물에 담그고 참방참방 장난을 친다. 그러고는,

"…이게 얼마 꽈?"

품에 안아 든 건 수경과 그물 망사리. 절대 물질은 하지 않겠다는 마음과 수경을 사는 행동은 공존하고 있었다.

해녀는 실력에 따라 상군, 중군, 하군, 세 계급으로 분류되는데, 대부분 젊은 나이에도 잘하는 사람들은 상군 엄마나 할머니에게서 배운 사람들이었다. 허나, 물질을 하지 않는 정주 때문에 연숙은 보고 배운 것이 없어 계급이랄 것도 없었다. 물질은 고사하고, 물 자체를 싫어했던 연숙에게는 이러한 도전 자체가 고행의 시작이었다.

24살 연숙은 어른으로서의 평범한 직업을 갖기에는 자신이 남보다 많이 부족한 것 같았다. 그러나 돈은 벌어야 했다. 그래야 늙은 엄마가 그나마 살기 편할 게 아닌가. 그래서 연숙은 죽도록 싫어하는 시퍼런 바닷물 속으로 들어갈 수 있었던 거다. 연숙은 주변에 물어물어 선주 하나를 소개받았다. 그 길로 곧장 그 선주에게로 가, 자신도 이 여행에 함께하겠노라 말했다. 우리나라에 섬이 얼마나 많나. 울산, 포항, 대천, 완도, 통영.

바다가 있는 곳이라고는 다 간다.

열 명 남짓 해녀가 타고 있는 배에는 어린 연숙도 껴있었다. 배가 정박하면 일제히 모두가 바다로 뛰어 들어가고, 때가 되면 올라온다. 처음 연숙은 제주를 떠나는 배를 타며 자신도 모르게 해방감이 들었다. 지독하게 떠나고 싶던 제주였다. 하지만 제주를 떠나 제주에서 배운 물질을 하며 벌어 먹고사는 연숙이다. 허나, 난관은 곧바로 시작됐다. 제주는 물이 맑아 안이 훤히 들여다보일 정도로 시야가 넓었지만, 다른 지역들은 펄로 된 바닥이라 들어가기 전부터 이미 시퍼런 것이, 아무리 들어가도 앞이 보이지 않아 땅이 어딘지도 감이 없는 것이었다. 실력이 뛰어나지 않았던 연숙은 타지에서의 물질생활이 여간 힘든 게 아니었다. 저 깊고 퍼런 물에 도저히 들어갈 수 없다는 마음이었지만, 늘 잡아 오는 양이 변변치 않아 자신이 느끼는 이런 극단의 공포가 혹여나 요령 피우는 것으로 여겨질까 배에 남아 있을 수가 없었다. 결국 연숙은 첨벙-, 오늘도 물속으로 들어간다. 그리고 15분 뒤,

-쿵

휘휘 저어가다 그만, 안에 있는 돌에 박치기를 했다. 순간 정신을 잃을 뻔했던 연숙은 힘겹게 물 밖으로 올라와 띄워놓은 테왁을 붙잡는다. 옆에는 한두 명씩 올라온 해녀들이 참은 숨을 뱉어내며 숨비소리를 내고 있었다. 연숙은 선주가 있는지 눈치를 살피고는 섬 같은 큰 바위 위로 기어 올라간다. 그리고 머리를 문질러 본다. 다행히 피는 나지 않았다.

'참… 힘들다… 매일이.'

연숙은 그동안 미워했던 제주 바다가 그립다. 지금 와 생각해 보면, 미천한 실력으로도 고둥, 소라, 전복, 종류별로 다 잡게 해준 고마운 바다였

다. 뭍으로 나오면 경쟁할 만한 해녀가 없어 잘 될 줄 알았다. 그런데 생각지도 못한 이유로 연숙은 고전하고 있었다.

해녀들 사이에 낯설게 껴있는 연숙에게 늘 말 걸어주는 이모, 연숙에겐 길자 이모가 있었다. 길자는 항상 연숙의 곁에서 물에 대한 공포를 없애주려고 애썼다. 그리고 숨을 참고 올라올 때 보이는 물건들을 특히나 조심하라며 단단히 일러주었다. 그것은 저승 가는 열매라며, 하나 더 잡으려다 저세상으로 하직하는 일이라고 겁주며 말했다. 그런데 그 말을 끝으로 먼저 떠나버린 건 길자 자신이었다. 숨을 꾸악 참고 올라오던 길자는 허리에 차고 있는 납덩어리에 누군가가 버린 그물이 걸려, 버둥거리다가 그만 그 자리에서 바로 죽어버린 것이었다. 그 후로 연숙은 나아지려던 물에 대한 공포를 영영 껴안게 되었다.

부은 머리로 바위에 앉아 울먹거리던 연숙은 아직도 물 안에 들어가지 않고 있다. 힘없는 눈은 저 수평선 끝을 향해 있었다. 선선하게 부는 바람에 머릿결이 가냘프게 휘날린다. 연숙은 욱신거리는 머리통을 만져보았다. 부딪힌 부위가 아까보다 더 부어올라 있는 것이 자칫하다 큰일 날 뻔했다.

연숙은 바다가 싫다. 지금 이 항해가 맘에 들지 않는다. 이대로라면 선주가 올 때까지 한참을 더 있어야 하는데, 대책 없는 상황에 걱정만 느는 매일이었다. 연숙이 뛰쳐나온 건 이번 한 번만이 아니었다.

얼마 전 바다는 여름의 장마와 태풍이 지난 뒤라 속부터 뒤집힌 물이었다. 쓰레기는 물론이고 이불이 둥둥 떠다니고, 집에서 쏟아져 나온 각종 도구들이 한데 뒤엉켜 그야말로 아비규환이었다. 연숙은 그 물속으로 들어갔다. 그런데 어딘가 음침한 것이 큰 돌 밑에 토끼보다 세배는 더 커 보이는 시커먼 것이 울렁울렁 움직이는 것이 아닌가. 연숙은 그게 바다짐승인지 무엇인지 알 수 없었다. 그때, 베테랑 상군 할머니 강순이 연숙을 앞지르며 그것을 후욱 손으로 치워버리고는 그 아래 빼곡히 붙어있는 전복을 주워 올라가는 것이었다. 키가 큰 강순은 얼마나 장군 같은지, 실력은 물론이고 겁 또한 없어 어떤 물속이라도 제집인 양 헤집고 다녔다. 강순은 연숙에게 그건 사람 머리통이었다고 말해주었다. 물에 불은 시체는 먹을 게 많아 전복들이 많이 붙어있다고 한다. 그렇게 나날이 물에 대한 공포만 쌓여가는 연숙이었다.

연숙은 그렇게 하라는 물질은 안 하고, 늘 눈치만 보다 돌 위로 기어 올라가기 일쑤였다. 그러면 배가 다가와 연숙을 싣고 간다. 이건 그야말로 시간 낭비와 다름없었다. 선주는 그런 연숙을 보며 한숨을 쉬었고, 별다른 인생 계획이 세워지기까지는 연숙도 별수 없었다. 여기서는 월급이 아니라 잡은 만큼 값을 치러주는 체계니, 바다는 정말 갈 수도 안 갈 수도 없는 그야말로 미워 죽겠다 싶은 존재였다. 연숙은 애꿎은 고무 옷만 만지작거린다. 제주에서는 대충 입었지만, 여기서는 전용 복장을 챙겨 입어야 한다. 자그마한 구멍 속으로 머리를 쑤셔 넣는데, 머리털이 다 뽑힐 것만 같은 게, 구멍이 크면 클수록 몸엔 맞지 않다는 것이니 편한 걸 골라 입을 수도 없는 노릇이었다. 성질은 급하고 구멍은 자그마하고, 연숙은 어찌 된 게 물질에 관한 건 좋은 게 하나 없다 싶다. 이제 곧 추석인데 고향에 들고 갈 돈도 얼마 모으지 못했다.

선주는 돌아와 모두를 태우고 뭍으로 간다. 다들 소라부터 멍게, 전복까지 온갖 것들을 가지고 올라왔다. 문어는 흔해 빠졌고, 전복, 성게가 값을 잘 쳐주는 것이었다. 연숙은 사람들이 잡아 온 것들을 구경하며 한쪽

모퉁이에 말없이 앉아 있다. 모두들 각자 잡은 것들을 분류하고는 선주 앞으로 가 저울에 올린다.

"김금순! 소라 35kg!"

선주는 해녀들이 잡아 온 것들을 장부에 적는다. 그리고 한 달에 한 번 그 무게를 모아 정산한다. 홀쭉한 그물인 연숙에 비해 다들 몇 망사리씩 모아가며 줄을 선다. 연숙은 계속해서 뒤로 물러서기만 했다.

"고작 구살 두 개 따시냐?" [1)]

연숙을 안쓰럽게 보던 강순은 미리 남겨둔 것으로 볼품없는 연숙의 그물을 채워준다. 연숙을 도와주는 강순을 보며 선주는 못마땅한 눈치다.

"연숙이는 일 안 할 거이야? 맨날 돌 위에 가만 붙어있는 성게만 잡아오고 말이야." 선주는 한 소리 더 하려다가 이만하기로 한다.

일을 마친 해녀들은 바다 입구에 앉아 불을 피우고 있다. 연숙은 불가로 걸어가 비어있는 자리에 살며시 앉는다. 노을빛과 어울려 불은 서서히 타오르고, 연숙의 눈동자엔 주황빛이 어른거린다. 물 밖으로 나오고 나면 온몸이 얼마나 서늘해지는지, 식어가는 날씨보다 언제나 한 박자 더 빨리 차가워지는 물이었다.

점점 더 어둑해지는 시간, 힘을 쏟아낸 해녀들은 흩어진 초점으로 말없이 앉아만 있다. 지금 여기에 흐르는 것이라고는 타닥거리는 소리뿐.

'이렇게 살다가 시집가고 그러는 건가…'

오랜만에 가진 불 앞의 시간 속에서, 연숙은 그저 정처 없이 떠돌기만 하는 자신의 삶에 관하여 하나의 물음을 던졌다.

---

1) 겨우 성게 두 개 딴 거야?

제22장 사하

천 번쯤 팅겨 올라 장벽을 내려친대도

일주일에 한 번, 한의원에 다녀오는 길이다. 집으로 가는 길에 마트에 들러 필요한 몇 가지를 살 예정이다. 나는 길 한가운데 서서 계좌 잔액을 확인한다. 왜, 그런 말도 있다. 돈이 많은 사람은 잔액을 모르고 산다고. 하지만 난 내 잔액을 정확히 알고 있다. 그런데 이상하다. 생각보다 돈이 더 남아 있는 것 같다. 삼십만 원 남짓 받는 알바비도 다음 주에 들어오는데, 나는 갸우뚱하며 상세보기를 눌렀다. 역시, 낯익은 이름, 아빠였다. 세상 무뚝뚝한 나의 아빠는 이렇게 나를 미안하게 만든다. 돈을 주는 여러 방법들 중 아빠는 늘 내가 덜 민망해지는 방법을 고민하셨다.

자식이 어른이 되어 생기는 부모를 생각하는 마음은 어릴 적 "아빠 엄마 사랑해요." 카네이션 접어 전하던 때와는 또 다른 깊이를 가지고 있다.

"악수 한 번 하자, 아빠."

가끔 장난 반 진심 반으로 아빠에게 악수를 청하곤 한다.

농담 같을지는 몰라도 사실 고단할 땐 이건 꽤나 내게 힘이 되는 일이었다. 가장 낮은 곳, 볼품없는 존재라고 느껴질 때, 난 항상 부모 곁에 머물곤 했다. 그렇게 늘 힘들 때마다 아빠의 손을 잡으면서도 얼굴을 제대로 보지 못했던 건, 마음이 약해질 것 같았기 때문이다. 늙음을 마주하고 싶지 않다는 나약한 마음. 하지만 맞잡은 두 손, 그 장면 안에서 나는 보았다. 아빠의 늙어있는 손을. 이렇게 애써 피하는 것은 그 언제라도 마주하게 된다. 더 깊게.

모든 꿈에는 이뤄야만 하는 때, 결과를 보여야 하는 때란 게 있다. 그 때를 지나면 잔소리와 걱정 섞인 비난을 받고, 그마저도 넘어서면 포기와 안쓰러움을 거쳐 마침내 침묵의 단계를 마주하게 된다. 미안함에도 정도가 있다. 나는 부모에 대해 그 정도를 넘은 사람이다. 그래서 언제라도 당당히 서 있을 수가 없다. 계좌에 찍혀있는 아버지의 이름은 지금 내 가슴을 더없이 아프게 할 수 있는 글자였다.

어려움에도 주기란 게 있으니 그렇게 주눅 들지 않아도 된다. 지금 잔뜩 웅크리고 있는 내 어깨와는 전혀 맞지 않는 말이지만, 어쨌든 나는 그렇게 믿고 싶다. 혹시 그 어느 날, 나라는 사람도 우연찮게 빛날 수 있다면 곁에 꼭 머물러 있기를 바란다. 그리고 일주일 뒤, 집안엔 또다시 어두운 기운이 다가오고 있었다.

"사하야…." 엄마 목소리다.

나는 또 슬슬 불안해지기 시작했다. 한 마디만으로도 상황을 떠올릴 수 있게 된 것은 숱하게 겪었던 부정적인 경험 덕분이었다.

"느그 아빠가 안 들어온다…. 아까 전화하니까 바다라 카대. 들어올 때 됐는데 왜 이래 전화를 안 받노."

상점에서 나오던 길에 나는 멈춰 섰다.

누구나 살다 보면 내겐 일어나지 않을 거야 싶은 비참한 극의 주인공이 될 때가 있다. 극단적인 생각을 하고 싶진 않았지만, 마냥 배제할 수도 없었다. 나는 침착하게 숨을 고르기 시작했다. 항상 타들어 가면서도 담담한 척을 할 수 있었던 건, 나까지 당황하면 엄마는 의지할 곳이 없기 때문이다. 엄만 가장 혼란스러울 때에 나를 찾아야 한다. 나는 그런 자식이어야 한다. 그래서 가슴 속 쇠 구슬이 천 번쯤 튕겨 올라 장벽을 내려친대도 나는 그 진동을 내보이지 않도록 그대로 품어야만 했다. 자칫하면 돌이킬 수 없는 일이 벌어질 수도 있었다. 전화가 끝나자 내 발걸음은 빨라지기 시작했고, 걸음은 곧 달리기가 되어 금세 거리를 빠져나갔다.

'우리에게 이별은 있겠지만, 분명한 건 지금은 아니야!'

아빠는 평생을 모나지 않게 살아왔다. 그런 모나지 않음이 항상 나의 마음을 쓰이게 했다. 모임에서 수년간 총무를 도맡아 하면서도 당신 돈 쓸지언정, 모두의 돈은 십 원 하나 허투루 쓰지 않던 사람, 남에게 줄 돈마저도 늦지 않던 사람. 그런 아빠를 보며 엄마와 나는 한편이 되어 "어휴, 저런다고 누가 알아주나." 혀를 차곤 했다.

아빠는 항상 말했다. 남에게 덕이 되진 못해도 폐는 끼치지 말라고. 할머니가 그렇게 가르치셨다고 한다. 약속을 칼 같이 지키는 사람, 누구에게도 빚지지 않던 사람. 아빠는 좋은 사람이 되고 싶었던 게 아니라 폐 끼치는 사람이 되기 싫었던 거다. 그런데 자식이, 더군다나 장남이 그런 일 평생의 것을 단번에 무너뜨렸다.

늘 고단했지만 얼마 전의 시간은 우리 가족 최대의 시련기였다. 20년 전부터 우리는 오빠와 숱한 이별을 했지만, 이제는 생각조차 말기로 그렇게 슬픈 다짐을 한 것이다. 죽어라 저주하던 사람과 헤어지면서도 우리는 한참을 앓다가 이별을 했다. 가족이라는 이 모순적인 관계 앞에서 나는 늘 극단적인 애증을 오가야만 했다. 허나 지금 내가 할 수 있는 건 아무 생각 않고 아빠를 찾아내는 것. 하릴없이 바닷가를 휘저으며 40분 남짓을 뛰어다니다 주저앉았다. 숨은 가쁘고 다리는 욱신거린다. 맨발에 운동화를 신었더니 역시나 살갗이 벗겨져 있다. 나는 상처를 후후 불며 신발을 구겨 신고 서둘러 일어섰다. 그 순간 바람이 불었다. 그러자 갑자기 어느 한 곳이 떠올랐다.

'그래! 낚시하던 곳!'

지금처럼 세찬 바람이 불던 날, 빨간 등대에 가자던 아빠에게 이런 날씨에 무슨 낚시냐며 투정 부렸던 어릴 적 내가 기억났다. 사실 그곳은 후미지기도 했고, 주위엔 온통 떡밥 비린내라 나는 늘 그곳을 꺼렸었다. 아빠는 낚시를 좋아했지만, 가족들은 그런 아빠의 취미를 싫어했었다. 그후, 집안이 뒤엉키기 시작하면서 아빠는 하나 남은 취미마저도 접게 되었다.

숨도 고르지 않고 급하게 뛰었더니 목 안은 타들어 갈 듯이 말라붙어 침을 모아 삼켜야만 했다. 나는 고개를 숙여 무릎을 잡고 거친 숨을 내쉬었다. 호흡을 가다듬으며 천천히 고개를 드는 순간, 시선은 한곳에 머물렀다. 눈앞에 펼쳐진 방파제와 빨간 등대, 지금 이 바다의 가장 끝부분이자 막다른 길. 그곳엔 아빠가 있었다. 아빠의 머리칼이 짠내 나는 바람에 뒤엉켜 흔들린다. 그 순간 모든 게 멈췄고,

'고맙다. 나타나 줘서….' 말할 수밖에 없었다.

묵묵히 먼 곳을 보고 있는 아빠. 시선은 저 먼 수평선을 향할 뿐, 정확히 어딜 보는지는 알 수 없었다. 다가가고 싶지만 가만있기로 한다. 아빠가 어떤 방식으로 살아온 사람인지 슬프게도 너무 잘 알고 있어서, 그 공

허함이 내겐 너무 투명하게 비쳐졌다.

우리 사이에는 휘휘 거리는 바람 소리만이 들린다. 분명 눈앞에 아빠가 있지만, 마치 내가 침범할 수 없는 영역에 있는 것처럼 멀게만 느껴졌다. 나는 무거운 걸음으로 조금씩 다가갔다. 아직은 내가 이 가정을 책임지기에는 너무 고단하기 때문에 아빠는 조금 더 힘을 내줘야 한다. 난 이기적이기 때문에 용기 낼 수 있었다.

"우와! 바람 되게 씨게 분다. 그치?"

한 걸음씩 다가가며 해맑게 말을 걸었다.

"니… 여 왜 왔노. 우째 알고 왔노?"

생각에 잠겨있던 아빠는 화들짝 놀란 얼굴이었다.

"응? 그냥. 근처 산책하다가 아빠 보이길래 와봤지. 여서 뭐 하노?"

나는 어색한 웃음을 지었다. 아빠는 아무 말이 없었다.

"힘들제…."

나는 바닥을 보며 말했다. 아빠와 멀지 않은 사이였지만, 묘한 어색한 기류가 싫어 진지한 대화를 한 적이 없었다.

"그래도… 견뎌야 하지 않겠나…" 발끝으로 바닥을 비볐다.

"사는 낙이…없다. 내가…."

모래성에 물을 부은 듯 아빠는 사정없이 무너져 내려갔다.

"왜 사는지도 모르겠고… 그냥 콱 죽어버리고 싶다! 여기 이 바다에 빠져서…" 처음 듣는 심정이었다. 낯선 모습이었다.

힘들지 않냐는 한마디에 아빠는 기다렸다는 듯이 오래 참아왔던 눈물을 터트렸다. 자신의 세계가 무너진 것은 지켜볼 틈도 없이 아들이 주는 실망감에 빠져 감당하기 힘들어했다. 이제껏 믿음에 배신한 건 둘째로 치고, 앞으로도 믿을 일이 없단 사실에 한탄했다.

삶에 대한 열망만큼 죽음에 대한 간절함도 존재한다. 살고 싶은 것 혹은 살고 싶지 않은 것, 모두들 이 둘의 무게 추를 기울여 보며 버티는 것이다. 우리가 삶을 지속할 수 있는 이유는 이 저울이 기울어질 때쯤 순간 작동하는 이성 때문이다. 하지만 지금은 위험했다. 아빠는 이성이 무너져 내려, 온전히 한쪽으로 기울어진 저울만이 남아있을 뿐이었다.

"아빠…" 나는 나직이 아빠를 불렀다.

"아빠는 내 보면서 견뎌야지…. 아빠 없으면 나도 죽을 거다! 엄마랑 내는 아무것도 할 줄 모른단 말이다…."

진심이었다. 숱하게 겪은 난감한 상황 속에서 나는 내가 아빠를 얼마나 애틋하게 꽉 붙잡고 있었는지를 알게 되었다. 지금 아빠가 사라진다면 나역시 되돌릴 수 없는 절벽 끝으로 향하게 될 것이다. 나는 아빠에게 이성을 되찾아주고 싶었다.

"그니까 이상한 생각하지 마라. 오빠야 얘기는 당분간 하지 말자. 우리부터 추슬러야지. 아빠는 내 사는 모습 안 볼 기가?

내 마음도 무너지고 있었다.

"자." 나는 가방에서 상자 하나를 꺼냈다.

"아빠 줄라고 샀다. 낡았더라, 지갑이…. 요새 누가 그래 될 때까지 들고 다니노! 청승맞게!"

무뚝뚝하기로는 나도 영락없는 아빠 딸이다.

"뭐… 비싼 거는 아이다. 메이커가 아니라서. 그래도 소가죽이다, 소가죽! 안에 아빠 이름도 새겨놨는데, 봐봐… 이뿌제? 오천 원 더 주니까 해주드라."

나는 가죽에 새긴 이름을 보여주며 생색을 냈다.

"니가 돈이 어디 있어서 이런 걸 사노…. 아빠 돈 주께."

아빠는 주머니 안으로 손을 넣는다.

"됐다! 좀! 나도 없으면 없는 대로 형편껏 할 기다! 내 부자 되는 거 기다리다가… 아빠 없어질 것 같다."

행동과 다른 말투였다.

"…아빠 없으면 우리 집도 다 무너진다. 나도 사는 거 재미없는데 아빠 때문에 사는 거다. 그니까 아빠도 그냥 살아라."

평소 그리 함께 지냈으면서도 품고 있던 마음은 이렇게나 극단적인 상황이 돼서야 나올 수 있었다. 이런 상황이나 돼야 그 비싼 마음을 내보일 수 있었다.

침묵과 어색함 그리고 속상함. 그 모든 감정들이 뒤엉킨 시간 속에서 바람은 여전히 세차게 불어오고, 파도는 그에 맞춰 어린 시절 아빠와 키득거리며 비행기 돌이라 부르던 방파제 테트라포드를 열심히 쳐대고 있었다.

"가라… 아빠 좀 있다 갈게…."

내 표정은 다시 어두워졌다.

"…같이 안 가고?"

아빠는 대답이 없다.

"바람 쐬다가 와야 해… 아빤 날 실망시켜서는 안 돼."

나는 확인받으려는 듯 꾹꾹 눌러 말하며 뒷걸음질을 했다.

"믿고… 가는 거다."

몇 번쯤 주저하다 다짐한 듯 돌아섰다.

언제부턴가 나는 아빠와 나 사이에는 보이지 않는 아주 튼튼한 선으로 연결되어 있다는 생각을 하곤 했다. 그냥 그런 생각이 들었다. 그래서 나는 아빠를 믿는다. 아빠는 결코, 나를 실망시킬 사람이 아니다. 그래서 나는 아빠를 두고 간다.

_ 새로 고침

한차례 소동이 있고 난 후, 아빠는 몇 시간 뒤 집에 돌아와 당신이 만든 모과차 한 잔을 마시고는 그대로 주무셨다. 깊은 밤, 나는 자고 있는 아빠 옆에 가 멍하니 앉아 있었다. 오늘 난 아빠 때문에 마음에 구멍이 아주 크게 뚫려버렸다. 그리고 조급해졌다. 나는 자리로 돌아와 구직사이트의 새로 고침 버튼만 연신 눌러 댔다. 그리고 며칠 뒤, 한 통의 연락이 왔다. 두 번째 면접이다.

사업장의 위치는 버스 두 번을 환승해야 하는 곳. 조금 피곤하긴 해도 출근 시간은 얼마가 걸리든 상관없다. 남들 다 자는 새벽에도 일어나곤 했으니까. 버스도 두 번까지는 환승이니 비용에도 별문제가 없다. 갈 곳은 공장 지대다. 큰 공업단지에서 사무실 직원을 구한다고 한다. 다른 건 제쳐두고 내 시선을 끄는 가장 맘에 드는 문구가 있었다.

-오래 일할 수 있는 직원을 구합니다.

왠지 이런 곳에서는 제대로 일을 배워놓으면 아줌마가 되어도 줄곧 일할 수 있겠다는 느낌이 들었다.

나는 지난 면접 때 입었던 옷을 다시 꺼내 입고 길을 나섰다. 정류장에

서서 발을 동동거리는데 멀리 버스가 다가온다. 문이 열리자 서둘러 올라 탔고, 또 한참을 갔다. 두 번 환승하며 직접 가보니 아무래도 통근한다면 무리일 것 같았다. 출퇴근 시간이라는 게 단순히 생각할 게 아니었다. 팁으로 삼았다. 그렇게 한참을 달려 목적지에 도착했다. 버스에서 내려 주위를 살펴보는데, 보이는 건물마다 거대했고 눈앞에는 엄청나게 큰 화물차가 느리게 지나가고 있었다. 공간은 실로 어마 무시했다. 확실한 공장지대. 버스에선 내렸지만 회사까지는 또 한참을 걸어야 한다. 그것도 하필 건너편으로.

그때 신호등이 켜졌다. 부지만큼 건널목도 길쭉하기만 하다. 나는 촉촉촉 빠른 걸음을 내디뎠다. 빨리는 걷되 땀은 흘려서는 안 된다. 고난도의 지령을 내렸다. 첫인상은 물론이거니와 출퇴근이 힘든 줄 안다면, 왠지 합격에서 멀어질 것 같았기 때문이다. 줄곧 집에만 있어 그런지 조금 뛰었는데 숨이 가빠오고 다리가 욱신거렸다. 오는 길만 두 시간이 넘었으니 그럴 만도 했다.

'젠장, 나 지금 충분히 혼란스럽거든? 아파도 상황 봐가면서 아파라.'

다리에게 말했다.

'하아… 잘 하고 있는 거겠지?'

시작도 하지 않았는데 왜 이렇게 울적한 건지, 가끔 내 마음을 나도 잘 모르겠다.

걷다 보니 어느새 건물 옥상이 보여 담당자에게 연락했다. 그리고 잠시 후, 텅 빈 길목에 한 사람의 움직임이 보였다. 30대 후반의 남자, 얼굴은 그을렸지만 제법 젊은 티가 난다. 175cm 정도의 키에 풍채가 좋다 싶을 만큼 살집이 있다. 위아래 같은 색의 작업복을 입은 남자는 흡사 열매를 가득 품은 두더지같이 야무진 인상이었다. 남자는 반갑게 걸어오며 손을 건넸다. 팀장이라고 한다. 나는 팀장의 손을 잡으며 고개 숙여 인사를 했다. 팀장은 몸을 돌려 안내하듯 걸음을 옮겼다.

"하하- 여기 오실 분은… 아니신 것 같은데, 너무 예쁘게 입고 오셨네요. 허허."

팀장은 위아래로 훑어보고는 잰걸음으로 걷는다. 저 말만 보면 난 이미 떨어진 것 같다.

"만약 오시게 된다면 여기 안쪽에서 일하는 거예요."

문이 열리자 아주 큰 책상 두 개와 여섯 명이 앉을 수 있는 테이블이 덩그러니 자리하고 있고, 그 옆에 누런 냉장고와 함께 다 쓴 종이컵이 재떨이로 변해있었다. 그러고 보니 단순히 환기만으로 끝날 것 같지 않은 이 방의 냄새는 조금 더 선을 넘는다면, 악취라고 할 수 있을 정도의 찌든 내였다.

"이 봐라, 이 봐라. 사람도 없는데 불도 안 끄고, 다들 정신이 말이야. 허허."

남자는 마치 자취방을 습격당한 것처럼 민망해하며 주변 정리를 하기 시작했다. 퀴퀴한 냄새와 뭔지 모를 분위기, 정신없어 보이는 공간을 차근차근 둘러보면서 과연 내가 잘할 수 있을까, 스쳐 가는 상념에 눈앞이 멍해졌다.

"자-아, 사무실은 이만 보면 됐고요. 앉으세요, 여기."

팀장은 서둘러 마무리하며 탁자로 손짓한다.

사실 공장이란 게 다 똑같지, 모르고 온 건 아니다. 방문하는 곳의 분위기도 생각지 않고 내 눈높이만 잣대로 둔다면 그건 내가 어리석은 거지.

나는 내 안에 생기는 그 어떠한 감정도 드러내지 않기 위해 표정에 신경을 썼다.

"커피? 차? 뭐 마실래요?" 팀장은 눈을 동그랗게 뜨며 물었다.

"아무거나 주십쇼."

커피를 좋아하진 않지만 고를 상황은 아니었다. 팀장은 편하게 말하고 있지만, 잊지 말아야 할 건, 이곳은 면접자리다.

"고생이 많으시네요."

어색한 분위기를 풀기 위해 나는 약간의 미소를 머금으며 말을 건넸다.

"그렇죠, 저 원래 오늘 일하는 날도 아닌데, 요즘 공장에 사람이 없어가지고⋯ 바빠요, 많이."

뜨거운 물을 받고 있는 팀장은 물의 무게로 대충 가늠하는 건지, 종이컵에는 별다른 시선을 주지 않았다.

"커피믹스 좋아해요?" 팀장은 커피를 건네며 자리에 앉았다.

"네, 자주 마셔요." 웃으면서 거짓말을 했다.

"오신다고 수고하셨네요. 주소를 보니까⋯ 집이 꽤⋯ 멀어요?"

팀장은 고개를 숙이고 이력서를 보고 있다.

"네. 가깝진 않지만 오는 데 문제는 없습니다."

"너무 예쁘게 하고 오셔가지고, 하하, 이런 데서 일할 것 같아 보이진 않는데⋯ 뭐, 얘기 한번 나눠 보자고요."

본격적으로 말하려는 건지 팀장은 수첩을 펼쳤다.

"공장이라고 굳이 투박하게 입고 오긴 그랬습니다. 평소 좋은 곳에 갈 때마다 입던 것처럼 예의 갖춰 입었습니다. 다른 곳에서 구인하는 것과는 달리 여기는 사무 쪽이라 해도 하는 일이 가벼워 보이진 않았고, 비율상 여자가 많진 않아도 일을 배워두면 오래 할 수 있을 것 같아 지원하게 되었습니다."

지적같이 느껴지는 말에 나는 차분히 생각을 전달했다. 준비한 대답은 아니었지만, 그나마 이 정도가 대략 적합해 보였다.

"뭐… 저도… 여기 온 지 8년이 넘어가는데, 매일 일만 하다 보니 직급도 올라가고 요즘은 정신이 없네요. 하필 이럴 때 그만두는 바람에… 하아, 일단 조건부터 봅시다."

팀장은 두 손으로 의자 좌석을 잡고서 테이블 앞으로 몸을 당겼다.

'조건…' 나는 가방을 열어 수첩과 볼펜을 꺼냈다.

평소라면 핸드폰으로 메모했겠지만, 상대에 맞춰 조금 더 성의를 보일 필요가 있었다.

"새해 됐으니… 34살… 어리진 않아요. 그렇죠?"

팀장은 펜 끝으로 수첩을 두드렸다. 펜 꼭지와 종이가 맞닿는 소리가 둔탁하게 들려왔다.

"사하 씨가 가진 몇 가지들은 사실 우리 쪽하고는 상관이 없어요. 이 말인즉슨, 가지고 있는 조건이 딱히 필요 없단 말이겠죠?"

팀장의 목소리엔 아무런 힘도 들어가지 않았지만, 말의 꼬리에는 날이 서 있었다.

"출근은 9시부터인데 상황 따라 8시가 될 수도 있어요. 괜찮아요?"

팀장은 눈썹을 치켜올리며 말했다.

"일찍 일어나는 타입이라 괜찮습니다."

미련할 만큼 규칙적이었던 나의 수험 생활이 이럴 때 도움 되라고 있었던 건지, 쓸데없는 곳에서 빛을 발하고 있었다.

"출퇴근은 문제없다? 그럼 이 부분은 됐고… 일단 우리 일은 단순 사무부터 시작해서 단가 조정까지… 짬이 느는 만큼 쉽진 않을 겁니다. 하지만 뭐, 사람이 못하는 일이란 없죠? 부족한 부분은 가르쳐 드릴 거니까 충분히 하실 수 있을 거라고 봅니다. 보아하니, 일은 차분하게 잘하실 것 같은데요. 제 느낌상?"

팀장은 차가운 표정으로 여유롭게 말했다.

"네… 아시다시피 제가 나이도 있고 해서 무슨 일이든지 열심히 그리고 또, 잘해야만 하는 상황입니다. 꼼꼼한 일일수록 좋습니다. 세세하게 살피는 것에 있어서는 남들보다 뛰어난 편인데, 그런 부분은 아무나 커버할 수 없는 부분이라고 생각합니다. 이런 점들이 도움이 될 수 있다면, 아마 염려하시는 것보다는 훨씬 더 좋은 결과를 보여드릴 수 있지 않을까… 생각합니다."

"으음, 그래요, 뭐… 또 하나 중요한 건 나이인데… 하아… 이 나이대 사람을 뽑으면 말이죠, 하핫, 또 참 골치인 게…."

팀장은 묘한 표정을 지었다.

"일을 어느 정도 배워요. 일을 배운다는 건 우리 쪽에서는 가르친다는 개념이겠죠? 시간을 들여서. 그러면 또 나가요. 결혼한다, 아기 가졌다, 애 키워야 한다. 본인도 뭐, 나갈 거잖아요? 그렇죠? 결혼하면. 아 그래, 남자친구 있어요? 우리 툭 까놓고 말하죠."

팀장은 또다시 의자를 당겨 앉았다.

블라인드니 뭐니 해서 이런 질문이 당연한 게 아닌지는 꽤 오래됐지만, 내 수준에선 어딜 가든 물어본다. 여전히 내 주위에서는 남성의 육아휴직이 분위기 파악을 못 하는 처사고, 여전히 내 주위에서는 여성의 경력단절이 비일비재했다.

"일단 뭐… 현재 계획은 없습니다. 사정상 계속 일을 해야 하고요."

유쾌한 건 아니었지만, 드라마 속 주인공처럼 근사한 대답을 할 여유란 없었고, 따져 물을 용기는 더더욱 없었다. 절실한 사람이 할 수 있는 거라고는 나름의 대답을 잘 찾는 일.

"결혼하면 일은 어떻게 하실 생각이신가요?"

"결혼한다 해도… 일은 놓지 않을 겁니다. 우선, 제 개인적으로 일에 대한 목마름을 가지고 있고요. 늦었지만 차분히 걸어가고자 하는 욕심이 있어 여건이 된다면 계속해서 일할 계획입니다."

없을지도 모르는 미래를 예측하기도 했다.

"결혼도 결혼이지만… 또 아이를 낳으면 허허, 육아휴직을 줘야 해요. 응? 나라 정책상. 근데 또 막상 해보면 이게… 문제가 많아요? 뭐… 대기업이야 모르겠지만, 우리 같은 조그만 회사에서는 한 사람이 육아휴직을 쓰면 다른 사람이 그 일을 또 채워야 하고, 어후… 보통 일이 아니에요. 정말."

팀장은 귀에 거슬릴 정도로 펜을 똑딱거렸다.

"예전엔 입사한 지 한 달인가… 실컷 가르쳐놨더니 갑자기 결혼을 한다고 하더라고요? 면접 땐 5년간 결혼 생각도 없다던 사람이. 그래서 신혼여행 때 휴가 주고, 좀 이따 출산 휴가, 그러다 육아휴직. 사람 구해야 할수도 있으니까 복귀할 거냐 물어보니, 복귀는 또 할 거래요? 그리고 퇴사하더라고요. 누굴 엿 먹이자는 건지."

팀장의 입꼬리는 한쪽만 올라가 있었다.

"아니… 복귀도 복귀지만, 저도 위에 보고도 올려놓은 상태고, 사람에 대한 신뢰란 게 있지 않습니까? 안 그렇습니까? 그런데 얼굴색 하나 안 변하고 아무렇지 않게 말을 바꿔버리니까… 하아… 멘탈 나가더라고요?"

팀장은 눈을 부옇게 뜨고서 그때의 기억을 더듬는 듯했다.

"저도 뭐… 결혼했으니까 내 와이프 일이라고 하면… 이해가 가는 것 같으면서도… 회사에 오면 또 화가 나고 하하… 뭐가 맞는지 모르겠습니다, 정말. 정책대로 하는 게 전혀 문제없다면 얼마나 좋겠습니까. 안 그래요?"

구태여 이게 내가 들어야 할 대목인가, 그런 생각을 했다.

내가 나이와 성별을 블라인드 처리한 것도 아니고, 굳이 나를 불러서, 굳이 나에게 말한다라… 여기서 고개를 끄덕인다면 '나는 그러지 않겠습니다. 팀장님.' 이 되는 것이고, 뚱한 표정을 짓고 있다면 '수고하셨습니다. 그럼 저는 이만.' 밖으로 나가야 할 것이다. 그런데 팀장님,

"결혼도 뭐가 있어야 하지요. 저는 결혼은 고사하고, 당장 내일 먹고 살 것도 막막한 사람입니다." 라고 말하고 싶었다.

"음… 일단 저는 사하 씨 차분하고 야무져 보여서 좋긴 합니다만, 결과는 제가 혼자 정할 수 있는 부분이 아니라서요, 내부 논의가 좀 필요할 것 같네요. 그래도 제 선에서 어느 정도 권한이 있기 때문에 직원 하나 넣고 키우는 것쯤이야…. 하하."

순간 나의 얼굴에는 그늘이 졌다. 어쭙잖게 공수표 날리는 사람들은 대부분 자기 크기에도 바쁘기 때문이다. 키운다는 남자의 거드름에 걱정이 한 치 앞섰다.

"며칠 내로 연락드릴게요."

팀장은 푹 소리를 내며 두꺼운 수첩을 덮었다.

"네, 알겠습니다. 시간 내주셔서 감사합니다."

나는 고개를 숙이며 앉았던 의자를 제자리에 넣었다.

"버스가 있을지는… 입구까지 태워드릴까요?"

"아! 아니요, 버스 있어요. 오기 전에 다 알아봐 뒀습니다."

나는 급히 손사래를 쳤다.

"그래요?"

물론 나는 길을 알아본 적이 없다. 하지만 처음부터 차 없는 사람이 끼치는 민폐를 고스란히 보여주고 싶지 않았다. 나는 한 번 더 고개를 숙이며 인사하고는 헤어졌다.

_ 새로운 문

어두운 공장 지대, 큰 건물만큼이나 거대한 그림자가 만들어지고 있다. 면접을 마친 나는 허허벌판 속에 우두커니 서서, 걸어도 걸어도 끝이 없는 길에 멈춰 선 것만 같았다. 착잡함과 설렘으로 속이 울렁거린다. 이게 현실이다. 듣기 싫은 말, 불편한 말, 피하고 싶은 말들과 직접 마주하는 일, 이게 바로 현실이다.

나는 하염없이 걷다 주위를 둘러보았다. 퇴근 시간을 넘어 이미 어둑해진 때라 켜진 불 하나 없는 공단은 더없이 캄캄했다. 차가운 바람이 코트 사이를 스미는데 나는 문득, 내가 어디에 서 있는지 알 수 없다는 느낌을 받았다.

'한창 공부하고 있을 시간인데… 나… 잘한 걸까….'

성큼 두려움이 밀려왔다.

항상 꼬였던 내 인생처럼 나는 또 내 스스로 팔자를 꼬고 있는 건 아닐는지, 새로운 문이라며 열었는데, 안은 또 알 수 없는 암흑이다. 지금 나를 공허하게 만드는 이 계절도, 넓디넓은 이 부지도 싫다. 어질해 잠시 몸이 흔들거렸다. 방향키를 붙잡고 있는 내가 흔들리고 있으니, 배도 휘청거릴 뿐이었다. 더 어두워지기 전에 나가야겠다. 이러다 팀장과 마주치기라도 한다면, 휴우, 생각만 해도 곤란한 상황이다. 도움이 필요한 약해빠진 모습이라니… 원치 않는다.

팀장 말대로 버스는 일찍이 끊겼었다. 긴장이 풀리자 다리는 더없이 아파왔고, 오랜만에 신은 구두라 발바닥은 물론이고 골반까지 저려왔다.

"죄송합니다, 고객님. 근처에 택시가 없네요."

신청하는 족족 콜택시는 취소되었다.

내 인생 세 번째 택시를 타면 된다는 생각에 팀장의 제안도 당차게 거절했는데, 어디서든 부르면 오는 게 콜택시인 줄 알았건만, 주위 반경에 있어야 한다는 걸 몰랐던 거다. 나갈 방법이라곤 없어 보이지만, 사방으로 펼쳐진 땅에서 갇히기야 하겠나.

머리가 복잡해 아무 생각도 들지 않았다. 날이 어둑해지자 바람이 더욱 싸늘해졌다. 찬 기운을 피하려면 저기 저 골목으로 들어가야 할 것 같은데… 나는 아픈 발을 질질 끌며 구석진 계단으로 걸어갔다. 이럴 땐 입고 온 코트마저도 무겁게 느껴진다.

'난… 새로운 문으로 나가는 중일까, 아님 도망가는 중일까….'

어느 방향이건 녹록지 않다. 큰길까지는 한참인데 어떻게 해야 할지 걱정이 되면서도 빠져나가려는 의지가 없었다.

-꼬르륵….

배에서 소리가 난다. 눈치 없다 말하기엔 한 끼도 먹지 못했으니 배 속을 다그칠 일은 아니었다. 저 멀리 편의점이 보인다. 어느 방향에서도 암흑인 곳에서 편의점 불빛은 더없이 따뜻하게 느껴졌다. 나는 쩔뚝이며 한참을 걸어가 온장고에서 꿀물 하나를 꺼냈다.

"여기… 버스 다 끊겼죠? 제가 처음 와봐서요…."

계산대에 음료를 올려놓으며 물었다.

"버스요? 버스야 당연히 없죠. 지금 시간이 몇 신데. 택시 불러야 할걸요? 근데… 여기까지 올지는…" 점원은 고개를 저었다.

어차피 알고 있는 대답이었기에 두 번 들어 좋을 건 없었다.

나가려고 편의점 문을 여는 순간, 틈사이로 차가운 바람이 매섭게 밀려들어왔다. 나는 눈치를 보며 문을 닫고는 다시 안으로 들어왔다. 그리고 매장 구석진 공간에 있는 의자에 앉았다. 연락할 사람이 있을지 찾아보는데, 목록을 내리고 있는 엄지손가락이 힘이 없어 보인다. 사람 안 만난 게 어디 하루 이틀 일인가, 여기까지 올 사람이 대체 누가 있겠나.

꿀물도 다 마셨다. 십분 넘게 앉아 있다. 뒤통수가 뜨거워져서는 더는 여기에 있을 수 없을 것 같다. 결국 나는 편의점을 나와 아까 그 골목으로 되돌아갔다. 계단에 앉아 접은 다리 위에 얼굴을 묻었다.

「몇 달 전, 한 통의 전화에 나는 내 심장이 살아있음을 느꼈다.

"사하야, 오빠다." 얼굴만 잠시 보자는 오빠였다.

사람들의 눈이 무서워, 파도 소리가 요란스러운 빨간 등대로 불렀다.

"정신 나갔나? 니가 지금 여가 어디라고 오노?"

나는 다짜고짜 화부터 냈다.

"야…"

이번엔 또 무슨 말을 하려는지, 오빠는 긴 한숨을 내쉬었다.

"왜, 또 때릴라고? 때리라! 나도 예전처럼 가만 안 있는다!!"

초장에 기를 꺾어 놓지 않으면 감당할 수 없을 거란 생각에 세게 말해 보려 애를 썼다.

"진짜 돈 없냐고…."

25년 전이나 지금이나 오빠는 변함이 없다.

"돈 있제? 이천 원만 도. 니는 오빠랑 달라서 야무지게 잘 모은 다이가." 오빠는 웃으며 다가왔다.

'내가 야무지긴 하지….'

스쳐 가는 칭찬에 나는 흔쾌히 돈을 빌려주기로 하고, 서랍 깊숙이 숨겨놓은 핑크색 지갑을 꺼냈다. 오백 원씩 받은 용돈을 차곡차곡 모아 둔 것이었다.

"…꼭 갚아." 오백 원짜리 동전 네 개를 내밀었다.

칭찬을 좋아하는 나를 구슬리며 오빠는 늘 그렇게 꿍쳐놓은 돈을 가져가곤 했다.

"돈 없다고! 수험생이 돈이 어딧노!"

데자뷔처럼 지금까지도 반복되는 상황에 속에서 천불이 났다.

"수험생? 니… 아직도 공부하나?"

오빠는 꽤나 놀란 눈치다.

"그래! 아직도 한다! 왜, 우습나? 몇 년 공부하니까 사람 병신같이 보이나! 니는 니 빼고 세상 사람들 다 우습제? 언제 사람 공부하게나 해 줘 봤나? 니가 해 준 거라고는 아빠 병원에 실려 가게 한 것뿐이 더 있냐고!"

나는 단단히 자존심이 상했다.

"미안하다. 가시나야⋯."

오빠는 성가신 표정으로 대충 사과를 했다.

"그냥 입 닥치고 아무 말도 하지 마라! 미안하단 말도 듣기 싫으니까. 내가 진짜 무릎이라도 꿇고 빌고 싶다⋯. 왜 잊을 만하면 나타나는데!!"

아무리 발버둥 쳐도 변하지 않는 현실에 나는 화를 주체하지 못하고 있었다. 엄마의 꿈은 정확히 들어맞았다. 지난여름 태풍이 오기 전, 오빠는 나타난 것이었다.

"뭐 필요할 때마다 세상 순진한 표정으로 나타나는 거⋯ 그거 수도 없이 당하면서 병신은 오빠가 아니라 우리라는 거 지독하게 깨달았으니까. 그냥 마⋯ 제발 산에 가서 조용히 살면 안 되겠나⋯."

나는 애원하고 있었다.

"돈 좀 모아 둔 거 있을 거 아니가⋯ 나이도 있는데."

오빠도 애원하고 있었다.

"없다고 이 미친놈아! 나이는 내만 먹었나! 나이는 내만 먹었냐고!! 니도 이제 니가 할 수 있는 알바라도 좀 해라!!"

나는 오빠의 어깨를 거세게 밀쳤다. 원하는 대답을 얻지 못하자 오빠의 표정도 순식간에 달라졌다.

"못 한다!! 아빠가 주민등록 말소 시켜갖고 석 달 이상은 못 한다고! 석 달 넘으면 등본 들고 오라 한단 말이다! 미루는 것도 한계가 있다!! 쪽 팔린다고!!!"

오가는 고함 속에서 바다의 파도는 점점 더 강하게 휘몰아쳤다. 더욱 습해진 공기에 들여 쉬는 숨마다 비린내가 밀려왔다.

"야… 그러면 석 달마다 다른 일 구하면 되겠네…. 니 원래 뭐 하나 진드근히 못 한다이가. 어데 말 같지도 않은 핑계 대고 있노! 우리 이래 만들어 놓고, 니는 멀쩡히 살라 그랬나! 쪽 팔린다고? 부모가 자식 말소시키는 건 어디 쉬운 일인 줄 아나!! 니 인간 같이 살라고 그동안 말소 안 했잖아! 니를 믿어서! 니를 이만큼 믿어서!! 우리 거지같이 살잖아, 지금!!"

파도가 소란스러워지는 만큼 우리의 대화도 거칠어졌다.

"니 말소 안 시킬라고… 우리가 얼마나 발버둥 쳤는지 아나…."

"엄마한테 대신 말 좀 해주면 안 되겠나."

원하는 대답 말고는 모두 다 튕겨내는 태도에 대화의 의지가 완전히 꺾여버렸다. 무엇이 됐건 시간 낭비임은 분명했다.

"니 입에 엄마라는 말 올리지 마라!! 내 눈 돌아가는 거 보고 싶지 않으면!!!"

나는 오빠를 세게 밀쳐 넘어뜨리고는 그 위에 올라탔다. 두 손을 겹겹이 쌓아 올리고 오빠의 목을 조르기 시작했다. 처음엔 무서웠지만 공포가 증오로 바뀐 순간, 판단력은 흐려지기 시작했다.

"어차피 망가진 인생들… 다 같이… 죽자는 거제."

두 손을 부들거리며 오빠의 목을 강하게 내리눌렀다.

오빠의 얼굴은 이내 검붉어졌다. 늘 하던 상상이다. 하지만 이건 현실이었다. 나는 다급히 상상의 것들을 끄집어내기 시작했다. 방어와 공격이 반복되며, 무지막지한 오빠의 공격으로부터 나를 막아내고 서둘러 흥기가 될 만한 것을 찾아 다시 공격할 수 있도록 수없이 반복하던 환각이었다. 그러나 지금은 달랐다. 매일 밤 벌어지던 연습처럼 우리 사이엔 대단한 몸싸움이라도 벌어질 줄 알았건만, 오빠는 내 눈을 응시하고만 있을 뿐, 그것은 내가 죽일 수 없을 거란 걸 알고 있다는 건지, 이제 그만 죽여달라는 건지, 쉽게 읽어낼 수 없었다.

"애저녁에 죽어야 할 사람이… 버젓이 살아 있으니… 내 정신이 온전할 수가 있나…."

손끝에 더욱 힘을 주었다. 벌게진 내 눈에선 눈물방울이 떨어졌다.

"내 인생 망가뜨릴 용기가 없어서 니를 못 죽이는 거다!"

할퀴듯 손을 떼어내자 강한 파도는 방파제를 넘어 우리 위를 그대로 덮쳐 버렸다.

"우웩!! 퀙!!!"

오빠는 벌떡 일어나 시멘트 바닥 위에 물을 뱉었다.

"무슨 일이라도 해라! 무슨 일이라도 해라고 했다!!"

나는 얼굴을 닦으며 누워있는 오빠를 향해 다그쳤다. 그게 우리의 마지막 대화였다.

그 뒤로 오빠는 친구 가게에서 물건 나르는 일을 했다고 한다. 허나 그 기간은 영영 일주일도 채우지 못하게 되었다. 거센 장마가 그치고 난 후, 무섭도록 폭우가 내리던 태풍의 밤으로부터 또 한 번 오빠의 소식을 들을 수 있었다.

"사망하셨습니다."

오빠는 미처 통제하지 못한 지하차도에서 발견되었다.

"구조 당시 익사한 상황이라 병원에 오기 전부터 이미 사망한 상태였습니다. 지하차도에 물이 크게 불어난 걸 보고 백형진 씨는 바로 멈췄었고, 뒤에 오던 차량이 백형진 씨 차를 들이받으면서 그대로 밀려들어 간 것으로 보고 있습니다."

"형진아!!" 엄마는 절규했다.

"저거 어째요! 우리 아 어째요!!"

엄마는 그렇게 아무도 답해주지 않는 질문을 쏟아부었고, 영정사진을 보고 나서야 굳게 입을 다물었다. 사람이 죽은 사고였지만, 우리는 특별한 사건도, 특별한 사람도 아니었다. 그저 여러 단신들 사이에서 몇 초짜리 소식으로 지나갔을 뿐이었다.

비처럼 내리는 눈물은 수챗구멍 속으로 조용히 흘러 들어간다. 모두가 황망한 얼굴이었다. 물 한 모금 삼킬 틈도 없이 달리던 중에 바닥의 트랙이 사라진 상황, 사방은 모두가 사막이었다. 타오르는 목마름과 함께 우리는 어디로 가야 할지 헤매고 있었다.

장마가 떠나고 태풍도 지나간 날, 오빠는 그렇게 우리에게서 사라졌다. 역대급 태풍이란 말은 우리에겐 또 다른 의미였다.」

-니는 느그 오빠 어데서 뭐 하고 있을 거라 생각하노?

-모른다! 어데서 엄마가 번 돈 열심히 쓰고 있겠지.

-콱, 마! 그냥 어데 가서 조용히 디졌으면 좋겠다! 은혜도 모르는 새끼!

빚쟁이가 휩쓸고 갈 때마다 엄마와 나눈 대화였다.

"무슨 일이라도 해라! 무슨 일이라도 해라고 했다!!"

나 때문일까. 엄마가 저렇게 우는데 빌려서라도 돈을 줘야 했나. 무슨 일이라도 하라고 한 게 죽으란 건 아니었는데. 그냥… 푼돈을 벌더라도 인간답게 살란 말이었는데….

그렇게 우리는 꼬박 몇 달을 앓았다.

-형진아!! 형진아!!

그 뒤로 틈만 나면 엄마의 비명이 귓가를 맴돌았다. 후두둑 눈물이 떨어진다.

아빠는 오빠가 죽어서 죽고 싶었고

나는 오빠가 먼저 죽어 죽지 못했다.

오빠는 늘 그렇게 욕심이 많아서… 내가 죽을 기회마저도 빼앗아 갔다.

그날부터 우리는 오빠를 입에 올리지 않았다. 어릴 적부터 그렇게도 오빠가 사라졌으면 좋겠다는 생각을 하곤 했었다. 빚이 늘어갈 때마다 너무 무서워서, 그게 너무 두려워서 말론 다 표현할 수가 없었다. 애써 빚어 놓은 행복이 망가질까 나는 기도에만 매달렸다. 꾸준히 했던 기도들 중 어느 하나 이뤄진 게 없는데, 단 하나의 기도만이 이루어졌다.

오빠가 죽으면 행복할 줄 알았다. 하지만 아빠는 술이 늘었고 엄마는 빨래 개다 울고, 노을 보다 울고, 비 내리면 울었다. 평생 하지도 않던 일을 하다 죽었으니, 내가 잘못한 건지, 누가 잘못한 건지, 이제는 너무 엉켜버려 그 시작점도 찾을 수 없다. 모든 게 더… 나쁘게만 돌아가는 것 같았다.

새사람이 되자고 그렇게나 다짐했는데 힘에 부친다. 너무 힘들다. 아무도 없는 어두운 시멘트 계단 위에서 나는 서럽게 울고 있었다.

제23장 휘광

기쁨은 오로지

전역을 했다. 휘광은 엄마가 있는 바다로 왔다. 여기쯤이었지, 그러고는 유골이 뿌려진 곳으로 걸어가 자리 잡고 앉는다. 휘광은 눈앞에 펼쳐진 바다를 가만히 바라보고 있다. 이제껏 살아오며 엄마에게 무언가 해준 기억은 없지만, 그래도 마지막 하나, 머물고 싶다는 곳에 엄마를 데려다주었다. 이상하리만치 차분한 것이 휘광은 전보다 편안한 얼굴이다.

"엄마!" 허공에 대고 소리를 지른다.

"엄마!" 파도가 철썩거린다.

휘광은 자신에게 소리 내며 다가오는 파도가 꼭 엄마 같았다. 철썩철썩, 기운 차리라며 두드려주는, 그렇게 가까워져 오던 파도는 바위에 부딪혀 하얗게 부서져 버렸다. 그러자 휘광의 마음도 출렁거린다.

"뭐가 그래 급하드노… 응? 엄마…."

제대를 앞두고 떠나버린 엄마에 대해 휘광은 많은 생각을 했다. 처음엔 서운하다가 또 어느 날엔 미웠다가, 비 오는 날엔 그저 슬프기만 했다.

군대에 자원하는 게 아니었다. 그럼 엄마를 이렇게 외롭게 보내진 않았을 텐데. 휘광은 자신의 상처를 돌보느라 엄마의 병환을 살피지 못했다며 뒤늦은 후회를 한다. 인희는 이러려고 한 번을 매서운 소리 않고 휘광을 키웠을까. 엄마는 마지막에 아들을 크게 혼내버린 셈이 되었다.

이른 시기에 떠났다. 모두 다 자신 탓이다. 휘광은 밤마다 스스로를 내리쳤다. 엄마가 언제 떠나면 괜찮을까, 생각이 꼬리에 꼬리를 문다. 하지만 그런 날은 없었다. 슬픈 건 언제든 똑같을 것이다. 휘광은 매번 같은 결론으로 자책을 덜었다. 부모를 보낸 자식은 그 어느 삶을 살았더라도 무엇도 아쉽고 무엇도 모자란 느낌으로, 그렇게 채워지지 않는 아쉬움을 영영 끌어안고 사는 것이다.

군 안에서는 뭐가 그리 자신이 있었는지, 전역하면 보여주겠다며 늠름하게 쫙 편 어깨로 몇 번이고 경례 연습을 했었다. 하지만 이제 그 인사는 갈 곳이 없다. 휘광은 자리에서 일어선다. 그러고는 목소리를 가다듬었다.

"신고합니다!! 병장 백휘광은 1977년 9월 3일부로 전역을 명받았습니다! 이에 신고합니다!!"

좋은 소식이 있으면 휘광은 언제나 제일 처음 엄마에게 알리곤 했다. 자신의 기쁨을 누구보다도 기뻐해 줄 사람은 엄마뿐이었기 때문이다. 하지만 이제 휘광의 기쁨은 오로지 휘광 혼자만의 것이다.

휘광의 얼굴에서는 한줄기 눈물이 흘렀다. 휘광은 입술을 꽉 다물고 얼굴을 닦는다. 이제 무엇이든 자신보다 더 좋아해 줄 엄마가 없어도 여전히 잘 살아가는 휘광이가 될 것이다. 휘광은 굳게 마음을 먹었다.

휘광은 손을 서서히 내리며 깊숙이 바다 냄새를 들이켜 본다. 한 무리의 아낙들이 파도 곁에 삼삼오오 모여 자갈 위에 곰피를 널고 있다. 휘광은 엄마가 평생을 반복하던 일을 또다시 이렇게 마주하게 되었다. 무언가 생각하지 않으려 할수록 매 순간 맺히는 법이다. 아낙들은 그렇게 한참을 작업하다 노동요와 같은 노랫가락을 부르기 시작했다. 아낙들의 노래는 파도와 함께 어우러진다. 그 가락 위엔 한 사람씩의 목소리가 보태졌다.

"아이고! 니 여 있었나!"

인희와 함께 일하던 동네 이모 현숙이다.

"아! 이모···."

휘광은 놀란 눈으로 엉거주춤 일어서서 다가간다.

"니는 우째 이모 집에 한번을 놀러 안 오노!"

현숙은 흘겨보며 빠르게 걸어온다.

"아이고 보자보자, 우리 휘광이. 와따매··· 군복도 멋지데이. 이모 앞에 똑바로 좀 서 봐라!" 현숙은 휘광의 등을 툭툭 친다.

"이야-, 쥑이네!"

현숙은 앉은 채로 위아래로 바쁘게 고개를 움직였다.

"어제 전역 했어예."

"어-제? 그라면 마, 군복 확 벗어뿌지 뭐할라 입고 있노? 지겹지도 않나!" 현숙은 의아한 얼굴로 입술을 쭉 내밀며 말했다.

"엄마한테 인사 할라고예···."

휘광은 담담하게 웃으며 말한다.

"아··· 하하··· 그래, 그래 맞다. 어매한테 인사부터 해야제. 니가 이모보다 생각이 깊네!"

일순간 먹먹해진 마음에 조금 당황해버린 현숙이다.

"오늘 날씨 좋제-에."

현숙은 앉은 자리에서 엉덩이를 들썩거리며 바다를 보며 앉는다.

"쨍쨍한 게 곰피 말리기 딱! 좋은 날이다!"

현숙의 시선도 바다 옆에 모여 있는 아낙들을 향했다.

"엄마랑 내랑 저 짓 참 많이도 했다. 우리가 할 게 뭐 있었겠노. 하루 내
도록 그냥 마, 널고… 또 널고."

현숙은 은은히 웃으며 인희와의 지난날들을 회상해본다.

"느그 엄마 참 고생 많았다. 그저 니 생각하면서 어째 한 푼이라도 더
벌어 볼라고. 부산, 제주 왔다 갔다 물건 떼와가매 안 해본 일이 없고. 안
된다 싶으면 또 어데서 구해왔는지, 어느새 다른 일 하고 있고. 대단한 사
람이다, 암만 생각해 봐도."

현숙은 평온한 얼굴로 인희를 떠올려본다. 그러다 아련한 눈가는 서서
히 선명해지며 또 다른 무언가를 뚫어져라 보고 있었다.

"엄마야… 야야… 니 쟤 기억나나?!"

현숙은 느리게 말하며, 휘광의 허벅지를 툭툭 친다.

"안 보이나? 저저… 인희가 좋아하던 애 같은데? 아닌가…."

휘광은 영문을 몰라 현숙을 쳐다보았다.

"아, 왜- 저 바위 위에 아가씨 한 명 앉아있네. 곰피 말리는 데에 저기
쟈." 현숙은 곧바로 알아듣지 못하는 휘광이 답답한지, 미간을 찌푸린 채
로 속삭이며 어느 한 여자를 가리켰다.

"같은 동네서 살았다던데? 제주에서…."

휘광은 이모의 손가락 끝을 따라가 보았다. 그러고 보니 왠지 낯이 익
은 것 같기도 하다.

"이름은 무슨 숙이라 카던데."

현숙은 실눈을 뜨며 생각나는 온갖 숙을 나열해 본다.

"…숙… 내 주위에 숙이는… 희숙… 영… 숙… 미…숙…."

"…연숙이?" 휘광의 기억은 하나의 이름에 맺혔다.

"그래! 맞다! 연숙이!! 아이고 야야! 젊은 애라 그런지 머리가 다르긴 다르데이!" 현숙은 무릎을 탁치며 걸죽하게 웃는다.

"쟈, 맨날 머리 묶고 다니드만 단발하니 더 예쁘데이? 머리 땜에 못 알아볼 뻔했다."

현숙은 어중간한 모양으로 입을 벌린 채로 미소를 짓고 있었다.

"예쁜 아들은 저래 안 꾸미고 소처럼 일해도 눈에 확 띄네, 얼굴이 똑 떨어진다. 그제?"

노동의 시름을 덜어주는 노동요를 배경 삼아 연숙은 다른 세상에 있는 것처럼 입을 다문 채로 가만히 앉아 있었다.

"옛날에 느그 엄마랑 내랑… 제주에 물건 떼러 왔다 갔다 할 때, 인희가 쟈 보러 간다고 쟤 동네까지 찾아갔었데이. 니 그거 모르제? 그래 좋아하드라, 저 아가씨를. 며느리 삼고 싶다고…."

휘광은 현숙의 말을 들으며 연숙과의 기억을 더듬어 보았다.

어릴 적 잠시 제주도에 살았을 때, 같은 동네에 있었던 아이. 나이도 성도 모르고 그저 연숙이라는 이름 하나만 알고 있었다. 그마저도 알게 된 계기는 술만 먹으면 동네가 떠나가라 광광 내지르던 아저씨의 입에서 늘 나오던 이름이었기 때문이다. 그 뒤로 얼마 안 있어 휘광과 인희는 부산으로 돌아갔다.

"근데 쟈는 제주 앤데 여 있네. 부산에 완전히 온 긴가?"

현숙은 고개를 갸웃거린다.

"가서 인사해 봐라, 휘광아. 아니면 이모가 대신 전해주까?"

현숙은 장난기 가득한 얼굴로 휘광의 곁에 붙어 앉는다. 그녀는 왠지 모를 사명감이 생겼다.

"함 만나나 봐라, 니도 나이가 있는데."

눈썹을 올린 현숙은 한껏 신이 나 보인다.

"인사라도 하고 가라니까? 응?"

휘광은 연숙을 가만히 쳐다보았다.

-철썩철썩

노 젓는 소리가 들린다. 휘광과 연숙은 작은 돛단배에 타고 있다. 둘은 오늘이 두 번째 만남이다.

"요즘엔 시시하면 안 돼, 인마! 낭만적이어야 한다고! 낭만!"

휘광은 친구들에게서 배를 타는 게 좋겠다는 조언을 받았다.

배 타러 가자는 휘광의 제안에 연숙은 조금 낭만적인 상상을 했다. 그런데 이렇게 작고… 초라한. 물살이 조금 더 험하다면 금방이고 뒤집힐 것 같은 이런 작은 배인 줄은 몰랐던 거다. 부실한 배는 노를 저을 때마다 파도만큼 흔들리고, 노질에 서툰 휘광은 연숙을 향해 바닷물을 튀기고 있었다. 흔들흔들 몸이 흔들리는 연숙은 점점 더 축축해져 가는 머리에 조금씩 생각이 없어진다.

"맥주…."

휘광은 배를 세우고 맥주 한 병과 과자를 꺼냈다. 연숙은 술을 좋아하지 않지만 맥주는 건네받았다.

해가 질 무렵, 바다는 노을빛으로 가득하고 두 사람은 고즈넉한 시간의 볕을 온몸으로 받고 있었다. 잠시 후, 휘광은 다시 노를 잡고 육지를 향해 가고 있다. 한참을 노를 젓던 휘광은 아까부터 노질이 시원치 않다. 술기운 때문인지 그게 아니면 오는데 힘을 다 써버린 탓인지, 휘광의 움직임은 무겁기만 했다. 이러다 어떻게 육지까지 갈까 속으로 그런 마음이 들었다. 그러나 이 정도로 남자의 모습을 잃을 순 없다! 휘광은 팔에 힘을 꽉 준 채로 미소로 노를 젓는다. 마주 앉아 있던 연숙은 불안한 얼굴로 휘광의 움직임을 주시했다. 하지만 아무리 저어도 위치에 변동이 없자, 연숙은 엉덩이를 살며시 떼며 고개를 내밀어 물살을 자세히 살펴보았다. 그 모습에 휘광도 덩달아 불안해져 연숙을 따라 고개를 돌렸다.

"응? 와예?"

휘광은 어리둥절한 표정으로 좌우 노를 살핀다. 그러다 휘광 역시 무언가 이상한 낌새를 느꼈다.

"여기… 뭐가 있는 것 같네…?" 왼쪽 노에 무언가 걸린 느낌이다.

이상했다. 긴 막대기 끝에 무언가 따라오고 있었다. 노를 저어 물이 펄럭하면 나타났다가 또 펄럭하면 사라지기를 반복했다. 시커먼 무언가, 이끼 낀 덩어리였다. 아주 기다랗게 이끼가 껴있었다. 휘광은 조금 더 다가가 가까이에서 살펴보았다.

"이… 이거… 이빨 아니가!"

물가로 얼굴을 갖다 댄 연숙도 가만히 눈만 부릅뜨고 있다.

"이거 이빨 맞지예? 이빨! 으어억헉! 사람이다!!!"

휘광은 남아있던 술기운이 달아나서는 그 자리에서 벌떡 일어났다.

"꺄-아악!!!!!!!!!!!!"

연숙도 따라 일어선다. 그리고 배는 그대로 뒤집혔다.

그렇다. 시체였다. 두 사람이 본 건 다름 아닌 시체였다. 물에 삭았는지 고기가 뽑아먹었는지, 눈알이 있어야 할 자리는 비어있었고 치아는 거의 빠진 채로 두세 개만 남아있었다. 시간이 꽤 오래되었는지, 몸 곳곳에는 파래와 이끼가 껴있고, 살은 거의 남아있지 않았다.

물속에서 다급히 눈을 뜬 연숙은 얼른 정신을 차리고는 곧바로 수면 위로 올라와 주위를 둘러보았다. 아니나 다를까, 앞에서는 죽어질까 허푸허푸 숨쉬기를 열심히 하고 있는 휘광이 있었다. 연숙은 허우적거리는 휘광의 목덜미를 잡고 그대로 물살을 휘저었다. 이래서 연하는 싫었는데, 연숙은 속으로 생각한다. 눈물인지 바닷물인지, 휘광은 울먹거리며 연숙의 몸을 꽉 붙잡았다. 연숙은 무슨 이런 지랄 맞은 남자가 다 있나 싶어 한숨을 쉬며 휘광을 끄집어 나왔다. 그렇게 평생을 잊지 못할 데이트를 시작으로, 둘은 인연의 끈을 잇게 되었다.

몇 년 후, 휘광은 군대 가기 전 해왔던 기계 수리 일을 계속했다. 물론 다른 곳, 우리나라 최고의 가전제품 기업에서 수리 기사로 일을 했다. 접수 경리가 고객의 이름과 주소, 번호를 받아 놓으면, 휘광은 일정에 맞춰 방문하고 수리하는 것이다. 하루를 마치면 받은 현금은 모두 회사 몫으로 돌려주고, 휘광은 회사로부터 월급을 받는다. 그렇게 한 달 내도록 번 돈을 부인 연숙에게 갖다주는 것이 휘광의 일상이었다.

*

풍족하게 산적은 없지만, 난 아빠가 쉬는 걸 본 적이 없다. 그거면 됐다. 매일 흐트러짐 없이 성실을 보여주는 아빠라면 내겐 그걸로 충분했다. 그래서 내 눈엔 매일 아빠가 제일 멋진 사람이다. 아빠는 늘 더, 더, 더, 가족을 위해 욕심을 냈지만, 결과는 신통치 않았다. 인생은 늘 그렇듯 열심 이외의 것들은 하늘이 내려주시는 것이지, 사람이 움직일 수 있는 몫이 아니다.

"오빠야, 소다 지금 넣어야 한다!"

오빠와 나는 달고나를 만들기 위해 늘 집에 있는 국자를 다 태워 먹곤 했다.

"얍! 느그 뭐하노!!"

쪼그려 앉아 있던 우리는 서서히 고개를 들어 아빠의 무서운 얼굴을 올려다보았다.

"위험하다. 아빠가 해 줄게. 히히."

결국 아빠와 우리 남매는 엄마에게 한 세트로 혼이 났다.

다른 놀거리를 찾던 오빠와 나는 집에 있는 우산을 잔뜩 들고서 옥상으로 향한다. 그러고는 집을 만들겠다며 동그랗게 펼쳐 놓고, 그 안에 들어가 각자 자신만의 공간을 만들었다. 그리고 다음 날, 옥상에는 텐트 하나가 놓여있었다.

"이제 그 안에서 놀아라."

아빠는 우산 대신 더 근사한 공간을 만들어 주셨다.

-토독. 톡. 톡.

비가 내린다. 오빠와 나는 텐트 안에 들어가 킥킥거렸다.

"오빠, 조용해 봐봐. 빗소리 들리나?"

나는 키득거리며 오빠에게 속삭였다.

"응, 들린다. 오빠는 비가 너-무 좋다."

자그마한 우리 남매는 비가 오는 날이면 늘 텐트 안에 들어가 함께 빗소리를 듣곤 했다.

어린 시절이 모두 다 기억나진 않지만, 아빠는 전자제품 대리점 가게를 내셨다. 원래는 집집마다 돌아다니며 수리기사를 하셨다는데, 나중엔 꿈이 커졌는지 아예 대리점을 차리신 거다. 하지만 막상 시작해 보니, 예상보다 돈이 많이 들어가 점포세를 내고 나니 자금이 부족했었다고 한다. 그래서 가게는 열었는데 물건은 없었다. 이후, 본사에서 무이자로 지원해 줘 먼저 상품을 들여놓고는 판매하는 족족 다달이 갚아 나가는 조건으로 가게를 시작할 수 있었다고 한다.

그렇게 생긴 가게는 우리 남매의 놀이터였다. 티브이도 여러 개, 밥솥도 여러 개, 냉장고까지도 무진장 많았다는 것. 우리는 티브이를 모두 다 켜놓고 각자 다른 채널을 돌려보곤 했다. 그럼 엄마는 우리를 들어다가 방으로 옮겨놓았다.

그렇게 아빠 엄마는 성실로 일을 했고, 점점 소문이나 어느새 월급으로 받던 돈을 며칠 만에 벌어들이셨다. 그래서 내가 국민 학생이던 시절, 우리 집 사정은 나쁘지 않았다. 아니, 꽤 잘 살았다. 그렇게 아빠는 당시에 졌던 대출을 채 1년도 되지 않아 갚았다고 한다. 그리고 거기까지.

갑자기 찾아온 시련, IMF. 모두의 시련이 아빠를 비켜갈 리 없다. 그때부터 아빠의 사업도 기울었고, 매달 나가는 달세마저도 빠듯한 상황이 되어 부모님은 갖고 있던 우리의 교육보험도 해약해야 했고, 버티고 버티다가 결국, 사업을 접어야만 했다.

제24장 연숙

그것도 아주 해맑은 표정으로

아이들의 옷이 해질 때쯤이면 기워 입히고, 그러다가 터지면 또 기워대던 정주. 무엇이 그리도 좋은지 그 옆에 찰싹 붙어있는 열네 살 연숙이다. 정주는 연숙을 보면 항상 머릿니를 잡아준다고 한다. 그건 좋은 느낌은 아니었지만, 연숙은 그렇게 해서라도 엄마 옆에 있고 싶어 곧바로 머리통을 갖다 대며 양반다리 위에 누웠다.

"연숙아….."

정주는 머릿니를 꾹꾹 누르며 말한다.

"오늘보다 내일 생각 호곡, 조냥 하멍 살아사 혼다….." [1]

정주는 연숙의 머리카락 사이사이를 매만진다.

"살며 노미 모심 아프게 호지도 말곡….." [2]

연숙은 그런 엄마를 가만히 올려다보았다.

---

1) 오늘보다 내일 생각하면서 아끼면서 살아야 한다….

2) 살면서 남의 마음 아프게 하지 말고….,

3) 그래야 하는 일들이 편안해진단다.

"경해서 호는 일들이 팬안해 진다." [3)]

정주가 머릿니를 누를 때마다 연숙은 눈을 찡긋거렸다.

"우리 연숙이… 이래 안 배워강 어찌 살키영…." [4)]

정주의 목소리가 떨린다. 정주는 얼마 못 가르친 연숙을 보며 항상 마음 아파했다.

"어멍, 나 잘 살크메 걱정 맙서!"

연숙은 그렇게 말하고는 정주의 품에 와락 안긴다.

"기여… 니 인생 니가 알앙 가야 혼다…."

정주는 힘없는 눈으로 글썽였다.

"어멍…"

연숙은 작은 목소리로 속삭이듯 말을 건넨다.

"어멍 돈… 아방 술깝에만 몬딱 들어감쪄. 우리 어떵 살코마씸…." [5)]

연숙은 걱정스런 눈빛이다. 아이의 눈에는 집안의 어려움이 더욱 확장되어 전해지곤 한다.

"어멍은 연숙이 보멍 촘앙 살저게…." [6)]

연숙은 그런 엄마를 애틋하게 바라보았다. 그러다 조금씩 밀려오는 졸음. 엄마 얼굴을 더 봐야 하는데 더 봐야 하는데 하다, 연숙은 그만 눈을 감아버렸다. 늘 그렇듯 엄마의 옷가지를 꼭 붙잡고 잠이 들었다.

---

4) 우리 연숙이 이렇게 못 배워서 어떻게 살아가겠어….
5) 엄마 돈… 아버지 술값에만 다 들어가는데 우린 어떡해요….
6) 엄마는 연숙이 보며 참고 살지….

이른 새벽, 꿈에서 깬 연숙은 천천히 눈을 뜬다. 그리고 눈물을 닦는다. 잊을만하면 나타나는 어린 시절. 부산에서의 세월만 해도 이제 40년은 다 되어 가는데, 다 자란 연숙은 제주의 어린아이를 만날 때마다 그냥 울음을 터뜨리곤 했다. 그 언제고 어린아이의 모습을 잃지 않은 채, 열심히 두려워하고 열심히 방관해왔던 동생들과는 다르게, 첫째라는 이유로 그토록 혼자가 아니면서도 늘 혼자 일하고, 혼자 애타고, 혼자 짊어지고서도 그 누구에게도 환영받지 못했던 삶을 왜 그리도 버티고 살아왔는지. 자신을 바라보는 연숙은 스스로가 안타까웠다.

잘 살겠으니 걱정하지 말라며 엄마에게 호언장담하던 어린 날의 그때로부터 지금 자신은 얼마나 나아진 게 있을까, 연숙은 생각에 잠긴다. 인생이 이렇게 어려운지 몰랐다. 지겹게 살아도 모르는 게 있을 줄 몰랐다. 지난날 엄마의 울먹임은 다 이유가 있었던 거다. 지금 와 돌아보면, 내일을 몰랐으니 살았지, 알고는 못 살았을 것 같다.

아들을 키우면서 연숙은 도무지 맨정신으로 살 수 없었다. 진짜 저 아이가 내 아이가 맞나, 내 속으로 낳은 자식이 맞나, 어릴 적 자신을 보며 살굿빛 웃음 짓던 그 순수했던 아이가 정말로 맞나, 그런데 어쩜 저렇게 평생 내 목을 조를 수가 있나. 연숙은 오랜 세월 그런 비극적인 의심을 놓지 못했다.

어디서부터 잘못됐을까. 살기 힘들어 저만 못 해준 것들이 소외감을 줬나, 점점 떨어지는 성적에도 손발 묶어가며 책상에 앉히지 못한 게 화근이었나. 그렇다고 못 하면 뭘 그리 또 못 해줬나. 자신의 삶에 빗대면, 나앉으면 나앉았지 못할 것 하나 없는 인생인데, 왜 그리도 망가져 갔는지. 결국 마지막 순간마저도 자신의 가슴을 내려치고 간 아들을 어디서부터 미워해야 할지를 몰랐다.

아들이 사라졌으면 하고 바란 적이 한두 번이 아니었다. 하지만 비보를 듣자, 발끝에서부터 혈압이 쫘악 타고 오르는 것이 '아, 내가 어미가 맞구나.' 연숙은 턱이 아릴 정도로 얼굴에 눈물이 차올랐다.

"엄마!! 내 춥다!!!!! 내 춥다고!!!!!! 문 열어도 엄마!!!!!!!!"

눈 감으면 떠오르는 잔혹한 꿈에 연숙은 매일 무너져 내렸다. 이러다 사하 인생도 망치겠다. 돌아오면 절대 받아주지 말아야지 모진 마음을 먹었었는데, 그래서 그런 걸까. 조금의 온기도 느껴지지 않는 몸으로 돌아와 자신의 곁을 영영 떠나가 버렸다. 어찌 같은 하늘 아래 살아도 지옥이고, 떼어내도 지옥인지. 앞으로 눈을 감을 때까지 이 무게를 어떻게 감당해야 할지, 연숙은 아무도 없는 집에서 멍들도록 가슴을 내려쳐도 속이 답답해 터질 지경이었다.

「 "느그 오빠가 친구를 잘못 만나서 그렇지, 원래 나쁜 애는 아니다. 사하야…"

"아니? 엄마 착각하지 마라! 오빠도 다른 집에서는 잘못 만난 친구다!! 남의 집 귀한 자식 망친 것도 바로 오빠라고!!"」

딸 사하는 늘 옳은 말만 했다. 연숙은 그런 딸이 든든하기도 하고, 영민한 딸을 저렇게밖에 키우지 못해 저리기도 했다. 똑같이 키워도 한 녀석은 좌로 가고, 한 녀석은 우로 간다. 본의 아니게 아들 형진에게만 관심이 쏠렸던 짧지 않던 시간, 평행을 맞춰보려 발악했던 숱한 시도들이 이제와 미안했다. 처음으로 돌아가 다시 부모의 역할을 한다면 잘할 수 있을 것 같다가도, 그마저도 자신이 없다. 아무리 반복한다 해도 부모라는 역할은 어려울 것이다. 자식에 대한 그 모든 사소한 선택들이 몰고 올 거대한 결과 앞에서 늘 압도될 수밖에 없음을. 자신에게서 아들이 소멸된 뒤로, 그동안 쏟아부었던 시간도, 더불어 망쳐버린 딸의 세월도, 모두 다 못이 되어 가슴에 박혀버렸다.

요 며칠 딸 사하가 이상해 보인다. 내색하진 않았지만 눈치는 대충 챘었다. 아파도 하루를 빠진 적이 없던 딸이 요새 들어 공부를 하지 않는다는 것, 주말이면 녹초가 되어 돌아오는 날도 있고, 어느 날엔 한껏 챙겨 입고 나가선 온종일 집에 없다. 연숙은 여간 수상한 게 아니었다. 예지몽을 통해서 딸에 대해 어느 정도 마음을 접은 상태였지만, 그래도 불합격 정도로만 생각했지, 저렇게 손을 떼버릴 줄은 몰랐던 거다. 사하는 항상 그랬다. 뭐든 혼자 생각하고 통보하듯 결과만 던지곤 했다. 반장을 할 때도, 대학을 갈 때도, 하물며 공무원 공부를 시작할 때도 늘 그랬었다. 함께 고민하려 하지 않는 건 도움이 되지 않아서일까, 딸도 어린 날의 자신처럼 혼자 고민하며 혼자 해결책을 찾고 있었다.

사하가 집을 나설 때면 연숙은 딸의 뒷모습을 한참 바라보곤 했다. 치료가 성치 않은지, 제 딴엔 아닌 척하는데 가게 모퉁이만 돌아서면 다리를 절곤 한다. 저 지경이 되는데도 아프다 말 한 마디 않는 것은 모두 다 제 탓이겠지, 연숙은 스스로에게 화살을 겨누었다.

"우리 연숙이… 이래 안 배워강 어찌 살키영….")[7]

연숙도 결국엔 그런 엄마였다. 엄마보다 더 좋은 엄마가 되고 싶었는

7) 우리 연숙이 이렇게 못 배워서 어떻게 살아가겠어….

데, 줄 거라고는 유언처럼 남기는 말이 전부였다. 안쓰러웠다. 얼마 전 꿈으로 이미 대충 결과는 알 것 같지만 애써 모른 척하던 시간이었다.

'이렇게 막이 내려지는구나….'

연숙은 딸이 공부에서 손을 뗐다고 확신한다. 그리고 그동안의 것들에 대한 아쉬움과 새로운 방향에 대한 걱정을 시작한다.

'이제… 우리 딸은… 공무원이 아니다.'

그 언제고 딸이 공무원인 적은 없었지만, 오랜 시간 이어온 공부라 연숙은 딸이 마치 공무원이 된 것만 같았다. 지금은 아니라도 곧. 이제 사하는 흔히들 말하는 관직과는 영원한 안녕을 고하게 될 것이다. 노력을 다하면 쉬이 잘릴 수도 없고, 더 높이 올라갈 수도 있는 그런 관직과는 영원한 이별을 하게 되는 것이다. 연숙은 정말이지 세상일이 제 맘대로 되지 않는다고 생각한다. 자신의 세상이 뜻대로 흘러가지 않는 고통은 참을 수 있지만, 자식의 인생이 뜻대로 흘러가지 않는 건 너무나도 큰 고통이었다. 그래서 자식만큼은 어느 정도 자신의 예상안에서 고생 없이 흘러가주기를 간절히 기도해왔다. 부질없는 짓이지만 말이다.

애처로운 아이를 수렁에서 건져내 안전하고 부드러운 길로 안착시켜주면 좋을 텐데, 연숙에겐 그럴 능력도 여유도 없다는 것을 매일 확인하는 시간이었다. 딸은 항상 자신이 선택한 일에 대해 지지해줘서 고맙다고 말했지만, 연숙은 아무 대답도 하지 않았다. 할 수 있는 게 바라보는 게 전부였기 때문에 그것이 응원이 된 것뿐이었다.

딸이 공무원이 된다면 이 험난한 세상, 아무도 돌봐주지 않아도 적어도 정년이라는 울타리가 생기는 셈이다. 그건 마치 자신이 해 줄 수 없는 보호막을 누군가 대신해주는 그 무언가라 생각했다. 하지만 이제는 그것이 없어졌다. 그리고 딸은 지금보다 더 무서운 경쟁의 늪으로 걸어 들어간다. 경력도 없고 나이도 찬 녀석이 아무런 보호 장치도 없는 세상으로 온몸을 던지려 한다. 연숙은 자신의 몸에서 뻗어나간 희망의 가지들이 몽땅 다 잘려 나간 것만 같았다. 그렇게 엄마라는 존재는 매 순간 일정량의 걱정을 채워야 하는 것처럼 지난날의 걱정은 어디로 갔는지, 또 새롭게 펼쳐질 것들에 대한 걱정을 시작한다. 어지러운 마음에 "휴-우" 연숙은 깊은 숨으로 눈을 감았다.

더없이 푸르른 바다와 높은 하늘. 쭉쭉 헤엄치다 방향을 바꿔 유유히 돌아오는 딸 사하. 연숙은 눈을 가늘게 뜨고 딸을 지켜보고 있었다.

'우리 사하….'

연숙의 눈엔 그 어떤 풍경보다 아이의 움직임이 선명하다. 헤엄치며 돌아오는 사하의 얼굴은 평온해 보인다.

'…괜찮은 거야? 너?' 연숙은 울컥, 왠지 마음이 솟는다.

'웃지만 말고… 네 마음을 말해 봐… 엄마한텐 말 못 하겠어?'

울고 있는 엄마가 보이지 않는지, 딸은 열심히 헤엄치며 돌아오고 있었다.

연숙은 한시도 눈을 떼지 않는다. 편안해 보인다. 포기하는 아이의 얼굴이라고는 할 수 없이 아주 편안해 보인다. 웃고 있었다. 자세히 보니 딸은 웃고 있었다. 그것도 아주 해맑은 표정으로.

'됐다… 네 맘이 편하면 됐다… 엄마는.'

웃는 얼굴로, 그런 얼굴로, 사하는 연숙을 향해 헤엄치며 다가오고 있었다.

제25장 연숙

또 다른 희생

한가로운 주말, 연숙은 하루치 판매할 생선을 진열해 놓고 간이의자에 앉았다. 비닐로 코팅된 앞치마와 고무장화, 목에는 손수건을 두르고서 오늘에 대한 무장을 모두 마쳤다. 그러다 뒤에서 나는 소리에 돌아봤더니 어느새 딸 사하가 내려와 있다.

"어데 가노?"

연숙은 천천히 일어서서 사하를 향해 걸어간다.

"남포동 가려고, 뭐 살 게 있어서."

사하는 신발을 신고 손가락을 쑤셔대며 뒤꿈치 부분을 정리하고 있다. 숙인 고개에 피가 쏠려 얼굴이 붉어졌지만, 배시시 웃으며 대답한다.

"그리 입으니까 이쁘네…."

연숙은 사하가 입은 외투를 두고 말했다. 그 말에 사하는 가슴 아래를 내려다보며 빙그레 웃는다.

"이번 겨울도 예쁜 옷 한 번을 못 입고 다 지나갔다."

연숙은 작년에도 별다른 결실 없이 집에만 있었던 딸을 보며 슬쩍 내뱉는다.

"이제 입을 일 만들어야지."

사하는 툭툭 털며 자리에서 일어섰다.

"보자." 연숙은 손을 뻗으며 딸의 손을 잡으려고 한다.

"응?"

갑자기 훅 들어오는 엄마의 손길에 사하는 어리둥절해하다 손목을 넘겨주었다.

"니는 손도 이쁘다. 우째 이래 길고 가늘꼬."

연숙은 사하의 손을 만지작거린다. 딸의 하얗고 가는 손이 연숙은 신기하기만 하다.

"엄마는 어릴 때부터 하도 일만 해가, 손이 꼭 문둥이 같아 뵈기도 싫다."

연숙은 쑥스러운 표정으로 자신의 손을 딸에게 보여주었다. 반짝반짝 별을 흉내 내듯 앞뒤로 뒤집어 보지만, 깊은 주름은 물론이고, 깨진 손톱부터 가시에 찔린 상처까지 살아온 인생이 손 하나에 다 있다.

"내 손이 안 이쁠 수 있겠나. 얼마나 곱게 키았는데…."

사하는 상체를 기울여 고개를 쭉 빼고는 연숙과 눈을 마주하며 찡긋, 소리 없는 미소를 지었다.

"복 받았다, 가시나야. 엄마는 어릴 때 뭐 하나라도 사 달라 하면 그날은 아주… 맞아 죽는 날이었다."

금세 달아오르는 눈가다.

"또 옛날얘기 할라고?"

사하는 족히 스무 번은 들은 이야기였다. 그 말에도 연숙은 사하 옆을 떠나지 않는다.

"엄마 말했제, 엄마 옛날에 자 하나 사 달라 했다가 책이 불타고 난리도 아니었다니까!"

연숙은 수십 년이 지났어도 속이 울렁거린다.

"우잉…, 아줌마 또 눈이 빨개지네? 그러지 마… 다 옛날 일이잖아. 울지 마, 알았지? 내 금방 갔다 오께!"

사하는 거울로 옷매무새를 살피고는 가게를 빠져나간다. 연숙은 얇은 봄 외투 사이로 보이는 딸의 고운 손끝을 응시했다.

연숙은 딸의 뒷모습이 사라질 때까지 지켜보았다. 딸을 보고 있으면 이상하게도 엄마로서의 감정과 자식으로서의 감정이 마구 뒤섞이곤 했다. 그래서 늘 안쓰러워 눈물짓다가도 너는 나보다는 낫지, 동시에 두 가지의 감정이 교차하기 시작한다. 딸은 대학을 졸업했다는 것, 것도 모자라 아직도 공부하고 있다는 것, 한 번을 군소리 없이 돈 주는 아빠와 마디마디 굵어지지 말라고 잔일조차 시키지 않는 엄마, 캥거루처럼 부모 주머니를 벗어나지 못해도 여전히 너그러이 같이 살아 준다는 것까지도, 연숙은 딸의 모든 것이 다 부러웠다.

지금으로부터 40년도 더 전인, 그러니까 연숙이 갓 성년이 되었을 무렵, 제주의 한 장면을 기억한다.

「마을로 들어가는 좁은 길목 어귀에서 연숙은 빠르게 다가오는 누군가를 마주한다. 자전거는 금세 가까워졌다. 아버지 영만이었다. 자전거에 걸터앉은 채로 얼마나 세차게 달리는지, 이마를 훤하게 드러낸 채로 경주마처럼 지나가는 것이었다.

"아방!! 어디 감수꽈!!!" [1]

연숙은 영만을 향해 고래고래 소리를 친다. 하지만 스쳐 지나갈 뿐.

연숙은 어디서 빌렸는지도 모를 자전거가 사라질 때까지 가만히 지켜보았다. 분명 처음 보는 얼굴이었다. 그 자리에 멍하니 서 있던 연숙은 혹시나 무슨 일이 있나 싶어 부리나케 집으로 달려간다.

다급하게 집으로 온 연숙은 아버지가 간 곳이 남동생 정구의 학교라는 사실을 알게 되었다. 학비 명목으로 학교에는 몇 번의 회비를 내야 했는데, 졸업 전에 완납하지 못하면 졸업을 못 하게 되는 것이었다. 영만은 정주가 빌려온 돈으로 빠듯하게 마지막 납부를 하러 갔다. 그 말을 들은 연숙은 고개를 푹 숙이며 호미를 내려놓고 도로 집을 나간다. 들판 한 귀퉁이 큰 나무 밑에 앉은 연숙은 들풀의 끝자락인 어느 먼 곳을 바라보았다. 」

가게 모퉁이 의자에 앉은 연숙은 좌우로 엇갈리며 지나가는 사람들을 바라보고 있다. 이제 와 생각해 보면 모든 게 다 허무하다. 연숙의 밥을 뺏어서라도 정구의 밥그릇을 채워 주던 아버지, 어쩌다 한 번 낚은 물고기를 아들 주겠다며 서툴게 구워대던 아버지, 정구는 대학까지 나와야 하지 않겠냐며 술주정을 해대던 아버지. 그런 아버지 때문에 연숙은 고등학교는 물론 중학교 근처에도 가지 못했었다. 하지만 자신의 그런 짧은 가방끈에 대해서는 한 번도 의문을 품지 않던 아버지. 그런 아버지는 혹여나 아들이 중졸이 될까 손을 벌벌 떨며 돈을 구해오라 엄마를 닦달했던 것이었다. 연숙은 세월이 지나도 불쑥불쑥 화가 나는 거다. 서운한 걸 말

---

1) 아버지!! 어디 가요!!!

하자면 며칠 밤을 새워도 모자랄 일이었다.

어릴 적 상처라는 상처는 너무 많이 받아 괜찮을 것 같았던 스무 살 연숙이었지만, 그 좁은 길에서 아버지가 자신을 못 봤을 리 없다. 목이 터져라 외치던 그 소리를 못 들었을 리가 없단 말이다. 스쳐 가며 일으킨 그 바람결은 아직도 생생할 만큼 시리게 차가웠다. 주야장천 잠만 자던 아버지가 아들의 학비를 내야 한다며 남의 집 자전거를 훔쳐 달려가는 모습이 연숙은 추하다고 생각했다.

"내는 아방 못 모시쿠다." [2]

정구는 대학을 졸업하자마자 영만에게 선언하듯 미리 못 박아 두었다. 연숙은 그 말을 토씨 하나 빠뜨리지 않고 들었지만, 잠자코 가만있기만 했다.

'고소하다, 아버지. 다 아버지가 만들어 놓은 작품 아닙니까. 나는 살도 여린 때 버림받았었는데, 아버지는 다 늙어 버림받았으니 형편으로 따지자면 아버지가 더 나은 거 아니겠습니까.'

어려운 집안을 연숙이 이끌어온 건 사실이고, 그 희생 또한 분명했지만, 시간이 지난 지금 그날의 희생을 기억하는 건 오로지 연숙뿐이다. 늘 어른들 사이에 끼어 일하면서 또래의 하굣길을 피해 돌고 또 돌아 곱절을 걷는다 해도 고생이라 생각하지 않았다. 조금 더 솔직해지자면, 동생들이 교복을 입고 돌아다니는 것도, 자신보다 배움 줄이 긴 것도, 단 한 번을 아니꼬운 눈으로 바라본 적 없었다. 자신은 덜 배우는 게 당연하고, 동생들은 잘 돼야 마땅하니까, 큰딸은 원래 그런 것으로만 여기며 살았다.

---

2) 저는 아버지 못 모십니다.

연숙이 금지를 업고 다녔던 그날의 땀은 이미 다 증발하고 없다. 언니가 자라는 내내 집안에서 푸대접만 받고 사는 걸 보고 자라서인지, 동생 금지는 희생 따위는 없다는 듯 고등학교까지 마치겠다며 두 눈이 벌게져서는 기어코 대학까지 졸업했다. 이후, 동생들은 시간이 지날수록 초라한 누이는 누이도 아니라는 듯, "아니, 누가 그렇게 희생하랬니?" 라는 표정으로 낯설게 바라보았다.

연숙은 이빨 없는 호랑이다. 형제의 서열은 태어난 순서가 중요한 게 아니라 부모가 정해주는 것이다. 아무리 혼자 애쓰며 맏이의 모습을 유지하려 해도, 부모가 서열을 헤집어 놓은 이상, 먼저 태어난 것은 아무런 의미가 없다. 부모가 줄 것이 없다면 적어도 자신에게 그 정도 힘쯤은 행사하도록 남겨 두었어야 했다. 모두들 어려운 집에서 자란 자기 자신만을 불쌍히 여길 뿐, 동생이 잘 되는 것을 자신의 축복과 진배없다 여겨온 연숙을 안타까워하는 이는 없었다. 귀한 시간을 소진하고도 청춘을 아까워 마지않았던 연숙은 가슴의 끝이 대체 어디인지, 속 깊이 외로워졌다.

"그래, 맞다. 누가 내보고 그래 살아라 했나! 다 내 잘못이지….."

연숙은 쪼그려 앉아 중얼거린다.

모두들 늘 자기 손해 본 것만 떠오르는지, 어쩜 새해가 돼도 연락 한번이 없는지, 조카 장례식장에도 나타나지 못할 만큼 바쁜 건지들. 연숙은 몹쓸 것들이 괘씸하기만 하다.

'우리 사하 손은 예쁘다.' 연숙은 뿌듯했다.

딸의 손은 지켰다는 것. 그것이 자신이 그동안 최선을 다했음을 증명해주는 것이라고 생각한다. 그렇게 평생을 희생해온 연숙은 또 다른 희생에서 안식을 얻는다.

제26장 사하

포기라는 말 대신

공부하지 않고 보낸 낯선 시간들, 그리고 찾아온 월요일 아침. 어스름한 볕에 눈을 떴다. 일부러 그랬다. 더 자고 있는 내 모습을 나도 한번 보고 싶었다.

'변화가 왔구나, 나에게도. 이젠 나도 밝을 때 일어날 수 있어.'

아무것도 아닌 일 가지고 혼자 곱씹어본다.

일상의 작은 새로움이 앞으로의 두려움을 가려줄 것이다. 하지만 방 한구석에는 여전히 지난날의 책상, 나의 흔적들이 고스란히 남아있다. 아직은 치워낼 자신이 없다. 몸은 이별했다지만, 나는 아직 지난날들의 아무것과도 이별하지 못했다. 하지만 저 구역질 나는 공간을 벗어난 것만으로도 좋았다. 한동안 치워낼 수 없다 해도 말이다. 나는 다시 저 자리에 앉고 싶지 않아서 이를 악물고 바깥세상의 차가움과 맞닥뜨릴 것이다. 두려움에 눈물 나면서도 매일 강해지고 있는 나였다.

며칠 전 나는 전화 한 통을 받았다.

"네? 합격이요? 제가요?"

연락 한 통에 내 삶의 모든 것들이 바뀌었다. 얼떨떨했다.

대기업이 아니라 이렇다 할 절차는 없었지만, 그마저도 내겐 큰 산같이 느껴졌었다. 부모님께 이 사실을 말씀드렸을 때는 언제나 그렇듯 현실을 받아들이시며 축하해 주셨다. 축하를 주고받는 일, 낯선 풍경이었다.

"사실 취직이 문제였지. 나쁘지 않은 곳이라 하니 다행이다, 마. 이제 좀 살 것 같네."

아빠는 마음의 짐 일부를 던 것 같았다. 기대보다 못한 행보였지만.

모두가 일하는 평일, 그것도 월요일이다. 다음 주부터 일하려면 이제 노닥거릴 시간도 얼마 없다. 얼른 쉬어야겠다 싶었다. 하고 싶은 것들이 두서없이 생각이나 무엇부터 해야 할지 몰라 벅차올랐다. 먼저, 환한 마음으로 대낮의 거리를 걷고 싶다. 아니다, 머리 손질부터 해야겠지? 지난날의 기억들을 잘라내 버리듯 내게는 새로운 단장이 필요했다. 회사에 입고 다닐 옷가지 몇 별도 사고 말이다.

나는 어제를 끝으로 수개월간 이어왔던 아르바이트를 그만두었다. 오빠가 떠난 후, 처음 식당 서빙 일을 해보겠다며 용기 내어 세상 밖으로 나온 그 사소한 사건은 이렇게 나의 전환점이 되어 좋은 결말을 가져다주었다. 그래서일까, 마지막 출근길에 나 혼자 몇 번이나 울컥했는지 모른다. 하지만 나이 먹어 눈물 뚝뚝 흘리고 있으면 무슨 대단한 사연이라도 있어 보일까 애써 마음을 다독였다. 그들은 내가 떠나는 것에 대해 무척 섭섭해했지만, 그렇다고 막을 길은 없으니 세 번에 걸친 과분한 송별회와 선물로 거듭 축하해 주었다. 그리고 나를 아주 강하게 끌어안아 주었다. 고맙다. 아주 고맙게 생각한다. 이제 나는 그들의 영원한 손님이 될 것이다.

남들이 보기엔 대단한 직업은 아니겠지만, 매달 어느 시점에 정기적으로 돈이 들어온다는 것은 내겐 아주 감격스러운 일이었다. 나도 이제 쓸모 있는 사람이다. 나는 취직을 통해 그 쓰임을 증명받았다. 그동안 남들이 하는 평범한 인생의 수순을 스스로 해내지 못해 늙어가는 부모 곁에 매달려 있던 나의 모습은 마치 내 자신이 한 사람 몫도 제대로 해내지 못하는 이 분의 일의 사람으로 느껴지게 만들었다. 그렇기에 지금이 더없이 새롭기만 하다.

시계를 보기 위해 핸드폰을 든다. 그 사이 전화 한 통이 와 있었다. 모르는 번호다. 마침 문자도 와 있다.

-1시까지 면접요망

사실 지원한 곳이 한 군데 더 있었는데, 거기서 문자가 온 것이다. 이제껏 지원한 곳 중에 여기가 제일 좋긴 하지만, 자신이 없어 면접은 가지 않으려고 한다. 괜한 사람들의 기회를 뺏을까 서둘러 전화기를 들었다. 하지만 한창 바쁠 때라 그런지 전화는 쉽게 연결되지 않았다. 나는 전화기를 내려놓고 서둘러 나갈 채비를 한다. 약속도 없고 특별한 목적지도 없지만, 어떤 옷을 입으면 좋을까 행복한 고민에 빠졌다. 난 나에게 새로운 모습을 보여주고 싶었다. 그래서 예쁘게 챙겨 입었다.

집을 나와 거리를 걷다가 멍하니 길 한가운데에 서 있다. 날카롭게 뻗어있는 가지 끝에 노란 봉오리가 피어나고 있다. 나는 걸음을 멈추고 손끝으로 여린 끝을 조심히 만져보았다. 이 연약해 보이는 봄꽃은 추운 겨울의 기운을 뚫고 나오는 아주 강인한 것이다. 여려 보이더라도 제 앞에 있는 고난을 충분히 이겨낼 수 있다는 것. 봄꽃 아래에서 나도 모르게 옅은 웃음이 새어 나온다.

늘 항상 정상적인 일상의 루틴을 살고 있는 사람들 틈에서 걷고 싶었다. 오늘만큼은 마음속 근심과 걱정을 이고 지고 걷던 내가 아니다. 누군가 이런 내 속마음을 들여다본다면 참 유난스럽다며 한 소리 하겠지만 어쩌겠는가, 너무 감격스러운 순간인데. 그럼 진작에 그만두었으면 좋았을까? 그것도 아니다. 진정한 포기는 제풀에 스스로 꺾일 때가 가장 적절한 것이다. 그게 다소 한심스러워 보일지는 몰라도 자신의 끝을 스스로가 마주하는 과정은 반드시 필요하다. 그래야 뒤돌아보지 않기 때문이다.

'난 내 인생의 모양이 어떻든 껴안고 가야 하니까, 살아야 하니까… 그러니까 사랑해줘야 해. 그게 아니고서야 난 고운 마음으로 살 수가 없어. 이제라도 안아줘야 해. 마치 보석함을 끌어안은 것처럼, 비록 그 속에 아직 아무것도 없다 해도 말이야.'

나는 무슨 일을 하시느냐고 물어보던, 늘 혼자서만 부담스러워하던 미용실에 들어가 머리를 단장하고 나왔다. 적당히 짧아진 머릿결 사이로 꽃 같은 바람이 스쳐 지나간다. 단장한 새 머리에 기분 좋은 바람, 이제 점점 따뜻해지는 3월이 되어 진정 봄이 왔고, 이윽고 내게도 봄이 찾아왔다. 나는 이제 창문 안에서의 봄이 아닌 진정 따스한 볕을 직접 맡고 있었다.

기분에 젖어있을 때쯤, 아침에 연결되지 않던 전화가 생각났다. 통화버튼을 누른다. 그리고 연속으로 전화했지만 통화는 연결되지 않았다. 이만하면 됐다 싶어 전화기를 가방에 넣었다. 나는 시내로 놀러 갈 계획으로 정류장에 왔다. 벤치에 앉아 버스를 기다리는데 그때 전화벨이 울렸다. 서둘러 폰을 꺼냈는데 전화의 주인은 예상과는 다른 곳, 다름 아닌 팀장이었다.

"네에, 팀장님."

한껏 목을 가다듬고 전화를 받았다.

"아, 사하 씨, 다름이 아니라…."

말끝이 흐려지는 게 무언가 주저함이 보였다. 좋지 않은 떨림이었다.

"위에서 갑자기 얘기가 나와서 말이에요. 사하 씨가 온다 해도 육아휴
직이나 그런 쪽으로는 해 줄 수가 없다네요. 이걸 참… 어떻게 말해야 할
지."

"네? 육아휴직을 해 줄 수 없다고요? 이미 법적으로 명시되어 있는 부
분인데 갑자기 그게 무슨 소리예요?"

"아니, 금방 또 얘기가 바뀌어서… 우선 정규직이 아니라 계약직으로
하다가 차차…."

팀장의 통화 음성은 조금 전보다 더 줄어들었다. 나는 인상을 찌푸리며
귓가에 핸드폰을 누르며 받았다.

"그… 그게… 무슨 말이죠? 그럼 지금 제가 처음 면접 볼 때의 조건들
이랑은 완전히 달라진다는 말씀이네요?"

어처구니없는 상황에 불쾌함이 몰아쳤다. 이래서 키워주네 마네 하는
인간들은 특히나 더 조심해야 한다.

"하… 저도 지금 통보를 받아서…."

팀장의 목소리는 기어들어 갔다. 그렇게 나는 버스정류장에서 한참을
통화했다. 목소리가 커지자 정류장을 벗어나 안쪽 골목으로 들어갈 수밖
에 없었다.

"그러니까 지금, 제가 당장 쓰지도 않을 미래의 육아휴직을 해 줄 수 없
고, 최초 말씀하신 정규직이 아니라 계약직으로 하겠다. 앞으로 아무리
다닌다 해도 계약을 연장만 할 뿐, 정규직으로는 채용하지 않겠다는 말씀
이시군요? 팀장님?"

다시 한번 생각을 정리하며 말했다. 육아휴직을 해 줄 수 없다 혹은 해 줘도 계약 기간 안에서만 짧게 승인하겠다는 의도와 다름없었다.

　"아무래도 그럴 것 같아요. 사실 뭐, 당장의 일은 아니지만…"

　"아니죠. 몹시 중요한 조건들을 하루아침에 손바닥 뒤집듯 바꿀 정도라면 그곳이 어떤 회사인지 보여주는 거잖아요."

　나는 한숨을 쉬었다. 정말이지 땅이 꺼지는 것만 같았다.

　"한 번… 고민해 보세요."

　팀장은 무책임한 한마디를 남겼다. 자신은 손을 떼겠다는 것이었다.

　"큰소리치셨잖아요! 사람 한 명 넣고 키우는 것쯤이야 아무것도 아니라고 말씀하셔 놓고, 이제 와서 지금 이러시는 거예요? 말씀해 보세요. 차후에 정규직으로 전환될 가능성, 있다고 보십니까?"

　어차피 망한 결과, 대놓고 물어보기로 했다.

　"되도록… 해 봐야죠."

　"아뇨, 팀장님. 저는 팀장님 못 믿죠. 거기 분위기를 여쭙는 겁니다."

　내 질문이 얼마나 대수롭지 않은지 뻔히 알면서도 의미 없는 질문을 던지고 있었다. 아주 절망스러웠다.

　"…쉽진 않을 것 같아요. 정규직."

　팀장은 큰 비밀을 털어놓는 듯 솔직하게 답했다.

　"저도 저희 회사가 왜 이러는지 모르겠어요, 정말…. 그러면서 사람 안 들어온다고 지랄을 하고…."

　이미 전력의 바닥을 보인 병사에게 반전을 보여 달라는 말은 차마 할 수 없었다.

　"한번 고민해 보죠. 정확히 불리한 조건인데 선택은 너의 몫이다. 이 말씀이 하고 싶으신 거네요, 지금. 네, 알겠습니다. 다시 연락드리지요."

나는 서둘러 전화를 끊었다. 머리가 띵한 게 숨이 가빠졌다.

'이것들이! 사람 인생 가지고 장난치는 것도 아니고! 왜 능력도 없으면서 이것저것 해주겠다고 지껄이는 거야! 지껄이길!! 젠장!! 이 빌어먹을!!!'

내게는 정규직, 비정규직, 육아휴직, 노동청 신고 그런 게 중요한 게 아니었다. 내 시절을 맡기고 역량을 보여줄 수 있을 곳을 찾았던 거지, 괜한 눈치 게임이나 하며 소송자료나 수집하는 그런 공허한 출근을 하고 싶진 않았다. 기대 이하로 형편없는 곳이었다. 봄꽃 같던 기분은 순식간에 다 깨져 버렸다.

"그럼 그렇지! 내가 어딜 행복하겠다고!! 감히 웃어, 웃길!!"

나는 버려져 있는 맥주 캔을 몇 번이고 짓이겨 밟았다. 이미 납작해져 버려, 더는 밟힐 것도 없는데도 불구하고 나는 지칠 만큼 발로 찍어댔다. 거칠게 뿜어져 나오는 숨을 어떻게 쉬어야 할지 몰라 헐떡이다 시멘트벽에 기댔다.

'난 이미 알바도 그만뒀고, 취직했다고 부모님께 말씀도 드린 상태야.'

나는 눈물을 글썽거렸다. 이제 와 빠져나갈 구멍이란 없었다.

순간 이 봄의 풍경에서 나만 버려진 것 같다는 느낌이 들었다. 하지만 푸념만 하고 있을 순 없었다. 대책을 마련해야 했다. 순간, 아침에 문자 온 그곳이 생각났다.

오늘 나는 면접을 보러 가지 않겠다고 그곳에 총 일곱 번의 전화를 했고, 단 한 통도 연결되지 않았다. 어찌 됐건 지금은 연결되지 않던 그 전화가 기회가 되어 내게 돌아온 것이다. 나는 서둘러 시계를 보았다.

면접까지는 1시간이 남았고, 그곳까지는 40분이 걸린다.

모처럼 옷도 챙겨 입었고, 방금 머리 손질까지 마친 상태다.

여기는 버스정류장이고, 이제 막 버스가 다가온다.

빨리 가야 해!

지금 당장!

나는 손을 휘두르며 버스에 올라탔다. 사실 나는 전화가 울릴 때 기분이 좋았다. 평소 엄마가 아니면 올 전화가 없었기 때문이다. 하지만 그 전화는 아주 안 받느니만 못한 전화였다.

'정신 차리자! 사하야!! 이럴 때일수록 정신 차려야 해!!'

지금 내게 주어진 시간을 그냥 보낼 순 없다.

다급히 핸드폰을 꺼내 회사와 오너를 검색한다. 회사가 걸어온 길부터 경영 방침까지, 회사와 관련된 모든 자료들을 거침없이 읽어 내려갔다. 가려던 회사보다 지금 이 회사가 좋아서 자신 없어 포기부터 했었지만, 발등에 불이 떨어지니, 자신감이고 나발이고 겁날 틈도 없었다. 지금이야말로 절실함이 에너지로 바뀌는 순간이다. 나는 검색한 내용을 머리에 쑤셔 넣다시피 하며 40분이라는 시간을 금세 소진했다.

'오, 제발. 하늘이시여! 저를 도와주소서….'

나는 정신을 잃은 채로 회사 앞에 도착했다. 고개를 들어 건물을 올려다보았다. 13층 건물, 모두 이 회사의 것이다.

높고 반짝이는 게 예쁘기도 하다. 한 번도 출근하지 못한 공장이 생각나지 않을 만큼 슬프게도 예뻤다. 이건 대체 무슨 운명의 장난일까. 도무지 내 인생이 어디를 향해가고 있는 건지 현기증이 날 지경이었다. 면접은 1시, 지금은 12시 40분. 매우 적당한 시간이다. 나는 복장을 가다듬고 심호흡을 하며 건물로 들어간다. 엘리베이터 앞에 서서 버튼을 누르고 기다리는데, 거기엔 잔뜩 긴장한 내가 비쳤다.

'다다…당황하지 않기, 다…당당하기'

당장에라도 울음이 터질 것 같은 얼굴을 하고서 마음속으로 수없이 반복했다.

-딩동, 1층입니다.

엘리베이터 문이 열린다. 내부는 모두 통유리로 되어있다.

'5, 5, 5층….'

흔들리는 손으로 버튼을 눌렀다.

고도가 높아진 오후 1시의 봄볕이 엘리베이터에 안에 가득 들어찼다. 마치 천당으로 가는 길처럼 안은 눈부시게 빛이 났다.

-5층입니다.

도착을 알리는 소리와 함께 엘리베이터 문이 열린다. 그러자 또 다른 눈부신 빛이 가득 들어온다. 마치 하늘 문이 열린 것 같았다.

'사하야. 잘하자 제발! 당당하게! 자신감 있게! 백사하, 파이팅이다!'

"휴우-!"

나는 깊게 숨을 내쉰다. 그러고는 얼굴에 웃음을 장착하고 힘차게 문을 열었다.

"안녕하세요. 오늘 면접 보러 온 백사하라고 합니다!"

쿠키 페이지

"자!"

승혜는 종이가방을 건넨다.

"이게… 뭐예요?"

사하는 놀란 얼굴이다.

"그릇이야, 도자기 그릇. 그동안 알바한다고 고생 많았어."

승혜는 뿌듯한 표정으로 활짝 웃어 보인다.

"예쁜 그릇에 음식 대충 담는 거 봤어? 너두 항상 조심히 다뤘었잖아. 볼품없는 그릇이었다면 그랬을까? 손님상에 툭툭 갖다 놨을 거란 말이지."

사하는 처음 이 가게에 들어서던 순간부터 매니저와 함께 일했던 시간까지도 모두 다 스쳐 지나갔다.

"나가서 기죽지 말고! 너를 예쁜 도자기 그릇이라고 생각해. 조심히 다루고, 좋은 곳에 데려다 놓고. 살면서 생기는 모든 일들을 다 예쁘게 담아 두라는 거야."

승혜는 글썽거리며 사하의 등을 쓰다듬는다.

"감사합니다…."

사하는 가슴 깊이 고개 숙이며 인사를 한다. 승혜는 사하를 가득 껴안는다.

- The End -

작가의 말

가족이라는 한 울타리 안에 있어도 서로의 내면에 관해 아는 게 그리 많지 않다는 것, 대단해 보이지 않는 어른들의 삶도 사실 소란스러울 만큼 분주했다는 것. 자기혐오와 타인에 대한 혐오가 팽배한 이 시대에서 현대인들이 어린 시절로 돌아가 자신을 바라볼 수 있는 기회가 있다면 얼마나 좋을까 구상했었습니다.

처음 《이상한 어른들》을 기획할 때부터 아름다운 위로의 말이 아닌 '고통의 중심축'에 초점이 맞춰져 있었습니다. 진정 힘든 이들은 세상을 향해 작은 목소리조차 낼 힘도 없이 자신의 길에 주저앉아 있다는 거죠. '인생은 왜 나에게만 가혹한가, 내가 대단한 걸 바란 것도 아닌데.' 마치 온 세상이 작정하고 나를 따돌리는 것 같은 소외감을 가지면서 말이죠. 가족을 위해, 꿈을 위해 한 사람의 인생이 얼마만큼 흔들리고, 무너지고, 변화할 수 있는지, 휘청이는 이들을 위한 책이 필요하다고 생각했습니다. 그 소용돌이 속에서 함께 걸어줄 소설이 되길 바랍니다.

인생에서의 포인트는 좋을 때가 아닌 '좋지 않을 때'에 있는 것 같습니다. 내 인생의 크고 작은 난관에 대해서 어떻게 대응하고 대처하느냐, 거기에서 또 다른 나를 마주할 수 있지요. 파이팅을 외치는 시대이지만,

무조건 극복하는 것만이 능사는 아니라고 생각합니다. 달리는 것만큼이나 멈추는 것도 필요하죠. 목표를 이루지 못함을 통해서도 우리는 진정한 나를 발견할 수 있습니다. 그러니 달성하지 못한 것들을 모두 다 실패라고 단정 지을 수도 없는 것이겠지요. 뒤처졌다고 생각하나요? 분리수거도 안 된다고 여겼던 시간들이 언제 어디서 내게 자양분이 될지는 아무도 모릅니다.

그 언제고 쉬운 적이 없었지만, 당신에게 '그럼에도 불구하고'가 있다면, 당신은 자신만의 항로를 만들어갈 수 있을 것입니다. 비록 오늘이 위태롭더라도 말입니다.

당신은 꿈을 꾸고 있나요?
그 바람은 곧 저 달에 닿겠죠.

2021. 8.
부순영 드림.

이상한 어른들

1판 1쇄 발행   2021. 08. 23

지 은 이   부순영
발 행 인   박윤희
디 자 인   디자인스튜디오 이곳
발 행 처   도서출판 이곳
등   록   2018. 10. 8 신고번호 제 2018-000118호
주   소   서울시 송파구 송파대로44길 9(송파동) 402호
팩   스   0504.369.2548

저작권자 ⓒ 부순영2021
이 책은 저작권법에 의해 보호를 받는 저작물이므로
저자와 출판사의 허락 없이 내용의 일부를 인용하거나 발췌하는 것을 금합니다.

잘못 만들어진 책은 구입하신 곳에서 교환해드립니다.
값은 뒤표지에 있습니다.
ISBN 979-11-968772-7-9(038000)

도서출판 이곳
우리는 단순히 책을 만들지 않습니다.
작가와 책이 마주치는 이곳에서 끊임없이 나음을 넘어 다름을 생각합니다.

홈페이지   www.bookndesign.com
이 메 일   bookndesign@daum.net
블 로 그   blog.naver.com/designit
인스타그램   @book_n_design @here_book_books

이 도서의 국립중앙도서관 출판예정도서목록(CIP)은 서지정보유통지원시스템 홈페이지(http://seoji.
nl.go.kr)와 국가자료종합목록시스템(http://www.nl.go.kr/kolisnet)에서 이용하실 수 있습니다.